ATRIUM

»Selten wurde so temporeich auf dem Grat zwischen Wahn und Identität balanciert.«
Krimibestenliste, *Frankfurter Allgemeine Sonntagszeitung*

»Der argentinische Autor zelebriert die Brüchigkeit der Wahrnehmung und packt das in einen ganz außergewöhnlichen Thriller.«
Der Standard

»Ein atemberaubender Psychothriller … Eine Geschichte, in der Wahrheit, Einbildung und Lüge ständig ihre eigenen Grenzen überschreiten. Federico Axat ist ein Wortmagier, dem der Leser bedingungslos verfällt und dem er zugleich niemals trauen kann.«
The New York Times

»Albtraumhafte Bilder, atemberaubende Wendungen: ein literarischer Fiebertraum.«
Publishers Weekly

Federico Axat, geboren 1975 in Buenos Aires, war Ingenieur, bevor er sich ganz dem Schreiben widmete. Mit seinem Thriller *Mysterium*, der in über dreißig Ländern erscheint und zum Welterfolg wurde, gelang ihm der Durchbruch. Federico Axat verbrachte einige Jahre in den USA, bevor er wieder nach Buenos Aires zurückkehrte, wo er heute lebt.

FEDERICO AXAT

MYSTERIUM

THRILLER

Aus dem Spanischen
von Matthias Strobel

Atrium Verlag · Zürich

Für meine Eltern
Luz L. Di Pirro und
Raúl E. Axat

Fingering the steel
The pistol weighed heavy
And his heart he could feel was beating
Beating, beating, beating,
Oh, my love ...

U2, Exit

ERSTER TEIL

1

Ted McKay wollte sich gerade eine Kugel in den Kopf jagen, als jemand stürmisch an der Tür klingelte.

Er wartete. Solange jemand draußen stand, konnte er unmöglich abdrücken.

Hau ab, wer immer du bist.

Wieder klingelte es, dann schrie ein Mann: »Machen Sie die Tür auf, ich weiß, dass Sie mich hören können!«

Die Stimme drang so klar und deutlich zu ihm, dass Ted kurz daran zweifelte, ob sie real war.

Er sah sich um, als suchte er in der Einsamkeit des Arbeitszimmers nach einem Beweis dafür, dass tatsächlich jemand geschrien hatte. Sein Blick fiel auf seine Finanzbücher, die Monet-Reproduktion, den Schreibtisch ... und den Brief, in dem er Holly alles erklärte.

»Machen Sie bitte auf!«

Ted hielt die Browning nach wie vor wenige Zentimeter von seinem Kopf entfernt, allmählich wog sie schwer in seiner Hand. Sein Plan würde nicht funktionieren, wenn der Kerl da draußen den Schuss hörte und die Polizei verständigte. Holly und die Mädchen waren in Disney World, und er würde nicht zulassen, dass eine solche Nachricht sie so weit weg von zu Hause erreichte. Das kam nicht infrage.

Der Fremde war inzwischen dazu übergegangen, gegen die Tür zu hämmern.

»Nun machen Sie schon! Ich gehe hier nicht weg, bis Sie mir aufmachen!«

Die Pistole begann zu zittern. Ted legte sie auf seinen rechten Oberschenkel. Mit der anderen Hand fuhr er sich durchs Haar und verfluchte den Fremden an der Tür. Ob das ein Vertreter war? Hier in der Nachbarschaft waren sie nicht gern gesehen, schon gar nicht, wenn sie so dreist auftraten.

Das Rufen und Klopfen verstummten für einige Sekunden, und Ted hob die Waffe erneut an die Schläfe.

Er dachte schon, der Mann habe aufgegeben und sei gegangen, als ein Trommelfeuer aus Klopfen und Rufen ihn eines Besseren belehrte. Doch Ted würde nicht aufmachen, auf keinen Fall. Er würde warten. Früher oder später würde der unverschämte Kerl schon verschwinden.

Da erregte etwas auf dem Schreibtisch seine Aufmerksamkeit: ein gefaltetes Blatt Papier, das so ähnlich aussah wie sein Abschiedsbrief an Holly, nur dass darauf nicht der Name seiner Frau stand. War er so blöd gewesen, einen seiner Entwürfe nicht in den Papierkorb zu werfen? Während der Mann draußen an der Tür weiterhin herumpolterte, tröstete er sich mit dem Gedanken, dass diese unerwartete Unterbrechung auch etwas Gutes haben würde. Er faltete das Blatt auf und las, was dort geschrieben stand.

Er erstarrte. Es war seine eigene Schrift. Doch er konnte sich nicht erinnern, diese beiden Sätze geschrieben zu haben.

MACH DIE TÜR AUF.
DAS IST DEIN LETZTER AUSWEG.

Hatte er das in einem Zusammenhang geschrieben, an den er sich nicht mehr erinnerte? Beim Spielen mit Cindy oder Nadine vielleicht? Er fand keine Erklärung für diese Notiz, nicht in dieser absurden Situation, da ein Wahnsinniger die Tür einzurammen drohte. Doch es musste eine Erklärung geben, natürlich musste es das.

Mach dir nur weiter was vor.

Die Browning in seiner rechten Hand wog eine Tonne.

»Machen Sie endlich auf, Ted!«

Erschrocken zuckte er zusammen. Hatte der Mann seinen Namen gerufen? Ted pflegte keinen engen Umgang mit seinen Nachbarn, aber er meinte ihre Stimmen zu kennen, und diese Stimme hatte er noch nie gehört. Er stand auf und legte die Pistole auf den Schreibtisch. Es blieb ihm nichts anderes übrig, als nachzusehen, wer da vor der Tür stand. Letztlich war es ja kein Weltuntergang. Wer immer dieser unverschämte Kerl auch war, er würde ihn schnell abwimmeln und ins Arbeitszimmer zurückkehren, um seinem Leben endlich ein Ende zu setzen. Er hatte es seit Wochen geplant, da würde er sich von einem impertinenten Vertreter nicht im letzten Moment abhalten lassen.

Mit einer raschen Handbewegung kippte er den Stiftehalter um, in dem er einige Minuten zuvor den Schlüssel zwischen Büroklammern und anderem Krimskrams verwahrt hatte. Er nahm ihn und betrachtete ihn verwundert wie jemand, der unverhofft etwas wiederfindet. Eigentlich hätte er tot in seinem Bürostuhl liegen sollen, mit Schmauchspuren an der Hand und Pulverdampf in der Luft.

Wer sich das Leben nehmen möchte – und sei er noch so wild dazu entschlossen –, den stellen die letzten Minuten auf eine harte Probe. Ted glaubte, diese Probe gerade bestanden zu haben. Die Vorstellung, sie gleich noch einmal durchlaufen zu müssen, war entsetzlich.

Verärgert ging er zu der Tür, die zum Wohnzimmer führte. Er steckte den Schlüssel ins Schloss und öffnete. Wut wallte in ihm auf, als er den Zettel sah, den er selbst dort angeklebt hatte. Es war eine Warnung an Holly. *Schatz, auf dem Kühlschrank liegt ein Ersatzschlüssel. Sorg dafür, dass die Mädchen draußen bleiben. Ich liebe Dich.* Es klang grausam, aber Ted hatte alles sorgfältig durchdacht. Er wollte nicht, dass seine Töchter ihn so sahen, hinterm Schreibtisch, mit einem Loch im Kopf. Andererseits erschien ihm das Arbeitszimmer der beste Ort, um zu sterben. Er hatte ernsthaft überlegt, ob er sich in den Fluss stürzen oder irgendwohin fahren und sich vor einen Zug werfen sollte, aber war zu dem Schluss gelangt, dass die Ungewissheit es seinen Lieben noch viel schwerer machen würde. Besonders Holly. Sie musste ihn sehen, mit ihren eigenen Augen sehen, da war er sich sicher. Sie brauchte ... *den Schock*. Sie war jung und schön und würde noch mal von vorne anfangen können.

Wieder klopfte es draußen.

»Ich komm ja schon!«

Das Klopfen verstummte.

Mach die Tür auf. Das ist dein letzter Ausweg.

In dem schmalen Fenster neben der Tür sah Ted die Umrisse des Besuchers. Langsam, fast schon provokant, durchquerte er das Wohnzimmer. Er betrachtete alles ganz genau, so wie gerade eben den Schlüssel zum Arbeitszimmer. Den riesigen Fernseher, den Tisch für fünfzehn Personen, die Porzellanvasen. Auf seine Art hatte er sich von jedem einzelnen dieser Gegenstände verabschiedet. Und trotzdem war er noch immer da, der gute alte Ted, und schlich wie ein Geist durch sein eigenes Wohnzimmer.

Er blieb stehen. War das womöglich seine Version des *Lichts*?

Kurz verspürte er das verrückte Bedürfnis, ins Arbeitszimmer zurückzugehen und zu überprüfen, ob er in sich zusammengesackt, tot, hinter seinem Schreibtisch saß. Er streckte den Arm aus und strich mit den Fingern über die Lehne des Sofas. Das Leder war kalt und zu real, um das Produkt seiner Fantasie zu sein. Aber konnte er sich da wirklich sicher sein?

Schließlich öffnete Ted die Haustür. Abgesehen von seinen

schlechten Manieren, hatte der junge Mann, der dort stand, alles, was einen erfolgreichen Vertreter ausmachte. Er war Mitte zwanzig, trug eine makellose weiße Hose mit einem Schlangenledergürtel und ein bunt gestreiftes Poloshirt. Eigentlich sah er eher aus wie ein Golfspieler, nur der abgewetzte Aktenkoffer in seiner rechten Hand passte nicht so recht zu seiner Aufmachung. Er hatte blonde Haare, die ihm bis auf die Schultern fielen, blaue Augen und ein schamloses Lächeln, das dem von Joe Black in nichts nachstand. Ted konnte sich gut vorstellen, dass Holly oder irgendeine Nachbarin sich von einem solchen Beau alles Mögliche andrehen ließ.

»Tut mir leid, ich kaufe nichts«, sagte Ted.

Das Lächeln wurde breiter.

»Oh, keine Angst, ich will Ihnen nichts verkaufen«, antwortete der Typ, als wäre dieser Gedanke vollkommen abwegig.

Ted spähte über die Schulter des Fremden hinweg. Vor dem Gebäude parkte kein Auto, und auch entlang des Sullivan Boulevard nicht. Es war nicht sehr heiß an diesem Nachmittag, aber eine solche Strecke zu Fuß zu gehen hätte bei diesem unverschämt gut aussehenden Kerl Spuren hinterlassen müssen. Und warum sollte er so weit entfernt parken?

»Nicht erschrecken«, sagte der Mann, als könnte er Gedanken lesen. »Mein Geschäftspartner hat mich hier abgesetzt, um in der Nachbarschaft keinen Verdacht zu erregen.«

Dass er einen Komplizen erwähnte, ließ Ted kalt. Bei einem Raubüberfall zu sterben wäre ehrenvoller, als sich die Kugel zu geben.

»Ich habe zu tun. Sie entschuldigen.«

Ted machte Anstalten, die Tür zu schließen, aber der Mann streckte den Arm aus und drückte dagegen. Seine Haltung wirkte nicht feindselig, eher lag in seinen Augen ein flehender Blick.

»Mein Name ist Justin Lynch, Mr. McKay. Wenn ich ...«

»Sie kennen meinen Namen?«

»Wenn ich eintreten dürfte, könnte ich Ihnen alles erklären. Es dauert keine zehn Minuten.«

Kurz sahen sich beide schweigend an. Ted würde diesen Mann auf keinen Fall reinlassen, das stand schon mal fest. Andererseits musste er zugeben, dass seine Neugier geweckt war. Schließlich setzte sich die Vernunft durch.

»Tut mir leid. Sie kommen im falschen Augenblick.«

»Sie irren sich, der Augenblick ...«

Ted machte die Tür zu. Die Worte drangen nur noch gedämpft, wenn auch gut hörbar zu ihm.

»... ist genau richtig.«

Ted blieb an der Tür stehen und horchte, als wüsste er bereits, dass noch etwas kommen würde.

Und so war es auch. Lynch sprach nun lauter, damit Ted ihn hören konnte.

»Ich weiß, was Sie mit der Neunmillimeter vorhatten, die Sie im Arbeitszimmer auf den Schreibtisch gelegt haben. Und ich verspreche Ihnen, dass ich nicht versuchen werde, Sie davon abzuhalten.«

Ted machte die Tür wieder auf.

2

Ted hatte seinen Selbstmord sorgfältig geplant. Es war keine impulsive Entscheidung gewesen, die alles dem Zufall überließ. Er gehörte nicht zu der Sorte Selbstmörder, die sich betont ungeschickt anstellten, weil sie eigentlich um Hilfe riefen. Das hatte er zumindest bis eben geglaubt. Denn wenn er so sorgfältig vorgegangen war, wie konnte es dann sein, dass dieser Lynch davon wusste? Der Besucher mit dem breiten

Lächeln und den perfekten Gesichtszügen kannte das exakte Kaliber. Und den Ort, an dem er die Waffe abgelegt hatte. Dass Ted sich das Leben im Arbeitszimmer nehmen wollte, war naheliegend, er mochte letztlich geraten haben, doch Lynch schien sich seiner Sache sehr sicher zu sein.

Sie saßen einander gegenüber. Ted hatte ein Gefühl, das er gut kannte: das leichte Frösteln, das vom Adrenalin herrührte, und die damit zusammenhängende erhöhte Konzentration, die nötig war, um den Gegner zu bezwingen. Er hatte seit Jahren kein Schach mehr gespielt, aber dieses Gefühl war noch immer sehr vertraut. Es war angenehm.

»Dann hat Travis Sie also beauftragt, mich zu observieren«, sagte er.

Lynch, der seinen Aktenkoffer auf den Tisch gestellt hatte und ihn gerade öffnen wollte, hielt inne und sah ihn verblüfft an.

»Ihr Geschäftspartner hat nichts damit zu tun, Ted. Darf ich Sie Ted nennen?«

Ted zuckte mit den Schultern.

»Ich sehe bei Ihnen keine Fotos von Nadine und Cindy«, sagte Lynch, den Blick auf den Inhalt des Aktenkoffers gerichtet. Er schien etwas zu suchen.

Tatsächlich gab es im Wohnzimmer kein Foto seiner Familie. Ted hatte sie alle entfernt. Ein Rat: Wenn du dich umbringen willst, räum die Fotos deiner Lieben weg. Ein Selbstmord plant sich leichter, wenn man nicht ständig von ihnen beobachtet wird.

»Lassen Sie gefälligst meine Töchter aus dem Spiel.«

Lynch lächelte ihn strahlend an und hob die Hände.

»Nur ein bisschen Smalltalk, um Ihr Vertrauen zu gewinnen. Ich habe die beiden auf Fotos gesehen und weiß, dass sie gerade mit ihrer Mutter in Florida sind. Sie besuchen dort ihre Großeltern, nicht wahr?«

Der Satz hätte auch aus einem Mafiafilm stammen können. Wir wissen, wo deine Familie ist, also spiel hier nicht den Schlaumeier. Doch Lynch schien wirklich nur freundlich sein zu wollen.

»Ich habe Sie reingelassen. Allein das zeugt von einem gewissen Vertrauen.«

»Freut mich.«

»Was wissen Sie sonst noch über meine Familie?«

Lynch löste eine Hand von dem Aktenkoffer und machte eine wegwerfende Geste.

»Oh, nicht viel. Wir mischen uns nur so weit wie nötig ein. Ich weiß, dass sie am Freitag zurückkommen, was uns drei Tage gibt, um unsere Angelegenheiten zu regeln. Zeit genug.«

»Unsere Angelegenheiten?«

»Ganz recht.«

Lynch holte zwei dünne Mappen hervor und legte sie auf den Tisch. Den Aktenkoffer schob er beiseite.

»Ted, haben Sie schon mal daran gedacht, einen Menschen zu töten?«

Der Kerl kam ja schnell zur Sache!

»Sind Sie Polizist? Falls ja, hätten Sie sich ausweisen müssen.«

Ted erhob sich. Wahrscheinlich waren jede Menge üble Fotos in diesen Mappen. Man verdächtigte ihn also eines Mordes und hatte ihn observieren lassen, und sein Plan, sich umzubringen, war das entscheidende Puzzleteil, um ihn zu überführen. Deshalb hatte Lynch so dreist Einlass verlangt. War er vom FBI?

»Ich bin kein Polizist, Ted. Bitte setzen Sie sich wieder.«

»Ich will, dass Sie sofort mein Haus verlassen«, sagte er und zeigte zur Tür, als wüsste Lynch nicht, wo der Ausgang war.

»Soll ich wirklich gehen, ohne dass wir darüber gesprochen haben, woher wir von Ihren Selbstmordplänen wissen?«

Der Typ war gut, denn tatsächlich wollte Ted *genau das* wissen.

»Sie haben fünf Minuten«, sagte Ted, setzte sich aber nicht.

»Gut«, sagte Lynch. »Ich fasse mich kurz. Also, ich arbeite für eine Gruppe, die daran interessiert ist, dass Leute wie Sie Leute wie die hier kennenlernen«, sagte er und legte seine Hand auf die Mappen. »Wenn Sie gestatten, öffne ich jetzt eine dieser Mappen, damit wir einen Blick hineinwerfen können. Sie sind intelligent und werden schnell begreifen.«

Lynch schlug eine Mappe auf, drehte sie in Richtung Ted, der immer noch mit den Händen in die Hüften gestemmt dastand, und schob sie zur Mitte des Schreibtischs.

Das erste Blatt war die Kopie einer Polizeiakte. Oben in der Ecke steckten Fotos, eines von vorne aufgenommen, eines im Profil. Sie zeigten einen etwa zwanzigjährigen Mann, brauner Teint, die Haare nach hinten gekämmt und gegelt. Er blickte provozierend in die Kamera, das Kinn leicht erhoben, die hellen Augen weit aufgerissen.

»Sein Name ist Edward Blaine. Bisher wurde er für kleinere Delikte verurteilt, Diebstahl, Körperverletzung und dergleichen«, erklärte Lynch und blätterte um. »Doch diesmal soll er seine Freundin ermordet haben.«

In einem hatte Ted sich nicht geirrt: Die Mappen enthielten tatsächlich üble Fotos. Er sah die Aufnahme einer toten Frau, die in einem Schlafzimmer zwischen Bett und Schrank auf dem Boden lag. Ihr nackter Oberkörper wies mindestens sieben Stiche auf.

»Ihr Name ist Amanda Herdman. Blaine hat ihr Drogen besorgt, wurde schließlich ihr Liebhaber, aber nach Aussage von Freunden haben sie sich die meiste Zeit gestritten. Als man die

Frau tot in ihrer Wohnung auffand, nahm ihn die Polizei sofort fest. Er gestand, dass er mit Herdman Streit hatte, aus Eifersucht, aber er leugnete, sie erstochen zu haben. Wollen Sie hören, wie es ausgegangen ist? Man konnte ihm nichts nachweisen. Sie mussten ihn laufen lassen.«

Ted hatte sich gesetzt. Er konnte den Blick nicht von den Fotos lösen. Lynch blätterte um. Es folgten einige Detailaufnahmen: Amandas geschwollenes Auge, tiefe Schnittwunden in der Brust, zahlreiche Hämatome.

»Er war unschuldig?«, fragte Ted verblüfft.

»Das Schwein war so schlau, sie nicht mit Fäusten zu schlagen, und natürlich wurde die Mordwaffe nicht gefunden. Im ganzen Haus waren Fingerabdrücke von ihm, nur nicht auf der Leiche.«

»Dass er den Streit zugegeben hat, war doch praktisch ein Geständnis.«

»Die Verteidigung führte an, er habe die Aussage unter Druck gemacht, was in gewisser Weise stimmte und was auch nachgewiesen werden konnte. Entlastet hat ihn letztendlich der Todeszeitpunkt. Laut dem Experten der Staatsanwaltschaft wurde Amanda zwischen sieben und zehn Uhr abends ermordet. Für diesen Zeitraum gab es mehrere Zeugen, die aussagten, sie hätten Blaine in einer Spelunke namens Black Hat gesehen. Offensichtlich hatte er sich alle Mühe gegeben, dass möglichst viele Leute sich an ihn erinnerten. Es gibt über dreißig vertrauenswürdige Augenzeugen und außerdem Filmaufnahmen der Überwachungskameras auf dem Parkplatz.«

Ted blätterte um. Es kamen weitere Fotos von Herdmans Leiche zum Vorschein, außerdem einige Textdokumente mit handschriftlichen Unterstreichungen.

»Sie verstehen?«

Ted nickte.

»Woher wissen Sie, dass es Blaine war?«

»Die Organisation, die ich vertrete, verfügt über sehr gute Informanten. Ich spreche nicht von Kriminellen, von denen lassen wir lieber unsere Finger. Ich spreche von Anwälten, Richtern, Gerichtsdienern, die wissen, wenn an einem Mordfall etwas faul ist. Nun, und wir sorgen dafür, dass ... Zweifel ausgeräumt werden. Was Blaine betrifft, gibt es eine äußerst simple Erklärung. Wir haben einen Spezialisten gefragt, wie man die Bestimmung des Todeszeitpunkts zuverlässig manipulieren kann. Wie er uns erklärt hat, ist die Grundlage der Bestimmung die Messung der Körpertemperatur am Tatort. Die abnehmende Körpertemperatur einer Leiche nennt man ...«

»Ich weiß«, unterbrach ihn Ted. »Ich schaue auch CSI.«

Lynch lachte.

»Dann komme ich gleich zum Punkt. Als wir den Tatort aufsuchten, fanden wir schnell die Erklärung. Unter der Wohnung von Amanda Herdman befindet sich eine Großwäscherei. Das Hauptrohr der Lüftung verläuft direkt unter der Stelle, an der die Leiche lag. So wurde sie warm gehalten, und der Temperaturabfall erfolgte langsamer als normal.«

»Sprich: Der Typ hat sie zu einem früheren Zeitpunkt getötet.«

»Genau. Sechs bis acht Stunden früher. Der Mord fand nicht abends statt, sondern mittags, bevor Blaine in die Bar ging.«

»Und, wurde der Fall neu aufgerollt?«

»Eine Berufung wurde abgelehnt und das Urteil ratifiziert. Wir machen dem Gerichtssystem keine Vorwürfe. Es ist kaum zu vermeiden, dass immer mal wieder ein Mistkerl durch die Maschen schlüpft. Der umgekehrte Fall kommt traurigerweise ebenfalls vor. Aber man sollte beides nicht gegeneinander aufrechnen, finden Sie nicht auch?«

Mehr musste Ted nicht hören.

»Sie wollen also, dass ich Blaine töte?«

Lynch lächelte und zeigte eine Reihe perfekter Zähne.

»Ich habe es ja gesagt, Ted, Sie sind ein intelligenter Mensch.«

3

Vor dem Kühlschrank blieb er stehen. Mit einem Magneten in Apfelform war daran ein Foto von Holly befestigt, das er zu entfernen vergessen hatte. Die Mädchen hatten die Ränder mit Glitzeraufklebern verziert. Das Bild zeigte Holly am Strand, wie sie aus dem Wasser kam, in dem roten Bikini, der lange Zeit Teds Lieblingsbikini gewesen war. Sie lachte und hatte ihren Kopf zur Seite gedreht, ihr langes blondes Haar flatterte im Wind. Das Foto war genau in dem Moment aufgenommen worden, als das eine Bein hinter dem Knie verschwand, sodass die Gesetze der Schwerkraft nicht mehr zu gelten schienen.

Das Foto hing schon seit Ewigkeiten dort. Ted betrachtete es und überlegte, was ihn eigentlich in die Küche geführt hatte. Er fasste das Foto an der Ecke an und löste es vom Kühlschrank. Fast konnte er Holly lachen hören, und kurz darauf sah er sie weinend und schreiend auf der Türschwelle stehen. Wie konnte er ihr nur so etwas antun?

Er öffnete eine Schublade und legte das Foto zu den dort verstauten Utensilien, die ihm fremd vorkamen.

Im Kühlschrank waren noch zwei Flaschen Bier. Er nahm sie mit einer Hand am Hals, schob mit dem Fuß die Tür zu und lehnte sich an die Arbeitsplatte. Lynch war noch immer im Wohnzimmer. Ihm etwas zu trinken anzubieten war eine spontane Idee gewesen, die er inzwischen bereute. Ted musste kurz allein sein, um nachzudenken. Als der Fremde ihm den Vorschlag unterbreitet hatte, war ihm ein unerklärliches Kribbeln durch den Körper gegangen. Er war kein Befürworter von Selbstjustiz oder behauptete dies zumindest, wenn er gefragt wurde. Doch wenn sich am Schießstand die Kartonfigur auf ihn zubewegte und er auf den Kopf zielte, malte er sich manchmal aus, dass er einen der *Bösen* abknallte, einen Typen, der irgendein verabscheuungswürdiges Verbrechen begangen hatte. Ted nickte vor sich hin. Lynch mochte kein Vertreter im eigentlichen Wortsinn sein, doch er hatte Ted geschickt einen Köder hingeworfen, damit er ernsthaft über sein Angebot nachdachte.

Er starrte auf den Magneten in Apfelform. Jetzt, wo Hollys Bild nicht mehr dort hing, konnte er klarer denken. Lynchs Idee war verlockend. Wenn Ted einen Schurken tötete, würden Holly und die Mädchen in ihm einen Rächer der Gerechten sehen und keinen Feigling.

Als er ins Wohnzimmer zurückkehrte, hatte er die verrückte Idee, Lynch könnte gegangen sein oder, schlimmer noch, er könnte sich alles nur eingebildet haben.

Doch Lynch war noch da, saß vor den beiden Mappen am Tisch. Er stand auf, um die Flasche entgegenzunehmen, die Ted ihm anbot, und dankte ihm mit einem Nicken. Er nahm einen langen Schluck.

»Woher haben Sie davon gewusst?«, fragte Ted und setzte sich.

»Von dem Selbstmord?«

Ted nickte.

»Die Organisation hat ihre Methoden, Ted. Aber ich weiß nicht, ob es klug ist, Sie einzuweihen.«

»Ich finde, das wäre das Mindeste, wenn ich einen Menschen töten soll.«

Lynch überlegte.

»Heißt das, Sie sind dabei?«

»Es heißt gar nichts. Im Augenblick will ich nur wissen, woher Sie davon erfahren haben.«

»Also schön.« Lynch nahm einen weiteren Schluck und stellte die Flasche auf den Tisch. »Wir rekrutieren unsere Kandidaten aus zwei verschiedenen Personengruppen. Die erste Gruppe liefert uns die meisten Kandidaten, sie sind aber leider nicht immer zuverlässig. Wir arbeiten mit Psychologen zusammen, die unsere Sache unterstützen und die uns über potenzielle Fälle informieren. Uns ist klar, dass die Psychologen damit teilweise gegen die Schweigepflicht verstoßen, andererseits zwingen wir niemanden zu irgendetwas. Wir treten an die Personen heran, so wie ich in Ihrem Fall, und unterbreiten unser Angebot. Lehnt der Kandidat es ab, verschwinden wir, ohne Spuren zu hinterlassen. Wie ich gestehen muss, war meine Kontaktaufnahme in Ihrem Fall etwas ungestümer als sonst. Ich hatte Angst, nun ja, ich könnte zu spät kommen.«

»Haben Sie mich observiert?«

»Nicht direkt. Wenn ich einen Kandidaten zu Hause aufsuche, sehe ich mich erst einmal auf dem Grundstück um. In Ihrem Fall wussten wir zwar, dass Ihre Frau und Ihre Töchter auf Reisen sind, aber es kann immer mal vorkommen, dass wir unerwartet auf einen Angehörigen oder einen Bekannten treffen oder auf einen Hund, der keine Besucher mag. Während ich also ums Haus geschlichen bin, um sicherzustellen, dass die Luft rein ist, habe ich durchs Fenster gesehen und dabei beobachtet, was Sie gerade tun wollten.«

»Aha, also haben Sie mich doch observiert.«

»Tut mir leid. Wir tun alles, um uns so wenig wie möglich einzumischen.«

»Und die zweite Art von Kandidaten?«

»Ah, genau. Sehen Sie, Ted, viele Leute sind der Organisation dankbar und fühlen sich in ihrer *Schuld*. Dazu gehören auch viele der erwähnten Psychologen. Meistens handelt es sich jedoch um …«

»Personen, die in enger Beziehung zu den Opfern standen.« Ted deutete auf die Mappen.

Lynch schien ein Mensch zu sein, der Dinge lieber andeutete, als sie direkt auszusprechen. Er wirkte gequält. »So ist es«, bestätigte er und wechselte dann rasch das Thema. »Und jetzt lassen Sie mich erklären, was sich in der anderen Mappe befindet.«

Lynch schob die Mappe mit dem Fall Blaine beiseite und schlug die andere auf, die wesentlich dünner war. Obenauf lag das Farbfoto eines Mannes, der an Deck eines Bootes stand. Er war um die vierzig und trug eine Rettungsweste. In der Hand hielt er eine Angelrute mit einem ungewöhnlich großen Fisch.

»Wer ist das?«

»Der Mann heißt Wendell, vielleicht haben Sie schon mal von ihm gehört. Er ist ein bekannter Unternehmer.«

»Sagt mir nichts.«

»Ist auch besser so.«

Ted legte das Foto zurück. Die Mappe enthielt noch einige maschinengeschriebene Blätter und einige Landkartenausschnitte mit handschriftlich notierten Adressen. Wenig Material im Vergleich zur anderen Mappe.

»Wen hat der Mann umgebracht? Seine Frau?«

»Wendell ist nicht verheiratet. Und er hat auch niemanden umgebracht. Er ist nicht wie Blaine, er ist wie Sie.«

Ted zog die Augenbrauen hoch.

»Auch er wollte sich das Leben nehmen«, erklärte Lynch. »Und auch er weiß, was er seinen Angehörigen damit antun würde. Der Deal sieht also folgendermaßen aus, Ted. Sie töten Blaine. Sie verhelfen damit der Gerechtigkeit zum Sieg, und die Familie von Amanda Herdman findet ihren Seelenfrieden.

Zum Dank werden Sie Teil einer Kette, deren letztes Glied zurzeit Wendell ist. Sie wären der Nächste.«

Ted dachte kurz nach und begriff.

»Nachdem ich Blaine getötet habe, muss ich auch Wendell töten.«

»Richtig. Er weiß es schon und wartet auf Sie. Und genauso werden Sie später hier auf das nächste Kettenglied warten. Überlegen Sie es sich, Ted. Denken Sie daran, dass es für Ihre Familie einen gewaltigen Unterschied bedeutet, ob ein Unbekannter bei Ihnen eingebrochen ist und Sie erschossen hat oder ob Sie sich das Leben ...«

»Es reicht.«

»Ich weiß, dass Sie längst alles durchdacht haben.« Lynch machte eine beschwichtigende Geste. »Zum Beispiel, dass es besser ist, sich das Leben zu nehmen, als spurlos zu verschwinden. Doch jetzt eröffnet sich Ihnen die einmalige Chance, ermordet zu werden und als Opfer des Schicksals in Erinnerung zu bleiben. Überlegen Sie nur, wie leicht Ihre Töchter darüber hinwegkommen werden. Ich weiß nicht, ob Ihnen das bekannt ist, aber viele Kinder, besonders wenn sie noch klein sind, erholen sich nie von ...«

»Schluss jetzt! Ich hab's kapiert.«

»Und, wie entscheiden Sie sich?«

»Ich brauche noch ein bisschen Zeit. Immerhin hat Wendell niemandem etwas getan ...«

»Hören Sie, Ted. Ich habe das hier schon öfter gemacht. Von dem Deal profitieren alle – auch Wendell, der in diesem Moment in seinem Haus am See darauf wartet, dass Sie ihm seinen letzten Wunsch erfüllen.«

»Warum kümmert ihr euch nicht selbst darum?«

Lynch ließ sich nicht aus der Ruhe bringen. Sein Lächeln bewies die Richtigkeit seiner Worte: Er hatte diese Art von

Gespräch schon häufig geführt, wusste auf jede Frage eine Antwort und beschränkte sich darauf, wie ein Telefonverkäufer einen auswendig gelernten Text herunterzuleiern.

»Wir sind in dieser Geschichte die Guten, Ted. Wir glauben, dass jemand, der mordet, sterben muss. Und wir tun nichts weiter, als diejenigen, die das System ausgetrickst haben, mit denen in Verbindung zu bringen, die ihr Leben für eine gerechte Sache hergeben wollen. Wir haben Sie ausgewählt, Ted. Das ist Ihre große Chance. Es ist auf jeden Fall Ihre letzte Chance, da bin ich sicher.«

Ted senkte den Blick. Aus seiner Hosentasche lugte der Zettel hervor, den er auf dem Schreibtisch gefunden hatte. Er erinnerte sich nicht einmal daran, dass er ihn eingesteckt hatte. Er zog ihn heraus und faltete ihn auf.

Das ist dein letzter Ausweg, las er.

Lynch hatte praktisch die gleichen Worte verwendet.

4

Edward Blaine war Single und lebte in einem Einfamilienhaus in einer relativ guten Wohngegend. Seine Nachbarn hassten ihn. Mit seiner rücksichtslosen Art hatte er alle gegen sich aufgebracht. Blaine war für sie Abschaum, und das Schlimmste: Der Mann schien sich in seiner Rolle pudelwohl zu fühlen, jedenfalls provozierte er jeden, der ihm über den Weg lief, mit seiner Spiegelglasbrille und seinem selbstgefälligen Grinsen. Sie hatten versucht, mit ihm zu reden, aber nichts hatte gefruchtet. Wie ein trotziges Kind legte Blaine es darauf an, jeden in Verlegenheit zu bringen, der auf ihn zuging und ein vernünftiges Wort mit ihm reden wollte. Er hielt sich an keine Regel des Miteinanders, nicht, was den Garten anging, und nicht, was seinen Hund Magnus betraf, einen furchterregenden Rottweiler, der stundenlang an der Kette lag und jeden anbellte, der in seine Nähe kam. Laute Partys mit ohrenbetäubendem Motorradgeknatter und voll aufgedrehter Musik waren gang und gäbe. Es kam des Öfteren vor, dass er im Vollrausch Prostituierte mit nach Haus schleppte und sie später rausschmiss. Dann standen sie halb nackt auf dem Bürgersteig und warteten auf ein Taxi.

Als bekannt wurde, dass er des Mordes angeklagt war, jubelten viele und rissen sich geradezu darum, das skandalöse Treiben ihres berühmt-berüchtigten Nachbarn zu bezeugen. Nur bedauerlich, dass Blaine die Frau nicht bei sich zu Hause getötet hatte. Wie gern hätte man zu Protokoll gegeben, die Schüsse gehört zu haben, was ihn gewiss endgültig hinter Gitter gebracht hätte. Denn niemand bezweifelte, dass Blaine der Mörder der armen Frau war. Die Nachbarn feierten schon im Voraus, was für sie eine ausgemachte Sache schien: Edward Blaine würde vor Gericht kommen und des Mordes an Amanda Herdman für schuldig befunden werden. Besser hätte es für sie nicht kommen können.

Doch der Staatsanwalt musste ihn wieder laufen lassen, weil er ein wasserdichtes Alibi hatte. Verschiedene Zeugen hatten den Widerling zur Tatzeit in einer Bar gesehen, und auch mehrere Überwachungskameras bestätigten, dass Blaine nicht der Täter sein konnte. Die Nachbarn waren skeptisch, und manch einer fragte sich, ob es dem Schwein vielleicht gelungen war, das Justizsystem auszutricksen. Vielleicht hatte er einen Zwillingsbruder.

Wie auch immer. Eins stand jedenfalls fest: Jetzt hatten sie es nicht mehr nur mit einem ekelhaften Kerl zu tun, sondern auch noch mit einem möglichen skrupellosen Mörder. Viele dachten darüber nach wegzuziehen.

Während Ted an einem abgelegenen Tisch eines Schnellrestaurants einen Hamburger verdrückte, las er den Bericht durch, den Lynch ihm gegeben hatte. Niemand würde Edward Blaine vermissen, dachte er. Er, Ted, würde einfach durch den Vordereingang ins Haus spazieren können. Jeder durfte ihn sehen. Die Nachbarn würden dichthalten. Er prägte sich alle Fakten ein, die er benötigte, zum Beispiel, dass Blaine einen Zweitschlüssel unter dem Fußabtreter versteckte. Der Hund stellte ebenfalls kein großes Hindernis dar.

Während er an seinem Hamburger kaute, legte er sich einen simplen Plan zurecht. Verwundert stellte er fest, dass die Angelegenheit ihn praktisch komplett von seinen eigenen Problemen und Sorgen ablenkte. Die Fotos von Amanda Herdman und einige abstoßende Details aus Blaines Vergangenheit und Gegenwart trugen dazu bei, dass Ted *tatsächlich* den Wunsch verspürte, diesen Mann zu töten. Er begriff nun, was Lynch gemeint hatte, als er von den Lücken des Rechtssystems sprach. Es war ein erhebendes Gefühl, eine solche Lücke füllen zu können.

Nachdem er bei Blaine eingedrungen war, stieg er in den Schrank des Gästezimmers im Erdgeschoss und machte es sich zwischen mehreren Schuhkartons leidlich bequem. Auf der Unterseite des Regals über ihm leuchtete ein neonfarbener Buzz-Lightyear-Aufkleber. Ted stellte sich das Kind vor, das ihn dorthin geklebt und sich dann eingeschlossen hatte, um sein phosphoreszierendes Schimmern zu bestaunen.

Vier Stunden später kam Blaine nach Hause. Bevor sich Ted versteckt hatte, hatte er die Räumlichkeiten inspiziert und konnte sich nun ein Bild davon machen, wo Blaine sich jeweils aufhielt. Blaine betrat das Haus durch die Garage. Er scherzte mit jemandem am Telefon. Danach duschte er. Es bestand die unwahrscheinliche Möglichkeit, dass Blaine an diesem Abend noch ausgehen würde, aber das beunruhigte Ted nicht sonderlich. Dann würde er eben auf ihn warten. Er saß schon seit Stunden in dem Schrank und konnte so lange dort sitzen bleiben, wie es nötig war. Gelegentlich nickte er ein.

Ted ging noch einmal seinen Plan durch, der jeden Hollywoodproduzenten enttäuschen würde. Er sah keine Konfrontation vor, keinen Rachemonolog und schon gar keine Drohung irgendwelcher Art. Ted würde warten, bis Blaine eingeschlafen war, aus dem Schrank schlüpfen und den Kerl liquidieren, ohne dass er überhaupt aufwachte. Was auch seine barmherzige Seite hatte.

Als Ted das nächste Mal auf seinem Handy nachsah, war es halb zehn. Blaine saß im Wohnzimmer, sah fern. Er schimpfte ab und zu lauthals über den Kandidaten einer schwachsinnigen Quizshow. Was der Abend noch bringen würde, war unklar. Es konnte sein, dass Blaine noch ausging, es konnte aber auch sein, dass er noch Besuch bekam oder ins Bett ging. Plötzlich geschah etwas Unvorhergesehenes. Ted bemerkte es noch vor Blaine und spitzte die Ohren. Trotz des künstlichen Beifalls und der schrillen Stimme des Moderators war es zu hören. Draußen im Vorgarten hatte Magnus zu jaulen begonnen. Ted verzog das Gesicht und schüttelte den Kopf. Die Dosis, mit der er den Hund betäubt hatte, war zu niedrig gewesen.

Jetzt verstummte der Fernseher. Nach einer Weile ging die Haustür auf und dann wieder zu. Anschließend begann Blaine zu telefonieren. Zunächst konnte Ted nicht hören, was er sprach. Doch dann tigerte Blaine im Wohnzimmer umher, bis seine Stimme immer deutlicher zu vernehmen war und das Undenkbare geschah: Er betrat das Gästezimmer, in dem Ted sich versteckt hielt, schaltete das Licht an und machte die Tür hinter sich zu. Ted hatte die Schranktür einige Zentimeter offen stehen lassen, und nun war es zu spät, um sie zu schließen, ohne Aufmerksamkeit zu erregen. Nur wenige Meter entfernt schritt

Blaine ungeduldig auf und ab und lauschte dem Gesprächspartner am anderen Ende der Leitung.

»Wenn ich's dir doch sage, Tony, Magnus wurde betäubt, er kann sich kaum rühren. Man hat ihm irgendwas verabreicht. Wenn das einer dieser verfluchten Nachbarn war, dann kann er sich auf was gefasst machen. Was? Nein, hab ich noch nicht.« Blaine hielt inne, setzte sich mit dem Rücken zum Schrank aufs Bett. Er klang jetzt ruhiger. »Du hast recht, Tony. Ich überprüfe, ob alles an Ort und Stelle ist. Natürlich. Ich ruf dich gleich wieder an. Ciao.«

Ohne das Licht auszumachen, verließ er den Raum.

Zweimal konnte Ted einen Blick auf ihn werfen, als Blaine vorsichtig über den Flur schlich. Beim zweiten Mal meinte Ted in seiner Hand etwas aufblitzen zu sehen. Es war nur eine Frage der Zeit, bis er auch das Gästezimmer genauer unter die Lupe nehmen würde. Ted holte das Messer aus der Jacke, mit dem er ihn im Schlaf hatte erstechen wollen. Auge um Auge, dachte er.

Wenige Minuten später stand Blaine tatsächlich auf der Schwelle und hatte eine Waffe in der Hand. Ted war überzeugt, dass Blaine ihn entdeckt hatte, dass er direkt zum Schrank geblickt und bemerkt hatte, dass die Tür nur angelehnt war. Doch Blaine setzte sich wieder mit dem Rücken zu ihm aufs Bett und nahm das Telefon, das er dort abgelegt hatte.

»Hallo, Tony. Alles an seinem Platz. Ja, wollte dir nur kurz Bescheid geben. Ich finde schon noch raus, wer das war. Aber erst morgen. Ich bin todmüde. Ich hab seit zwei Tagen nicht geschlafen. Natürlich. Hab ich doch gesagt. Keine Sorge. Ciao, Tony.«

Dann verließ er das Zimmer wieder. Diesmal machte er das Licht aus.

Ted steckte das Messer nicht wieder ein. Ob es eine Falle

war? Warum hatte Blaine den Schrank nicht durchsucht? Er zwang sich, dreißig Minuten zu warten, um sicherzugehen, dass der Hausherr auch wirklich schlief.

Mit äußerster Behutsamkeit öffnete er die Schranktür. Dann schlich er auf den Flur und ging in Richtung Treppe zum Obergeschoss. Von draußen fiel nur spärliches Licht herein. Magnus jaulte nicht mehr, und es fuhren auch keine Autos auf der Straße. Ein Stolpern, jedes noch so geringe Geräusch, konnte ihn verraten. Vorsichtig stieg er die Treppe hinauf, hielt sich so eng wie möglich an der Wand, damit keine Stufe knarrte. Der schwierigste Teil war geschafft. Im oberen Stockwerk lag überall Teppich.

Blaines Schlafzimmer befand sich am Ende eines schmalen Flurs. Als Ted den Kopf hineinsteckte, sah er deutlich Blaines Gestalt unter dem weißen Laken. Durchs Fenster fiel das Licht der Straßenlaterne. Ted umklammerte den Griff des Messers, machte einen Schritt in das Zimmer und hob den Arm, als …

»Keine Bewegung, sonst puste ich dir den Kopf weg.«

Die Stimme kam von hinten. Im Nacken spürte Ted den Lauf einer Pistole, dann wurde er vom Licht geblendet. Als sich seine Augen an die Helligkeit gewöhnt hatten, verwandelte sich der vermeintliche Blaine auf dem Bett in ein Kissen.

Das ist deine Chance, dreh dich um und wirf das Messer nach ihm. Wenn er dir eine Kugel in den Kopf jagt, kriegst du, was du wolltest, oder? Deinem Gehirn dürfte es egal sein, welche Kugel es zerfetzt.

In seiner Hosentasche steckte immer noch der Zettel aus seinem Büro. Das ist dein letzter Ausweg.

»Messer fallen lassen«, sagte Blaine. »Sehr schön. Nicht umdrehen. Und Pfoten hoch.«

Wie es aussah, würde es immerhin einen hollywoodreifen Dialog geben.

Ted war nicht nervös. Dass Blaine nicht sofort geschossen hatte, konnte nur bedeuten, dass er nachdachte. Vermutlich fragte er sich, wer der Kerl war, der ihn umbringen wollte. Außerdem war er sich bewusst, dass eine Leiche bei sich im Haus das Letzte war, was er jetzt gebrauchen konnte. Ganz zu schweigen von einem Schuss, der die Aufmerksamkeit der Nachbarn erregen würde. Ted wunderte sich, wie viele Gedanken ihm durch den Kopf gingen, als wäre dies die normalste Situation der Welt. Er kam sich vor wie ein Filmheld. Und während er all diese Überlegungen anstellte, begriff er, dass er keine Lust hatte, von diesem Typ ins Jenseits befördert zu werden. Es hatte etwas Empörendes, dass ausgerechnet Blaine sein Mörder sein sollte. Jetzt, wo er wehrlos dastand, eine Pistole im Nacken, wurde es ihm erst richtig bewusst. Lynchs Bedingungen zu akzeptieren und von einem Unbekannten getötet zu werden, um vielleicht das Leid seiner Familie zu lindern, mochte noch angehen – aber Blaine? Vielleicht tat der Überlebensinstinkt sein Übriges. Vielleicht.

»Du hast mich gesehen, stimmt's?«, fragte Ted mit fester Stimme. »Als du reingekommen bist, hast du mich sofort gesehen.«

»Wer hat dich geschickt?«

»Wie kommst du darauf, dass mich jemand geschickt hat?«

»Wenn dich keiner geschickt hat, knall ich dich sofort ab. Wenn du mir sagst, wer es war, lebst du ein bisschen länger. Lebend kommst du hier jedenfalls nicht mehr raus.«

»Das ist aber kein guter Deal für mich.«

Ted drehte sich ganz langsam um.

»Nicht umdrehen, hab ich gesagt!«

Ted hielt inne.

»Tut mir leid, aber du musst dir unbedingt mein Gesicht anschauen. Wir beide kennen uns nämlich.«

Ein kurzes Zögern.

»Deine Stimme kommt mir nicht bekannt vor.«

»Ich weiß. Aber wenn du mein Gesicht siehst, wirst du's begreifen. Glaub mir.«

Jetzt hatte er ihn. Wie ein Fisch hing er an der Angel, er musste ihn nur noch aus dem Wasser ziehen. Blaine war neugierig, würde sich auf Teds Gesicht konzentrieren, sein Gehirn würde mit einem Problem beschäftigt sein, für das es keine Lösung gab.

»Okay«, sagte Blaine. »Dreh dich um. Aber ganz langsam! Und lass die Hände oben.«

Ted begann sich langsam umzudrehen, die Arme halb erhoben. Ein simpler Trick. Blaine würde sich auf sein Gesicht konzentrieren, was Ted den Bruchteil einer Sekunde verschaffen würde, den er brauchte, um in die Jackentasche zu greifen und die Browning hervorzuziehen. Blaine bemerkte das Manöver erst, als sich Ted, die Waffe auf Brusthöhe, endgültig umdrehte und abdrückte, alles in einer fließenden Bewegung, ohne zu zögern. Es war ein gewagter Schuss, mit gebeugtem Arm und aus einer unbequemen Höhe, und trotzdem traf Ted Blaine mitten in die Stirn. Der Knall zerriss die Stille der Nacht. Diese Kugel war für mich reserviert, dachte Ted, während Blaine zusammensackte wie eine Marionette, deren Fäden man gekappt hatte.

Ted sah zu, wie Blaine noch einige Male zuckte, bevor er reglos liegen blieb. Dann zog er ein Foto von Amanda Herdman aus der Hosentasche und legte es Blaine auf die Brust.

In diesem Moment schreckte ihn ein Geräusch im Wohnzimmer auf. Er war nicht sicher, was genau er gehört hatte. Vielleicht das Rücken eines Stuhls. Er steckte die Browning zurück in die Tasche und hob sein Messer auf. Dann ging er den Flur entlang zum Treppengeländer und spähte nach unten. Was er sah, verblüffte ihn so sehr, dass es seinen natürlichen Reflex, sich zu verstecken, außer Kraft setzte. Mitten im Wohnzimmer stand ein schlanker Schwarzer in einer grauen Hose und einer Art Laborkittel. Er sah Ted an, als hätte er genau gewusst, dass er in diesem Moment dort auftauchen würde. Und er grinste auf unheimliche Art.

»Hallo, Ted«, sagte der Mann mit tiefer Stimme. Zum Gruß hob er die Arme und zeigte die rötliche Innenfläche seiner Hände.

Dass er seinen Namen kannte, verwunderte Ted nicht sonderlich. Neuerdings schien das bei Unbekannten der Normalfall zu sein.

Ted stieg langsam die Treppe hinunter, ohne seinen Blick von dem Fremden zu lösen.

»Arbeiten Sie für die Organisation?«, fragte er, als er unten ankam. Er lehnte sich ans Geländer, die eine Hand an seiner Browning. Etwas sagte ihm, dass dieser Mann keine Bedrohung darstellte.

Draußen rührte sich nach wie vor nichts. Es war auch noch zu früh, als dass die Polizei eintreffen konnte. Magnus spürte offenbar, dass Fremde im Haus waren, denn er jaulte von Zeit zu Zeit auf. Wusste er, dass sein Herrchen tot war? Konnte ein Hund Blut auf eine solche Entfernung wittern? Wahrscheinlich ja. Jetzt bellte er ein paarmal.

»Wer zum Teufel sind Sie?«

Der Mann lächelte.

»Ich bin Roger.«

»Roger und wie weiter? Nur Roger? Ihr Kollege hat mir wenigstens seinen Nachnamen genannt.« Ted rieb sich mit dem Rücken seiner freien Hand über die Stirn. »Hören Sie, ich weiß nicht, was Sie hier zu suchen haben, aber die Polizei kann jeden Moment eintreffen. Oben liegt ein toter Mann, und draußen lungert ein alarmierter Rottweiler herum. Ich mach jetzt lieber die Fliege.«

Nun sah Roger ihn fast väterlich an.

»Haben Sie nicht zugehört?«, insistierte Ted.

»Warum setzen wir uns nicht ins Wohnzimmer und unterhalten uns ein bisschen?«

Verblüfft sah Ted ihn an. Was wollte dieser Kerl? Warum spionierte er hinter ihm her?

»Sind Sie verrückt? Haben Sie den Schuss nicht gehört?«

»Das war Blaine, nicht wahr?« Er klang fast gelangweilt.

»Ja. Wer denn sonst?«

»Hast du ihn erschossen?«

Der Kerl musste den Schuss doch gehört haben. Ted antwortete nicht.

»Zum Glück hattest du die Pistole«, sagte Roger.

»Man muss auf alles vorbereitet sein.«

Ted fragte sich, warum er nicht einfach wegging. Etwas an der Art, wie dieser Kerl redete, hielt ihn zurück, sein hypnotisch ruhiger Tonfall.

»Handschuhe trägst du auch«, sagte Roger und zeigte auf Teds Hände. »Und du hast ein Messer dabei. Und eine Pistole, für alle Fälle. Hast du den Hund betäubt?«

Roger nickte anerkennend mit dem Kopf.

»Sie wollten doch, dass ich ihn töte, oder?«, empörte sich Ted.

»Hast du diesmal ein Foto auf die Leiche gelegt?«

Diesmal?

»Ja.« Ted gab auf. So kamen sie nicht weiter. Er hatte keine Ahnung, ob und warum der Mann ihm nachspioniert hatte. Oder vielleicht besaß er auch eine Kristallkugel. Es war ihm egal. »Wenn es Ihnen nichts ausmacht, Mister Roger, werde ich jetzt gehen. Okay? Ich an Ihrer Stelle würde ebenfalls verschwinden.«

Ted begab sich zur Tür. Aber etwas stimmte nicht. Durch ein kleines Sichtfenster in der Tür sah er, wie jemand den Garten verließ und über die Straße zu einem parkenden Auto rannte. In diesem Moment warf eine Straßenlaterne Licht auf die Gestalt. Dieses gestreifte Poloshirt kannte er. Es war Lynch.

Das Auto wurde gestartet und raste davon.

Warum überwachten sie ihn?

Ted drehte sich zu Roger um und forderte eine Antwort, ohne die Frage überhaupt ausgesprochen zu haben. Der Schwarze zuckte mit den Schultern.

5

Das Opossum hatte sich den Gartentisch ausgesucht, um das amputierte Bein zu verschlingen. Beim Betreten der Veranda hatte es den Bewegungsmelder ausgelöst, sodass in dem Lichtkegel das schaudererregende Schauspiel gut zu sehen war.

Ted stand an der Verandatür und betrachtete ungläubig, wie das Tier seine spitzen Zähne in das tote Fleisch rammte. Die künstlich wirkenden Augen starrten gleichgültig ins Leere, während es die rosafarbene Haut von Hollys Bein riss. Ted wusste genau, dass es Hollys Bein war, obwohl alles – von den Zehen bis zu der Schnittwunde unterhalb des Knies – blutbesudelt war. Er brauchte kein Muttermal oder etwas dergleichen. Er hatte dieses Bein so oft gestreichelt, hatte es so oft geküsst. Er würde es überall erkennen, sogar im Traum. Dieses verfluchte Opossum fraß Hollys Bein! Ted schlug mit der flachen Hand an die Scheibe. Das Opossum drehte kurz den Kopf, sah zu der Gestalt hinter dem Glas, schien sich aber nicht bedroht zu fühlen. Seine Schnauze war rot verschmiert, wie von Schminke. Als seine Neugier befriedigt war, rammte es wieder seine Zähne in das Bein. Ted hämmerte noch einmal an die Scheibe, doch diesmal rührte sich das Tier nicht.

In diesem Moment hörte er den Ozean. Der Atlantik war mehrere Kilometer entfernt und von hier aus unmöglich zu hören, aber das war jetzt auch egal. Ted schaltete das Außenlicht ein, und tatsächlich, da draußen – in seinem Garten – lag das Meer. Der sanft abfallende, waldige Hang, an dem er morgens die Wirtschaftsbeilage las, hatte sich in eine brausende, schäumende Wassermasse verwandelt. Am sandigen, mit Geranien bewachsenen Ufer stand Holly, starr wie eine Wachsfigur. Das Opossum hatte bereits ein großes Stück Wade herausgebissen, sodass die hell schimmernde Rundung des Knochens zu sehen war. Holly trug den roten Bikini – Teds Lieblingsbikini –, streckte die Arme zur Seite und neigte den Körper leicht nach links. Die Haare schienen neben ihrem Kopf zu schweben, als ruhten sie auf unsichtbaren Händen. Trotz des fehlenden Beins machte Holly ein fröhliches Gesicht.

Ted öffnete die Verandatür. Das Opossum verzog sich ans hintere Ende des Tisches. Offenbar war es jetzt doch beunruhigt von Teds Anwesenheit, wenn auch nicht beunruhigt genug, um vom Fressen abzulassen. Erwartungsvoll saß es da, zusammengekauert, die Zähne bleckend, bereit zur Flucht. Ted machte eine abrupte Bewegung, die aber nichts half, also suchte er in der Umgebung nach etwas, mit dem er das Tier verscheuchen konnte. Neben dem Grill lag ein Holzkasten, den er sofort wiedererkannte. Obwohl er hätte überrascht sein müssen, weil er den Kasten seit seiner Kindheit nicht mehr gesehen hatte, kam es ihm ganz natürlich vor, ihn jetzt hier, als Erwachsener, zufällig zu entdecken. Er ging hin und hob ihn hoch, als wäre er eine Reliquie – was er in gewisser Weise auch war. Wenn man ihn öffnete, ergaben Deckel und Boden ein vollständiges Schachfeld. Innen war er mit grünem Samt ausgekleidet, und jede Figur hatte seinen Platz. Ted nahm einen Bauern und schleuderte ihn in Richtung des Opossums. Aber er traf nicht. Wie war es möglich, dass er dieses elende Vieh aus nicht einmal zwei Meter Entfernung verfehlte? Er warf eine weitere Figur, diesmal mit mehr Kraft, als nötig gewesen wäre. Wieder daneben. Beide Würfe hatten etwas, das ihn zutiefst verstörte. Die Geschosse beschrieben eine Kurve, deren einziger Zweck es zu sein schien, das Opossum kurz vor dem Aufprall zu verfehlen. Ted gab sich nicht geschlagen und schleuderte wie ein Besessener eine Figur nach der anderen nach dem Tier. Das Opossum musste bemerkt haben, dass die physikalischen Gesetze zu seinen Gunsten verzerrt waren, denn es kehrte träge zur Mitte des Tisches zurück und labte sich wieder an seinem Festschmaus. Der kräftige, rötliche Schwanz schlängelte sich wie eine Viper an seinem haarigen Körper. Ted hatte um die hundert Mal geworfen – immer daneben –, als er endlich aufgab und das Kästchen fallen ließ. Ein Blick auf den Boden bestätigte ihm, dass darin alle Figuren an ihrem Platz waren.

Er sah zu Holly, wollte ihr sagen, dass es ihm leidtat, dass er sein Möglichstes versucht hatte, damit sie ihr Bein wiederbekam. Was für ein Ehemann war er nur, dass er die Bedürfnisse seiner Familie nicht erfüllen konnte? Er fühlte sich elend, war den Tränen nahe, doch dann begriff er, dass es einen Ausweg gab. Warum war er nicht gleich darauf gekommen! Sein rechter Arm wurde immer schwerer, bis sich seine Hand schließlich um den Griff der Browning legte. Er führte die Pistole vor sein Gesicht und betrachtete sie fasziniert. Mit geradezu theatralischer Langsamkeit richtete er sie mit beiden Händen auf das Opossum. Er kostete den Moment vor dem Schuss aus. Das Tier hatte den Kopf gehoben, als ahnte es, dass sein Ende nahte. Die Kugel schlug in seinem Rücken ein, der explodierte wie ein mit Blut und Eingeweiden gefüllter Luftballon. Ted ließ die Pistole fallen und ging, den Blick auf Hollys Bein gerichtet, zum Tisch. Er nahm es in beide Hände wie ein Chirurg, der ein Organ verpflanzen will. Jetzt, da er es aus der Nähe betrachten konnte, stellte er fest, dass es am Ende, genau wie er vermutet hatte, einen Gewindebolzen aufwies. Alles würde gut werden. Er musste nur zu Holly gehen und das Bein wieder anschrauben. Er würde ein guter Ehemann sein.

Er stieg die beiden Stufen der Terrasse hinunter und hob den Blick. Holly stand immer noch da, doch jetzt befand sich zwischen ihr und ihm ein riesiger, gelb glänzender Rahmen, dessen unterer Rand rund fünfzig Zentimeter über dem Boden schwebte. Ted wusste, dass er problemlos über den unteren Rand hinwegklettern konnte, doch er hielt eine Sekunde inne, bevor er es tat. Zehn Meter hinter Holly wogte das Meer, und sein Wunsch, ihr das Bein zurückzugeben und sie in den Arm zu nehmen, war kaum auszuhalten. Er hob sein eigenes Bein an und schwang es über das Hindernis. Kurz hatte er das verrückte Gefühl, er würde nicht hinüberklettern können, aber es gelang ihm problemlos. Solange er den Rahmen nicht berührte, war alles okay. Nachdem er hinübergeklettert war, stand er vor einem weiteren Rahmen, der diesmal grün war. Er wiederholte sein Manöver, und als er den Blick hob, sah er, dass Holly immer noch zehn Meter entfernt stand und auf ihn wartete, und da war ein weiterer Rahmen, ein roter diesmal, und dahinter ein violetter. Ted musste nicht einmal mehr hinsehen, um die Hindernisse zu überwinden, er tat es unbewusst, den Blick nach vorn gerichtet, auf Holly, erst einen gelben, dann einen himmelblauen, »ich komme, Schatz«, weitere zehn Meter, dann einen Rahmen, der so schwarz war wie die Nacht, »Holly«, Ted ging nun nicht mehr, er rannte, sprang über die untere Leiste der Rahmen hinweg wie ein Hürdenläufer, immer weiter, Holly, immer weiter, Holly …

Der letzte Rahmen verschluckte ihn und spuckte ihn mit einem Schrei irgendwo aus.

Er lag auf dem Sofa.

Erschrocken setzte er sich auf und tastete sein Bein ab. Es war noch da. Hatte er geträumt, dass ihm ein Bein fehlte? Die Erinnerung an den Traum verflüchtigte sich bereits. Er starrte ins Dunkel des Zimmers, dann auf sein zerknittertes Hemd und die unbequeme Jeans, die er trug. Dann stand er auf und ging, ohne recht zu wissen, warum, zu der Tür, durch die man auf die Seitenveranda gelangte. Dort blieb er eine ganze Weile stehen und betrachtete den Hang, der sich in der Schwärze der Nacht verlor. Als er näher an die Scheibe trat, aktivierte der Bewegungsmelder die Scheinwerfer, und Tisch und Stühle wurden in Licht getaucht. Schlagartig stand ihm das Bild eines Frauenbeins vor Augen. Hatte er geträumt, dass Holly ein Bein fehlte? Lächelnd machte er sich eine Notiz, um es ihr am Nachmittag zu erzählen. Er fragte sich, wie spät es sein mochte. Instinktiv sah er zu seinem Handgelenk, aber seine Armbanduhr war nicht da.

Da durchbrach eine Erinnerung wie ein Pfeil die barmherzige Decke des Vergessens, die sein Bewusstsein hatte ausbreiten wollen. Abrupt sah er zum Sockel des Grills. Das Schachspiel war nicht mehr da, aber die Erinnerung war gestochen scharf. Er hatte einen Albtraum gehabt, in dem Holly ein Bein fehlte, aber es war dieses Schachspiel, das ihm das Blut in den Adern gefrieren ließ.

6

Wenn er seinen Abschied von dieser Welt schon hinauszögerte, dann konnte er genauso gut sein alltägliches Leben wiederaufnehmen, und dazu gehörten die Besuche bei seiner Therapeutin Laura Hill. Irgendwie freute er sich darauf, denn sein Verhältnis zu ihr war mit der Zeit immer besser geworden. Sein Hausarzt hatte ihn damals überwiesen. Ted wäre niemals von sich aus zur Therapie gegangen, aber Dr. Carmichael hatte darauf bestanden und so lange auf ihn eingeredet, bis er sich dazu bereit erklärt hatte. »Jemand, der mit so etwas konfrontiert ist, Ted, braucht Beistand«, hatte er gesagt. Ted hatte es übersetzt als: *Jemand, der einen inoperablen Tumor im Kopf hat, wird früher oder später überlegen, ob er sich nicht die Kugel gibt.* Und Dr. Carmichael hatte recht behalten.

Streng genommen war es nicht so, dass der Tumor inoperabel war, aber dass die Sache gut ausging, war in etwa so wahrscheinlich, wie aus dreißig Metern einen Korb zu erzielen. Diese Metapher hatte Dr. Carmichael nicht benutzt, denn er hatte mit seinen Worten ein Licht der Hoffnung entzünden wollen, aber pragmatisch, wie Ted war, hatte er die Situation blitzschnell analysiert. Es war seine Entscheidung: Er konnte die Operation riskieren und auf ein Wunder hoffen oder weitermachen wie bisher. Ted musste nicht lang überlegen. Es war eine Entscheidung, die er schon getroffen hatte, lange bevor die Kopfschmerzen einsetzten oder Dr. Carmichael ihm in ruhigem Tonfall die deprimierenden Ergebnisse der Untersuchungen erläuterte. Vermutlich hatte er sie schon vor Jahrzehnten getroffen, als er *Einer flog über das Kuckucksnest* gesehen hatte, mit seinem niederschmetternden Ende, wenn Jack Nicholson seinen Kopf bewegte wie eine Marionette ohne Marionettenspieler. Nein, Ted musste nicht erst überlegen. Er würde seine letzten Monate genießen und dann in Würde sterben. Wenn er dennoch zu Dr. Hill gegangen war, dann nur, um Carmichael in

Sicherheit zu wiegen. Als guter Arzt war er natürlich der Meinung, man müsse das menschliche Leben so lange wie möglich erhalten. Ob man dafür einen Korb aus dreißig oder hundert oder tausend Metern erzielen musste, war egal.

Laura Hill sah aus wie Ende zwanzig. Bei seinem ersten Termin empfand Ted geradezu Mitleid mit der jungen Frau, die sich beruflich erst noch ihre Sporen verdienen musste, mit ihrer eckigen Brille und den hochgesteckten Haaren, mit ihrer umgänglichen Art und dem wohldosierten Lächeln. Sie spielt die Therapeutin nur, dachte Ted, der sich noch wundern würde, dass Laura Hill in Wirklichkeit längst weit über dreißig war. Wie alt genau sie war, das wusste er bis heute nicht. Sie hatte es ihm nie gesagt.

Laura Hill hatte ihn entwaffnet mit ihrer jugendlichen Schönheit, ihrem unschuldigen Aussehen und der Offenheit, die sie ihm entgegenbrachte. Ted nahm sich dennoch vor, alle Fallen, die sie ihm stellen würde, zu umgehen, und selbstverständlich würde er ihr – wie schon Dr. Carmichael – nichts von den Selbstmordgedanken erzählen, die er in seinem Innern bewegte.

»Hallo, Ted«, sagte Laura. »Dann ist die Segeltour mit Ihrem Geschäftspartner also ins Wasser gefallen.«

»Ja. Danke, dass Sie mir so schnell einen Termin gegeben haben.«

»Tut mir leid wegen der Tour.« Laura hatte ihre kupferbraunen Haare zu einem Dutt gesteckt. »Wie geht's Ihnen?«

Gestern habe ich einen Mann getötet. Ich bin bei ihm eingebrochen, habe mich in einem Schrank versteckt und ihn umgebracht. Die Welt wird ihn nicht vermissen.

Er lauschte in seinem Innern dem Klang der Worte nach, stellte sich Lauras Gesicht vor, wenn er sie aussprach. Aber er hatte sich selbst ja noch nicht an den Gedanken gewöhnt, dass er einen Menschen getötet hatte und – was noch schwerer wog – dass er es auch noch genossen hatte.

»Gestern hatte ich wieder einen Albtraum«, sagte Ted. Er erzählte oft von seinen Träumen, zum einen, weil er sie für Unsinn hielt, zum anderen, weil er alle Details weglassen konnte, die ihm zu entlarvend erschienen. »Es ist etwas Neues hinzugekommen.«

Am einzigen Fenster des Raums stand ein Schreibtisch, den Laura nur selten benutzte. Auch diesmal saß sie Ted gegenüber auf einem Sessel. Zwischen ihnen befand sich ein niedriger Tisch, darauf ein Plastikbecher mit Wasser. Ted trank nie davon.

»Erzählen Sie mir Ihren Traum.«

»Ich war im Wohnzimmer und habe auf die Veranda geschaut. Auf dem Tisch saß das Opossum und fraß ein Bein von Holly. Holly war nicht da, nur ihr Bein, und trotzdem wusste ich, dass es ihr gehörte. Ich ging sofort nach draußen und suchte nach etwas, mit dem ich nach dem Viech werfen konnte, um es zu verscheuchen. In dem Augenblick sah ich auf dem Boden einen kleinen Kasten, den ich sofort wiedererkannte. Es war mein Schachspiel.«

Wäre Laura Hill eine Therapeutin gewesen, die sich Notizen macht, hätte sie in diesem Moment wohl ein Ausrufezeichen an den Rand gesetzt, weil Teds Stimme so ernst klang. Doch Laura machte sich nie Notizen. Sie hatte ein hervorragendes Gedächtnis.

»Ich habe mit den Figuren nach dem Opossum geworfen, aber nie getroffen«, fuhr Ted fort. »Und die Figuren wurden nie weniger. Da entdeckte ich Holly im Garten, und hinter ihr lag das Meer. Ist es nicht komisch, was ein menschliches Hirn sich so ausdenkt?«

Dass er das Opossum mit der Browning in Fetzen geschossen

hatte, ließ er weg. Für seinen Geschmack glich es zu sehr dem, was er mit seinem eigenen Schädel angestellt hätte, wäre Lynch ihm nicht in die Quere gekommen. Das waren die Details, die er lieber für sich behielt.

»Haben Sie das Opossum nicht getötet?«, fragte Laura und bewies nicht zum ersten Mal einen alarmierend guten sechsten Sinn.

»Nein.«

Laura Hill nickte.

»Wann hatten Sie zum letzten Mal einen Traum, in dem ein Schachspiel vorkam?«

»Noch nie.«

Sie legte eine Pause ein und suchte nach den richtigen Worten.

»Ted, wir sollten darüber reden, was in jenen Jahren geschah. Sie müssen mir sagen, warum ein Junge mit einer solchen Begabung so plötzlich mit dem Schach aufhört. Haben Sie seither denn nie wieder gespielt?«

»Nicht ernsthaft. Ich hab's meinen Töchtern beigebracht und ein paarmal mit ihnen gespielt, aber jetzt spielen sie nur noch miteinander.«

»Warum haben Sie damit aufgehört?«

Es war nicht das erste Mal, dass Laura dieses Thema anschnitt. Ted hatte sich in der Vergangenheit dagegen gesträubt, und sie hatte nicht insistiert, dabei fand er es nicht einmal sonderlich beunruhigend, über diese Jahre zu sprechen. Er setzte sich bequem hin und begann zu erzählen:

»Beigebracht hat es mir mein Vater. Mit sieben habe ich bereits locker gegen ihn gewonnen. Er nahm mich mit nach Windsor Locks, seinem Geburtsort, wo ein alter Mann wohnte, der einmal einen gewissen Ruf als Schachspieler genossen hatte.« Ted machte eine Pause. Die Erinnerung an seinen Mentor, der vielleicht der einzige Erwachsene war, dem er jemals Respekt und Bewunderung gezollt hatte, weckte in ihm eine Mischung aus Nostalgie und Schmerz. »Er hieß Miller, ich glaube, ich habe ihn schon mal erwähnt. Als ich ihn zum ersten Mal sah, kam er mir unglaublich alt vor, weil er so graue Haare hatte, die ihm wirr vom Kopf abstanden, und ein verrunzeltes Gesicht. Bei unserer ersten Begegnung haben wir nicht viel gesprochen. Wir setzten uns einfach ans Brett und spielten eine Partie, in der Garage, in der er die Kinder aus dem Ort unterrichtete. Mein Vater sah uns zu. Wir führten nur einige wenige Züge aus, nicht mehr als zwanzig, da stand Miller auf und nahm meinen Vater beiseite, um allein mit ihm zu reden. Ich saß da und wartete, dachte, Miller würde ihm sagen, ich hätte kein Talent, und dann würden wir nach Hause fahren, und das war's. Stattdessen besuchte ich ihn acht Jahre lang zwei- oder dreimal die Woche. Bis ich fünfzehn war.«

»Miller war doch der mit dem Hufeisenritual, oder?«

Ted erinnerte sich nicht, dass er das Hufeisen schon mal erwähnt hatte. Es war ein weiterer beunruhigender Beweis für die erstaunliche Gedächtnisleistung seiner Therapeutin.

»Ja. Miller wurde mein Lehrer. Wir übten stundenlang Varianten an mehreren Brettern gleichzeitig.«

Laura verzog leicht den Mund.

»Ich fürchte, so gut kenne ich mich beim Schach nicht aus.«

»Beim Schach gibt es eine Vielzahl von Eröffnungen, die häufig nach den Spielern benannt sind, die sie bekannt gemacht haben. Und von diesen Eröffnungen wiederum gibt es Varianten, das heißt, Möglichkeiten, sie anders weiterzuspielen. Man könnte auch sagen, es gibt einen Hauptweg und mehrere Seitenwege. Jede Variante wurde eingehend analysiert und ist heute Teil des Schachtrainings. Beim Schach kommt es nicht nur auf Logik an, sondern vor allem auch aufs Gedächtnis. Miller spielte mit mir berühmte Partien nach und analysierte jeden Spielzug. Sie dürfen nicht vergessen, dass ich noch ein Kind war, also trotz meiner Begeisterung für Schach leicht ablenkbar. Miller musste sich einiges einfallen lassen, um mich bei Laune zu halten. Er hat mir Geschichten über Schachspieler erzählt, über denkwürdige Partien. Irgendwann kam er auch auf die dritte Weltmeisterschaft 1927 in Buenos Aires zu sprechen, ein Zweikampf zwischen dem Kubaner José Raúl Capablanca und dem Russen Alexander Aljechin. Miller war fasziniert von diesem Spiel und steckte mich mit seiner Begeisterung an. Capablanca war der amtierende Weltmeister und galt als unschlagbares Genie. Der Herausforderer Aljechin galt eher als fleißig und gewissenhaft, und wenige trauten ihm einen Sieg zu ... Langweile ich Sie?«

»Überhaupt nicht. Ich finde es schön zu sehen, dass diese jugendliche Begeisterung Sie auch heute noch packen kann. Erzählen Sie weiter. Ich möchte wissen, wie die Geschichte des außergewöhnlichen Genies gegen den methodischen Herausforderer ausgeht. Ist es sehr peinlich, wenn ich die beiden Namen noch nie gehört habe?«

Ted lachte.

»Nein, ganz und gar nicht. Wir reden von Schach. Und vom Jahr 1927! In jener Zeit waren die Regeln der Weltmeisterschaften noch nicht festgelegt. Die beiden vereinbarten, dass derjenige Weltmeister würde, der sechs Partien gewann. Beim Schach enden Partien aber oft mit einem Remis, daher mussten sie unzählige Male gegeneinander antreten, bis sechs Siege zustande kamen. Insgesamt vierunddreißig Mal. Sie haben drei Tage praktisch durchgespielt!«

»Wer hat gewonnen?«

»Zur Überraschung aller, Aljechin. Das Verhältnis der beiden Schachspieler war schon immer schlecht gewesen, aber von da an wurde es noch schlechter. Aljechin verweigerte Capablanca eine Revanche und starb zehn Jahre später. Wie gesagt, sein Sieg war überraschend, und hier kommt das berühmte Hufeisen ins Spiel. In Buenos Aires fand Aljechin ein Hufeisen auf der Straße. Er war sehr abergläubisch und hielt es für ein gutes Omen. So erklärte er es auch seiner Frau, die ihn begleitete, und er beschloss, das Hufeisen als seinen Glücksbringer aufzubewahren. Er kaufte eine Zeitung und wickelte es vorsichtig ein. Seiner Frau sagte er: ›Es hat auf mich gewartet.‹«

Ted hatte feuchte Augen. Seine Gefühle hatten ihn überwältigt. Miller hatte ihm diese Geschichte wieder und wieder erzählt, sie mit immer neuen Details ausgeschmückt. Der alte Mann hatte sogar ein Album mit Zeitungsartikeln aus jener Zeit, darunter auch einige aus Argentinien, die er selbst übersetzt und in seiner winzigen, gestochen scharfen Handschrift niedergeschrieben hatte.

»In Millers Garage hing ein Hufeisen an der Wand«, sagte Ted, der es in diesem Moment vor sich sehen konnte. »Er sagte, es sei das Hufeisen, das Aljechin in Buenos Aires auf der Straße gefunden habe, er habe es auf einer Auktion ersteigert. Als ich zu meinen ersten offiziellen Wettkämpfen antrat, wickelten wir es in Zeitungspapier ein und nahmen es mit. Nicht einmal meinem Vater, der uns normalerweise hinfuhr, erzählten wir davon. Es war unser Geheimnis, das Geheimnis von Miller. Die Wettkämpfe liefen ziemlich gut für mich. Danach hängten wir das Hufeisen wieder an die Wand, es war tatsächlich ein Ritual.«

»Sie klingen stolz, wenn Sie von Miller erzählen. Er muss sehr wichtig für Sie gewesen sein.«

»Kein Wunder, ich habe ja auch viel Zeit mit ihm verbracht. Mein Vater fuhr mich mehrmals die Woche hin, was jedes Mal über eine Stunde gedauert hat. Und dann haben Miller und ich uns drei Stunden mit Schach beschäftigt, Stunden, die wie im

Flug vergingen. Mein Vater war Handelsvertreter und nutzte die Zeit, um in der Gegend sein Glück zu versuchen. Es war nicht einfach damals, weil meine Mutter immer dementer wurde und sich die beiden ständig stritten. Für mich war das unerträglich.«

»Was wurde aus Miller?«

»Miller muss um die siebzig gewesen sein, als ich ihn kennenlernte, das heißt, acht Jahre später ging er auf die achtzig zu. Ich war fünfzehn, und Schach war das Einzige, was meinen rebellischen Geist einigermaßen besänftigen konnte. Wenn ich nicht bei Miller war, war ich ein launischer, aufsässiger Teenager. Ich weiß nicht, wie lange ich so hätte weitermachen können, ich hatte regelrecht zwei unterschiedliche Persönlichkeiten ausgebildet. Einerseits war ich rebellisch, ich machte meinen Eltern nichts als Ärger, sprach kaum mit meinem Vater, verweigerte mich in der Schule, andererseits konnte ich lammfromm sein, verbrachte meine Nachmittage bei Miller und genoss es, wenn er seine Geschichten erzählte und Schachpartien analysierte.«

Ted machte eine Pause. Nicht einmal Holly hatte er so viel von Miller erzählt, und schon gar nicht das, was er gleich zu offenbaren gedachte. Er schluckte.

»An dem Tag, an dem Miller starb, war ich bei ihm. Ein- oder zweimal im Monat spielten wir einige Partien miteinander, die zu der Zeit ziemlich ausgeglichen waren. Er war am Zug. Wenn er nachdachte, saß er immer in der gleichen Haltung da, die Ellbogen auf den Tisch gestützt, das Kinn auf den geschlossenen Fäusten. Ich hingegen saß immer etwas vorgebeugt und hielt die Hände unter dem Tisch. So saßen wir einander gegenüber, als Miller plötzlich zusammensackte. Seine Arme knickten ein, sein Kopf fiel wie eine Eisenkugel aufs Brett und warf die Figuren um. Ich war fürchterlich erschrocken. Miller war

Witwer. Er hatte zwar einen Sohn, der ihn ab und zu besuchte, aber an jenem Tag waren wir allein im Haus. Ich war so verstört, dass ich gar nicht auf die Idee kam, ihn zu schütteln, um zu sehen, ob er noch reagierte. Es hätte allerdings nichts geändert, denn er hatte einen schweren Herzinfarkt erlitten. Eine Weile war ich wie gelähmt, stand einfach nur da, rang nach Atem. Dann rannte ich los, um Hilfe zu holen. Ich hätte bei jedem Nachbarn klingeln können, aber aus irgendeinem Grund meinte ich, meinen Vater suchen zu müssen. Sein Mustang stand nicht vor dem Haus, also lief ich einfach in irgendeine Richtung. An der Kreuzung bog ich aufs Geratewohl rechts ab. Der Zufall wollte es, dass ich in etwa zweihundert Meter Entfernung den Wagen entdeckte. Dort, in diesem Haus, musste mein Vater sein, dort verkaufte er gerade seine Enzyklopädien oder Fernkurse oder was immer er damals verkaufte. Den Rest können Sie sich denken, nehme ich an.«

»Ja.«

»Als ich eintrat, begriff ich, dass mein Vater mich nicht all die Jahre zu Miller gebracht hatte, damit ich mein Schachspiel verbessere. Die Frau, die dort wohnte, war seine erste Geliebte. Mein Vater hat es mir später zu erklären versucht.«

»Was haben Sie in diesem Haus gesehen, Ted?«

»Sie waren im Schlafzimmer. Gesehen habe ich sie nicht, aber gehört. Ich habe mich vor den Fernseher gesetzt. Sie lachten, und ich dachte an Miller, der in der Garage auf dem Boden lag. Und dann kam mir ein Gedanke, der mich maßlos wütend machte, daran erinnere ich mich noch ganz genau. Ich dachte, selbst wenn Miller noch lebte, könnte ich trotzdem nie wieder zu ihm kommen. Und daran wäre allein mein Vater schuld. In diesem Augenblick wollte ich nur eins: meinen Vater hassen.«

Das Telefon läutete, und Ted erschrak. Es war noch nie passiert, dass jemand Laura mitten in der Sitzung anrief.

»Entschuldigen Sie, Ted. Ich muss kurz rangehen.« Sie stand auf und ging zum Schreibtisch.

Ted nickte.

Laura hörte zu. Kurz bemerkte Ted, wie sich ihre Gesichtszüge verhärteten, dann entspannten sie sich wieder, und Laura lächelte.

»Ja, natürlich. Kein Problem. Sie haben meine Erlaubnis.«

Sie legte auf.

»Mein Sohn ist bei den Pfadfindern«, erklärte sie. »Er hat vergessen, die Erlaubnis für einen Ausflug von mir unterschreiben zu lassen, und die Leitung war so nett, mich deswegen anzurufen.«

Laura setzte sich wieder.

»Entschuldigen Sie die Unterbrechung, Ted.«

»Kein Problem. Im Grunde ist alles gesagt. Ich habe nie mit meinem Vater darüber gesprochen. Er war kaum noch zu Hause, und ich hasste ihn dafür umso mehr, weil ich mich jetzt ständig mit meiner Mutter auseinandersetzen musste. Irgendwann ließen sie sich scheiden. Seit damals habe ich nie wieder Schach gespielt.«

7

Ted kniete hinter einem Busch. Gerade war er durch einen Wald gewandert, in dem es von Stechmücken nur so wimmelte. Er schüttelte den Kopf und spähte konzentriert durch die Zweige.

Jemand pfiff eine Melodie, die sich mit dem Gesang der Vögel vermischte. Auf dem See vor ihm lag ein Boot, und in dem Boot saß ein Mann: Wendell. Seelenruhig und mit der Angel in der Hand erwartete er sein Schicksal.

Ted klatschte lautlos in die Hände, um eine Mücke zu zerquetschen. Er drehte sich um, setzte sich mit dem Rücken zum See hin und nahm die Umgebung in Augenschein. Da sah er es. Funkelnd lag es in einem Lichtstrahl, der sich zwischen den Kiefern hereinstahl: ein Hufeisen. Es war nur wenige Meter entfernt, sodass er nicht einmal aufstehen musste, sondern hinkriechen konnte. Er nahm es in beide Hände und wunderte sich, dass es fast genauso aussah wie das, das Miller in der Garage hängen hatte (im Grunde wusste er, dass es Millers Hufeisen *war*).

Was hatte dieses Hufeisen hier zu suchen? Er betrachtete es eine Weile und steckte es dann in seine Hosentasche.

Am Ende des Waldwegs lag Wendells Wochenendhaus, das aussah wie übereinandergeschichtete Betonblöcke mit großen Fenstern. Auf der einen Seite befand sich eine Holzterrasse, die sich bis zum See erstreckte und dort überging in einen kleinen, wenige Meter breiten Anlegesteg. Ted wägte ab, welche Optionen er hatte. Nach dem Angeln würde Wendell garantiert an diesem Steg anlegen und über die Terrasse zu seinem Haus gehen. Drinnen auf ihn zu warten schien ihm am vernünftigsten. Zumindest ließ es sich dort besser aushalten als hier draußen, wo er dem Ansturm der Mücken ausgesetzt war. Er machte eine schnappende Bewegung mit der Hand und betrachtete die geschlossene Faust mit einer gewissen Genugtuung. Als er sie öffnete, war sie leer.

Unbemerkt ging er den Waldweg entlang. Je näher er dem modernen Gebäude kam, desto größer schien es zu werden. Das schwarze Sportcabriolet, das vor dem Haus stand, entpuppte sich als ein Lamborghini. Ted konnte der Versuchung nicht widerstehen, einen genaueren Blick darauf zu werfen. Der Flitzer war sein Traumwagen, allmählich wurde ihm dieser Wendell sympathisch. Als Ted sich vorbeugte, um ins Innere zu spähen, öffnete sich unter dem Gewicht der Browning seine Jacke und erinnerte ihn daran, was ihn hierhergeführt hatte. Er schloss die Jacke wieder, ohne sie zuzuknöpfen – die Hitze war unerträglich, aber mit der griffbereiten Waffe fühlte er sich sicher. Er richtete sich genau in dem Moment auf, als er im Seitenfenster des Wagens einen Lichtreflex sah. Erst dachte er, es wäre ein Lämpchen am Armaturenbrett, aber da der Punkt seine Position veränderte, musste es sich um eine Spiegelung handeln. Er drehte sich um und musterte die Laterne, die halb versteckt zwischen den Bäumen stand. Ganz oben befand sich eine Überwachungskamera, die genau auf die Stelle ausgerichtet war, an der er jetzt stand. Ein rotes Licht blinkte. Ted lief ein Schauder über den Rücken. In den Informationen, die er von Lynch erhalten hatte, war von einer Alarmanlage nicht die Rede gewesen. Was sonderbar war. Ted konnte sich nicht vorstellen, dass der Organisation eine solch wichtiges Detail entgangen sein sollte.

Während das Licht weiterhin blinkte, fragte sich Ted, ob jemand die Kamera steuerte oder ob es sich um ein automatisiertes System handelte. Sollte Letzteres der Fall sein, hatte Lynch es vielleicht deswegen nicht erwähnt. Er und seine Leute würden die Aufnahmen natürlich vernichten. Mit einer gewissen Erleichterung löste er seinen Blick von der Kamera.

Er ging zur Eingangstür, die logischerweise nicht verschlossen war. Ein großer Teppich, wahrscheinlich aus Indien, war wie eine Aufforderung, das Haus zu betreten. Innen sah es genauso aus, wie er es sich vorgestellt hatte: ein großer Raum mit unterschiedlichen Ebenen und Galerien, in dem die Farbe Weiß dominierte, Geländer aus Metall und viel Glas, als wäre es der Empfangsbereich eines Unternehmens und nicht der eines Wochenendhauses. Es gab zwei Treppen, deren hölzerne Stufen in der Luft zu schweben schienen, und mehrere zierliche runde Säulen. Ted ging langsam nach rechts, auf einen großen Tisch aus dunklem Glas zu, den noch nie jemand benutzt zu haben schien. Er wusste sofort, dass die Stelle neben dem Bogengang, der vermutlich zur Küche führte, ideal war, um auf Wendell zu warten.

Auf dem Weg dorthin überfiel ihn schlagartig das Gefühl, beobachtet zu werden. Er blieb stehen und sah sich um. Kameras sah er keine, nahm aber an, dass es welche gab. Am anderen Ende des Raumes erblickte er einen gigantischen Fernseher, mehrere Ledersessel und einen Kamin, auf dessen Sims Fotos standen. Misstrauisch sah Ted sich weiter um. Als das Gefühl, beobachtet zu werden, etwas nachließ, setzte er seinen Weg zu dem Bogengang fort, ohne sein Unbehagen ganz abschütteln zu können. Etwas stimmte nicht. Aber was?

Abgesehen davon, dass er im Begriff stand, einen Menschen zu töten?

Ja.

Er schüttelte den Kopf.

Einen *weiteren* Menschen.

Als er in der Küche war, zog er die Browning heraus. Das Gewicht der Waffe wirkte beruhigend. Durch die große Fensterfront mit Blick auf den See würde es ein Leichtes sein, Wendell kommen zu sehen. Er trat näher an sie heran und betrachtete die Wassermasse hinter der großen Terrasse. Er meinte, genau zu der Stelle zu blicken, an der er gerade eben noch das Boot gesehen hatte, aber da war nichts mehr. Unruhig spähte er auch zwischen den Bäumen hindurch, aber auch dort entdeckte er nichts. Da hörte er das ferne Brummen des Außenbordmotors. Wendell war auf dem Rückweg.

Ted ging hin und her und klopfte sich mit dem Lauf der Pistole an die Stirn. Wie viel Zeit hatte er noch? Wenig. Andererseits war es nur gut für ihn, dass er es bald hinter sich haben würde, denn in seinem Innern machte sich eine zunehmende

Unruhe bemerkbar. Ted war sich seiner Sache nicht mehr sicher. Was, wenn Wendell ihn nicht erwartete? Was, wenn nicht alles so war, wie Lynch behauptet hatte? Wie vorhin mit der Überwachungskamera? Er blieb stehen, riss die Waffe hoch und zielte auf einen Kalender, der an der Wand hing. Das oberste Blatt zeigte einen Taucher, der ein Korallenriff erkundete. Er nahm die Fünfzehn ins Visier, die Mitte. *Komm schon, reiß dich zusammen.* Der Lauf zitterte leicht, sogar noch, als er seine linke Hand zu Hilfe nahm.

»Komm schon«, murmelte er.

Das Motorgeräusch wurde immer lauter. Wendell würde gleich an dem Steg anlegen, über die Terrasse gehen und ihn hinter dem Küchenfenster entdecken. Doch Ted zwang sich, ruhig zu bleiben, er würde sich nicht von der Stelle rühren, bis es vollbracht war. Trotz der Klimaanlage trat ihm der Schweiß auf die Stirn, seine Hände wurden feucht. Er bewegte mehrmals die Finger, nahm die Schusshaltung ein, die er auf dem Schießstand so oft geübt hatte. Dann schloss er die Augen.

Wendell möchte diese Kugel so sehr wie du.

Er öffnete die Augen wieder, trat vom Fenster weg und ging zum Bogengang, während draußen der Motor mit einem kurzen Röcheln verstummte. Ted würde Wendell zwei Minuten geben, um zur Eingangstür zu gelangen. Er vergewisserte sich, dass die Waffe entsichert war. Sobald Wendell die Tür hinter sich zugemacht hatte, würde er mit erhobener Waffe aus der Küche stürmen, noch zwei oder drei Schritte auf ihn zugehen, um ja nicht danebenzuschießen, und abdrücken. Sollte Wendell ihn anflehen, es nicht zu tun, würde er von ihm ablassen.

»Komm schon, Wendell, mach die Tür auf«, sagte Ted leise.

Es war bereits über eine Minute vergangen, als Ted die Schritte auf der Holzterrasse hörte.

Komm schon, Wendell.

Die Tür ging auf. Dann zu.

Drei, zwei, eins.

Ted stürmte aus der Küche, rannte um den Tisch herum und hob die Waffe.

Wendell stand in der Tür, mit dem Rücken zu ihm, und hängte seine Rettungsweste an den Kleiderständer. Als er die Schritte hörte, drehte er den Kopf. Sein Gesichtsausdruck veränderte sich, wahrscheinlich weil er überrascht war, aber er sagte nichts. Dann trat ein perfekter Kreis auf seine Stirn, und er brach zusammen.

Ted war so sehr daran gewöhnt, mit einem Gehörschutz zu schießen, dass er bei dem lauten Knall erschrocken die Zähne zusammengebissen hatte. Langsam ging er auf die Leiche zu. Wendell lag mit ausgebreiteten Armen auf dem Teppich, die Verblüffung stand ihm noch ins Gesicht geschrieben. Trotzdem wirkte er wie jemand, der in Frieden ruht. Ted wusste, dass ihm ein perfekter Schuss gelungen war, dass die Kugel von der inneren Schädeldecke zurückgeprallt war und das Gehirn zerfetzt hatte, nahezu schmerzlos.

Er wollte gerade gehen, als in Wendells Hemdtasche ein Handy klingelte. Ted hatte denselben nervtötenden Klingelton, was ihn leicht irritierte. Er bückte sich und zog ein iPhone heraus. Auf dem Display war ein Name angezeigt: *Lolly.* Ted hätte beinahe aufgeschrien vor Entsetzen. So hatte er Holly eine Zeit lang genannt, am Anfang ihrer Beziehung. Ein bisschen zu viel Zufall, dachte er, und das war nicht einmal das Entscheidende. Entscheidend war, dass Wendell angeblich keine Frau hatte, keine Freundin. Lynch hatte ihm versichert, dass der Typ niemanden hatte!

Das Handy hörte auf zu klingeln.

Wer war Lolly? Warum hatte Lynch ihm nichts von ihr erzählt?

Wie aufs Stichwort bekam er eine Antwort. Ted spürte, wie es einmal kurz in seiner Hand vibrierte. Es war eine SMS von Lolly.

Wir sind gleich da. Schluss mit Angeln für heute.

Wir?

Ted ließ das Handy los, als hätte er einen Stromschlag erhalten. Das Telefon fiel Wendell auf die Brust.

»Wer ist Lolly? Denk nach, los, denk nach!«

Da begriff er oder glaubte es zumindest. Er war erleichtert.

Wendell wollte wahrscheinlich eine kleine Privatparty feiern, und die Ladys würden jeden Moment eintreffen. Ohne sich weiter den Kopf zu zerbrechen, nahm er das Handy wieder in die Hand und beantwortete die SMS.

Aus dem Besuch wird nichts. Bin beschäftigt.
Tut mir leid.

Eine weitere Nachricht.

Sehr witzig. Du weißt, ich hasse es, beim Fahren zu simsen. Wir sehen uns in zwei Minuten, Schatz.

Schatz ... Dann hatte Wendell also doch eine Freundin. Ein solches Detail hätte Lynch nicht entgehen dürfen.

Der Blutfleck auf dem Teppich bildete eine rötliche Aureole um Wendells Kopf.

»Mist.«

Lolly hatte geschrieben, dass sie in zwei Minuten da sein würde.

Lolly, Holly.

Sie konnte es im übertragenen Sinne gemeint haben oder ... Ted steckte Wendells Telefon in die Tasche, ebenso die Browning. Er musste sich so oder so beeilen. Zuerst musste er die Leiche verschwinden lassen, damit die Frau nicht gleich die Polizei rief und er Zeit gewann, und dann musste er so schnell wie möglich von hier verschwinden.

Er war wütend, weil er nichts von einer Freundin gewusst hatte, aber vielleicht war genau das der Grund, warum Lynch es ihm nicht gesagt hatte. Er durfte nicht vergessen, dass Wendell ja freiwillig hatte sterben wollen, so wie er selbst. Bestimmt hatte der Mann über die Wirkung nachgedacht, die sein Tod auf seine Liebsten haben würde, so wie auch Ted darüber nachgedacht hatte, wie sein Verschwinden ...

Lolly, Holly.

Schluss jetzt! Er musste sich darauf konzentrieren, wie er die Leiche wegschaffen konnte. Sollte er sie drinnen oder draußen verstecken? Es war eine schwierige Entscheidung, weil er nicht genau wusste, wie viel Zeit ihm zur Verfügung stand. Er blickte sich um, als wäre die Antwort irgendwo im Raum zu finden. Plötzlich erstarrte er, als drückte ihm jemand den Lauf einer Pistole in den Rücken, aber natürlich war da niemand.

Da fiel ihm ein, was nicht stimmte. Ihm war ein Detail entgangen, das nicht zu dem passte, was er von dem Mann wusste, der tot zu seinen Füßen lag. Die Fotos auf dem Kaminsims. Er rannte fast zur anderen Seite des Raumes, stieß gegen die Sessel, sprang die Stufen hoch, die von einer Ebene zur anderen führten. Einige Meter vor dem Kamin blieb er stehen. So genau wollte er es gar nicht sehen, ihm genügte, was er auf die Entfernung erkennen konnte: Wendell, Arm in Arm mit einer Frau auf einem Boot; Wendell auf einem Pferd (Ted tastete nach dem Hufeisen in seiner Tasche); zwei Mädchen im Alter seiner

Töchter. Ted wurde schwindlig. Er hielt sich an einer Säule fest. Das Zimmer drehte sich.

Wir sind gleich da.

Wendell hatte Töchter? Lynch hatte ihn angelogen!

In diesem Moment hörte er das Auto. Fast zehn Sekunden lang flog sein Blick zwischen den Fotos, Wendells Leiche und der Haustür hin und her. Er war wie gelähmt, unfähig zu begreifen, was vor sich ging. Schließlich kehrte er zum Eingang zurück, zog die Gardine ein wenig beiseite, die hier vor dem Fenster hing, und spähte hinaus. Auf dem Waldweg näherte sich langsam ein Familien-Van und hielt hinter dem Lamborghini. Es ging alles viel zu schnell. Tu was! Aber Ted rührte sich nicht. Drei Türen des Vans gingen gleichzeitig auf. Auf der Fahrerseite stieg Lolly aus. Hinten kletterten zwei kleine Mädchen aus dem Wagen, in Blümchenkleidern und mit rosafarbenen Rucksäcken auf dem Rücken. Sie rannten auf den Eingang zu. *Papi! Wir sind da!*

Ted rieb sich die Augen. Offenbar spielte sein Verstand ihm einen Streich.

8

Als Ted den Beschluss fasste, sich das Leben zu nehmen – ein Plan, der atemberaubend schnell in ihm gereift war –, war ihm klar, dass er jemanden brauchte, dem er vertrauen konnte, um einige Dinge zu regeln. Jemanden, der nicht aus seinem engsten Umfeld stammte. Sofort kam ihm Arthur Robichaud in den Sinn. Er hatte ihn seit Ewigkeiten nicht gesehen. Sie waren drei Jahre auf dieselbe Schule gegangen, hatten danach aber so gut wie keinen Kontakt mehr gehabt. Seine Anwaltskanzlei galt als eine der besten der Stadt. Robichaud war daher genau der richtige Mann. Als Ted ihn aufsuchte, stellte er außerdem fest, dass ein noch stärkeres Band sie zusammenhielt als die Schweigepflicht. Etwas Unbewusstes, das typisch war für Leute wie Robichaud, die das Schulsystem durchliefen, ohne groß aufzufallen, die von den beliebtesten Mitschülern und Mitschülerinnen ignoriert wurden und sich selbst in kleineren Cliquen einen Platz erkämpfen mussten oder überhaupt keinen Anschluss fanden. Es half auch nichts, dass es später vielleicht besser wurde, dass sie Karriere machten und ihren zu Übergewicht neigenden Körper mit unzähligen Stunden im Fitness-Studio ein bisschen auf Vordermann brachten. Tatsache war, dass sich bei Losern wie Robichaud ein Mechanismus entwickelte, der eine geradezu reflexhafte Unterwürfigkeit gegenüber den Ted McKays dieser Welt erzeugte. Ein Bedürfnis, beachtet zu werden, *dabei zu sein*, lauerte später ein Leben lang in ihnen wie ein latenter Virus.

An jenen Robichaud wandte sich Ted nun nach dem unangenehmen Vorfall bei Wendell.

Robichaud persönlich öffnete ihm. Er trug ein teures Polohemd, und in der Hand hielt er einen Martini.

»Ted, schön, dass du gekommen bist!«

Hinter dem Anwalt wandten mehrere Anwesende den Kopf in ihre Richtung, um den neu eingetroffenen Gast in Augenschein zu nehmen. Das Wohnzimmer war gut gefüllt, manche Leute standen an der Bar, andere saßen in Sesseln. Die meisten waren Paare. Ted hatte vollkommen vergessen, dass Robichaud Geburtstag hatte, obwohl der es in den vergangenen Wochen unzählige Male erwähnt hatte. Wozu sich um etwas kümmern, das erst stattfinden würde, wenn er längst tot war?

»Ich muss mit dir reden, Arthur. Allein. Es ist wichtig.«

Ted musste nicht extra klarstellen, dass er nicht wegen des Geburtstags gekommen war. Sein Gesicht sprach Bände.

»Natürlich, komm mit.«

Ted zögerte. Die Gäste hatten längst erraten, dass er nicht zum Feiern gekommen war. Schweigend warteten sie auf weitere Details. Alle waren elegant gekleidet und hielten ein Glas in der Hand, wirkten wie aus einer Werbung für ein alkoholisches Getränk. Und alle schwitzten Zugehörigkeit aus. Ted verabscheute sie. Als er sie näher musterte, erkannte er zu seiner Überraschung mehrere ehemalige Mitschüler. Gütiger Himmel, das war ja das reinste Ehemaligentreffen!

Ted trat ein und setzte ein Lächeln auf. Robichaud eskortierte ihn und konnte einen kindischen Stolz nicht verhehlen. Er feierte seinen siebenunddreißigsten Geburtstag. Er war genauso alt wie Ted, aber er wirkte älter, denn ihm waren schon vor Längerem die Haare ausgegangen. Außerdem war er pummelig und versuchte sein winziges Kinn mit einem Bart vom Typ Vorhängeschloss zu kaschieren, was aussah, als hätte jemand Eisenspäne rund um den Mund gestreut. Seine dicke Hornbrille trug er zwar nicht mehr, aber das nützte ihm jetzt auch nichts, weil er einen Rückfall erlitten hatte und Ted bewundernd, wenn nicht ehrerbietig ansah wie früher in der Schule. Ted McKay höchstpersönlich besuchte ihn an seinem Geburtstag!

Nachdem sie kurz in die Runde gegrüßt hatten, gingen sie zu einem Arbeitszimmer am anderen Ende des Hauses. Unterwegs stellte Robichaud ihm seine Gattin vor, die offenbar bereits von Ted gehört hatte. Sie wirkte wenig erbaut davon, dass er hier aufkreuzte. Zerstreut gab Ted ihr die Hand und vergaß ihren Namen, kaum dass er ihn gehört hatte.

»Was ist los, Ted? Du wirkst besorgt«, fragte der Anwalt.

Sie nahmen in den Ledersesseln Platz, die vor einem gut bestückten Bücherregal standen. Der Raum war nicht übermäßig groß, aber luxuriös eingerichtet. Ted sah aus dem Fenster. In dem Garten hinterm Haus tollten Kinder herum. In der Mitte stand ein Baum, an dessen dickstem Ast ein Autoreifen hing, was offenbar als Schaukel diente. *Das passt ja nun wirklich nicht zur Innendekoration, Arthur.*

»Ted? Alles okay mit dir?«

Ted konnte den Blick nicht von dem Autoreifen lösen. Aber warum? Weil er so fehl am Platz war?

»Ja, alles okay. Ich brauche deine Hilfe.«

Robichaud setzte sich aufrecht hin. Kurz hatte er wieder diese unterwürfige Wertschätzung im Blick.

»Stets zu Diensten, Ted.«

»Diesmal geht es nicht um das Testament, sondern um eine kompliziertere Angelegenheit. Von jetzt an bist du mein Anwalt, und alles, was ich sage, unterliegt der Schweigepflicht.«

Robichaud reagierte gelassen, was Ted freute, denn er brauchte jetzt den reifen Erwachsenen, nicht den ängstlichen Schüler.

»Ich höre.«

»Ich habe jemanden getötet.«

Einige Sekunden lang war nur das gedämpfte Gemurmel der Gäste im Wohnzimmer zu hören. Unwillkürlich strich Robichaud sich mit dem Zeigefinger über den Nasenrücken. Aber da war keine Brille, die er zurechtrücken konnte.

»Hattest du einen Unfall, Ted?«

»Eher nicht. Hör zu, Arthur, ich will nicht ins Detail gehen, zumindest nicht jetzt. Ich kann dir nur sagen, dass sich alles binnen achtundvierzig Stunden aufklären wird.«

Robichaud runzelte die Stirn.

Ted war dabei, ihn zu verlieren. Der Anwalt sah ihn an, als wäre er übergeschnappt. Ted beugte sich vor und legte eine Hand auf Robichauds Knie, was dieser ungläubig registrierte.

»Arthur«, sagte Ted. »Ich weiß, es klingt verrückt, aber du musst mir vertrauen.«

»Ted, ich kann dich nicht vertreten, wenn du mir nicht sagst, was los ist.«

Ted holte tief Luft. Er hatte so wenig wie möglich preisgeben wollen, aber nun begriff er, das Robichaud ihm nur helfen würde, wenn er konkreter wurde. Wieweit konnte er ihm vertrauen? Er hatte keine Zeit gehabt, die Risiken sorgfältig abzuwägen. Er hatte überhaupt zu nichts Zeit gehabt. Seit er überstürzt aus Wendells Haus geflüchtet war, hatte in seinem Kopf das reinste Chaos geherrscht. Er hatte ständig die beiden blonden Mädchen vor Augen, wie sie mit ihren rosafarbenen Rucksäcken fröhlich in Richtung Eingang gestürmt waren. Ted hatte sich durch eine Seitentür aus dem Staub gemacht und nicht gesehen, wie sie die Leiche ihres Vaters auf dem Teppich entdeckt hatten. Trotzdem spielte sich die Szene in seinem Kopf ab wie ein Film in Endlosschleife. Allerdings hatte sich auf dem Rückweg durch den Wald ein Detail in diesem Film geändert. Plötzlich waren es nicht mehr Wendells Töchter gewesen, die auf die Leiche mit dem perfekten Loch in der Stirn stießen, sondern Cindy und Nadine, seine eigenen Töchter. Und Wendells Gesicht war nicht mehr Wendells Gesicht, sondern sein eigenes. Wollte er wirklich, dass seine Töchter einen solchen Horror erlebten? Hatte er erst einen Menschen töten müssen, um sich darüber klar zu werden, was er ihnen damit antun würde?

»Alles okay mit dir, Ted?«

Es war das zweite Mal innerhalb von zwei Minuten, dass er diese Frage stellte.

Ted hatte sich mit beiden Händen an den Kopf gefasst und starrte auf den Boden. Robichaud sah ihn nach wie vor mit aufrichtiger Besorgnis an.

»Alles okay, Arthur. Ich muss dich nur um etwas bitten.«

»Schieß los.«

»Ich muss einen Mann finden. Er heißt Justin Lynch, ist Ende zwanzig und vermutlich Anwalt oder etwas Ähnliches.«

»Hat er etwas mit dem *Vorfall* zu tun?«

»Hat er, aber inwiefern kann ich dir nicht sagen.«

»Hast du ihn schon gegoogelt? Klingt vielleicht blöd, aber im Internet findet man mehr, als man denkt.«

»Ich habe nichts gefunden«, log Ted. »Vielleicht hast du ja mehr Glück. Vielleicht könntest du auch einen der Detektive, mit denen ihr zusammenarbeitet, auf ihn ansetzen.«

»Natürlich. Das werde ich gleich morgen früh in die Wege leiten.«

Ted schwieg eine Weile.

»Du musst dich nicht sofort darum kümmern, Arthur.«

Er sagte es sehr bestimmt, und zwar mit Absicht, denn er war sich sicher, dass er damit Robichauds tief sitzendes Bedürfnis wecken würde, ihm gefällig sein zu wollen. Der Anwalt unternahm einen schüchternen Versuch, sich zu verweigern, indem er auf das Offensichtliche hinwies: dass er Geburtstag habe und das Wohnzimmer voller Gäste sei, die mit ihm feiern wollten. Trotzdem musste Ted ihn nicht zweimal bitten. Robichaud selbst schlug vor, er könne ja schon mal ein paar Leute anrufen, die ihm einen Gefallen schuldeten, und sie nach diesem Lynch fragen. Sollte er Anwalt oder Detektiv sein, kriege er das sofort raus.

»Ich kann dir gar nicht sagen, wie dankbar ich dir bin«, murmelte Ted. Wieder legte er seine Hand auf das Knie seines ehemaligen Mitschülers.

»Keine Ursache.«

Die Tür des Büros ging auf.

»Brauchst du noch lang?«, fragte Mrs. Robichaud und warf Ted einen vernichtenden Blick zu.

»Nein, Schatz, nur noch ein paar Minuten.«

Das vorwurfsvolle Gesicht zog sich zurück, und die Tür ging wieder zu.

»Norma ist ein guter Mensch«, sagte Robichaud entschuldigend.

Ted machte eine beschwichtigende Handbewegung.

»Lass es uns folgendermaßen machen«, schlug Robichaud vor. »Ich rufe jetzt gleich mal einige Leute an. Wenn dieser Justin Lynch Anwalt ist und hier in der Stadt praktiziert, kennt ihn garantiert jemand. Anschließend wende ich mich an einige Privatdetektive und meine Mitarbeiter, von denen einige drüben im Wohnzimmer sitzen. Bist du sicher, dass Lynch sein richtiger Name ist?«

»Nein.«

»Du machst es mir nicht gerade leicht, Ted.«

»Ich weiß.«

Robichaud kratzte sich am Kopf.

»Du wirst mich schon ein bisschen genauer ins Bild setzen müssen, Ted. War es Notwehr? Sag mir wenigstens das.«

»Tut mir leid. Morgen erkläre ich dir alles, versprochen.«

Robichaud nickte.

»Du nimmst jetzt draußen einen Drink, und ich kümmere mich um die Anrufe ... und um Norma, die garantiert gleich wieder reinschneit und mir eine Standpauke hält.« Schnell fügte er hinzu: »Aber keine Angst, ich weiß, wie man sie nehmen muss.«

Ted hatte keine große Lust, das Büro zu verlassen. Erstens war er nicht in der Stimmung für Smalltalk, und zweitens wäre er gern dabei gewesen, wenn Arthur die Anrufe tätigte. Doch er sah ein, dass der Mann eine gewisse Privatsphäre brauchte, und beschloss, ihn nicht weiter unter Druck zu setzen.

9

Eigentlich hatte Ted vorgehabt, sich in die hinterste Ecke des Wohnzimmers zurückzuziehen und so zu tun, als schaute er aus dem Fenster. Doch der Plan ging schief. Kaum hatte er Arthurs Büro verlassen, kam Norma auf ihn zu, bot ihm mit gezwungener Freundlichkeit ein Bier an und führte ihn zu zwei Paaren, die um einen niedrigen Tisch saßen. Er fragte sich, warum sie ausgerechnet diese Leute ausgesucht hatte.

Nur die beiden Frauen unterhielten sich. Den Neuankömmling nahmen sie mit einem kurzen Schweigen zur Kenntnis. Die Männer hingegen, deren Beitrag zu dem Gespräch sich auf ein gelegentliches Brummen beschränkte, hoben den Blick und begrüßten Ted mit einem Kopfnicken. Ted dachte gar nicht daran, sich zu ihnen zu setzen. Plötzlich meinte er in einem der Männer, trotz des üppigen Barts, einen ehemaligen Mitschüler zu erkennen. Tatsächlich sah der ihn mit dem gleichen unterwürfigen Blick an wie vorhin Robichaud. Mein Gott, war hier überhaupt jemand, der nicht mit ihm zur Schule gegangen war? Er spürte einen eifersüchtigen Stich, weil dieser Club von Außenseitern sich regelmäßig traf, während er seine Clique schon seit Jahren nicht mehr gesehen hatte.

»Gerettet hat ihn die Bodentemperatur«, sagte die eine der beiden Frauen. Es war die Gattin des Bärtigen. Die Bemerkung erregte Teds Aufmerksamkeit. Er nahm einen Schluck aus der Bierdose und trat etwas näher heran.

»Das verstehe ich nicht«, sagte die andere Frau.

»Erklär du's ihr, Bobby.«

Bobby Pendergast! Schlagartig erinnerte sich Ted wieder an den Namen. Der Typ war ein Überflieger gewesen. Soweit Ted wusste, war er in der zehnten Klasse an irgendeine Eliteschule gewechselt.

»Du bist Bobby Pendergast«, sagte Ted stolz auf sein gutes Gedächtnis.

Erschrocken wandten sich ihm die vier Gesichter zu. Bobby nickte stumm. Ted setzte sich auf den einzigen freien Stuhl an dem Tisch. Die Stimmen der anderen Gäste sorgten dafür, dass das Schweigen nicht allzu peinlich wurde.

»Ted McKay«, sagte er und hielt ihnen die Hand hin.

Bobby stellte sie einander vor.

»Das ist Lancelot Firestar.« Ted war sich sicher, dass er diesen Namen noch nie gehört hatte, so einen Namen würde man wohl kaum vergessen. Er schüttelte die sommersprossenübersäte Hand dieses dünnen, rothaarigen Typen und gab anschließend auch den beiden Frauen die Hand. »Das sind Teresa und Tricia.«

Tricias Hand fühlte sich an wie ein feuchter Schwamm, was Ted an Wendells Leiche denken ließ ... Ob man sie bereits entfernt hatte?

»Ted und ich sind zusammen zur Schule gegangen«, erklärte Bobby.

Ted wollte nicht, dass die Unterhaltung abdriftete.

»Ihr habt gerade von einem Mordfall gesprochen. Nicht dass ich euch belauscht hätte, aber ...«

Tricia runzelte die Stirn. Dann erinnerte sie sich wieder.

»Ach so, ja! Der Typ, der seiner Verurteilung entgangen ist. Die Familie hat eine Theorie, wie er es geschafft hat, aber jetzt ist es zu spät. Du musst doch davon gehört haben, Teresa.«

»Ich habe in letzter Zeit kein Fernsehen geschaut.«

»Du kriegst nie was mit. Jedenfalls ist er irgendwie davongekommen. Ich glaube, er ist ein Latino.«

Sie sprach das Wort *Latino* mit großer Verachtung aus. Als ihr bewusst wurde, dass sich jemand zu ihrem Kreis gesellt hatte, den sie nicht kannte, errötete sie leicht. Aber Ted wollte mehr wissen, also machte er ein erwartungsvolles Gesicht.

»Und, wie hat er das geschafft?«, fragte Teresa.

Ted wurde flau im Magen. Lynch hatte behauptet, seine Organisation habe das herausgefunden. Hatte er ihn angelogen? Er fürchtete, was nun kommen würde.

»Wie gesagt, das hatte mit der Bodentemperatur zu tun«, erklärte Tricia, als verriete sie ein Geheimnis. »Direkt unter der Wohnung war mal eine Wäscherei.«

Ted rutschte das Herz in die Hose.

»Verstehe ich nicht«, sagte Teresa.

Ihr Mann schüttelte den Kopf und verdrehte die Augen, als wäre es nicht das erste Mal, dass seine Frau sich so begriffsstutzig zeigte.

»Du musst gar nicht so schauen«, blaffte Teresa, ohne ihn anzusehen. Lancelot hob die Arme wie jemand, der sich ergibt.

»In einem Mordfall wird der Todeszeitpunkt anhand der Temperatur der Leiche bestimmt«, mischte Bobby sich oberlehrerhaft ein.

»Damit hatte der Typ das perfekte Alibi«, ergänzte Tricia, »denn zum offiziellen Todeszeitpunkt hielt er sich in einer Bar auf, was zahlreiche Gäste bezeugen konnten. Also mussten sie ihn laufen lassen.«

Ted verfolgte das Gespräch, als fände es in einer anderen Dimension statt. Bobby Pendergast erzählte unterdessen den Rest weiter.

»Die Angehörigen des Opfers haben einen Experten engagiert, um Licht in die Angelegenheit zu bringen, und der fand heraus, dass unter der Wohnung die Lüftungsleitung der Wäscherei verlief. Dadurch war der Boden warm, und die Temperatur der Leiche sank wesentlich langsamer als normal, wodurch wiederum der Gerichtsmediziner einen falschen TZP bestimmt hat.«

»Red nicht so komisch daher, Bobby!«

»Entschuldige, Schatz. TZP, oder: Todeszeitpunkt.«

»Erinnert sich jemand von euch noch an den Namen?«, fragte Ted dazwischen.

Die Pendergasts sahen sich an.

»Ramírez«, sagte Tricia, ohne zu zögern.

»Nein, nicht Ramírez«, entgegnete Bobby. »Und der Typ ist auch kein Latino. Da verwechselst du was, Liebling. Der Kerl heißt Blaine. Edward Blaine.«

»Du irrst dich.«

»Ich glaube nicht.«

»Er heißt Ramírez, Bobby. Wenn wir zu Hause sind, werde ich's dir beweisen. Widersprich mir nicht, du weißt, dass ich am Ende doch immer recht habe.«

Bobby senkte den Blick und nickte stumm.

Edward Blaine.

Warum hatte Lynch so getan, als hätte er Nachforschungen angestellt, wenn offensichtlich alle Welt Bescheid wusste? Vielleicht hatten er und die Organisation diese Information der Familie zugespielt. Doch das war an den Haaren herbeigezogen, und Ted hatte es satt, dass Lynch nicht mit offenen Karten spielte.

Ted sah durch das nur wenige Meter entfernte Fenster. Warum brauchte Arthur nur so lange?

10

Was draußen vor sich ging, war interessanter als das Gespräch zwischen den Pendergasts und den Firestars, das zu einem unangenehmen Tratsch über irgendwelche neue Nachbarn verkommen war. Ted hätte es als unhöflich empfunden, einfach aufzustehen und sich ans Fenster zu stellen, also sah er lediglich genervt nach draußen. Robichauds Garten war groß und gepflegt. Es gab dort ein Klettergerüst, eine Wippe und ein kleines Karussell, das gerade im Mittelpunkt der Aufmerksamkeit stand. Ein Junge, der Norma sehr ähnlich sah, saß am Drehteller und beschleunigte wie verrückt. Zwei Mädchen klammerten sich an ihre Sitze und baten ihn kreischend anzuhalten, bitte, bitte! Ihr Geschrei drang gedämpft bis zu Ted. Weitere Kinder standen um das Karussell herum und warteten darauf, dass sie drankamen. Sie hüpften auf der Stelle und feuerten den Lenker an, der mit geschickten Armen und großer Konzentration das Gerät bis zur Höchstgeschwindigkeit brachte. Eines der Mädchen an Bord flehte Timothy weiterhin an, er solle bitte anhalten, doch sein Gelächter ließ nicht den kleinsten Zweifel, dass er überhaupt nicht daran dachte. Auf Timothy wartete eine andere Zukunft als auf seinen Vater, der in seinem Alter scheu und ängstlich gewesen war.

Schließlich war die Karussellfahrt zu Ende. Schwankend stiegen die beiden Mädchen aus, sehr zur Freude von Timothy, der weiterhin dasaß, sein eigenes Schwindelgefühl überspielte und auf die nächsten Opfer der von ihm kontrollierten Zentrifugalkraft wartete. Ein Mädchen und ein Junge, beide jünger als ihre Vorgängerinnen, nahmen links und rechts von Timothy Platz. Der erteilte ihnen sofort Anweisungen – offensichtlich, sich gut festzuhalten. Je länger Timothy auf sie einredete, desto mehr erlosch das Lächeln auf ihren Gesichtern, als stünde ihnen eine Fahrt in einer furchterregenden Achterbahn bevor.

Von dort, wo er saß, sah Ted auch den Baum mit dem Autoreifen, der ihm schon vom Büro aus aufgefallen war. Jetzt, wo er den ganzen Garten im Blick hatte, wirkte dieses alte Stück Gummi noch deplatzierter. Er konnte nicht von sich behaupten, die Hausherrin zu kennen, aber das wenige, was er gesehen hatte, die Art, wie sie sich um die Gäste kümmerte, deuteten sehr darauf hin, dass ihr Äußerlichkeiten wichtig waren. Und dieser Reifen, den man von jedem Fenster im Wohnzimmer aus sehen konnte, war nun wahrlich keine Zierde für den Garten. Gerade schwang er leicht hin und her. Einige Meter entfernt saßen zwei Frauen auf einer Bank, vermutlich, um die Kinder zu beaufsichtigen. Sie waren aber sehr in ein lebhaftes Gespräch versunken. Ted sah sie nur im Profil, weil sie sich einander zugewandt hatten. In ihrer Nähe unternahm ein vielleicht ein Jahr altes Mädchen in einem rot gepunkteten Kleid Gehversuche, fiel hin, stand wieder auf.

Ted wandte seine Aufmerksamkeit mal dem schwingenden Autoreifen zu, mal dem Mädchen, das sich entweder an der Bank festhielt oder mit den Händen fuchtelnd vorwärtstappte und zwischendurch mit dem Po auf dem Rasen landete. Es lachte dabei, plapperte mit seiner Mutter, die ihm aber nicht zuhörte. Der Reifen schien nun stärker hin und her zu schwingen als zuvor. Konnte das sein? Niemand hatte ihn in Schwung versetzt. Das Mädchen kniete vor einem kleinen Blümchen, betrachtete es lange, bewegte die Lippen – wahrscheinlich fragte sie, ob sie es pflücken dürfe – und legte schließlich behutsam ihre Finger um den dünnen Stiel. Dann brachte sie das Blümchen ihrer Mutter, die nur einen zerstreuten Blick darauf warf, bevor sie es entgegennahm. Das Mädchen hätte ihr genauso gut eine scharfe Dynamitstange in die Hand drücken können, es hätte an ihrem Lächeln nichts geändert. *Danke!* Das Mädchen ließ sich nicht die gute Laune verderben. Es wirkte zufrieden, zupfte sich das Kleidchen zurecht und ging erneut auf Erkundungstour. Der Reifen schwang definitiv stärker hin und her als vorher. Nur ein kräftiger Windstoß konnte ihn so sehr in Bewegung versetzt haben, doch selbst durchs Fenster konnte Ted erkennen, dass kein Wind wehte. Er konzentrierte sich auf den Reifen. Dort hing etwas, das vorher noch nicht dort gehangen hatte. Erst dachte er, es sei eine Schlange, aber dann lugte das Gesicht des Opossums über den Reifen hinweg, während sein Schwanz unten herunterbaumelte. Es sah direkt zu Ted, der heftig zusammenzuckte. Tricia Pendergast warf ihm einen sonderbaren Blick zu. Ted tat so, als hätte sein Handy geklingelt, holte es hervor, sah es an und steckte es wieder weg. Dann richtete er seine Aufmerksamkeit wieder auf den Autoreifen. Sein Blick traf auf den des Tiers.

Traumfetzen bedrängten ihn, während das Opossum mit seinen spitzen Zähnen an dem Reifen nagte, ohne das Fenster aus den Augen zu lassen. Ohne Ted aus den Augen zu lassen.

Das Mädchen kam dem Tier gefährlich nahe, die Ärmchen ausgestreckt, kurz vorm Hinfallen. Wie von der Tarantel gestochen, sprang Ted auf und eilte mit großen Schritten zum Fenster. Er bemerkte, dass die Gespräche im Wohnzimmer leiser wurden und sich ihm mehrere Gesichter zuwandten. Das Opossum war nun zur Hälfte zu sehen, weil es sich mit den Vorderläufen auf den Reifen stützte. Was für schrecklich lange Klauen es hatte! Kurz schien es, als würde das Mädchen das Tier bemerken und anhalten – es war nur noch zwei Meter entfernt –, denn es trat auf der Stelle, wirkte unschlüssig. *Los, geh zurück zu deiner Mutter!* Opossums waren äußerst gefährlich, sie übertrugen Krankheiten und konnten sehr aggressiv werden. Womöglich hielt das Mädchen es für eine Katze oder sonst ein harmloses Tier und würde hingehen, um es zu streicheln. Nach einem kurzen Zaudern nahm die Kleine all ihren Mut zusammen und stürmte in Richtung Reifen. *Um Gottes willen!*

Ted schlug wie wild an die Scheibe.

»Vorsicht!«, schrie er.

Die Reaktion im Wohnzimmer ließ nicht auf sich warten. Alle Gäste verstummten. Einige eilten zum Fenster und stellten sich hinter Ted. Die anderen blieben, wo sie waren, und sahen sich verwirrt um. Norma kam aus der Küche gerannt und fragte, was passiert sei. Draußen hörten weder die Frauen, die auf der Bank saßen und plauderten, noch die Kinder den Warnruf. Und schon gar nicht das Mädchen, das mit zögerlichen Schritten den letzten Meter zurücklegte. Ted kämpfte mit dem Fenster, das nicht nur einen Griff hatte, sondern auch zwei Riegel an einem der Flügel.

»Was ist passiert?«, fragte ein Mann, der an einem anderen Fenster stand.

»Das Mädchen!«, rief Ted, ohne ihn anzusehen. »In dem Reifen da ist ein Opossum!«

Die Panik in seiner Stimme steckte alle an. Die Frauen, die bislang sitzen geblieben waren, lösten sich aus ihrer Erstarrung und traten ebenfalls ans Fenster. Einige schrien. Wie schrecklich! Wie kann das sein!

»Ich seh's nicht!«, rief eine Frau.

So viele Reifen sind da ja nicht!

Weitere Hände schlugen gegen die Scheibe und erregten endlich die Aufmerksamkeit der plaudernden Mütter, die beide gleichzeitig mit besorgter Miene in Richtung Fenster sahen. Ihr Blick stieß auf Dutzende Gesichter, die ihnen verzweifelt etwas mitteilen wollten. War drinnen etwas passiert? Die beiden schienen nicht zu begreifen. Zum Glück reagierte auch das Kind auf den Lärm und blieb stehen, die ausgestreckte Hand knapp einen halben Meter von dem hängenden Reifen entfernt.

In diesem Moment gelang es Ted, das Fenster zu öffnen.

»Das Mädchen!«, rief er. »In dem Reifen ist ein Opossum!«

Der Mutterinstinkt wurde aktiviert, und eine der Frauen sprang auf und rannte zu dem Kind.

»Rose!«

Einige der Männer, die gerade noch im Wohnzimmer gewesen waren, stürmten auf die Schaukel zu. Der vorderste hatte einen Besen in der Hand. Die Mutter packte Rose an der Hüfte und zog mit voller Kraft an ihr, schwang sich in die entgegengesetzte Richtung und rannte von dem Reifen weg, als würde er gleich explodieren.

Inzwischen waren alle drei Fenster geöffnet, und die restlichen Gäste beobachteten schweigend, was draußen vor sich ging. Das Opossum hatte sich im Reifen versteckt, aber es würde gewiss jeden Moment die Flucht ergreifen.

»Hey, ihr da!«, rief einer der unfreiwilligen Jäger. Er meinte die Kinder, die um das Karussell herumstanden. »Steigt auf das Karussell! Alle!«

Es waren acht Kinder, und das Karussell hatte nur vier Sitze, aber irgendwie fanden trotzdem alle Platz. Es war eine kluge Vorsichtsmaßnahme. Das Opossum konnte sich bedroht fühlen und auf der Flucht jemandem in den Knöchel beißen. Die beiden Frauen taten es ihnen nach und stiegen mit Rose auf die Bank. Jetzt befanden sich nur noch die vier Männer auf dem Rasen und rückten, mit dem Besenträger als Vorhut, in Rautenformation vor.

»Hey, Steve«, sagte der mit dem Besen. »Hole mir was Schlagkräftigeres. Eine Schaufel oder so.«

Der hintere Mann trat ab, doch die anderen rückten weiter vor. Die Kinder auf dem Karussell, die Frauen auf der Bank, die Beobachter an den Fenstern, alle verfolgten die Szene mit angehaltenem Atem. Der Mann mit dem Besen blieb in drei Meter Entfernung stehen und streckte den Stiel so weit in den Reifen hinein, wie er konnte.

»Warte, bis Steve zurückkommt!«, rief eine Frau am Fenster.

Der Mann schüttelte den Kopf. Mit der Spitze des Stiels stupste er den zur Ruhe gekommenen Reifen an, der daraufhin taumelnde Kreisbahnen zog. In diesem Moment kehrte Steve zurück. Eine Schaufel hatte er nicht gefunden, aber dafür einen Baseballschläger. Alle hießen die neue Waffe gut. Der Mann mit dem Besen übernahm das Kommando und bat Steve, sich von der anderen Seite zu nähern, er werde mit dem Stiel in dem Reifen herumstochern, bis das Tier rauskomme.

Während sie einmal den Reifen umrundeten, stach er mehrmals ins Innere hinein, ohne das Opossum zu erwischen. Offenbar wich es immer wieder aus. Langsam gingen sie näher, bis sie in die Höhlung hineinsehen konnten.

Dort war kein Opossum.

Der Mann mit dem Besen stemmte den Reifen mit beiden Händen in die Höhe, um ihn dem Publikum an den Fenstern zu präsentieren, wie ein Zauberer, der einen Blick auf den Boden eines Zylinders gewährt, in dem gerade noch eine Taube gewesen war. Die Blicke wanderten vom Reifen zu Ted. Alle gleichzeitig. Die Kinder, die sich noch auf dem Karussell drängten, starrten ungläubig zu dem fremden Mann, der für den Aufruhr verantwortlich zu sein schien. Die Erwachsenen ebenso. Alle, die direkt bei ihm standen, wichen stumm zurück, als wären seine Wahnvorstellungen ansteckend.

Ted bekam von den Reaktionen kaum etwas mit. Er war der Einzige, der seinen Blick nicht von der Schaukel gelöst hatte. Das Opossum war dort gewesen. Es konnte nicht unbemerkt entwischt sein. Er hatte einmal kurz den Blick gesenkt, um den Fensterriegel zu öffnen, aber in dem Moment hatten mehrere Leute nach draußen geschaut. Er drehte sich um. Im Wohnzimmer herrschte Totenstille. Alle sahen ihn an, als erwarteten sie eine Erklärung von ihm. Lancelot und Teresa missbilligend, Bobby Pendergast enttäuscht. Norma mit vorwurfsvoller Miene. Arthur Robichaud, der wegen des Aufruhrs aus seinem Arbeitszimmer gekommen war, ging als Erster zu ihm und legte eine Hand auf seine Schulter. Ted reagierte nicht.

»Wir hatten Glück mit Lynch«, sagte Arthur.

Zuerst verstand Ted nicht, was er meinte. »Er ist Anwalt mit eigener Kanzlei.«

Er reichte ihm eine Karte, auf der etwas geschrieben stand.

»Meine Kontaktleute haben mir die Adresse und Telefonnummer gegeben. Ich hoffe, das hilft dir weiter. Ruf mich irgendwann an und sag mir, wie es gelaufen ist, aber jetzt gehst du besser.«

Ted war ganz seiner Meinung.

11

Lynchs Kanzlei lag am Stadtrand. Sie befand sich in einem heruntergekommenen Ziegelsteinklotz, der von einem Parkplatz, zwei Industriebrachen und vermüllten Gassen umgeben war. Es war sieben Uhr abends, nichts rührte sich. Nur im siebten Stock war ein Fenster erleuchtet. Lynch hatte seine Kanzlei im fünften. Ted rief mit seinem Handy die Nummer auf der Visitenkarte an und hörte zum zweiten Mal die müde Stimme einer älteren Frau, die ihm erklärte, die Bürozeiten seien von sieben bis sechzehn Uhr und er könne nach dem Signalton eine Nachricht hinterlassen. Ted legte auf. Er hatte nicht ernsthaft erwartet, den Typ um diese Uhrzeit anzutreffen, aber er hatte es trotzdem versuchen müssen. Es hätte ja sein können, dass er zu den Leuten gehörte, die gern Überstunden machten.

Während hinter dem Ausbund an architektonischer Geschmacklosigkeit der Tag seine letzten rötlichen Streifen an den Horizont kratzte, trat Ted den Rückzug an. Auf der Heimfahrt gelang es ihm ein wenig abzuschalten. Doch als er ankam, bemerkte er, dass etwas nicht stimmte. Sofort war er wieder in Alarmstimmung. Die Haustür war nur angelehnt, drinnen herrschte Chaos. Die wild verstreuten Bücher, aufgeschlitzten Kissen und umgedrehten Schubladen zeugten von einer Rücksichtslosigkeit, ja Brutalität, die Ted erzürnte. Die Eindringlinge hatten sich nicht damit begnügt, gezielt nach etwas zu suchen, sie hatten es offensichtlich darauf angelegt, so viel kaputt zu machen wie nur irgend möglich. Dekorationsgegenstände lagen zerschmettert auf dem Boden, der Fernsehbildschirm war eingetreten, Essensreste verschmierten die Wände … Ted massierte sich den Kopf, traute sich nicht, dieses Minenfeld aus Gegenständen seines täglichen Lebens zu überqueren. Wie ein Roboter steuerte er sein Arbeitszimmer an. Dort war man noch gründlicher vorgegangen: Kein Buch war mehr in den Regalen, der Computer war nur noch Schrott, die Schreibtischschubladen lagen überall herum. Kurioserweise hing der Monet noch an der Wand. Ted nahm ihn ab und begutachtete den Safe. Ein solch dämliches Versteck mochte einem hektischen Einbrecher entgehen, aber bestimmt nicht den Urhebern einer solchen Verwüstung. Im Zahlenfeld befand sich ein glattes Loch von einem halben Zentimeter Durchmesser, das seinen Verdacht bestätigte. Er zog am Griff, und der Safe ging auf. Das bisschen Geld, das er für Notfälle aufbewahrte, war verschwunden, nicht aber die beiden Mappen von Lynch, die nach wie vor so dort lagen, wie er sie hinterlassen hatte. Als er die Mappe über Wendell öffnete, stellte er fest, dass sie nur noch wenige Seiten enthielt. Der Rest war verschwunden.

Die falsche Information.

Wen hast du getötet?

»Sie haben was vergessen«, sagte Ted laut. Er war sich fast sicher, dass keine Wanzen installiert waren, und doch sehnte sich ein Teil von ihm danach, gehört zu werden.

Morgen werde ich mit Lynch abrechnen.

Es war Ted egal, dass Lynch von der Organisation engagiert worden war, in der er vielleicht nur eine Nebenrolle spielte. Für ihn, Ted, war es der nächste logische Schritt. Andererseits konnte er sich nicht erklären, wieso der gut aussehende

Typ ihm seinen echten Namen verraten hatte. Warum hatte er sich nicht eine falsche Identität zugelegt? Ted fand eine ziemlich einfache Erklärung: Die Organisation hatte vorausgesehen, dass er etwas über den Mann würde herausfinden wollen, der bei ihm geklingelt und diesen merkwürdigen Vorschlag unterbreitet hatte. Was also wäre sinnvoller, als eine *reale* Spur zu legen? Hätte Ted *früher* versucht, Nachforschungen über Lynch anzustellen, mithilfe von Robichaud oder sonst wem, dann hätte er ihn relativ leicht ausfindig gemacht, was wiederum alles andere glaubwürdiger hätte erscheinen lassen.

Auf dem Weg zurück ins Wohnzimmer blieb er einen Augenblick an der Treppe im Flur stehen. Missmutig betrachtete er das Geländer. Es würde hart werden, nach oben zu gehen, um zu überprüfen, ob die Einbrecher auch im Schlafzimmer und im Zimmer seiner Töchter gewütet hatten, doch er würde es tun müssen. Aber erst später. Er ging weiter zum Sofa und räumte unwirsch alles weg, was darauf lag: eine Pizzaschachtel, eine Lampe, zwei Kissen und einiger Kleinkram. Erschöpft ließ er sich fallen. Er ging geistig die Liste der Dinge durch, die er noch erledigen musste. Neu hinzugekommen war, dass er das ganze Haus aufräumen und putzen musste. Seine Frau würde genug damit zu tun haben, seinen Tod zu verkraften. Ihr ein ordentliches Zuhause zu hinterlassen war das Mindeste, was er tun konnte. Er musste lächeln, weil dieser Gedanke so lächerlich klang. Dann holte er sein Handy heraus und strich mit den Fingern über das Display, damit es aufleuchtete. Das letzte Mal hatte er mit Holly am Dienstagvormittag gesprochen, scheinbar souverän, aber innerlich mit den Tränen kämpfend. Er hatte ihr gesagt, er wolle die Tage bis zur ihrer Rückkehr nutzen, um mit Travis ein bisschen angeln zu fahren. Holly hatte ihm Vorhaltungen gemacht, weil er wegen dringender Geschäftstermine (natürlich alle erfunden) nicht mit nach Disney World gekommen war, aber er hatte sich damit herausgeredet, dass zu ihrer aller Überraschung ein Mittagessen mit dem Kunden genügt habe, um zu einem Abschluss zu gelangen. Holly hatte ein wenig geschmollt, ihn aber auch damit aufgezogen, dass sie dann ja noch ein paar schöne Tage mit ihrem Lover in Florida verbringen könne. Cindy musste das Wort »Lover« aufgeschnappt haben, denn sie rief laut ins Telefon, dass Mama überhaupt keinen Lover in Florida habe, und dann wollte sie unbedingt mit ihm sprechen. Also sprach Ted mit ihr und anschließend mit Nadine, die sich wie üblich erst einmal über ihre Schwester beschwerte, *sie hilft nie mit*, und ihm dann in allen Einzelheiten schilderte, was sie an diesem Tag alles erlebt hatte. Ted hatte es sich gern angehört.

Holly war nur einen Fingerdruck weit entfernt. Er scrollte die Telefonliste bis zu ihrem Namen und wartete. Das Display begann zu erlöschen, nicht jedoch sein Wunsch, mit ihr zu sprechen. Er hob den Daumen und tippte zweimal.

Hollys Stimme wirkte wie Frischluftzufuhr für einen Erstickenden.

»Was ist aus der Bootstour geworden?«

»Die Mädels haben im letzten Moment abgesagt.«

Holly lachte.

Eine Pause trat ein. Ted hatte kein Licht angemacht, aber von draußen drang genügend Helligkeit herein, um etwas zu sehen. Das Chaos im Halbdunkel bildete einen surrealen Kontrast zu Hollys Stimme.

Mein Gott, wie ich dich vermisse.

»Und, Schatz, wie war der Tag?«, sagte Ted.

»Schier nicht zum Aushalten. Deine Töchter würden es nie zugeben, aber sie haben allmählich genug von der Mörderhitze.«

Cindys Stimme drang von fern an sein Ohr.

»Stimmt nicht!«

»Wahrscheinlich vermissen sie ihren Vater«, sagte Ted und bereute es noch im selben Augenblick.

»Glaube ich eher nicht. Sie sprechen kaum von dir.«

»Stimmt nicht, Papi!«, ertönte es im Hintergrund.

»Travis und ich haben beschlossen, heute noch zurückzufahren«, erklärte Ted, um das Thema Bootstour wieder aufzugreifen. »Noch eine Nacht mit meinem schnarchenden Kompagnon in einer vier Quadratmeter großen Kajüte würde ich nicht aushalten.«

»Wir werden gleich zu Abend essen. Die Mädchen wollen das Hotel nicht mehr verlassen und haben mich gebeten, etwas beim Zimmerservice zu bestellen, wie im Film. Dabei geht es eigentlich darum, dass sie unbedingt in der Nähe der Klimaanlage bleiben wollen.«

»Mama!«

Das war Nadine.

»Was?«

Kurz tuschelten Mutter und Tochter miteinander, dann ging Holly wieder ran.

»Ted, das Essen ist da. Wir reden später weiter, okay?«

»Lasst euch die Hamburger schmecken.« Ted hatte nicht danach fragen müssen. Er *wusste*, dass seine Töchter Hamburger bestellt hatten.

»Tschüs, Ted. Mädchen, sagt eurem Papa Tschüs.«

»Tschüs, Papa!«

Auch Ted sagte Tschüs, aber niemand hörte es. Die Hand, in der er das Telefon hielt, sackte herunter. Wieder hatte er sich nicht richtig von Holly verabschieden können, hatte ihr nicht sagen können, wie sehr er sie liebte, wo es doch genau das wäre, woran sie sich später erinnern würde, wenn man ihn mit einem Loch in der Stirn im Büro fand. Er fragte sich, ob es eine Art Wink des Schicksals war.

Das Wohnzimmer lag nun vollständig im Dunkeln.

12

Einige wenige, unruhige Stunden Schlaf, mehr war für Ted nicht drin. Nach dem Aufwachen nahm er eine Dusche im unteren Bad, zog die gleichen Sachen an wie am Vortag und stand um fünf Uhr morgens in der Küche, um zu frühstücken. Normalerweise rundete die Stimme von Jack Wilson dieses Ritual ab, doch diesmal zweifelte er, ob der Moderator von Channel 4 ihm ein angenehmer Begleiter sein würde. Er ging davon aus, dass der Mord an Wendell die Nachricht des Tages sein würde. Obwohl er befürchtete, dass sich die Berichterstattung zu diesem Zeitpunkt ganz auf die Angehörigen fokussieren würde, drückte er auf den Knopf der Fernbedienung. Als der Bildschirm aufleuchtete, kam ihm wieder zu Bewusstsein, dass jemand ihm offensichtlich einen Tritt versetzt hatte. Ein grauer Fleck von der Größe eines Fußballs bedeckte das Gesicht einer Moderatorin. Sie interviewte den Polizeibeamten, der laut Untertitel als Erster an dem Haus am See eingetroffen war.

»... fuhr ich in der Nähe Streife, als ich von der Zentrale benachrichtigt wurde. Ich lebe hier in der Gegend und weiß genau, wie ich zum See komme. Daher war ich keine zehn Minuten später am Haus.«

Ted wurde von etwas abgelenkt, das sich bewegte. Aus dem Augenwinkel nahm er eine dunkle Form wahr, die hinter einem umgekippten Möbelstück verschwand.

»Officer, stimmt es, dass Überwachungskameras den Mörder gefilmt haben?«

Eine Stehlampe fiel krachend um. Ted erschrak.

Dieses verdammte Viech!

»Die Untersuchungen sind noch im Gange. Ich kann Ihnen bislang nur bestätigen, dass auf dem Anwesen Überwachungskameras installiert sind.«

Der Untertitel wechselte: »Mörder von Überwachungskameras gefilmt.«

Unwillkürlich hatte Ted sich dem Fernseher genähert, teils weil die Nachrichten ihn in Bann zogen, teils weil er sehen wollte, was im Wohnzimmer vor sich ging, wo das Opossum sich zwar nach wie vor nicht blicken ließ, sich aber auf seinem Vormarsch über das Trümmerfeld lautstark bemerkbar machte.

»Wie wir soeben von Officer Garrett erfahren haben«, sprach nun wieder die Moderatorin, »wurde Wendells Leiche von seiner Frau und seinen beiden Töchtern aufgefunden, die dank des gepanzerten Familienfahrzeugs unverletzt geblieben sind. Bis zum jetzigen Zeitpunkt ist über die Motive dieses schrecklichen Verbrechens nichts bekannt.«

Ted befürchtete das Schlimmste.

»Eine Familie wurde zerstört: Holly, die Ehefrau, und Nadine und Cindy, die beiden Töchter, werden von diesem grausamen Ereignis ein Leben lang gezeichnet sein. Ausführlichere Informationen erhalten Sie in einigen Minuten von unseren Außenreportern.« Eine Pause. »Nun zum Wetter. Für heute wird eine Hitzewelle erwartet. Der Wetterdienst teilt mit …«

Holly, Nadine, Cindy.

13

An diesem Morgen kam Nina eine Viertelstunde zu spät zur Arbeit. Sie hatte Donuts mitgebracht und hoffte, dass Lynch sich mehr für das süße Gebäck als für die Unpünktlichkeit seiner Sekretärin interessieren würde. Obwohl sie schon seit sechs Monaten für ihn arbeitete, konnte sie nicht abschätzen, wie er reagieren würde. Lynch war ihr ein Rätsel. Ihre Freundinnen hatten ihr versichert, dass er früher oder später versuchen würde, sie zu verführen, aber bisher hatte er keine Anstalten dazu gemacht, was Nina ein wenig verwirrte. Sie hatte es mit tiefen Ausschnitten probiert, verführerischen Posen, subtilen Andeutungen ... Nichts. Lynch war fünfzehn Jahre älter als sie, aber attraktiv. Und genau das brauchte Nina gerade: einen Mann, der mit beiden Beinen im Leben stand.

Sie öffnete die Tür zur Kanzlei und bückte sich, um die Donuts aufzuheben, die sie auf dem Boden abgestellt hatte. Als sie sich wieder aufrichtete, nahm sie wahr, wie sich aus dem Dunkel etwas auf sie zubewegte, das sich als die Gestalt eines Mannes entpuppte. Kurz darauf war der Mann bei ihr und richtete eine Pistole auf sie, die ihr riesig vorkam.

»Rein da«, befahl Ted. »Stell die Schachtel und die Handtasche auf den Schreibtisch. Gut so. Noch nicht umdrehen. Tu, was ich dir sage, dann passiert dir nichts.«

Nina konnte sich nicht erinnern, jemals so viel Angst gehabt zu haben. Sie fürchtete, der Mann könnte unvermummt sein, denn sie wusste, was das bedeutete.

»Töten Sie mich nicht«, flehte sie.

»Wo ist Lynch?«

»Ich ... Ich weiß es nicht.«

»Du kannst dich jetzt umdrehen.«

»Ich bleibe lieber so stehen.«

Ted fühlte sich alles andere als wohl. Er hatte auf Lynch gewartet, doch stattdessen war diese Frau aufgetaucht, vermutlich die Sekretärin, und er hatte rasch handeln müssen, war seinem ersten Impuls gefolgt. Was tat er da? Bedrohte er wirklich eine wehrlose Frau mit der Pistole? Die Arme war halb tot vor Angst und hatte nichts mit alldem zu tun.

»Ich stecke die Waffe jetzt weg«, sagte er etwas gelassener. »Wenn du nicht schreist, hast du nichts zu befürchten, das verspreche ich. Ich will nur mit deinem Chef reden. Es geht um Leben und Tod.«

Er schien den richtigen Ton getroffen zu haben, denn die Frau blieb mit erhobenen Händen stehen und schluchzte nur.

»Wie heißt du?«

»Nina.«

»Ich muss mich bei dir entschuldigen, Nina. Du kannst dich jetzt umdrehen. Vertrau mir. Dass du mein Gesicht siehst, ist egal. Dein Chef und ich kennen uns.«

Langsam drehte sich Nina um. Misstrauisch beäugte sie Ted und stellte fest, dass er tatsächlich keine Waffe mehr in der Hand hatte.

»Entschuldige die rüde Art, mich vorzustellen.«

Sie nickte. Die Angst stand ihr nach wie vor ins Gesicht geschrieben.

»Ganz ruhig. Ist das dein Schreibtisch?«

»Ja.«

»Setz dich da hin. Ich nehme diesen Stuhl. Wir warten gemeinsam auf Lynch, okay?«

Zögerlich ging sie um den Schreibtisch herum und setzte sich.

»Leg bitte die Hände auf den Tisch.«

Sie tat es.

»Arbeitest du schon lange für Lynch?«

»Nein, erst seit ein paar Monaten.«

Ted nickte.

»Verstehe. Werden die Büros nebenan benutzt?«

Nina zögerte.

»Sag mir die Wahrheit, Nina.«

»Nein, die anderen beiden Büros in diesem Stock stehen leer.«

»Besser so.«

»Vorhin haben Sie mir versprochen ...«

»Ich tu dir nichts. Mir ist inzwischen klar geworden, dass ich dir gegenüber anders hätte auftreten müssen, aber deine Ankunft hat mich überrascht. Ich weiß auch nicht, aber ich hätte nicht gedacht, dass Lynch eine Sekretärin hat. Dumm von mir.«

Nina schwieg.

»Sie können sich einen Donut nehmen, wenn Sie wollen«, sagte Nina und nickte mit dem Kinn in Richtung Pappschachtel.

Ted konnte sich ein Grinsen nicht verkneifen.

»Nein, danke. Dann kommt Lynch also normalerweise gegen neun?«

Nina konnte sich nicht erinnern, so etwas erwähnt zu haben, aber alles war möglich. In den vergangenen Minuten hatten die Geschehnisse ihr Denken gehörig durcheinandergewirbelt.

»Ja«, sagte sie nur.

Ted lehnte sich in dem Stuhl zurück und steckte die Hände in die Taschen seiner Sportjacke, die er extra ausgewählt hatte, damit seine Waffe nicht so auffiel. Er tastete nach dem Griff, schloss für einige Sekunden die Augen und stellte sich erneut die Frage, die er sich eben schon mal gestellt hatte: *Was tat er da?*

14

Lynch sah die Donuts-Schachtel auf Ninas Schreibtisch und hob mit einem Finger den Deckel an. Mit einem gewissen Verdruss begutachtete er den Inhalt. Wo Nina wohl war? Vielleicht auf der Toilette. In diesem Augenblick hörte er in seinem Büro ein Geräusch. Hatte sie da drin irgendeine Überraschung für ihn vorbereitet? Hoffentlich nicht. Er hasste Vertraulichkeiten und Scherze am Arbeitsplatz. Als er die Tür öffnete, fiel sein Blick sofort auf seine Sekretärin. Nackt war sie nicht, hatte auch sonst keine provokative Pose eingenommen. Sie saß vielmehr kerzengerade und mit weit aufgerissenen Augen an seinem Schreibtisch, außerdem war sie so blass im Gesicht, dass es sich unmöglich um ein Verführungsspielchen handeln konnte. Ihre Augen wanderten zur Ecke, wo ein Mann stand.

»Was geht hier vor?«, fragte Lynch.

Ted starrte ihn an, kam aus dem Staunen nicht mehr heraus. Es war Lynch, eindeutig, aber ein Lynch, der wesentlich älter war als der, der ihn zu Hause aufgesucht hatte. Seine Stirn wies feine Falten auf, und seine Haare waren an den Schläfen ergraut. Sein gutes Aussehen hatte er nicht verloren, das Alter hatte es gut mit ihm gemeint. Doch von der jugendlichen Ausstrahlung war nichts mehr zu spüren. Ted fasste sich an den Kopf und schloss für einen Augenblick die Augen. Als er sie wieder öffnete, war alles unverändert.

»Er hat eine Waffe«, sagte Nina.

»Die ich nicht benutzen werde, wenn wir uns wie zwei zivilisierte Menschen unterhalten können.«

»Hat er dir was getan?«, fragte Lynch seine Sekretärin.

»Nein.«

»Setzen Sie sich«, befahl Ted.

Lynch ging um den Schreibtisch herum und ließ sich schwerfällig auf den Stuhl sinken, der neben dem Schreibtisch stand.

»Haben Sie heute Morgen die Nachrichten gesehen?«, fragte Ted und kehrte seinen beiden Geiseln absichtlich den Rücken zu, um die Tür zu schließen.

»An wen richtet sich die Frage?«, fragte Lynch spöttisch.

»An Sie. Von jetzt an sind alle Fragen an Sie gerichtet. Das Mädchen ist nur ein Kollateralschaden.«

»Wieso lassen Sie sie nicht laufen, und wir regeln das unter uns?«

»Beantworten Sie erst meine Frage.« Ted lehnte sich an die Tür.

»Nein, ich habe die Nachrichten nicht gesehen«, erklärte Lynch.

»Wendell ist tot.« Ted musterte das Gesicht des Anwalts, konnte aber keinerlei Überraschung darin entdecken. »Er wurde ermordet.«

»Verstehe. Also schön, reden wir darüber«, sagte Lynch und ließ den Blick nach rechts schweifen, Richtung Nina. »Sie wird nichts verraten«, erklärte er. »Stimmt's, Nina?«

Die Sekretärin verstand kein Wort, nickte aber trotzdem heftig mit dem Kopf. »Ich werde nichts verraten.«

»Jetzt, wo du weißt, dass Ted und ich uns kennen, ist es auch nicht mehr nötig, die Polizei einzuschalten. Ted und ich regeln das unter uns.«

Ted überlegte fieberhaft. Solange Nina hier war, konnte er nicht in Ruhe über Wendells Tod sprechen. Er konnte ja schlecht einer fremden Frau einen Mord gestehen.

»Geh nach Hause«, sagte Ted plötzlich.

Nina schnellte hoch wie eine Sprungfeder und rannte um den Tisch herum. Doch sie wurde von Ted aufgehalten, der immer noch an der Tür lehnte. Nina umklammerte ihre Tasche und sah ihn flehend an. Ted wiederum sah zu Lynch, der schnell begriff, was man von ihm erwartete.

»Nina, kein Wort zu niemandem«, schärfte er ihr ein. »Ted und ich kriegen das allein hin.«

Ted trat beiseite. Nina rauschte aus dem Büro und machte sich nicht einmal die Mühe, die Tür hinter sich zu schließen. Ted übernahm es für sie.

»So, jetzt raus mit der Sprache, Lynch. Sie haben mir eine Falle gestellt, Sie Mistkerl.«

»Ich gebe zu, dass ich gewisse Informationen zurückgehalten habe, aber glauben Sie mir, das war nötig.«

Ted machte einen Satz nach vorne, stützte sich mit den Händen auf den Schreibtisch und näherte sein Gesicht dem von Lynch bis auf wenige Zentimeter.

»Es war nötig? Sie haben vergessen zu erwähnen, dass Wendell verheiratet ist und zwei Töchter hat. Seit ich das weiß, muss ich ständig an meine eigene Familie denken.«

»Wenn ich Ihnen gesagt hätte, dass er Frau und Kinder hat, hätten Sie es nicht getan«, sagte Lynch kalt.

Ted griff in die Jackentasche und holte die Browning heraus.

»Und Sie, Lynch? Haben Sie Frau und Kinder? Überlegen Sie es sich gut, was Sie sagen, denn ich kann Ihnen jederzeit das Gehirn wegpusten.«

»Bitte, Ted, stecken Sie die Waffe wieder ein und lassen Sie es mich erklären.«

»Haben Sie schon, Sie Dreckskerl.« Ted schüttelte den Kopf. »Es ist alles so verwirrend.«

»Wie meinen Sie das?«

Ted ließ die Waffe sinken und steckte sie weg. Er ging zu dem Stuhl, der vor dem Aktenschrank stand, und setzte sich.

»Sagen Sie mir, was Sie zu sagen haben, Lynch. Und keine Spielchen mehr.«

Lynch nickte.

»Ich habe Ihnen meinen echten Namen verraten, Ted. Mir war klar, dass Sie früher oder später bei mir auftauchen würden. Jetzt ist der Moment gekommen, Ihnen die ganze Wahrheit zu sagen.« Lynch setzte sich aufrechter hin. Dann ließ er die Bombe platzen: »Wendell wollte sich gar nicht umbringen.«

Kaum hatte Lynch es ausgesprochen, rasselte etwas in dem Aktenschrank, genauer gesagt in der untersten Schublade. Instinktiv wandte Ted seine Aufmerksamkeit dorthin. Nichts. Lynch schien es nicht gehört zu haben.

»Wendell und ich kennen uns von der Uni«, erzählte Lynch. »Wir waren mal gute Freunde. Damals wurde die Organisation gegründet, und Wendell engagierte sich bald sehr stark in ihr, wurde zu einem wichtigen Stützpfeiler. Aber Wendell war nicht daran interessiert, Gerechtigkeit walten zu lassen, Ted. Wendell war ein verdammter Mörder. Er hat über Jahre Menschen ermordet.«

Ted runzelte die Stirn.

»Ich habe erst relativ spät von seinem Parallelleben erfahren«, fuhr Lynch fort, »und auch nur aus Zufall. Vermutlich hatte ich immer schon einen Verdacht, wollte die Wahrheit aber nicht sehen.«

»Warum haben Sie ihn nicht angezeigt?«

»Haben Sie gesehen, in was für einem Luxus er lebt? Er besitzt viel Macht, ist bestens vernetzt und hat ausgezeichnete Berater. Wenn er mal in Schwierigkeiten gerät, wird er wieder rausgeboxt. Abgesehen davon hätte ich ihm nichts nachweisen können.«

»Seine Frau und seine Kinder waren nicht das Einzige, was Sie unerwähnt gelassen haben«, fuhr Ted ihn an. »Von den Überwachungskameras haben Sie mir ebenfalls nichts gesagt.«

»Tut mir leid.«

»Tut Ihnen leid«, wiederholte Ted verächtlich. »Ihnen ist doch wohl klar, dass Sie es mit jemandem zu tun haben, der nichts mehr zu verlieren hat, oder?«

»Sie werden schon noch verstehen.«

»Und Blaine? Was Sie mir über ihn gesagt haben, war keinen Pfifferling wert. Alle Welt wusste, dass der Typ schuldig war. Wenn Wendell Ihr eigentliches Ziel war, warum musste ich dann erst Blaine töten?«

Wieder rappelte es im Aktenschrank. Diesmal lauter, als würde jemand mit der Faust von innen gegen das Metall schlagen. Ted erschrak.

»Was war das?«

»Was war was?«

Teds Herz pochte wie wild.

»Darf ich Ihnen was zeigen?«, sagte Lynch. »Es ist da drin, in der Schublade.«

Ted richtete die Browning wieder auf Lynch.

»Machen Sie auf, aber ganz langsam.«

»Natürlich.«

Lynch öffnete die zweite Schublade.

»Es geht um die Mappe«, erklärte er.

»Holen Sie sie raus.«

Ted kehrte zu seinem Stuhl zurück. Die Mappe sah so ähnlich aus wie die, die Lynch ihm zu Hause übergeben hatte. Er wollte sie schon aufschlagen, als Lynch ihn bat, noch damit zu warten.

»Bevor Sie sich alles anschauen, muss ich Ihnen noch etwas erklären. Wie gesagt, ich bin Wendell erst spät auf die Schliche gekommen. Er war einmal mein Freund, aber das Unheil, das er angerichtet hat, war einfach zu groß.« Er machte eine Pause. »Jetzt können Sie die Mappe öffnen.«

»Sagen Sie mir, was mich erwartet.« Ted wagte nicht, die Mappe anzurühren.

»Holly hat Sie betrogen«, sagte Lynch ohne Umschweife. »In dieser Mappe sind die Beweise: Fotos, Anruflisten, Hotelrechnungen.«

Ted machte ein skeptisches Gesicht. Das war garantiert gelogen. Er streckte die Hand aus, um die Mappe zu öffnen, hielt aber im letzten Moment inne. Etwas in seinem Blick veränderte sich.

»Holly wollte sich scheiden lassen«, fuhr Lynch fort. »Zwischen Ihnen hat es schon seit Längerem nicht mehr gestimmt.«

»Das ist doch ausgemachter Schwachsinn.«

»Denken Sie mal darüber nach.«

Ted ließ noch einmal die Szene in Wendells Haus Revue passieren, Holly, die Mädchen, wie sie zum Eingang rannten, ihre lächelnden Gesichter, die rosaroten Rucksäcke. Unzählige Situationen kamen ihm in den Sinn. Es stimmte, meistens war er derjenige gewesen, der ausgewichen war, sich distanziert gezeigt und die Arbeit vorgeschoben hatte. Ted wollte die Mappe nicht öffnen.

»Bei meinen Nachforschungen über Wendell«, sagte Lynch, »bin ich zufällig darauf gestoßen, dass Holly Sie betrügt. Es ist eine lange Geschichte.«

Wieder polterte es in der Schublade.

»Es reicht!«, schrie Ted den Aktenschrank an.

Lynch sah ihn entsetzt an. Ted stand auf und war in zwei großen Schritten bei dem Schrank. Mit voller Wucht trat er dagegen.

»Ruhe jetzt!«

Er kehrte zum Schreibtisch zurück und wischte in einem plötzlichen Wutanfall die Mappe vom Tisch, die kurz vor dem Aktenschrank auf dem Boden landete. Einige Blätter und ein

Foto rutschten heraus. Ted schrie auf, ließ sich auf die Knie sinken. Er starrte das Foto an. Jemand hatte von außen in ein Restaurant hineinfotografiert. Zu sehen war Holly im Profil, wie sie sich leicht über den Tisch beugte, lächelnd, mit geöffnetem Mund, um etwas von einem Löffel zu probieren, der ihr von der anderen Seite des Tisches hingehalten wurde. Von dem Mann war nur ein Teil des Arms zu erkennen. Ted erhob sich. Ohne den Blick von dem Foto zu lösen, wich er zurück und stieß gegen den Aktenschrank. Von innen wurde wie wild gegen das Metall getrommelt.

Ted bückte sich und öffnete den Schrank. Er hielt sich die Hand vor den Mund, um seinen Schrei zu ersticken.

»Was ist?«, fragte Lynch.

Das Opossum lugte über den Rand der Schublade hinweg und schnupperte, so wie es am Tag zuvor im Haus von Robichaud aus dem Reifen gelugt und geschnuppert hatte. Dann kletterte es so weit heraus, dass die Vorderpfoten in der Luft hingen. Es vollführte eine Drehung und plumpste auf den Boden.

Ted stolperte aus dem Zimmer. Er vergaß, dass er noch die Waffe in der Hand hielt, die wie eine Verlängerung seines Arms hin und her baumelte. Im Flur warf er sich gegen jede Tür, die sich jedoch alle als verschlossen entpuppten, sodass er jedes Mal zurückprallte. Wo war der verfluchte Fahrstuhl? Er fasste sich an den Kopf, gelangte schließlich ans Ende des Flurs und eilte eine schmutzige, enge Treppe hinunter, deren Stufen immer kleiner wurden, je tiefer er kam. Zweimal wäre er beinahe gestürzt. Das nächste Stockwerk war noch düsterer: Nirgends war Licht, und vor mehreren Türen stapelte sich die Post. Wahllos stieß er eine Tür auf und wurde von einem leeren, muffig riechenden Büro geradezu eingesogen. Ein alter Aktenschrank, der so klobig war, dass man ihn einfach zurückgelassen hatte, starrte ihm mit dem überraschten Ausdruck einer fehlenden Schublade entgegen. Ted umschlang ihn mit den Armen und ließ sich langsam zu Boden sinken. Dann sah er zur Tür, weil er wusste, dass jeden Moment das Opossum hereinkommen würde.

ZWEITER TEIL

1 Ted McKay wollte sich gerade eine Kugel in die Schläfe jagen, als jemand stürmisch an der Tür klingelte.

Er öffnete die Augen. Das Licht, das durchs Fenster einfiel, blendete ihn. Dann war auch das Klopfen zu vernehmen, und auch das Rufen des Besuchers, den er vermeintlich nicht kannte.

Er stand auf und spürte sofort, dass er einen schweren Gegenstand in der Hosentasche hatte. Er tastete ihn ab: unverkennbar ein Hufeisen. Ungläubig sah Ted sich um. Das Arbeitszimmer, in dem gerade eben noch ein heilloses Durcheinander geherrscht hatte, war aufgeräumt wie immer: der Schreibtisch frei, die Bücher an ihrem Platz, der Computer auf dem Beistelltisch. Während Lynch draußen rief, er solle die Tür öffnen (Ted wusste, dass es Lynch war), fiel es ihm schwer, seinen Finger in Richtung Knopf zu strecken, als wäre das Einschalten des Computers der endgültige Beweis dafür, dass das, was geschah, real war. Das Gerät erwachte mit dem charakteristischen Blinken und Brummen. Mit einer Mischung aus Entsetzen und Missmut drückte Ted sofort wieder auf den Knopf, bis der Computer sich ausschaltete. Innerlich hörte er, wie Nadine mit ihm schimpfte: *Du darfst ihn so nicht ausschalten, Papi. Du musst ihn runterfahren. Hat Mami gesagt.* Ted zuckte zusammen. Auf dem Schreibtisch lag der Brief an Holly.

»Machen Sie bitte auf!«

Ted suchte im Stiftehalter nach dem Schlüssel, während Lynch immer drängender klopfte. Er wartete auf den Satz, der prompt kam:

»Machen Sie endlich auf, Ted!«

Warum überrascht es mich nicht, dass du meinen Namen kennst?

Er öffnete die Tür seines Arbeitszimmers und las den Zettel, der außen hing: »*Schatz, auf dem Kühlschrank liegt ein Ersatzschlüssel. Sorg dafür, dass die Mädchen draußen bleiben. Ich liebe Dich.*« Es war, als hätte jemand anders diesen Zettel geschrieben. Ted bekam das Foto nicht mehr aus dem Kopf, auf dem Holly sich in dem Restaurant über den Tisch beugte, um etwas zu probieren, das ihr Liebhaber ihr reichte. Wie konnte er sich an etwas erinnern, das noch gar nicht geschehen war?

»Ich komm ja schon!«, rief Ted.

Als er ins Wohnzimmer trat, erkannte er die Gestalt hinter dem Fenster bei der Haustür. Auch diesmal betrachtete er alle Gegenstände besonders aufmerksam, aber nicht, weil er sich für immer von ihnen verabschieden wollte, sondern weil sie, als er sie das letzte Mal gesehen hatte, zertrümmert gewesen waren.

Als er die Tür öffnete, stand Lynch vor ihm – die jugendliche Version von Lynch –, mit seinem strahlenden Lächeln, seinem quer gestreiften Poloshirt und dem deplatziert wirkenden Aktenkoffer.

»Tut mir leid, ich kaufe nichts«, zitierte Ted sein anderes Ich.

»Oh, keine Angst, ich will Ihnen nichts verkaufen.«

Nichts ließ erkennen, dass Lynch bewusst war, dieses Gespräch schon einmal geführt zu haben, zu natürlich war sein Auftreten. Wieder schlug Ted ihm die Tür vor der Nase zu, doch diesmal blieb er nicht dahinter stehen, um sich anzuhören, wie Lynch sagte, er wisse, was er mit der Pistole habe anstellen wolle, die drinnen auf dem Schreibtisch liege. Er eilte in die Küche, zum Kühlschrank, und tatsächlich, da war das Foto: Holly am Strand, in dieser eigentümlichen Haltung, umrahmt von den glitzernden Aufklebern der beiden Mädchen. Erleichtert blieb er stehen. Er strich mit dem Finger über den Körper seiner Frau.

Dann steckte er eine Hand in die Hosentasche. Auch das Hufeisen war noch da. Und es war echt. Als er es fest umklammerte, stieß er mit den Fingerkuppen auf einen Zettel. Ungläubig zog er die zerknitterte Nachricht hervor: *Mach die Tür auf. Das ist dein letzter Ausweg*, stand dort, in seiner eigenen Handschrift.

Er kehrte ins Wohnzimmer zurück, ging zur Haustür und öffnete seinem hartnäckigen Besucher erneut die Tür. Lynch stand lächelnd in der Mittagssonne.

2

Ted saß in der Hocke. Er hielt sich mit beiden Händen den Kopf und wiegte sich sanft vor und zurück, den Blick auf das Foto von Holly am Strand gerichtet, das er vor sich auf den Boden gelegt hatte. Was hatte all das zu bedeuten?

Es ist der Tumor.

Dr. Carmichael hatte ihm gesagt, dass die Kopfschmerzen zurückkehren würden und sogar Schwindel und Halluzinationen auftreten konnten. Das hatte er doch gesagt, oder?

Ja, Dr. Carmichael hatte gesagt, dass Halluzinationen auftreten konnten. Allerdings war das, was er erlebte, etwas ganz anderes, als Kobolde im Garten herumrennen zu sehen oder einen Regenbogen auf der Toilette oder einen ähnlichen psychedelischen Mist.

Er zwang sich aufzustehen. Das Gewicht in seiner Hosentasche erinnerte ihn daran, dass zumindest *etwas* anders war. Er zog das Hufeisen heraus und betrachtete es lange. Die Erinnerung daran, dass er es auf dem Weg zu Wendell eingesteckt hatte, war noch lebendig, wie überhaupt alles, was im Haus am See geschehen war. Auch der Zettel war noch da, dermaßen zerknittert, dass er schon eine ganze Weile in der Hosentasche gesteckt haben musste.

Er bückte sich und legte das Hufeisen neben das Foto. Ob er es einfach liegen lassen oder mitnehmen würde, konnte er später noch entscheiden. Jetzt musste er erst einmal Holly erreichen. Er hatte mit ihr vereinbart, erst am Freitag mit ihr zu sprechen, wenn sie wiederkam, um die Scheidungspapiere zu unterzeichnen. Wie hatte er das vergessen können? Er selbst hatte ihr gesagt, es würde einige Tage dauern, bis die Anwälte alles vorbereitet hätten, und sie hatte erwidert, sie würde mit den Mädchen ihre Eltern besuchen, was Ted vorausgesehen hatte. Sie hatten sich im Wohnzimmer noch einmal freundlich unterhalten und sich dann in Frieden voneinander verabschiedet, als wären für einen kurzen Augenblick noch einmal die Holly und der Ted von früher auferstanden. Doch diese Illusion hielt sich nur für eine schnelle Umarmung und ein gequältes Lächeln. Die Ereignisse der vergangenen Monate hatten alles zunichtegemacht: Da war nichts mehr zu kitten. Ted nahm seinen Teil der Schuld auf sich, eigentlich die ganze Schuld. Er habe sich zu sehr in seine Arbeit verkrochen, würde er später Laura Hill erklären, und sei darüber wieder zu dem Ted seiner Jugend geworden, dem Rebellen, dem Unverstandenen, den er später durch die Liebe zu seiner Familie gebändigt hatte. Die Kopfschmerzen seien wiedergekehrt, die chronisch schlechte Laune. Sogar die Mädchen hätten ihn misstrauisch beäugt. »Mit Furcht in den Augen, Laura, es gibt nichts Schlimmeres, als zu bemerken, dass dein eigenes Kind Angst vor dir hat. Das ist, als hätte eine andere Person die Kontrolle übernommen.« Damals hatte er auch Dr. Carmichael aufgesucht, weil die Kopfschmerzen ihn nicht mehr nur ein Mal am Tag quälten, sondern drei oder vier Mal, und außerdem immer heftiger wurden. Ted hatte das Schlimmste befürchtet: einen bösartigen Tumor. Andererseits war es eine Erleichterung, sein mieses Verhalten auf eine Handvoll wuchernder Zellen schieben zu können.

Die Nachricht deprimierte ihn nicht, im Gegenteil, sie bewirkte, dass er seinem Schicksal besser ins Auge sehen konnte. Trotzdem gelang es Laura, ihm zu helfen, das musste er anerkennen. Sie half ihm, sich einigen Wahrheiten zu stellen, die er zu lange verdrängt hatte. Die Beziehung zu den Mädchen besserte sich, auch die zu Holly. In diesem Moment hatte Holly ihn um die Scheidung gebeten. »Ich wollte schon seit Längerem in Ruhe mit dir reden.« Sie sprachen sehr vernünftig miteinander. Sie habe es ihm lieber persönlich sagen wollen, nicht über einen Anwalt, erklärte sie. Sie hätten es verdient, im Guten auseinanderzugehen, so wie sie auch im Guten begonnen hätten. Ted war mit allem einverstanden gewesen.

Er begriff jetzt seine Frau viel besser.

»Hallo, Ted«, sagte Holly am anderen Ende der Leitung.

»Hallo.«

Schatz.

Er spürte einen Stich in der Brust. Vor ihm lag das Foto. Holly, lächelnd am Strand, in ihrem roten Bikini. Teds Lieblingsbikini.

»Alles okay mit dir?«, fragte sie.

»Ja. Entschuldige, dass ich dich auf dem Handy anrufe.«

»Macht nichts. Gibt's ein Problem mit den Papieren?«

»Nein. Die Papiere sind fast fertig.«

Schweigen.

»Holly, bist du bei deinen Eltern?«

Oder bist du bei deinem Liebhaber?

»Ich bin dir keine Rechenschaft schuldig.«

»Bist du doch, immerhin sind meine Töchter bei dir.«

Kaum hatte er es ausgesprochen, bereute er es.

»Entschuldige.«

»Was willst du, Ted? Ich bin beschäftigt.«

Ted war verwirrt. Wenn Holly ihn betrog, war sie womöglich in Gefahr. Wendell war ein gefährlicher Typ.

Du kennst Wendell nicht.

»Pass auf dich auf, Holly.«

»Ich passe immer auf mich auf. Was meinst du damit? Ist da was, das ich wissen sollte?«

Ted musste sich etwas ausdenken, um seinen Anruf zu rechtfertigen.

»Ich hatte einige seltsame Anrufe und mache mir Sorgen.«

»Seltsame Anrufe? Hast du die Polizei verständigt?«

»Fand ich nicht nötig. Aber dein Name fiel, deshalb war ich ein wenig beunruhigt.«

»Mein Name?« Jetzt wirkte Holly tatsächlich beunruhigt.

»Ich will nicht, dass du dir Sorgen machst, aber ich musste dich anrufen. Das verstehst du doch, oder?«

»Ja, sicher.«

»Pass einfach gut auf dich auf.«

»Mache ich. Danke.«

Der winzige Anflug von Dankbarkeit genügte, um Ted ein Lächeln zu entlocken.

»Tschüss, Holly.«

»Bis Freitag, Ted.«

3

»Heute hätte ich mich beinahe umgebracht«, sagte Ted emotionslos.

Er war bei Laura Hill in der Praxis, saß in dem üblichen Sessel und betrachtete den Plastikbecher Wasser auf dem niedrigen Tisch. Er hob den Blick.

»Scheint Sie nicht sonderlich zu beunruhigen«, sagte er zu der Therapeutin und lächelte matt.

»Sie sind ja hier«, erwiderte sie und lächelte zurück.

»Was für ein verrückter Vormittag. Ich weiß gar nicht, wo ich anfangen soll.«

»Wir haben Zeit.«

Es waren schon einige Minuten vergangen, aber Ted war zu nervös gewesen, um auf Lauras Aussehen zu achten.

»Sie tragen Ihr Haar heute offen«, sagte er.

Laura errötete und schüttelte den Kopf, sodass ihr die Haare übers Gesicht streichelten. Das Blond war einen Tick heller als sonst.

»Ich war gestern beim Friseur. Wollte mal was Neues ausprobieren.«

In seinen früheren Halluzinationen war Laura nicht zum Friseur gegangen. Offenbar scherten sich Tumore nicht um kosmetische Feinheiten.

Es war keine Halluzination! Lynch hat dich heute Vormittag tatsächlich aufgesucht.

Teds Lächeln erstarb. Wenn er einen weiteren Beweis dafür gebraucht hätte, dass die vergangenen Tage stattgefunden hatten, dann befand er sich in seiner Hosentasche. Er hatte das Hufeisen vor Wendells Haus gefunden, an das er sich genau erinnerte, in dem er aber noch nie gewesen war.

»Was ist heute Morgen passiert, Ted?«

»Ich war zu Hause in meinem Arbeitszimmer und hielt mir die Browning an den Kopf, als plötzlich jemand wie wild an die Tür klopfte. Es war, als würde mir erst in diesem Moment bewusst, wo ich war und was ich vorhatte.«

Lauras Gesichtsausdruck war nicht zu entschlüsseln.

»Wussten Sie nicht mehr, dass Sie die Waffe in der Hand hatten?«

»Schlimmer. Ich wusste fast nichts mehr von dem, was in den vergangenen Tagen passiert ist. Es sind nur Erinnerungsfetzen da, und es ist alles so konfus, weil, na ja, das ist schwer zu erklären, weil ich auch noch *andere* Erinnerungen habe. Als hätte der Tumor alles durcheinandergemischt.«

»Erzählen Sie weiter, was heute Morgen passiert ist. Sie sind in Ihrem Büro. Sie hören das Klopfen an der Tür. Was passiert dann?«

»Auf dem Tisch liegt ein Brief an Holly, in meiner Handschrift. Außerdem habe ich eine Warnung an die Tür geklebt, dass die Mädchen draußen bleiben sollen. Offenbar habe ich alles gut geplant. Je mehr solcher Details ich entdecke, desto mehr Erinnerungen tauchen wieder auf.«

»Glauben Sie, Sie hätten abgedrückt?«

Ted beugte den Kopf nach vorne und massierte sich die Schläfe. Laura streckte die Hand aus und legte sie ihm sanft auf die Schulter.

»Ted, konzentrieren Sie sich, sehen Sie mich an. Gut so. Wer hat bei Ihnen an die Tür geklopft?«

»Ein Mann namens Lynch«, sagte Ted. »Ich dachte, es wäre ein Vertreter, und wollte ihn abwimmeln, aber er meinte, er wüsste, was ich in meinem Zimmer vorhätte, und er sagte was zur Waffe, was, weiß ich nicht mehr, nur dass es stimmte. Am verrücktesten aber war, dass ich mich daran erinnerte, diese Situation schon einmal erlebt zu haben, ich wusste alles, was Lynch zu mir sagen würde, alles, was er mir vorschlagen würde. Es war, wie einen Film zu schauen, den man auswendig kennt.«

»Und Sie glauben, dass Sie die Situation tatsächlich schon einmal erlebt haben?«

»Nein«, sagte Ted. »Es ist der Tumor, Laura. Dr. Carmichael sagt, ein Tumor, wie ich ihn habe, kann Halluzinationen auslösen, indem er auf bestimmte Bereiche des Gehirns Druck ausübt, was dazu führt, dass ...«

»Warten Sie, Ted. Mit Dr. Carmichael können wir, falls nötig, immer noch sprechen. Erst einmal möchte ich wissen, ob Sie Lynch womöglich kennen, vielleicht von früher.«

»Komisch, dass Sie das fragen.«

»Wieso?«

»Weil ich in der Halluzination, von der ich spreche, Lynch einige Tage später wiedergesehen habe, und da war er um zehn oder fünfzehn Jahre gealtert. Mit einem Schlag.« Ted schnippte mit den Fingern. »Wie in einem Traum, in dem jemand ganz plötzlich anders aussieht.«

Ted fiel etwas sein. Er schüttelte den Kopf und lachte.

»Jetzt erinnere ich mich auch wieder, dass ich erst vor Kurzem hier war«, sagte Ted und blickte sich um. »Sie hatten Ihre vorige Frisur, aber das konnte ich zu dem Zeitpunkt nicht wissen. Mein Gott, an solch läppische Details erinnere mich noch. Halten Sie das für möglich? Dass man sich so was ausmalt?«

»Worüber haben wir gesprochen? In der Sitzung, meine ich.«

Ted fasste sich an die Hosentasche, fühlte das Hufeisen.

»Über die Frage, warum ich mit dem Schach aufgehört habe«, sagte Ted.

Laura wirkte überrascht.

»Was haben Sie da in der Hosentasche?«

Ted zog das Hufeisen heraus. Er hielt es fest in beiden Händen und betrachtete es wie jemand, der ein kompliziertes Problem lösen muss. Laura sprach jetzt ganz leise mit ihm.

»Miller hat es Ihnen geschenkt, bevor Sie das Schachspielen aufgegeben haben, stimmt's?«

Ruckartig hob Ted den Kopf und riss die Augen auf. Laura lächelte sanft.

»Ich habe eben ein gutes Gedächtnis«, sagte sie. »Als Sie mir von Miller und dem Hufeisen erzählt haben, wusste ich, dass es irgendwie wichtig für Sie war. Mir war nur nicht klar, dass Sie es mit sich herumtragen.«

»Oh, das ist nicht das Hufeisen von Miller. Es ist ihm nur ziemlich ähnlich. Gefunden habe ich's ... Ich weiß nicht mehr genau, wo. Ich kann mich nicht erinnern«, log Ted.

An Wendells See!

»Vorhin haben Sie gesagt, dass dieser Lynch Ihnen einen Vorschlag gemacht hat. Was war das für ein Vorschlag?«

»Mein Gott, es ist alles so verworren. Er sagte, er gehöre einer Geheimorganisation an, die Leute rekrutiert, um Mörder ihrer gerechten Strafe zuzuführen, die aufgrund einer Lücke im Justizsystem ungeschoren davongekommen sind. Im Gegenzug dürfe ich einer Art Selbstmörderzirkel beitreten, was er aber nicht so genannt hat.«

»Damit die Familien nicht unter den Folgen des Selbstmords zu leiden haben«, schlussfolgerte Laura und nickte mit einer gewissen Bewunderung.

»Genau.«

»Schon irgendwie genial. Aber auch ziemlich verrückt. War es das erste Mal, dass Sie von so etwas gehört haben?«

»Ja.«

»Wen sollten Sie töten? Ich meine, wen sollten Sie seiner gerechten Strafe zuführen.«

»Einen Kerl namens Edward Blaine. Er hatte seine Freundin umgebracht und konnte nicht dafür belangt werden.«

»Ja, den Fall kenne ich aus den Nachrichten. Die Schwester des Opfers fordert, den Fall wieder aufzurollen, weil die Ermittler einen Fehler begangen haben.«

Ted erinnerte sich, dass auch Tricia Pendergast bei Arthur Robichaud davon gesprochen hatte.

»Offenbar befindet sich direkt unter der Wohnung eine

Wäscherei. Die warmen Leitungen haben dafür gesorgt, dass die Leiche nicht so schnell abkühlt.«

»Was haben Sie in der halluzinierten Situation getan, Ted?«

Ted zögerte. »Glauben Sie, dass diese Halluzinationen mit meiner Vergangenheit zu tun haben?«

»Einige vermutlich schon. Aber konzentrieren wir uns auf das, woran Sie sich erinnern. Was haben Sie in Bezug auf Blaine empfunden?«

»Dass ich ihn töten muss. Was ich hier und jetzt für vollkommen absurd halte, war in der anderen Realität absolut vernünftig. Genauso vernünftig, wie mir selbst das Leben zu nehmen. Ich bin also zu ihm gefahren, und ich erinnere mich noch ganz genau daran, wie es bei ihm aussah. Dabei bin ich nie dort gewesen. Ich habe mich im Schrank versteckt und gewartet, bis dieser Blaine einschläft. Dann bin ich in sein Zimmer raufgegangen und habe ihn getötet.«

»Einfach so? Eiskalt?«

»Nein. Blaine hatte mich bemerkt und sich gewehrt. Getötet habe ich ihn trotzdem.«

»Was ist dann passiert?«

»Von da an war alles wie in einem Traum. Ich bin zu jemand anderem gefahren, den ich ebenfalls töten sollte. Ein Mann namens Wendell, der angeblich zu dem erwähnten Kreis gehörte und mich erwartete. Er wohnte in einem riesigen Haus mitten im Wald mit eigenem See. Ich lauerte ihm drinnen auf und habe ihn erschossen. Laut Lynch war dieser Wendell alleinstehend. Tatsächlich aber tauchte wenige Minuten später eine Frau mit zwei Mädchen auf.«

»Wendell war alleinstehend, sagten Sie?«

»Dachte ich zumindest. Lynch hatte mir diese Information vorenthalten, weil er genau wusste, dass ich den Auftrag sonst nie übernommen hätte.«

»Woher wissen Sie das?«

»Lynch hat es mir später gestanden.«

»Dann haben Sie ihn also noch einmal gesehen?«

»Ja. Als in mir der Verdacht aufkam, dass er mich reingelegt hatte, wandte ich mich an Arthur Robichaud, einen alten Schulkameraden, den ich seit Jahren nicht gesehen habe. Er arbeitet heute als Anwalt. Damals war er ein schüchterner Junge, der mit fast niemandem Kontakt hatte. Ich und einige andere haben ihn gemobbt und ihm üble Streiche gespielt. Sachen, die einen wahrscheinlich ein ganzes Leben lang verfolgen. Jedenfalls bin ich zu ihm gefahren, und wie sich herausstellte, hatte er Geburtstag. Es waren noch andere ehemalige Mitschüler da, alles solche Loser wie Arthur, ich habe sie erst gar nicht wiedererkannt.«

»Einen Moment«, unterbrach ihn Laura. »Bei Ihnen in der Firma arbeiten doch sicher auch Anwälte. Warum haben Sie die nicht gefragt?«

»Arthur hatte mir bei einem Testament geholfen«, sagte Ted. Noch während er den Satz aussprach, begriff er, dass er sich da gar nicht so sicher sein konnte. In der halluzinierten Szene war er davon ausgegangen, und Robichaud hatte sich auch so verhalten, als sähen sie sich nicht zum ersten Mal seit langer Zeit. Trotzdem …

»Hat Robichaud Ihnen geholfen, Lynch ausfindig zu machen?«

»Was steckt hinter alldem, Laura?« Ted fasste sich wieder an den Kopf. »Es ist, als hätte ich im Wachzustand geträumt. Jetzt, wo ich darüber nachdenke, fällt mir wieder ein, dass auf dem Geburtstagsfest bei Robichaud auch ein Tier auftauchte, ein Opossum. Dieses Opossum erscheint übrigens immer wieder.«

Laura war jetzt hellwach.

»Ein Opossum?«

»Ja. Ich hab's mehrmals gesehen. Das erste Mal zu Hause auf der Veranda, aber daran erinnere ich mich kaum noch. Dann bei Arthur, wo es sich in einem alten Autoreifen versteckt hatte. Und dann noch mal bei Lynch in der Kanzlei.«

»Bei Lynch in der Kanzlei?«

»Es sprang aus einem Aktenschrank.« Ted schüttelte den Kopf und lachte. »Meine Güte, das klingt total dämlich. Wenn ich doch nur das Gefühl hätte, dass es ein Traum gewesen wäre.«

»Genau davon gehen wir aus, Ted. Jetzt schildern Sie erst einmal, was passiert ist, als Sie bei Lynch waren.«

»Lynch war älter als beim letzten Mal, etwa so alt wie ich. Ich musste ihm drohen, damit er zugab, dass Wendell tatsächlich eine Frau und zwei Töchter hatte. Und dann sagte er noch was viel Schlimmeres.«

»Was?«

»Dass Wendell gar kein Selbstmordkandidat war, sondern Mitglied der Organisation.« Ted hatte den Blick starr auf den Becher mit Wasser gerichtet. »Und dass er ... vom rechten Weg abgekommen war.«

»Hat er auf eigene Faust gemordet?«

Ted war überrascht. Was Laura da vermutete, lag nicht gerade nahe, und trotzdem war es ein Volltreffer.

»Ja. Jemand musste ihn aufhalten.«

»Und warum Sie?«

Jetzt ging es ans Eingemachte. Wenn diese Hirngespinste einen Funken Realität enthielten, dann hatte das Ganze mit Hollys Untreue zu tun. Alles andere war vermutlich nur makabres Dekor, mit dem sein Unbewusstes versuchte, vom eigentlichen Thema abzulenken.

»Lynch hat Wendell observiert und entdeckt, dass er eine Geliebte hatte ...«

Ted ließ den Satz so stehen. Mit beiden Händen umklammerte er das Hufeisen und zog an beiden Enden, als wollte er es gerade biegen.

»Und diese Geliebte war Holly, nicht wahr?«

Ted nickte stumm.

»Möchten Sie ein bisschen Wasser, Ted?«

»Nein, danke.«

»Haben Sie heute schon mit Holly gesprochen?«

»Ja, am Ende war es ein ziemlich nettes Gespräch. Ich habe ihr nichts von alldem gesagt.«

»Ich glaube, für heute ist es genug.«

Ted ignorierte ihre Bemerkung.

»Was geht hier vor, Laura? Kann es sein, dass ich es wusste? Das mit Holly, meine ich. Wenn ich darüber nachdenke, gab es tatsächlich einige Anzeichen, und ...«

»Schluss für heute.«

»Na gut.«

»Ich möchte, dass wir uns von jetzt an jeden Tag sehen, Ted. Wenn sie einverstanden sind ...«

»Kein Problem.«

»Versuchen Sie sich auszuruhen.«

Ted erhob sich. Laura ebenso.

»Ted?«

Er sah sie an.

»Schön zu Hause bleiben, verstanden?«

»Verstanden«, sagte Ted. Da fiel ihm etwas ein. Ein Detail aus der anderen Realität. »Ihr Sohn ist bei den Pfadfindern, richtig?«

»Ja.«

»In meiner halluzinierten Realität gab es ein Problem wegen einer Vollmacht für einen Ausflug. Jemand hat Sie deswegen mitten in der Sitzung angerufen.«

Laura lächelte. Sie deutete auf das Telefon, das diesmal allerdings nicht geläutet hatte.

»Zum Glück ist nichts passiert«, sagte Laura.

Ted ging in Richtung Tür. Das Hufeisen hielt er immer noch fest umklammert.

»Dr. Carmichael hatte recht, als er meinte, die Therapie würde mir helfen«, sagte er mehr zu sich selbst als zu seiner Therapeutin.

4

Ted sah zu der Stelle, an der er das Hufeisen gefunden hatte. Er stand auf dem Waldweg, der zu Wendells Haus führte. In der Ferne war das Gebäude zwischen den Bäumen zu sehen. Ted hob den Kopf und betrachtete es. Er war dort gewesen, ganz sicher. Doch wenn er näher hinging, wenn er eintrat und sich drinnen umsah, dann würden seine Erinnerungen sich mit der Realität vermischen, und er würde beides nicht mehr auseinanderhalten können.

Er hatte Laura versprochen, das Haus nicht zu verlassen, aber sein Drang, mehr herauszufinden, war stärker gewesen. Er schloss die Augen, atmete mehrmals tief durch und rief sich alles ins Gedächtnis, was er wusste: die private Anlegestelle, das riesige Wohnzimmer mit Panoramablick auf den See, der Spielplatz hinten. Dabei hatte er vermeintlich noch nie den Fuß in dieses Haus gesetzt.

Natürlich warst du dort! Du hast Wendell umgebracht. Als du erfahren hast, dass er Hollys Liebhaber war, bist du durchgedreht und hast ihn getötet. So einfach. Danach hast du dich dem Club der Irren angeschlossen, um nicht mit der Wahrheit konfrontiert zu sein.

Wenn es so gewesen war, dann würde er es gleich herausfinden. Rund fünfzig Meter trennten ihn noch von Wendells Haus. Die Browning hatte er zu Hause gelassen. Stattdessen umklammerte er das Hufeisen, mit dem er sich zur Not verteidigen konnte, an dem er sich im Augenblick aber eher festhielt.

Der Lamborghini stand noch an derselben Stelle, was Ted auf den Gedanken brachte, Wendell könnte auf dem See sein und angeln. Er war aber nicht da. Ted stand am Ufer, in der Nähe des Anlegers, und ließ seinen Blick übers Wasser schweifen. Er wollte sehen, ob er irgendwo die orangefarbene Rettungsweste entdeckte. Doch weder von Wendell noch von seiner Rettungsweste die geringste Spur. Vielleicht war er auf der anderen Seite des Sees. Ted hob den Kopf und sah eine der zahlreichen Überwachungskameras. Zum Gruß grinste er ins Objektiv.

Die Eingangstür war verschlossen. Wieder ein Detail, das anders war als bei seinem vorigen Besuch. Ted trat an eines der Fenster, um hineinzuspähen, sie waren getönt, und er musste die Hände um die Augen legen, um etwas sehen zu können. Ob Wendell ihn entdeckte, war ihm egal, im Gegenteil, er sollte ihn ruhig bemerken. Wie gebannt starrte er auf den Teppich im Eingangsflur, zu der Stelle, an der Wendell gelegen hatte. Nichts deutete darauf hin, dass dort jemand verblutet war. Es waren diese Details, die ihn schier in die Verzweiflung trieben. Dass er schon mal in dem Haus am See gewesen war und sich nicht erinnerte, konnte er noch akzeptieren. Aber wieso glaubte er sich zu erinnern, dass Wendell tot auf diesem Teppich gelegen hatte?

Er ging um das Haus herum, um zu prüfen, ob er sich anders Zugang verschaffen konnte. Er hätte auch gleich klingeln oder anklopfen können, aber er wollte sich lieber noch etwas umsehen, bevor er sich Wendell vorknöpfte. Wenn er Lynch Glauben schenken konnte, war der Kerl ein gefährlicher Mörder, und wenn plötzlich der Mann seiner Geliebten vor ihm stand, konnte man sich ausmalen, wie seine Reaktion ausfallen würde. In diesem Moment vermisste Ted die Browning, aber er hatte die Waffe bewusst zu Hause gelassen. Schließlich war er im Gegensatz zu Wendell kein Mörder.

Auf der anderen Seite des Sees war Wendell auch nicht. Sein Boot lag vertäut am Steg. Ted sah sich hinter dem Haus um und rüttelte an der Tür der Garage, in der mehrere Autos Platz hatten. Wieder kein Glück. Er überlegte, ob er mit dem Hufeisen ein Fenster einschlagen sollte, als sein Blick am Spielplatz hängen blieb. Auf dem sanft abfallenden Rasen stand ein rosarotes Schloss aus Holz, das ein kleines Vermögen gekostet haben musste. Ein schmaler, von Rosen gesäumter Kieselsteinpfad führte dorthin. Ted stieg den Hang hinauf und nahm das Schloss näher in Augenschein. Es war rund zwei Meter hoch, hatte an jeder Ecke einen Turm, und die Wände waren mit verschiedenen Disney-Prinzessinnen bemalt: Bella, Tiana, Arielle. Ted kannte sie alle. Er konnte der Versuchung nicht widerstehen und steckte den Kopf durch eines der Fenster. Drinnen stand ein Plastiktisch mit zwei Stühlen.

»Wer sind Sie?«, fragte jemand hinter ihm.

Teds Kopf steckte immer noch in dem Fensterchen. Es war Wendell. Die Stimme hatte er noch nie gehört, und trotzdem war sie ihm vertraut. Zum Zeichen seiner friedlichen Absichten hob er die Hände und zog langsam den Kopf heraus.

»Ich bin Ted«, sagte er und drehte sich um. Er hätte seinen Namen nicht nennen müssen, denn Wendell würde ihn erkennen, sobald er ihn sah. Wenn er ihn nicht schon längst erkannt hatte und nur mit ihm spielte.

Doch Wendell runzelte verwirrt die Stirn. Er stand vor dem Wäldchen und trug eine Jeans, ein blau kariertes Hemd und eine orangefarbene Rettungsweste. Wieso hatte er im Wald eine Rettungsweste an?

»Was haben Sie auf meinem Grundstück zu suchen? Sind Sie allein?« Die Verwirrung schien echt zu sein. Da war etwas an seiner Stimme.

Warum kommt sie mir so vertraut vor?

»Ja, ich bin allein.«

Wieder stand Wendell die Verwirrung ins Gesicht geschrieben. Mehrmals blickte er in alle Richtungen.

»Hat Lynch Sie geschickt?«

Ted lächelte. Endlich begannen sie einander zu verstehen.

»Hören Sie zu, Ted«, sagte Wendell. »Ich habe keinen blassen Schimmer, wer Sie sind. Wenn Lynch Sie geschickt hat, um mich zu töten, dann ist er ein Dummkopf. Sie könnten keiner Fliege was zuleide tun.«

Wie durch Zauberei hatte Wendell plötzlich eine Pistole in der Hand. Ted hatte sich auf das Gesicht konzentriert, und als er den Blick senkte, war da plötzlich die Waffe.

»Holly ist meine Frau«, sagte Ted zu seiner Verteidigung. Es war das Erste, was ihm einfiel.

Wendells Gesichtsausdruck veränderte sich schlagartig. Mit seiner freien Hand rieb er sich das Kinn.

»Interessant«, sagte er. Er fuchtelte mit der Waffe. »Los, rein da.«

Ted zeigte auf das Schloss.

»Da rein?«

»Ganz recht. Meinen Sie, ich lasse Sie ins Haus? Das hier ist nur eine Vorsichtsmaßnahme«, sagte er mit Blick auf die Waffe.

Ein kleines Mädchen konnte die Flügeltür passieren, ohne sich zu bücken, doch Ted musste dafür fast auf die Knie gehen. Der Boden war aus Hartgummi. Außer dem Plastiktisch und den beiden Stühlen befand sich in dem Raum noch ein kleines Bord mit einem Teeservice. Wendell kroch hinter ihm her. Sie setzten sich auf die Zwergenstühle. Drinnen war es deutlich wärmer als draußen. Es wehte nicht das leiseste Lüftchen. Wendell legte seine Automatik auf den Tisch.

»Das hier ist lächerlich«, murrte Ted.

»Holly ist also Ihre Frau«, sagte Wendell in demselben verwunderten Tonfall wie eben. »Und Lynch hat Sie geschickt, um mich zu töten. Lassen Sie mich raten, er hat Ihnen gesagt, dass Ihre Frau meine Geliebte ist, stimmt's?«

»Er hat mir noch einiges mehr gesagt.«

»Verstehe.«

Wendell dachte nach.

»Ich muss wissen, was Lynch Ihnen über mich gesagt hat.«

»Das werde ich Ihnen aber nicht verraten.«

»Merkwürdig«, erwiderte Wendell. »Kurz war mir so, als wäre nicht ich derjenige, der die Pistole hat.«

Ted seufzte. In seinem Kopf pochte es. Er war zu dem Haus am See gefahren, um sich zu vergewissern, dass Wendell nicht tot war, und jetzt saß er ihm gegenüber und wusste nicht, was er tun sollte. Nur eines wusste er: Wenn der Typ gefährlich war, musste er es herausfinden, um Hollys willen.

»Lynch hat mir von der Organisation erzählt, die Justizirrtümer korrigiert und für Gerechtigkeit sorgt. Er meinte, Sie wären auf Abwege geraten und hätten begonnen, auf eigene Faust zu handeln. Er hat mich gebeten, Sie zu töten.«

Wendell schüttelte den Kopf. Seine Miene verfinsterte sich im Zorn.

»Dieser Mistkerl«, sagte Wendell zu sich selbst.

»Wieso?«

»Es gibt keine Organisation, Ted«, sagte Wendell. »Ich kenne Lynch von der Uni. Diese fixe Idee hatte er immer schon. Vor zwanzig Jahren war das. Damals waren wir noch enge Freunde. Seither sehen wir uns gelegentlich noch, aber von der Freundschaft ist nicht mehr viel übrig geblieben. Vor einigen

Monaten wollte er mich plötzlich mit etwas erpressen. Womit, tut nichts zur Sache. Das war dumm von ihm, denn es war ein Kinderspiel für mich, meinerseits bei ihm was zu finden. Er hat selber genug Dreck am Stecken. Verstehen Sie?«

»Nein.«

»Lynch ist der Liebhaber Ihrer Frau, nicht ich.«

»Was?«

»Ich habe zwei Leute auf ihn angesetzt«, erklärte Wendell. »Sie haben entdeckt, dass er was mit einer verheirateten Frau hat, und jede Menge Fotos geschossen. Die habe ich ihm geschickt und ihn wissen lassen, dass ich noch weiter gehen würde, sollte er noch mal auf die Idee kommen, mich zu erpressen. Seither habe ich nichts mehr von ihm gehört.«

»Können Sie mir diese Fotos beschreiben?«

»Wozu?«

»Bitte.«

»So genau habe ich sie mir nicht angeschaut.«

»War auch eins in einem Restaurant dabei?«

»Ja. Eine ganze Serie, aufgenommen von außen durchs Fenster. Die beiden an einem Tisch, und er reicht ihr was, damit sie es probiert.«

Ted erinnerte sich an das Foto, auch wenn er nur einen Ausschnitt davon gesehen hatte. Wenn es stimmte, was Wendell sagte, dann musste der Mann, der Holly gegenübersaß, Lynch selbst sein.

»Begreifen Sie noch immer nicht?«, fragte Wendell. »Lynch hat Sie aufgesucht und Ihnen das Märchen von der Organisation erzählt, um zwei Fliegen mit einer Klappe zu schlagen.«

Die Erklärung ergab durchaus Sinn, aber warum sollte er Wendells Worten Glauben schenken? Schließlich war er auch nicht gut damit gefahren, Lynch zu vertrauen.

»Was für einen Grund hätte Lynch, Sie beseitigen zu wollen?«, fragte Ted und versuchte sich auf dem winzigen Stuhl etwas bequemer hinzusetzen.

»Abgesehen davon, dass ich seine Affäre auffliegen lassen könnte? Das will ich Ihnen gern erklären. Seit wir uns kennen, hat Justin Lynch mich beneidet, und es wurde im Laufe der Jahre immer schlimmer. Sein Groll hat unsere Freundschaft untergraben und am Ende zerstört. Schauen Sie sich an, wie ich wohne, schauen Sie sich an, was für ein Auto ich fahre, was für eine Familie ich habe. Meine Firma macht einen Umsatz von mehreren Hundert Millionen Dollar im Jahr. Und Sie haben bestimmt gesehen, wo Lynch arbeitet. In einer schäbigen Kanzlei, wo er sich mit verbitterten Ehefrauen und dergleichen rumschlagen muss. Keiner kann behaupten, dass ich ihm nicht geholfen hätte, doch immer wenn ich eine richtige Entscheidung traf, traf er eine falsche. Reicht Ihnen das als Motiv?« Er zuckte verächtlich mit den Schultern. »Aber der Versager ist natürlich zu feige, es selbst zu tun. Er hat Sie auf mich gehetzt und Ihnen dafür den Quatsch mit der Organisation erzählt.«

Ted dachte nach. Es gab nach wie vor einige Fragen, die ihm unklar waren. Woher hatte Lynch gewusst, dass er sich umbringen wollte? Es war unwahrscheinlich, dass er sich das mit dem Selbstmörderkreis spontan ausgedacht hatte. Er musste es also schon vorher gewusst haben. Aber wie? Und wenn er es schon gewusst hatte, warum hatte er verhindern wollen, dass Ted sich umbrachte, wenn damit doch der Weg zu Holly frei gewesen wäre?

Du wolltest dich nicht umbringen.

»Was überlegen Sie?«, fragte Wendell.

»Es ist alles so verwirrend.«

»Es ist ziemlich einfach, glauben Sie mir. Justin hätte sich nie getraut, sich vor mich hinzustellen und abzudrücken. Dafür fehlt ihm der Mumm. Also brauchte er jemanden, der die

Drecksarbeit für ihn erledigt. Und da kamen Sie gerade recht. Es wundert mich allerdings, dass er Sie zu so etwas fähig hielt. Offensichtlich verfügt er über keine große Menschenkenntnis.«

Absurderweise fühlte Ted sich beleidigt. In seiner halluzinierten Erinnerung hatte er Blaine und Wendell getötet wie ein Profi. Er hatte sogar daran gedacht, vorher Blaines Hund zu betäuben! In der Realität hatte Ted jedoch nur auf die Pappfiguren eines Schießstands geschossen. Wendell hatte recht: Er war nicht fähig, einen Menschen zu töten.

In Wendells Theorie gab es allerdings eine Lücke: Wenn sie sich tatsächlich nicht kannten, wieso erinnerte sich Ted dann daran, schon einmal in Wendells Haus gewesen zu sein?

Du kanntest das Haus nicht. Du bist heute zum ersten Mal hier.

Schon wieder dieser verzweifelnde Gedanke. Ted hielt sich an dem fest, was er bei seiner Ankunft entdeckt hatte: dass er sich an jedes Detail des Hauses erinnern konnte, noch bevor er sich genähert hatte. Dieser Gedanke war real gewesen. Plötzlich fiel ihm das Hufeisen wieder ein. Wenn er es nur fest genug umklammerte, würde er jeden Zweifel zerstreuen können. Er steckte die Hand in die Hosentasche.

Wendell war sofort auf der Hut. Blitzschnell griff er zur Waffe und zielte auf Ted.

Es dauerte einen Moment, bis Ted realisierte, dass nicht sein Griff zum Hufeisen der Grund für dieses unerwartete Manöver gewesen war, sondern etwas, das Wendell durch eins der Fenster erspäht hatte.

»Ich dachte, Sie wären allein hier!«, rief Wendell, ohne den Blick von dem Fenster zu wenden.

»Bin ich auch.«

»Dann ist Ihnen jemand gefolgt.«

Ted wandte den Kopf in Richtung Fenster und erstarrte. Es war Roger, der merkwürdige Typ, den Ted in Blaines Wohnzimmer getroffen hatte. Er trug sogar wieder seinen weißen Kittel.

»Kennen Sie den Kerl?« Wendell hielt nach wie vor seine Waffe auf Ted gerichtet. »Was hat der hier zu suchen?«

»Ich bin mir nicht sicher, ob ich ihn kenne.«

»Sie sind sich nicht sicher?«

Roger schlenderte am Haus entlang, die Hände in den Hosentaschen. Als er an der Ecke ankam, bog er in Richtung See ab und entfernte sich von ihnen.

»Ich glaube, er geht wieder weg.«

»Wo soll er denn hingehen? Hier ist im Umkreis von drei Kilometern nichts. Was will der Typ hier?«

5

Dass Roger auf Wendells Grundstück herumspazierte, war die zweite direkte Verbindung zwischen der *Halluzination* (Ted war nicht ganz glücklich mit diesem Wort, aber so wichtig war es nun auch wieder nicht) und der Gegenwart. Die andere Verbindung waren das Hufeisen und der Zettel auf dem Schreibtisch.

Wendell schubste ihn fast zum Schloss hinaus.

»Kennen Sie den Kerl nun, oder kennen Sie ihn nicht?«

»Ja, ich glaube, ich kenne ihn von irgendwoher.«

Wendell seufzte. »Konzentrieren Sie sich!« Er hielt sein Gesicht dicht an das von Ted und sah ihn eindringlich an. »Ist Ihnen der Kerl gefolgt, oder sucht er Sie auf gut Glück?«

»Eher Letzteres.«

Wendell wandte sich von ihm ab. Er massierte sich das Kinn, blickte zur Seitenwand des Schlosses, auf den weißen Kies des Spielplatzes.

»Kommen Sie mit.«

Ted folgte ihm Richtung Wald.

»Wo führen Sie mich hin?«

»Ich habe was im Auto, das ich Ihnen zeigen will, aber ich möchte nicht, dass der Typ uns sieht.«

Sie gingen in den Wald hinein, sodass sie vom Haus aus nicht zu sehen waren. Dann liefen sie um das Haus herum bis zum Weg. Roger hielt sich vermutlich im rückwärtigen Teil des Grundstücks auf. Wendell ging auf den Wagen zu, dessen Kofferraum sich bereits öffnete, als sie noch zehn Schritte entfernt waren. Darin standen ordentlich verstaut mehrere Kartons. Wendell zog einen zu sich heran und öffnete den Deckel. Er zog eine Mappe heraus und hielt sie Ted hin.

»Was ist das?«

»Beeilen Sie sich«, drängte Wendell und wedelte mit der Mappe. »Auf meinem Grundstück schleicht ein fremder Typ herum, wir haben also nicht viel Zeit.«

Ted nahm die Mappe. Sie sah genauso aus wie diejenigen, die Lynch ihm gegeben hatte. Er schlug sie auf und stieß als Erstes auf das Foto aus dem Restaurant. Wendell hatte ihn nicht angelogen. Es war klar zu erkennen, dass der Mann, der Holly über den Tisch hinweg einen Löffel hinhielt, Lynch war. Und zweifellos war es ein aktuelles Foto: Hollys kurze Haare und der hellere Farbton bewiesen es. Er nahm das nächste Foto. Darauf war zu sehen, wie die beiden einen belebten Bürgersteig entlanggingen … Hand in Hand! Auf dem dritten Foto …

Wendell riss ihm die Mappe aus der Hand.

»Mehr brauchen Sie nicht zu sehen.«

Ted hatte immer noch die Hände ausgebreitet, als hielte er weiterhin die Mappe.

»Überzeugt? Es gibt keine Organisation. Lynch spielt ein falsches Spiel mit Ihnen und hat versucht Sie loszuwerden, indem er Ihnen den Mord an mir in die Schuhe schieben wollte. Um Lynch werden wir uns noch kümmern, aber nicht jetzt.«

Ted sagte nichts, starrte nur vor sich hin. Wendell schüttelte ihn, um ihn in die Realität zurückzuholen.

»Hören Sie zu. Sie gehen jetzt da lang, durch den Wald, bis Sie an eine Straße kommen. Der Weg ist etwas länger, aber ich will nicht, dass dieser Typ Sie sieht. Wissen Sie, wie er heißt?«

»Roger«, murmelte Ted. »Ich glaube, er heißt Roger.«

»Gut. Dann werde ich mich mal um unseren Freund Roger kümmern«, sagte Wendell und zog seine Waffe.

Ted riss die Augen auf.

»Was haben Sie vor?«

»Der Kerl befindet sich auf meinem Grundstück«, erklärte Wendell grinsend. »Aber keine Angst, ich will ihm nur einen Schreck einjagen. Ich rufe Sie später an.«

Ted ging los. Nur einmal blickte er über die Schulter zurück und sah Wendell nach, der sich in die entgegengesetzte Richtung bewegte. Wendell hatte gesagt, er würde ihn anrufen, aber er hatte ihm seine Nummer gar nicht gegeben. Er musste lachen, denn irgendetwas sagte ihm, dass dies kein Hindernis sein würde.

6

Ted war im Wohnzimmer. Wo sich früher die Terrassentür befunden hatte, war nun eine Holzwand. Obwohl er von innen nur ein kleines Fensterchen sah, wusste er, dass die Wand außen rosarot gestrichen und mit Disney-Prinzessinnen bemalt war.

Er tastete sich vorwärts. Es war stockdunkel, bis auf das Lichtquadrat, das ihm zur Orientierung diente. Zu hören war nur das hypnotische Saugen der Wellen, die sich im Garten brachen. Als er zu dem Fensterchen kam, musste er sich bücken, um hindurchsehen zu können. Wie bei Wendell.

Der Ozean leckte mit seinen schaumigen Zungen über den Rasen. Die weißen Kräuselungen leuchteten unter dem bläulichen Schleier des Mondes. Ted streckte einen Arm durchs Fenster und wedelte mit der Hand, bis der Bewegungssensor den einzigen Scheinwerfer der Veranda aktivierte. Vom Opossum oder von Holly keine Spur. Neben dem Grill jedoch lag weiterhin das Schachspiel.

Ted machte seinen Arm, so lang er konnte, bis seine Finger den Deckel streiften, doch als er das Kästchen zu sich herziehen wollte, erreichte er nur das Gegenteil: Er schob es von sich weg. Er kniete sich hin und zwängte nun auch die Schulter durch die Öffnung, sodass ihm das Holz in Hals und Rippen schnitt. Das Gesicht an die Wand gequetscht, den Blick ins Dunkel gerichtet, tastete er erneut nach dem Schachspiel. Tatsächlich bekam er eine Ecke des Deckels zu fassen und kratzte so lange daran, bis sich die Schatulle ein Stückchen in seine Richtung bewegt hatte. Er dachte nicht weiter darüber nach, warum er so sehr an dem Schachspiel interessiert war, er hatte einfach das dringliche Gefühl, es öffnen zu müssen. Die Kassette hätte längst näher bei ihm sein müssen, doch seine Fingerkuppen schienen sie immer wieder an derselben Stelle zu berühren. Die verrückte Vorstellung, dass die Schatulle sich eher entfernte, aufs Meer trieb, nahm in seinem Kopf immer deutlichere Gestalt an. Jedes Mal, wenn er das Schachspiel berührte, hatte er das Gefühl, sein Arm sei elastisch und dehne sich immer mehr, vom Fenster des Schlosses bis zur Kiste. Doch wie sehr er sich anstrengte, wie sehr er seinen Arm auch verlängerte: Die Kiste trieb immer weit genug weg, dass er sie gerade mal mit den Fingerspitzen berühren konnte.

Er fuchtelte immer wilder. Seine Finger waren Klauen, die sich wieder und wieder in die hölzerne Ecke bohrten, sie aber nicht zu fassen kriegten. Er fühlte sich ohnmächtig, die eingeklemmte Schulter schmerzte, und selbst seine Wange wurde allmählich taub.

Irgendwann ließ er entmutigt den Arm sinken, der sofort auf seine normale Länge zusammenschrumpfte. Eine Weile hing er so im Fenster, der Arm auf der einen Seite, der Körper auf der anderen, und rang nach Atem. Als er wieder nach draußen sah, lag das Schachspiel immer noch neben dem Grill, an derselben Stelle wie zuvor.

Weil Ted ein Geräusch hörte, hob er den Blick. Aus dem Meer wölbte sich etwas hervor, ein triefender Tierpanzer, der sich als das Dach eines Autos entpuppte, das Ted sofort erkannte: Es war der rote Mustang, den sein Vater gefahren hatte, als Ted ein Kind war. Der hintere Teil des Wagens tauchte nur langsam auf, eine rostige, mit Algen überwucherte Karosserie. Als sie halb aus dem Wasser ragte, öffnete sich wie von Geisterhand der Kofferraum. Ted bekam panische Angst. Er wollte um keinen Preis sehen, was sich darin befand.

Plötzlich war Roger da. Er watete durch das Wasser, ging auf den Mustang zu. Als er am Kofferraum ankam, streckte er den Arm aus, als wollte er jemanden zum Tanz auffordern, und tatsächlich wurde ihm von innen eine Hand gereicht. Holly kletterte mühsam heraus. Was nur logisch war, denn schließlich fehlte ihr ein Bein. Sie trug Teds Lieblingsbikini, den Bikini von dem Foto auf dem Kühlschrank, nur dass das Rot ganz ausgebleicht war. Ihre Haut war blass und mit einer seifigen Schicht überzogen, ihr eingefallenes Gesicht hatte jegliche menschlichen Züge verloren. Selbst wenn sie ihr Bein noch gehabt hätte, hätte sie vermutlich nicht normal gehen können. Roger musste sie stützen.

Sie erreichten die Veranda und erklommen mühselig die Stufen. Genau in diesem Moment bemerkte Holly die rosarote Wand. Ein scheues Lächeln trat ihr ins Gesicht, als sie die Prinzessinnen erkannte. Doch der Anflug eines Glücksgefühls erlosch sofort, als sie das Fenster erblickte und Ted erkannte. Sie sah ihn so vorwurfsvoll an, so voller Hass, dass er den Drang verspürte, sich ins Innere des Schlosses zurückzuziehen, was natürlich nicht in seiner Entscheidung lag. Holly verdammte ihn dazu, sie lange anzusehen, und ging dann in Richtung Grill – immerzu gestützt von Roger, der keinerlei Interesse an Ted zeigte, sondern sich einzig und allein seiner Aufgabe als Begleiter widmete.

Holly zeigte Roger das Schachspiel. Er bückte sich und nahm es vorsichtig in die Hände. Feierlich überreichte er es Holly, die es an ihre Brust drückte, als wäre es ein Neugeborenes. Eifersüchtig presste sie es an sich und warf Ted einen warnenden Blick zu: *Das Schachspiel gehört mir!* Dann machte sie auf dem Absatz kehrt und ging, gehalten von Roger, davon. Ted verspürte einen schmerzhaften Stich, als er diesen schmutzigen, abgezehrten Körper sah, der nichts mehr zu tun hatte mit der kraftstrotzenden, athletischen Holly, die er in Erinnerung hatte.

Holly und Roger gingen zurück ins Meer, und Holly stieg wieder in den Kofferraum des Mustangs, der immer noch an derselben Stelle stand – ein blechernes Monster mit offenem Schlund. Bevor die Klappe geschlossen wurde, drehte Holly noch einmal den Kopf in Teds Richtung und warf ihm einen vernichtenden Blick zu.

Ted blieb nichts anderes übrig, als sich zu verstecken. Und aufzuwachen.

7

»Im Schloss der Mädchen?«, fragte Laura verwirrt.

»Ja«, sagte Ted überrascht, dass ausgerechnet dieses Detail die Aufmerksamkeit seiner Therapeutin erregte. »Ich weiß auch nicht, warum ich dorthin gegangen bin, wahrscheinlich weil ich dachte, wie gern meine Töchter so ein Schloss gehabt hätten. Jedenfalls tauchte Wendell auf und forderte mich auf einzutreten. Warum interessieren Sie sich ausgerechnet für das Schloss?«

Laura lächelte.

»Ich weiß nicht. Vermutlich war es vernünftig, dass er Sie nicht ins Haus gebeten hat, bevor er nicht sicher war, was Sie von ihm wollten.«

»Aha.«

»Können Sie mir das Schloss beschreiben?«

Ted runzelte die Stirn. »Ist das so wichtig?«

»Ich finde es bemerkenswert, dass Sie überhaupt zu dem Schloss gegangen sind. Soweit ich es verstanden habe, steht es ein ganzes Stück vom Haus entfernt.«

»Stimmt. Rund fünfzig Meter. Am Waldrand gibt es eine Art Spielplatz. Das Schloss ist ziemlich auffällig. Es ist rosarot, und die Wände sind rundum mit Disney-Prinzessinnen bemalt. Es hat einen Turm mit spitzer Kuppel an jeder Ecke, Vordächer an allen Fenstern und überhaupt jede Menge Verzierungen.«

»Sie sagten, Ihre Töchter hätten sehr gern so ein Schloss gehabt. Wieso hatten sie keins? Was glauben Sie?«

»Meine Töchter hatten eigentlich alles. Mir ging's finanziell ja nicht schlecht.«

»Aber Sie haben ihnen kein solches Schloss gebaut. Wieso?«

Normalerweise vernahmen die Sitzungen nicht einen solchen Verlauf. Ted war verwirrt und wusste keine Antwort.

»Lassen Sie es mich anders formulieren«, sagte Laura. »Sie hatten einen hohen Lebensstandard, und ich bin sicher, dass

Sie Cindy und Nadine jede Menge andere tolle Sachen gekauft haben, aber eben nicht so ein Schloss. Trotzdem haben Sie sofort an sie gedacht, als Sie es gesehen haben.«

»Ich verstehe immer noch nicht, warum das so wichtig sein soll. Ich habe einfach das Schloss gesehen und an sie gedacht, Punkt. Wahrscheinlich hat es mich deshalb so angezogen, weil ich mich ihnen dadurch näher gefühlt habe, weil ich mir vorgestellt habe, was sie dazu sagen würden. Ich finde das absolut nachvollziehbar.«

Laura schwieg.

»Ich weiß nicht, Laura. Ich dachte, wir würden wieder über Lynch und Holly sprechen.« Ted schüttelte den Kopf. »Sie müssen mir helfen, das alles zu begreifen.«

»Sie haben recht. Lassen Sie uns über Lynch und Holly sprechen.« Laura lächelte wieder ihr umwerfendes Lächeln. »Wendell hat Ihnen also gesagt, dass diese Organisation nur eine verrückte Idee sei, die er und Lynch sich an der Uni ausgedacht hätten, und dass ihre Freundschaft mit der Zeit Risse bekommen habe.«

»Ja. Offenbar hat Lynch versucht, ihn zu erpressen, ich weiß allerdings nicht, womit, jedenfalls hat Wendell ihn daraufhin beschatten lassen und das mit Holly rausgefunden.«

»Und Sie haben ihm geglaubt? Nach dem, wie Sie mir von ihm erzählt haben, ist Wendell nicht gerade die Glaubwürdigkeit in Person.«

»Es war keine Frage des Glaubens. Er hat mir Fotos gezeigt, und die waren eindeutig.«

»Hast er Sie doch in sein Haus gelassen?«

»Nein. Er hatte sie im Auto.«

Laura schwieg. Schließlich fragte sie: »Wie geht es Ihnen damit, Ted?«

»Ich bin nicht wütend, wenn Sie das meinen. Es war meine

Schuld, dass unsere Ehe in die Brüche ging. Gestern Nacht habe ich wieder von ihr geträumt.«

In den folgenden Minuten schilderte Ted seinen Traum. Als er das rosafarbene Schloss erwähnte, war Laura wie elektrisiert. In ihren Augen lag der Glanz von jemandem, der weiß, dass er recht hatte. Dieses Schloss hatte eine ganz besondere Bedeutung. Das einzige Detail, das Ted ausließ, war der Mann, der Holly begleitet hatte. Er war nicht bereit, über Roger zu sprechen. Noch nicht.

»Interessant, dass das Schachspiel wiederaufgetaucht ist«, sagte Laura. »Es ist ein Objekt, das eng mit Ihrer Vergangenheit verknüpft ist. Holly hat es also in die Hände genommen und Sie misstrauisch angesehen, als müsste sie es beschützen?«

»Ja, es war ein schreckliches Gefühl.«

»Was genau haben Sie gefühlt?«

»Es war, als hätte sie mich dabei ertappt, wie ich das Schachspiel stehlen will, das ihr gehört. Dabei hat Holly es noch nie gesehen. Ich selbst übrigens auch seit Jahren nicht mehr. Ja, mag schon sein, dass es meine Vergangenheit repräsentiert, die Person, die ich mal war. Dass Holly so eifersüchtig reagiert hat, bedeutet mir sehr viel. Es ist wie ein Zeichen ihrer Liebe, auch wenn es nur ein Traum war. Heute sieht die Sache ziemlich anders aus, fürchte ich.«

Er war so sehr in das Gespräch vertieft, dass er das Innere der Praxis gar nicht wahrnahm. Es war ein schöner Tag, die Morgensonne schien hell herein, warf einen Balken Licht bis in die Mitte des Raums. Laura hatte die Vorhänge nicht zugezogen. Ted sah zum Fenster und wurde geblendet. Als er seinen Blick abwandte und wieder zu Laura blickte, war vor ihrem Gesicht ein schwarzes Quadrat, das sich nur langsam auflöste.

»Okay, Sie wollten mir von dem Schachspiel erzählen.«

Ted nickte.

»Das Schachspiel gehörte meinem Großvater Edwin und war etwa so groß.« Ted deutete es mit den Händen an, als hätte er den kleinen Kasten tatsächlich auf dem Schoß. »Es war aus dunklem, glänzendem Holz und sehr fein gearbeitet. Wenn man es aufklappte, bildete die Oberseite das Spielfeld.« Ted war ganz in dieser schönen Erinnerung versunken. »Die Kassette war innen mit Samt gefüttert, und jede Figur hatte ihre Höhlung, in die sie perfekt hineinpasste. Ich erinnere mich noch, dass die Fütterung einer dieser Höhlungen ausgeleiert war, die eines weißen Bauern. Ich musste die Schatulle auf eine ganz bestimmte Art und Weise öffnen, sodass die weißen Figuren nach unten zeigten. Der Bauer war immer die erste Figur, die mein Großvater herausholte, es war die zweite unten rechts.«

»Sie strahlen richtig, wenn Sie von dem Schachbrett erzählen.«

»Weil ich damals noch glücklich war. Als Miller starb, habe ich das Schachspielen aufgegeben. Das Leben zu Hause wurde zur Hölle, meine Mutter war ständig krank, und mein Vater behandelte sie immer rücksichtsloser. Irgendwann ist er zu seiner Geliebten gezogen, und zwar ausgerechnet zu dem Zeitpunkt, als die Krankheit meiner Mutter sich drastisch verschlimmerte. Ich war in einem schwierigen Alter. Es war hart.«

»Ihr Vater hat sich nicht mehr um Sie gekümmert?«

»Das kann man so sagen, ja. Anfangs hat er noch versucht, Kontakt zu mir zu halten, aber ich wollte nicht. Ich war ein schwieriger Teenager, lag im Clinch mit allem und jedem. Am schlimmsten war, dass meiner Mutter meine Wut scheißegal war. Sie lebte in ihrer eigenen Welt. Auf ihre Weise hat auch sie sich verweigert. Ich bin heute noch davon überzeugt, dass sie nach der Untreue meines Vaters den Kampf aufgegeben hat, dass sie der Krankheit das Feld überlassen hat. Es war eine schreckliche Zeit. Irgendwann kam sie dann in die Geschlossene.«

Ted legte eine Pause ein und lächelte geheimnisvoll.

»Sie machen Ihre Arbeit gut, Laura«, sagte er in brüderlichem Ton. »Sie wissen, welchen Knopf Sie drücken müssen, um die gewünschten Reaktionen hervorzurufen.«

Auch Laura lächelte.

»Wo war das Schachspiel in all den Jahren?«

»Anfangs irgendwo zu Hause verstaut. Einmal kam ich von der Schule, und vor der Tür stapelte sich Sperrmüll, darunter war auch das Schachspiel. Viele Sachen waren eigentlich noch gut, aber meine Mutter hatte es sich in den Kopf gesetzt, sie zu entsorgen. Das hat sie immer wieder mal gemacht, weil angeblich Insekten ihre Eier darin ausbrüteten oder so was in der Art. Ich habe das Schachspiel gerettet und in meinem Zimmer versteckt. Bestimmt hat sie es irgendwann gefunden, jedenfalls habe ich es nie wieder gesehen.«

»Ihre Mutter wurde in die Psychiatrie eingewiesen, sagten Sie?«

»Ja. Kurz vor meinem achtzehnten Geburtstag. Danach kriegte ich mein Leben halbwegs unter Kontrolle. Ich gab meine Rolle als Rebell auf und ging an die Uni. Der Abstand von zu Hause tat mir gut, und ich erholte mich von diesen schlimmen Jahren. Ich wurde ein guter Student und habe mich sogar mit meiner Mutter versöhnt. Wenn ich sie in dem Heim besuchte, war sie ganz anders als früher, weil dort dafür gesorgt wurde, dass sie ihre Medikamente nahm.«

»Haben Sie früher schon mal von dem Schachspiel geträumt?«

»Nicht, dass ich wüsste. Den Traum von gestern Nacht hingegen hatte ich schon mal so ähnlich. Irgendwas ist auf der Veranda passiert, ich kann mich nur nicht erinnern.«

Teds Stimme klang verändert, so als würde er nicht nur von dem Traum erzählen, sondern von etwas sehr viel Realerem.

»Wie kommen Sie darauf?«

»In meinem Gedächtnis ist eine Lücke, Laura. Und mein Verstand hat diese Lücke mit Erinnerungen gefüllt, die sich ständig wiederholen, was weiß ich.« Ted fasste sich in einer hilflosen Geste an den Kopf. »Irgendwas ist auf der Veranda passiert, und ich glaube, es hat mit Wendell zu tun. Ich war schon mal bei ihm, da bin ich mir ganz sicher. Ich muss …«

»Ganz ruhig, Ted. Ich werde Ihnen helfen, Ordnung in Ihre Erinnerungen zu bringen.«

Ted erstarrte. Er hob den Blick und sah Laura verwundert an. »Was haben Sie gesagt?«

»Dass ich versuchen möchte, Ordnung in Ihre Erinnerungen zu bringen.«

Ted schloss für einen Moment die Augen. »Genauso fühlt es sich an. Als würde jemand Ordnung in meine Erinnerungen bringen. Meinen Sie, dass der Tumor …?«

Laura blickte auf ihre Uhr. »Ich glaube, das reicht für heute.«

8

Ted stand auf dem Parkplatz, um Wendell abzufangen. Vor vierzig Jahren war dort einmal eine bekannte Schreibmaschinenfabrik gewesen, von der nur noch ein verlassenes Gebäude zeugte.

»Was machen Sie denn hier?« Wendell blieb abrupt stehen, als er ihn sah.

Ted zuckte mit den Schultern.

»Ich muss mit Ihnen reden.«

»Wie haben Sie mich gefunden?«

»Das alles gehört Ihnen, stimmt's?«

Tatsächlich hatte Wendell die Fabrik über einen Strohmann gekauft. Er hatte die Umfassungsmauer erhöhen, Stacheldraht anbringen und das Eingangstor mit einem Schloss versehen lassen. Obwohl das Gebäude mitten im Nirgendwo stand, lagen auf dem Parkplatz zerbrochene Flaschen herum, und die Mauern waren mit Graffiti beschmiert.

»Was machen Sie hier, Ted?«, fragte Wendell erneut. Er lehnte sich an die Tür seines Wagens und wartete.

»Wie ich schon sagte, ich muss mit Ihnen reden.«

Wendell sah sich argwöhnisch um.

»Haben Sie den Typ im Kittel mitgebracht?«

»Nein, ich bin allein hier.«

Wendell nickte. »Kommen Sie mit«, sagte er und ging voran.

Ted zögerte, folgte ihm dann um das Gebäude herum. Als er um die Ecke bog, stand Wendell an einer leicht verzogenen Metalltür und hantierte mit einem Schlüsselbund herum, an dem über zwanzig Schlüssel hingen. Er probierte einen aus, doch als das Schloss sich nicht öffnen ließ, trat er gegen die Tür und fluchte leise. Ted fühlte sich an seinen Vater erinnert, der immer gegen die Schuppentür getreten hatte. Schließlich fand Wendell den richtigen Schlüssel, schloss auf, trat ein und ließ die Tür offen stehen. Ted folgte ihm, sah jedoch anfangs nur ein dunkles Rechteck, in dem Wendells Gesichtszüge kaum auszumachen waren. Als sich seine Augen an die Dunkelheit gewöhnt hatten, erkannte er, dass es sich um eine Art Werkzeugraum handelte, der nicht viel größer war als eine Toilette. Darin standen eine Werkbank, auf der allerlei Gegenstände lagen, und an den Wänden Regale, die mit verstaubten Flaschen, Farbdosen und sonstigem Krimskrams vollgestopft waren. Noch bevor Ted eintrat, roch er die Mischung aus abgestandener Luft und Terpentin. Er rümpfte die Nase. Wendell schaltete das Licht ein – eine nackte Glühbirne, die an der Decke hing.

»Kommen Sie rein«, befahl er.

Was ist das nur für eine Unsitte, immer an den unwirtlichsten Orten mit ihm zu sprechen? In diesem Kabuff kann man ja kaum stehen!

»Machen Sie die Tür hinter sich zu!«

Als Ted keine Anstalten machte, seiner Aufforderung zu folgen, streckte Wendell sich an ihm vorbei und schloss die Tür.

Zu dem penetranten Terpentingeruch kam nun noch die Hitze. Wendell trug eine Lederjacke. Ted fragte sich, wie er es darin aushalten konnte.

»Was wollen Sie wissen, Ted?« Wendell bewegte kaum die Lippen, seine Gesichtszüge wirkten wie in Stein gemeißelt.

Ted und er standen eng beieinander. Ted hielt sich an einem Regal fest, weil er fürchtete, gleich ohnmächtig zu werden.

»Ich will gleich zum Punkt kommen. Sie haben mich angelogen, und ich will wissen, warum. Gestern haben Sie so getan, als würden Sie mich nicht kennen. Dabei haben wir uns schon mal gesehen.«

»Ach, ja? Wo denn?«

»Das kann ich Ihnen nicht beantworten, und das wissen Sie ganz genau. Sie haben so getan, als würden Sie mich nicht kennen, weil Sie sicher sein konnten, dass Sie damit durchkommen.«

»Tut mir leid, aber Sie irren sich.«

»Ich irre mich nicht«, erwiderte Ted. Tatsächlich hatte er nichts Konkretes in der Hand, um Wendell widerlegen zu können, aber wenn er ihn auf die Probe stellen wollte, musste er noch einen draufsetzen. Beim Schach startete man manchmal einen Angriff, ohne genau zu wissen, ob er zum Sieg oder zum Untergang führte. Wichtig war nur, dass der Gegner es nicht bemerkte. »Meine Erinnerung kehrt allmählich zurück.«

Wendells Gesichtsausdruck veränderte sich. Ein fragender Zweifel im Blick verriet ihn.

»Ich höre.«

Wendell wich einen Schritt zurück und stieß gegen ein weiteres Regal. Es war instabil, die Gegenstände darauf wackelten, fielen aber nicht herunter.

»Ich weiß, dass ich schon mal in Ihrem Haus war«, versuchte es Ted.

Wendell sah ihn nach wie vor gespannt an.

»Und ich weiß auch, dass auf meiner Veranda irgendwas passiert ist«, fuhr Ted fort.

Diesmal war die Reaktion noch deutlicher: Wendell sah missmutig drein, presste die Lippen aufeinander, seine Nasenflügel zuckten. Plötzlich schlug er krachend mit der Faust auf die Werkbank.

»Verdammt noch mal, Ted! Sie machen die Sache unnötig kompliziert!«

»Schluss mit den Spielchen, Wendell. Ich will ehrlich zu Ihnen sein: In meinem Gedächtnis gibt es einen blinden Fleck, es fühlt sich so an, als wären gewisse Ereignisse durcheinandergeraten.«

Wendell schüttelte den Kopf.

»Wer sagt das? Dr. Hill?«

Diesmal war Ted derjenige, der überrascht war.

»Sie kennen sie?«

»Ich bitte Sie, Ted. Können wir die Dinge nicht einfach so lassen, wie sie sind? Ich schlage vor, Sie öffnen jetzt diese Tür und gehen. Es wäre das Beste für Sie, glauben Sie mir. Ich habe die ganze Zeit nur versucht, Sie zu beschützen.«

Sie sahen einander lange an.

»Soll ich Ihnen sagen, was ich glaube?«, fragte Ted mit bebender Stimme.

Wendell breitete die Arme aus und sah zur Decke, als wäre jeglicher Widerstand zwecklos.

»Ich glaube, dass die Organisation sehr wohl existiert«, erklärte Ted, »und dass ich ihr angehört habe. Ich glaube, dass Lynch mich vor langer Zeit engagiert hat, als ich noch jünger war.«

»Schluss jetzt mit dem dummen Gerede von dieser Organisation!« Wendell schrie so laut, dass seine Stimme in dem winzigen Raum hallte. »Ich hab Ihnen doch gesagt, dass Lynch sich das an der Uni ausgedacht hat, für einen Kurs in Creative Writing. Mit uns hat das rein gar nichts zu tun.«

Ted begutachtete das herumliegende Werkzeug. Er könnte sich irgendeines greifen, Wendell in seine Gewalt bringen und ihn zwingen, alles zu verraten, was er wusste.

»Wollen Sie mir den Schraubenzieher in den Hals rammen?«

Ted schnaubte.

»Sagen Sie mir, was Sie wissen, Wendell. Hören Sie auf mit den Spielchen. Was ist das für eine Geschichte, dass Sie mich angeblich beschützen wollen?«

Wendell schüttelte den Kopf. »Ich sehe schon, so leicht geben Sie nicht auf. Wäre es anders, wären Sie nicht hier.« Wendell machte eine Pause. »Erinnern Sie sich an den Typ, der gestern bei mir ums Haus schlich?«

»Roger.«

»Sie werden observiert, Ted, von ihm und von dieser Ärztin, Laura Hill. Sie sind sogar so blöd, ihr alles zu erzählen. Aber das wundert mich nicht, schließlich haben die Sie entsprechend manipuliert.«

»Moment mal. Jetzt verstehe ich gar nichts mehr. Wer sind *die*? Und woher kennen Sie Laura?«

»Laura Hill und Dr. Carmichael vertreten die Organisation nach außen.«

»Dr. Carmichael?«

»Genau. Hören Sie zu, Ted, Ihre Amnesie oder was immer es ist, worunter Sie leiden, ist ein Segen. Sie haben recht, wir beide kennen uns, Sie waren schon oft bei mir zu Hause. Lynch auch. Alles war so weit okay, bis dieser Idiot von Lynch was mit Holly angefangen hat. Da fingen die Probleme an.«

Wendell deutete mit dem Daumen hinter sich. Teds Gedanken rasten, deswegen schenkte er dieser Geste kaum Beachtung.

»Was haben die mit Lynch angestellt?«, fragte er benommen.

»Vergessen Sie endlich die Organisation, die hat damit nichts zu tun. Der Idiot hatte jede Menge dumme Ideen, glauben Sie mir. Was mit Ihrer Frau anzufangen, war nur eine davon.«

»Sagten Sie *hatte*?«

»Für mich ist Lynch gestorben.«

Ted nickte.

»Hören Sie zu, Ted. Da drin, in Ihrem Kopf, sind gewisse Informationen, die Sie kompromittieren«, sagte Wendell, während er mit dem Zeigefinger auf Teds Stirn tippte. »Und mich auch, das will ich gar nicht leugnen. Es war alles in bester Ordnung, bis, ja bis Holly Sie mit Lynch betrogen hat, Sie dahintergekommen sind und ... tja ... sich bei Ihnen eine Schraube gelockert hat.«

Ted beschloss, sich auf Wendells Spiel einzulassen.

»Irgendwann wollte ich mich umbringen, glaube ich«, sagte Ted, »aber nicht weil Holly eine Affäre hatte. Ich habe einen Hirntumor, Wendell. Die lockere Schraube, von der Sie sprechen, ist ein verfluchter Tumor.«

Wenn die Sache mit dem Tumor für Wendell eine Überraschung war, dann wusste er sie gut zu verbergen.

»Laura Hill sucht in Ihrem Kopf nach besagten Informationen«, erklärte Wendell leise. »Zu nichts anderem sind diese

Sitzungen gut. Die haben Angst, dass Sie selber drauf kommen, deshalb überwacht man Sie.«

»Warum sagen Sie mir dann nicht, worum es geht? Wenn mich dieses Wissen doch vor denen schützen würde?«

»Ich habe nicht gesagt, dass ich weiß, worum es geht.«

Sie sahen einander an wie zwei Duellanten. Schließlich ergriff Wendell wieder das Wort.

»Es ist besser so, Ted. Hören Sie auf meinen Rat: Gehen Sie nicht mehr zu Laura Hill. Trauen Sie ihr keine Sekunde. Wissen Sie, was sie tun wird, wenn sie Verdacht schöpft? Sie wird Sie ins Lavender Memorial Hospital einweisen lassen, zu den Irren. Die Macht dazu hat sie, da können Sie Gift drauf nehmen. Dass Sie mir bis hierher gefolgt sind, war ein Risiko. Wahrscheinlich sind Sie bereits zu weit gegangen.«

»Woher wissen Sie so viel über die?«

»Weil dieses Geheimnis, das in Ihrem Kopf steckt, auch mich und Lynch ins Verderben stürzen kann. Wir haben alles getan, um zu verhindern, dass es so weit kommt. Aber wir sind gescheitert.«

Ted fasste sich an die Stirn. Seine Kopfschmerzen waren real. Er wollte etwas sagen, aber das Geräusch von quietschenden Bremsen ließ ihn innehalten. Die Verwirrung im Blick des jeweils anderen räumte jeden Zweifel daran aus, dass keiner von beiden damit gerechnet hatte. Wendell öffnete die Tür einen Spaltbreit. Tageslicht drang herein. Als sie nach draußen traten, blendete sie für einen Moment die Sonne. Wendell wandte sich nicht in Richtung Eingang, wo mindestens drei Autotüren praktisch gleichzeitig zugeschlagen wurden, sondern eilte auf eine Falltür zu, durch die man von außen ins Kellergeschoss gelangte. Er suchte an seinem dicken Bund nach dem richtigen Schlüssel. Sollten die Besucher beschließen, um das Haus herumzugehen, statt es direkt zu betreten, würden sie sie an der

Falltür stehen sehen. Sie taten es aber nicht, und so stiegen Ted und Wendell knapp eine Minute später über eine wackelige Treppe hinab in eine Welt der Finsternis.

9

Der Keller war der reinste Schreibmaschinen-Friedhof. Einige befanden sich auf Tischen oder Regalen, mit Schmutz und Spinnweben überzogen, andere standen unterschiedlich stark beschädigt auf dem Boden herum. Es gab auch Drehbänke, Waagen und andere alte Gerätschaften. Die länglichen Oberlichter waren so schmutzig, dass sie den Raum kaum erhellten.

Wendell und Ted tasteten sich vorwärts, stießen immer wieder gegen Gerümpel, schoben Spinnweben beiseite, mussten niesen wegen all des Staubs. Obwohl Wendell ihn ermahnte, stieg Ted auf einen Tisch an der Wand und versuchte durch eines der Fenster zu spähen. Mit dem Ärmel wischte er den gröbsten Staub von der Scheibe und entdeckte draußen zwei Personen, die am Gebäude entlanggingen. Sie trugen weiße Kittel, und zumindest der vordere Mann war schwarz.

»Es ist Roger«, flüsterte er.

»Was habe ich gerade gesagt!« Wendell zog ihn am Arm. »Runter da!«

Sie kämpften sich weiter durch den vollgestellten Kellerraum, bis sie schließlich an eine hölzerne Treppe gelangten.

Wendell stieg als Erster hinauf. In Rekordzeit wählte er den richtigen Schlüssel und öffnete die Tür, doch bevor er die Schwelle überschritt, drehte er sich um und stoppte Ted mit ausgestrecktem Arm.

»Sie bleiben hier. Ich erledige erst die Angelegenheit da hinten und kümmere mich dann um Ihre Freunde.«

Ted erinnerte sich jetzt an Wendells Geste in dem Werkzeugraum, als er über Lynch gesprochen und mit dem Daumen hinter sich gezeigt hatte.

»Und nicht mehr aus dem Fenster gucken, verstanden?«, ermahnte ihn Wendell, bevor er die Tür hinter sich schloss.

Ted hörte, wie ein Riegel vorgeschoben wurde. Er machte sich nicht einmal die Mühe, an der Klinke zu rütteln oder nach Wendell zu rufen. Stattdessen kehrt er um und stieg vorsichtig die Treppe wieder hinunter. Plötzlich glaubte er, eine Bewegung wahrgenommen zu haben. Er blieb stehen.

Im nächsten Moment stürzte am anderen Ende des Raums ein Turm aus Schrott in sich zusammen, was einen höllischen Radau veranstaltete. Ted hatte sich nicht getäuscht: Da bewegte sich etwas im Dunkeln.

Er stieg die letzten Stufen hinunter, ohne den Blick von der Stelle zu wenden. Als er unten ankam und einige Schritte ging, ahnte er bereits, was er gleich zu sehen bekommen würde. Resigniert fügte er sich ins Unvermeidliche. Tatsächlich streckte jetzt das Opossum neben dem Schraubstock seinen spitzen Kopf in die Luft, schnupperte, gähnte und schleppte dann seinen pummeligen Körper in Richtung Ted.

Das Tier ließ den Blick durch den Keller wandern und wedelte mit dem Schwanz.

Ted wich zurück und stieß gegen den Tisch, auf den er vorhin geklettert war, um nach draußen zu spähen. Er kletterte erneut darauf. Geduldig saß das Opossum davor und beobachtete ihn.

Aber was war *das*?

Ted drehte sich um. Draußen waren Roger und der andere Mann, diesmal nicht so weit weg wie vorhin. Sie unterhielten sich, schienen auf etwas zu warten. In diesem Moment näherte sich eine Gestalt, die Ted sofort als Wendell identifizierte.

Wendell gab den anderen die Hand und sprach kurz mit ihnen. Er deutete mit dem Finger auf das Gebäude.

Roger und sein Begleiter nickten.

Ted sank in sich zusammen. Mit angewinkelten Beinen saß er da, fasste sich an den Kopf und schrie aus vollem Hals. Das Opossum wandte sich ihm zu und beobachtete ihn. Ted ertrug es nicht länger und schloss die Augen.

Er sah sein Arbeitszimmer, spürte das Gewicht der Browning, hörte das Klopfen an der Tür.

Er öffnete die Augen.

Nach wie vor befand er sich in der Düsternis des Kellers. Auch das Opossum saß noch zu seinen Füßen.

Er zog das Hufeisen aus der Hosentasche, umklammerte es fest mit beiden Händen und betrachtete es.

Die Tür ging auf, und herein kam Roger in Begleitung eines weiteren Pflegers. In der Hand hielt er eine Spritze. Das Opossum kroch zur Seite, um ihnen den Weg frei zu machen.

DRITTER TEIL

1

Das Lavender Memorial Hospital war eine psychiatrische Klinik in Boston. Im modernen Trakt C des Seitengebäudes waren vierzig gemeingefährliche Patienten untergebracht. Dorthin schob man nun auch Ted McKay in einem Rollstuhl. Sein Kopf war zur Seite gekippt, und ein Speichelfaden hing ihm aus dem Mundwinkel. Oberpfleger Roger Connors schob den Rollstuhl, begleitet von seinem Kollegen Alex McManus, einem hochgewachsenen jungen Mann mit strengem Blick. Die Zimmer lagen im Ostflügel. Um dorthin zu gelangen, musste man einen Kontrollpunkt passieren. Als der Wächter des Sektors sie kommen sah, runzelte er die Stirn und hob die Hand.

»Halt, wer ist das?«

»Theodore McKay«, erwiderte Roger.

Der Wächter legte die Zeitung, die er gerade gelesen hatte, auf den Tisch und warf einen Blick auf die Monitore der Überwachungskameras vor ihm, eine Vorschrift, die er zu befolgen hatte, wenn er den Kontrollraum verließ. Er ging zu den Ankömmlingen und betrachtete sie durch das Gitter.

»Ich habe keinen Einweisungsschein vorliegen, Roger«, sagte er mit einem gewissen Unbehagen. Er arbeitete erst seit einem knappen Jahr in der Klinik, in der normalerweise das Protokoll strikt eingehalten wurde.

»Dr. Hill holt gerade bei Dr. Grant die Genehmigung ein.«

Marcus Grant war der Oberarzt von Trakt C.

Der Wächter wusste nicht, wie er sich verhalten sollte. So viele Einweisungen hatte er noch nicht erlebt, aber immer hatte man ihn Tage im Voraus darüber informiert.

»Ohne Einweisung kann ich Sie nicht reinlassen. Tut mir leid.«

»Dann warten wir hier.«

Der Wächter nickte, obwohl er sich nach wie vor unbehaglich fühlte. Er nahm den Patienten genauer in Augenschein, der mit geneigtem Kopf und halb geschlossenen Lidern dasaß. Er trug die vorgeschriebene graue Krankenhauskleidung und war an Füßen und Händen gefesselt. Für einen Moment erschien es dem Wächter, als würde der Patient ihn ansehen, aber offensichtlich hatte man ihm eine so hohe Dosis Beruhigungsmittel verabreicht, dass er erst in Stunden aus seinem Dämmerzustand erwachen würde.

»Was hat er angestellt?«, fragte der Wächter.

Viele Patienten in Trakt C waren Mörder, Vergewaltiger oder dergleichen. Manche hatten es sogar in die Schlagzeilen gebracht. Der Name Theodore McKay kam ihm allerdings nicht bekannt vor.

Roger, der weiterhin den Rollstuhl hielt, drehte sich zu ihm um und sah ihn missbilligend an.

»Er ist ein Patient von Dr. Hill«, sagte er nur.

Jetzt ergriff McManus das Wort. »Können wir ihn nicht wenigstens schon mal aufs Zimmer bringen?«

Der Wächter schüttelte den Kopf. »Mit den Dingern sowieso nicht«, erklärte er und zeigte auf die Handfesseln.

»Dann warten wir eben.«

2

Dr. Marcus Grant war fünfzig Jahre alt und hatte gute Aussichten, irgendwann Klinikchef zu werden. Er arbeitete jedenfalls hart daran. Er war unverheiratet und hatte keine Kinder (und nichts deutete darauf hin, dass er einmal welche haben würde) – die Leitung des Lavender Memorial war daher sein einziges realistisches Lebensziel. Noch hatte er zwar die Hoffnung nicht ganz aufgegeben, eine Frau fürs Leben zu finden, aber er machte sich nichts vor und wusste, dass es immer unwahrscheinlicher wurde. Er hatte sich in sein Schicksal gefügt und verwandte all seine Energie auf die Anforderungen des Alltags. Und dennoch gab es immer wieder Tage, an denen er in sich eine große Leere spürte. Irgendetwas stimmte nicht. Vielleicht lag es an ihm, vielleicht war es nur Pech, wahrscheinlich eine Kombination aus beidem. All seine Beziehungen waren gescheitert und kamen ihm im Nachhinein wie absolvierte Pflichtübungen vor. So war es jetzt auch mit Carmen. Sie war ein Jahr jünger als er, geschieden, hatte zwei Kinder, die beide über zwanzig und weit weg an der Uni waren. Carmen war Friseurin, fröhlich, temperamentvoll, selbstbewusst. Doch abgesehen von dem Sex und den gelegentlichen Restaurantbesuchen gab es nichts an ihr, das Marcus wirklich interessierte. Da war keine tiefere Verbindung zwischen ihnen. Carmen hatte keinerlei Ambitionen, und – was das Schlimmste war – sie begriff nicht, welchen Stellenwert die Arbeit in seinem Leben einnahm. *Du arbeitest zu viel, Schatz, du musst es machen wie ich, wenn man sich gut organisiert, hat man auch genügend Zeit für sich selbst.* Marcus hatte das alles schon häufiger durchgemacht – eine Beziehung ohne Zukunft. *Schon wieder.*

»Störe ich?«, fragte Laura Hill, die in der Tür stand.

Marcus wurde aus seinen trüben Gedanken gerissen, und seine Miene hellte sich auf.

»Natürlich nicht! Komm rein!«

Marcus stand auf und ging um den Schreibtisch herum, um sie mit einem Kuss auf die Wange zu begrüßen, aber sie stellte sich so hin, dass er ihr lediglich den Stuhl zurechtrücken konnte. Es war nicht direkt unhöflich von ihr, aber ein eindeutiges

Signal, und Marcus war Gentleman genug, um es zu respektieren.

»Hast du schon zu Mittag gegessen?«, fragte Laura.

Marcus hatte sich gerade wieder setzen wollen.

»Nein, noch nicht«, sagte er hoffnungsvoll. »Sollen wir irgendwohin gehen?«

»Nein. Fürs Essen ist jetzt keine Zeit. Was ich mit dir besprechen will, kann nicht warten.«

Marcus nickte niedergeschlagen. So war es immer mit Laura. Sie hielt ihm die Karotte vor die Nase und zog sie sofort wieder weg. Hundertmal konnte sie das machen, und hundertmal fiel er darauf herein. Vielleicht bildete er sich das mit der Karotte aber auch nur ein.

In jüngster Zeit hatte die Spannung zwischen ihnen zugenommen. Wie sehr sich Marcus für Laura interessierte, war nicht zu übersehen, auch wenn er es ihr nie direkt gesagt hatte. Stattdessen hatte er über die Monotonie in seiner Beziehung zu Carmen geklagt. Irgendwann gab ihm Laura tatsächlich erste Signale (Karotten): ein Lächeln, eine Berührung mit der Hüfte, eine Hand, die etwas länger als nötig auf seiner Schulter ruhte. Zwei- oder dreimal hatte er einen Vorstoß gewagt, hatte ihr vorgeschlagen, essen zu gehen oder sich sonst wo zu treffen, aber sie hatte immer abgelehnt, wenn auch nie kategorisch. Marcus war zu dem Schluss gekommen, dass Laura dann und wann mit ihm flirtete, um auf diese Art ihren Exmann zu vergessen. *Gift bekämpft man mit Gegengift*. Marcus wollte kein billiger Trost sein, also redete er sich ein, dass ihr verwirrendes Kokettieren ihre Art war, ihm zu sagen, dass er noch warten sollte.

Das *musste* es sein.

Denn da war noch etwas anderes, das Marcus nicht sehen wollte, nämlich dass sich das gute Verhältnis zwischen ihnen für Laura ausgezahlt hatte. Sie war in der Klinik aufgestiegen, unter anderem deshalb, weil Marcus sich mehrfach bei der Klinikchefin Dr. McMills für sie eingesetzt hatte.

Laura sah ihn eindringlich an.

»Du musst mir einen riesigen Gefallen tun, Marcus.«

Er zuckte zusammen. Sie hatte ihn schon oft um einen Gefallen gebeten, aber noch nie das Adjektiv *riesig* benutzt.

»Wenn es im Rahmen meiner Möglichkeiten liegt.«

»Ich muss einen Patienten im Trakt C unterbringen«, sagte sie ohne Umschweife.

Marcus entspannte sich.

»Das dürfte kein Problem sein. Wir haben noch fünf freie Zimmer. Ich werde die Unterlagen sofort an Sarah schicken, damit ...«

»Ich muss ihn *jetzt* unterbringen.«

Lauras Medusenblick ließ ihn erstarren.

»Was meinst du mit *jetzt*?«

Den Papierkram für eine Einweisung zu erledigen, dauerte normalerweise mehrere Tage. Seinen Teil konnte Marcus in Rekordzeit erledigen, aber ...

»Mein Oberpfleger ist mit dem Patienten bereits im Trakt. Du musst nur noch dein Okay geben.«

Mach jetzt keinen Fehler, Marcus. Gib bloß nicht die falsche Antwort. Sonst verwandelt sie dich in Stein.

»Laura, bist du verrückt geworden? Wo genau sind sie jetzt?«

»Im Eingangsbereich. Dein Wächter will sie nicht durchlassen, obwohl Roger gesagt hat, dass der Patient von mir kommt.«

»Natürlich lässt er sie nicht durch!« Marcus stand auf. »Das ist doch nicht zu fassen. Allein die Tatsache, dass sie dort sind, kann mich schon in Schwierigkeiten bringen. Bitte sorg dafür, dass sie sofort den Trakt verlassen.«

Marcus trat an das einzige Fenster seines Büros, das im zweiten Stock lag. Der Hof war verwaist bis auf eine Reinigungskraft, die das Laub zusammenfegte. Er rieb sich die Schläfen, wollte sich nicht umdrehen, weil er wusste, dass er ihr dann nachgeben würde. Was sie da verlangte, war Wahnsinn und konnte ihn seine Karriere kosten. Er hörte, wie Laura sich erhob, wartete auf das Geräusch der Tür, das aber nicht kam. Stattdessen roch er den Duft ihres Parfüms und vernahm anschließend ihr Flüstern ganz nah an seinem Ohr.

»Bitte, Marcus, lass es mich erklären.«

Er drehte sich um.

Da war er wieder, dieser tiefe Blick. Und die Hand, die sich sanft auf seine legte, der Daumen, der ihn kaum merklich streichelte.

»Ich weiß, was ich da von dir verlange«, sagte Laura leise. »Ich würde dich nicht darum bitten, wenn du nicht meine letzte Hoffnung wärst.«

Wovon sprach sie?

Marcus entwand sich ihr. Er konnte keinen klaren Gedanken fassen, solange er so sehr in Aufruhr gebracht war durch Lauras Nähe, den Duft ihres Parfüms und ihren betörenden Blick.

»Laura, bitte«, sagte er und ging ans andere Ende des Raums, um hinter seinem Schreibtisch Schutz zu suchen. Sie folgte ihm mit Blicken, blieb aber stehen, wo sie war. Verzagt sah sie Marcus an, der sich fast gezwungen fühlte, zu ihr zurückzugehen und sie zu trösten. In Sekundenschnelle hatte sie von kokett auf hilflos umgeschaltet.

»Es tut mir weh, dass du mir so wenig vertraust.«

»Ich vertraue dir doch! Sag mir wenigstens, wer der Patient ist. Warum muss er so dringend eingewiesen werden?«

»Es handelt sich um einen ganz besonderen Patienten.«

»Was heißt das? Ist es jemand, der dir nahesteht?«

»Nein.« Laura setzte sich wieder. »Ich kann dir jetzt keine näheren Auskünfte geben, das würde zu lange dauern. Roger ist ja schon mit ihm im Trakt C. Wichtig ist jetzt vor allem, dass er sofort behandelt wird, sonst kollabiert er womöglich.«

»Mein Gott.« Auch Marcus setzte sich. Er stützte sich mit den Ellenbogen auf den Schreibtisch, legte seinen Kopf in die Hände und schüttelte ihn mehrmals.

Als er den Blick hob, sah er noch ihr Lächeln, das sie sofort einstellte.

»Was ist daran so komisch, Laura?«

»Diese Geste von dir. Ist nicht so wichtig, eher was Persönliches.«

»Wie dein Patient.«

»Genau.«

Marcus versuchte, einen kühlen Kopf zu bewahren. Es gab keinen Grund, warum er sich von Laura manipulieren lassen sollte. Wenn sie es wagte, so etwas von ihm zu verlangen, dann nur, weil er ihr in der Vergangenheit erlaubt hatte, sich zu viele Dinge herauszunehmen. Wenn er jetzt nachgab, was würde später noch kommen?

»Wenn dein Patient nicht auf der Offenen untergebracht werden kann – und ich habe keinen Anlass, an deiner professionellen Einschätzung zu zweifeln –, dann wird Sarah das sicher verstehen. Lass uns zu ihr gehen, dann kannst du ihr alles erklären. Du hast meine volle Unterstützung, mehr kann ich nicht tun.«

»Sarah würde nie einer Einweisung in Trakt C zustimmen, die nicht von der medizinischen Kommission abgesegnet ist. Das weißt du ganz genau.«

»Ich weiß nicht, was ich sagen soll. Mir sind die Hände gebunden.«

Laura erhob sich zum zweiten Mal. Sie ging um den Schreibtisch herum und stellte sich neben Marcus. Von dort hatte sie sowohl ihn als auch das Fenster im Blick.

»Ich sage dir, wie wir es machen werden«, erklärte sie ernst. »Du gibst mir das Einweisungsformular mit deiner Unterschrift, und ich fülle es aus und bringe es persönlich zum Trakt C. Wenn jemand was merkt, werde ich sagen, ich hätte es aus deinem Büro gestohlen und deine Unterschrift gefälscht.«

Marcus war völlig entgeistert.

»Warum solltest du so etwas tun?«

»Du weißt doch, wie ich bin. Ich pfeife auf die Bürokratie, und ob ich in diesem Krankenhaus Karriere mache oder nicht, ist mir scheißegal. Mir liegen ausschließlich meine Patienten am Herzen. Und dieser Patient ganz besonders. Wenn ich ihn nicht noch heute in Trakt C unterbringen kann, war vielleicht alles, was ich bisher erreicht habe, umsonst. Und das werde ich auf keinen Fall zulassen.«

»Wenn dieser Mann in meinem Trakt aufgenommen werden soll, dann musst du mir mehr von ihm erzählen.«

»Das werde ich. Gib mir ein paar Stunden, und ich beantworte dir all deine Fragen.«

»Wann gedenkst du mit Sarah zu sprechen?«

»Sobald ich kann. Wo sind die Formulare?«

Gemeinsam verließen sie das Büro. Marcus' Sekretärin war in der Mittagspause, was die Sache erleichterte.

»Hier«, sagte Marcus und hielt Laura ein Formular hin, das er aus einem der Aktenordner gezogen hatte. »Jetzt hast du gesehen, wo ich es herhabe.«

Sie nickte und legte das Formular auf den Tisch.

»Du musst noch unterschreiben, Marcus.«

»Was? Du hast doch gerade gesagt, dass du die Unterschrift fälschen willst.«

»Nein, das werde ich erst hinterher behaupten, sollte die Sache auffliegen. Jetzt ist es erst mal wichtig, dass man unten am Empfang keinen Verdacht schöpft. Da kann ich es mir nicht leisten, bei deiner Unterschrift zu stümpern. Unterschreib jetzt, am besten ein bisschen anders als sonst, aber nicht zu sehr.«

Marcus war wieder mal in die Falle getappt.

»Ein Grafologe kann ...«

»Marcus, ich werde aussagen, dass ich die Unterschrift gefälscht habe! Mach es nicht unnötig kompliziert. Ich bitte dich um einen Gefallen. Ich bin hier diejenige, die ihren Kopf riskiert, nicht du. Meine Güte, hast du wirklich so viel Schiss, dass man dir an den Karren fährt? Du bist ein richtiger Spießer geworden.«

Autsch.

»Gib her, ich unterschreibe.« Marcus nahm einen Kugelschreiber vom Schreibtisch seiner Sekretärin. Er unterschrieb, setzte den Stempel darunter und überreichte Laura das Dokument.

»Ich wusste, dass ich mich auf dich verlassen kann«, sagte Laura und lächelte. Sie näherte sich ihm, bis ihr Gesicht ganz dicht vor dem seinen war. Würde sie ihn küssen? Ihre Pupillen bewegten sich zitternd, während sie ihm tief in die Augen sah.

Sie küsste ihn nicht.

3 Laura Hill drückte dem Wächter das Formular wortlos in die Hand. Der Mann sagte, sie müsse es noch im Verwaltungsbüro bestätigen lassen, doch bevor er seinen Satz beendet hatte, erwiderte sie, das werde sie später erledigen, jetzt sei allein wichtig, dass der Patient so schnell wie möglich auf sein Zimmer komme. Der Wächter resignierte.

Auf dem Weg zum Zimmer mussten Laura, Roger und McManus noch zwei weitere Kontrollen passieren, dazu den Gemeinschaftsraum, wo sie von mehreren Patienten neugierig beäugt wurden. Dort trafen sie auf Robert Scott, den Oberpfleger von Trakt C, zu dem Roger ein freundschaftliches Verhältnis pflegte. Er begrüßte sie förmlich und teilte ihnen mit, dass das Zimmer bereitstand. Er sei über alles im Bilde und werde keine Fragen stellen. Wenn Dr. Hill und der Oberarzt, Dr. Grant, sich darauf geeinigt hätten, einige Regeln außer Kraft zu setzen, werde auch er sich dieser Vereinbarung fügen.

Die Zimmer waren modern, eine Wand war aus Glas. Die Tür konnte man entweder per Fernbedienung oder per Code öffnen. Scott steckte seine ID-Karte in den Schlitz und tippte den Code ein. Mit einem sanften Klick sprang die Tür auf. Laura schob den Rollstuhl hinein. Roger und McManus packten Ted unter den Achseln und setzten ihn aufs Bett. Ein schwerer Gegenstand rutschte ihm vom Schoß und fiel klirrend auf den Boden. Laura bückte sich, hob es auf. Es war ein Hufeisen. Sie betrachtete es eine Weile und legte es Ted zurück in den Schoß. Die Wirkung des Beruhigungsmittels ließ nach, sodass er seine Finger fest um eines der Enden schließen konnte.

»Lasst mich einen Augenblick mit ihm allein.«

Die beiden Männer zögerten einen Moment, wandten sich dann aber zum Gehen. Der Patient war an Händen und Füßen gefesselt und außerdem mit Beruhigungsmitteln vollgepumpt.

Roger und McManus gingen hinaus auf den Flur und gesellten sich zu Scott, der das Zimmer nicht aus den Augen ließ. Sollte Dr. Hill etwas zustoßen, würde er dafür verantwortlich gemacht werden. Über den Kerl da drin wusste er rein gar nichts, womöglich spielte er nur den Sedierten und wartete auf eine geeignete Gelegenheit, um die Frau zu erwürgen. In diesem Trakt gab es Patienten, die schon ganz andere Dinge getan hatten.

Auf der anderen Seite der Glaswand ging Laura auf Ted zu.

»Morgen reden wir«, sagte sie. »Ruhen Sie sich jetzt aus, hier sind Sie bestens aufgehoben.«

Ted hatte nach wie vor die Lider halb geschlossen und starrte ins Leere. Als Laura sich umdrehte und das Zimmer verließ, veränderte er leicht die Blickrichtung und sah ihr nach.

Später kamen McManus und ein weiterer Pfleger herein, um ihm eine frische Krankenhauskluft anzuziehen. Irgendwann ließ Ted sich zur Seite kippen. Das Bett war bequem.

In der Nacht wachte er mehrmals auf und war verwirrt. Von seinem Bett aus konnte er den im Halbdunkel liegenden Gang und das Zimmer gegenüber sehen, in dem ein etwa fünfzigjähriger Mann stand und ihn mit hassverzerrtem Gesicht anstarrte.

4

»Hallo! Kann endlich mal einer kommen, verdammt noch mal!«

Ted schlug mit den flachen Händen an die Scheibe. Er erinnerte sich an Lynch, der genauso heftig bei ihm an die Haustür geklopft hatte.

Er drehte sich um. Auf dem Bett lag das Hufeisen. Er hatte es im Schlaf umklammert wie ein Kind sein Kuscheltier. Die Scheibe würde er damit nicht einschlagen können, weil sie garantiert aus bruchfestem Glas war, aber er könnte damit einen ordentlichen Lärm veranstalten. Er holte es und wollte gerade zum ersten Schlag ansetzen, als der Mann in dem Zimmer gegenüber, der die ganze Zeit auf dem Bett gesessen und sein Gesicht hinter einem Buch versteckt hatte, den Kopf hob.

»Das ist keine gute Idee«, sagte er mit ruhiger, durch die zwei Scheiben gedämpfter Stimme.

»Du kannst ja doch sprechen«, erwiderte Ted. Bevor er seinen Aufstand begonnen hatte, hatte er versucht, die Aufmerksamkeit seines Nachbarn zu erregen, aber der hatte es vorgezogen, ihn zu ignorieren.

»Sie kommen in fünfzehn Minuten«, erklärte der Mann.

Das Bild, wie der Kerl am Vorabend hinter der Scheibe gestanden und ihn hasserfüllt angesehen hatte, überfiel Ted wie die makabre Erinnerung an einen schlechten Traum. Der Kontrast zu seiner jetzigen Gelassenheit und dem Lächeln, das um seinen Mund spielte, konnte größer nicht sein. Der Mann sah gut aus, er war gebräunt und hatte kurz geschnittene, grau melierte Haare und einen akkurat gestutzten, ebenfalls grau melierten Bart. Er wirkte vertrauenswürdig, harmlos.

»In fünfzehn Minuten? Woher wissen Sie das?«

Der Mann nahm das Buch in eine Hand und streckte den anderen Arm aus. Der Ärmel des grauen Hemds rutschte zurück und gab den Blick auf eine Uhr frei.

»Uhren«, sagte er.

»Sehr witzig.«

»Um sieben holen sie uns zum Duschen ab. Ich dachte, ich könnte das Kapitel noch zu Ende lesen, bevor sie kommen, aber ich hatte nicht mit Ihrem morgendlichen Überschwang gerechnet.« Er legte das Buch beiseite. »Ich heiße Mike Dawson.«

»Um sieben Uhr sollen wir duschen? Ich muss pinkeln! In diesem Zimmer gibt's ja nicht mal ein Klo.«

Mike lachte.

»Was ist daran so lustig?«

»Dass Sie Zimmer sagen. Wie *die*. Die richtigen Zimmer sind auf der anderen Seite des Gemeinschaftsraums. Hierher bringt man uns nur, wenn wir uns schlecht benehmen.«

Sie schwiegen. Ein kleines, kahlköpfiges Männlein stand hinter der Scheibe einer anderen gläsernen Zelle und sah Ted scheu an. Als Ted zu ihm hinüberblickte, wich er zurück.

»Ich bin Ted.«

»Willkommen im Lavender, Ted. Und keine Angst, ich habe mich nicht schlecht benommen. Meine Nächte sind nur ein bisschen wild.«

»Waren Sie nicht hier, als man mich eingeliefert hat?«

»Nein. Als ich kam, haben Sie schon tief und fest geschlafen.«

»Kennen Sie Dr. Hill?«

Dawson überlegte, bevor er antwortete.

»Ja, aber sie kommt nicht oft hierher. Die meiste Zeit verbringt sie im Hauptgebäude.«

»Heute wird sie kommen, da können Sie sicher sein.«

»Wenn Sie das sagen.«

Ted betrachtete das Hufeisen. Nach kurzem Zögern warf er es zurück aufs Bett.

»Was ist das?«

»Nichts. Ein Andenken.«

»Solche Sachen sind hier sehr nützlich. Aber ich gebe Ihnen einen Rat: Zeigen Sie es nicht zu sehr herum. Sobald die anderen spitzkriegen, dass es Ihnen etwas bedeutet, wird es auch ihnen etwas bedeuten. So läuft die Sache hier. Wenn Sie es verlieren, kriegen Sie es nie wieder, denn wenn *die* was können, dann Verstecke finden.«

Mike hielt sich den Zeigefinger an die Schläfe und ließ ihn kreisen.

»Ich behalt's im Hinterkopf. Ist aber nicht so entscheidend, weil ich eh von hier verschwinde, heute noch.«

Mike stand auf. Er reckte und streckte sich genüsslich. Dann trat er gähnend an die Scheibe. Im Licht der Glühbirne war sein Gesicht besser zu erkennen. Es glich jetzt wieder dem Gesicht, das Ted in der Nacht gesehen hatte.

»Niemand entscheidet selbst, wann er hier rauskommt, Ted«, sagte Mike ernst.

5

Um Punkt sieben Uhr erschienen zwei Pfleger draußen auf dem Korridor. Alle Türen öffneten sich, nur nicht die von Teds Zelle. Die Insassen marschierten an dem verblüfften Ted vorbei, der an die Scheibe schlug und eine Erklärung verlangte. Seine Traktgenossen betrachteten ihn interessiert, einschließlich des kahlköpfigen kleinen Mannes, der als einziger Hand- und Fußfesseln trug. Mike neigte zum Abschied sanft den Kopf.

Als Ted allein war, ermahnte er sich zur Ruhe. Vermutlich wollten sie genau das: dass er wie ein Irrer gegen die Scheiben schlug und schrie. Er setzte sich aufs Bett und suchte in den aufgewühlten Laken nach dem Hufeisen. Dann wartete er mit prall gefüllter Blase.

Als er es kaum noch aushalten konnte, trat endlich ein hochgewachsener Pfleger ein.

»Guten Morgen.«

Ted richtete sich auf.

»Wer sind Sie?«

»Ich heiße Alex McManus. Ich bin Ihr Pfleger, solange Sie in Trakt C sind. Jetzt habe ich erst mal eine Frage an Sie, Ted. Sind die da nötig?«

Er hielt eine Fußfessel hoch.

»Wo ist Dr. Hill?«

»Sie lässt Ihnen ausrichten, dass sie später nach Ihnen sehen wird.«

»Wann ist später?«

»Das weiß ich nicht.«

Ted stellte sich an die Glaswand.

»Irgendwas stimmt hier nicht, Alex«, flüsterte er. »So heißen Sie doch, oder? Ich weiß nicht, was vor sich geht. Man hat mich abgeholt und gegen meinen Willen hierhergebracht. Meine Frau und meine Kinder kommen heute von einer Reise zurück. Ich muss hier raus.«

McManus legte die Fußfesseln auf den Boden. Dann tippte er einen Code in das Tastenfeld neben der Tür ein und verwendete zusätzlich einen Schlüssel, den er am Gürtel trug. Am anderen Ende des Gangs ertönte eine Stimme, und der Pfleger machte eine Geste in diese Richtung. Die Tür sprang auf.

»Dr. Hill wird noch heute mit Ihnen sprechen, wahrscheinlich am Nachmittag.«

»Das ist zu spät, ich ...«, begann Ted.

»Hören Sie zu«, unterbrach ihn McManus. »Es hat keinen Zweck, mit mir diskutieren zu wollen, damit machen Sie es nur noch schlimmer. Wir gehen jetzt zu den Duschen, und anschließend bringe ich Sie zu den anderen. In ein paar Stunden kommt Dr. Hill zu Ihnen, die können Sie dann alles fragen. Mit mir verschwenden Sie nur Ihre Zeit.«

Ted nickte und hob beschwichtigend die Hände.

Dann verließen sie gemeinsam den Raum. Sie gingen bis zum Ende des Korridors. Dort war eine verschlossene Tür. Als McManus sie aufschloss, wandte er Ted geradezu provokant den Rücken zu. Sie betraten den Gemeinschaftsraum. Dort standen ein Fernseher, mehrere Tische, einige Regale mit Büchern und beschrifteten Kisten. Grünpflanzen und das natürliche Licht, das durch vier Fenster einfiel, sorgten für eine angenehme Atmosphäre.

»Wo sind die anderen?«

McManus sah ihn neugierig an.

»Frühstücken.«

Ted nahm eines der Regale unter die Lupe.

»Ich habe was im Zimmer vergessen«, sagte er offensichtlich besorgt.

»Keine Angst, das ist nachher auch noch da.«

Ted erinnerte sich an das, was Mike Dawson gesagt hatte: dass im Lavender Dinge leicht abhandenkamen.

Als sie zu den Duschen gelangten, nahm ein Mann in grüner Uniform sie in Empfang und überreichte Ted ein Handtuch und einen Satz frischer Kleider. McManus setzte sich auf eine Holzbank, von der aus er Ted über die Trennwand hinweg im Auge behalten konnte.

»Müssen Sie mir wirklich überallhin folgen?«

McManus zuckte mit den Schultern.

Ted zog sich in aller Ruhe aus, faltete seine Kleidung fein säuberlich zusammen und legte sie auf die Holzbank zu der frischen Wäsche. Er trat unter eine Dusche und drehte den Hahn auf. Die Temperatur war perfekt.

»Arbeiten Sie mit Roger zusammen?«, fragte Ted, während er sich das warme Wasser übers Gesicht laufen ließ.

»Ja. Vermutlich kommt er später ebenfalls.«

»Er beschattet mich seit Tagen.«

McManus schwieg. Ted begann sich einzuseifen. Er redete, ohne den Pfleger anzusehen.

»Das wussten Sie nicht, stimmt's?«

»Was genau meinen Sie damit?«

»Dass er mich verfolgt hat. Ich habe ihn zweimal gesehen. Bei mir zu Hause war er auch, glaube ich.«

Wieder keine Antwort.

»Allein das genügt schon, um Anzeige zu erstatten«, fuhr Ted fort. »Für meine Anwälte ein gefundenes Fressen. Ich kenne meine Rechte. Jemanden unter Drogen zu setzen und ihn mitten in der Nacht zu verschleppen, ist ein Kapitalverbrechen. Wenn ich eingewilligt habe, auf Dr. Hill zu warten, dann nur, weil sie mir ins Gesicht sagen soll, warum sie das getan hat. Was sagen Sie dazu?«

»Was soll ich dazu sagen? Ich habe nur den Auftrag, mich in Ihren ersten Stunden hier um Sie zu kümmern. Das hat nichts mit Ihnen persönlich zu tun, das machen wir mit allen Patienten so.«

»Ich bin kein Patient.«

»Okay. Das machen wir mit allen so, die in diesen Trakt kommen. Manche gewöhnen sich nicht so leicht an neue Gesichter, für die stellen sie eine Veränderung des Universums dar, an das sie gewöhnt sind. Aber jetzt gehen wir frühstücken, dann lernen Sie Ihre Traktgenossen kennen.«

An der Wand war ein kurioser Seifenspender angebracht, eine Art Halbkugel, die im Mauerwerk eingelassen war, damit man sie nicht herausreißen oder sonst wie beschädigen konnte. Ted drückte darauf, und heraus kam ein dünner Faden rosafarbenes Shampoo.

»Mit meinem Nachbarn gegenüber hatte ich bereits das Vergnügen«, sagte Ted, während er sich den Schaum in die Haare massierte.

»Mit wem?«

»Dawson.«

»Aha. Der ist schon seit zehn Jahren hier. Wenn der Sie mag, werden Sie mit den anderen keine Probleme kriegen.«

»Sie reden immer noch so, als würde ich hierbleiben.«

Nachdem er fertig war mit Haarewaschen, drehte Ted den Wasserhahn zu. Rasch ging er zur Bank und wickelte sich in das Handtuch.

»Sie sind sich sicher, dass die mich hierbehalten, stimmt's?«

»Wie gesagt, ich weiß nichts über Sie.«

»Okay.«

Ted zog sich schweigend an. Anschließend setzte er sich auf die Bank. McManus saß rund sechs Meter entfernt an der Wand.

»Sind Sie fertig?«, sagte der Pfleger schließlich.

»Was machen wir damit?«, fragte Ted und zeigte auf die schmutzige Wäsche.

McManus deutete auf einen leeren Korb.

Als sie aufbrachen, bat Ted McManus, ihn erst noch zu seinem Zimmer zu führen, damit er das Hufeisen holen konnte.

6

Als Ted den Gemeinschaftsraum betrat, verstummten die Gespräche, und alle Gesichter wandten sich ihm zu. Manche schauten überrascht, andere misstrauisch. Nur der Moderator der Unterhaltungssendung im Fernsehen ignorierte die Spannung und stellte weiterhin seine heiteren Fragen.

Robert Scott, der Oberpfleger von Trakt C, stellte Ted den anderen Patienten vor. Abschließend sagte er, er erwarte, dass es keine Probleme gebe, und verschwand. McManus stand in einem Nebenzimmer hinter eine Drahtglasscheibe und überwachte alles. Ein weiterer Pfleger war bei ihm.

Im Raum gab es drei deutlich unterscheidbare Gruppen: Gruppe eins, die größte, saß vor dem Fernseher; Gruppe zwei spielte Schach; Gruppe drei Karten. Der Einzige, der sich abseits hielt, war Mike Dawson. Er saß auf der breiten Fensterbank und las sein Buch. Als er Ted sah, hob er kurz die Hand zum Gruß und vertiefte sich dann wieder in seine Lektüre. Ted fühlte sich unwillkürlich von der Schachgruppe angezogen, wusste aber nicht so recht, ob es eine gute Idee war, sich zu ihnen zu gesellen.

Inzwischen hatten sich die Männer im Raum wieder ihren Beschäftigungen zugewandt, der Lärm schwoll erneut an. Die Kartenspieler redeten ununterbrochen, während die Fernsehgucker sich nur sporadisch zu Wort meldeten, immer dann, wenn sie die Fragen beantworten konnten oder unterschiedlicher Meinung waren. Ted nahm das Bücherregal in Augenschein, schielte aber unauffällig zu den Schachspielern. Aus drei Meter Entfernung warf er kurz einen Blick auf das Brett. Die Partie hatte gerade begonnen. Sie spielten ohne eine systematische Eröffnung, was Ted nicht weiter verwunderte. Während er so tat, als läse er die Romantitel, spielte er im Geiste die Partie durch. Schwarz gewann.

Einer der Kartenspieler, ein schüchterner Schlaks, bemerkte zuerst, dass Ted die Bücher anstarrte. Mit zitterndem Finger zeigte er auf ihn, und seine Mitspieler drehten sich zu Ted um, lachten und machten sich über ihn lustig, bevor sie sich wieder ihrer Partie zuwandten.

Zwanzig Minuten später kam das kahlköpfige Männlein, das Ted schon im Trakt gesehen hatte, zusammen mit einem Mitinsassen aus dem Hof. Sein Name war Lester. Er trug keine Fußfesseln. Als er Ted bemerkte, rastete er aus.

»Der Kerl da hat meine Stereoanlage geklaut!«, schrie er.

Als Ted sich umdrehte, rannte Lester bereits auf ihn zu. Mike Dawson sprang von der Fensterbank, um ihn abzufangen, und auch die Krankenpfleger im Nebenraum schreckten auf. Mehrere Anwesende lachten und feuerten Lester an. Der wiederholte seinen Vorwurf, fuchtelte wild mit den Armen, rührte sich aber nicht von der Stelle. Mike hatte sich vor ihm aufgebaut, und dies genügte, um ihn lahmzulegen.

»Niemand hat dir was geklaut, Lester«, sagte Mike ruhig. »Geh wieder raus.«

»Ich bring ihn um! Er hat meine Anlage!« Lesters kahler

Schädel war knallrot, die Halsvenen waren angeschwollen, und er tänzelte und schlug um sich wie ein Boxer.

Der Pfleger, der McManus am Morgen begleitet hatte, kam aus dem Nebenzimmer und schickte sich mit müdem Gesicht an, für Ruhe und Ordnung zu sorgen. Allein indem er die Hände hob, brachte er alle zum Schweigen. Er war riesig, sah aus wie ein Wikinger und hätte den kahlköpfigen Winzling mit einer Hand lahmlegen können. Doch es war Dawson, der schließlich die Kontrolle übernahm.

»Beruhig dich«, sagte er.

»Der ist gestern Abend angekommen«, sagte Lester und lief im Kreis umher wie ein Tier im Käfig. »Ich hab ihn gesehen. Er hat mir die Anlage geklaut, und jetzt habe ich keine Verbindung mehr zur Außenwelt.«

Ted, der immer noch vor dem Bücherregal stand, spürte die Blicke, die auf ihn gerichtet waren. Als er das Wort »geklaut« gehört hatte, hatte er unwillkürlich die Hand in die Hosentasche gesteckt und nach dem Hufeisen getastet. Lester hatte es bemerkt und rastete erneut aus.

»Da, in der Hosentasche, da hat er sie! Durchsucht ihn!«

Der Pfleger schüttelte den Kopf. Mike machte einen Schritt auf Lester zu, bohrte ihm den Zeigefinger in die Brust und wies ihn scharf zurecht.

»Niemand hat deine Anlage geklaut«, sagte er ernst. »Und jetzt lass mich lesen, sonst gibt's Ärger.«

Die Drohung zeigte Wirkung. Lester hampelte immer noch herum, aber nur, weil er nervös war. Seine Stimme wurde weinerlich.

»Aber, Mike, ohne meine Anlage kann ich meine Berichte nicht abfassen, und die sind auf meinen Bericht angewiesen, das weißt du doch.«

»Das ist mir scheißegal. Sollen sie doch mit dem Millennium-

Falken kommen und die Berichte abholen, wenn sie sie so dringend brauchen. Du verziehst dich jetzt in den Hof, ich will dich hier nicht mehr sehen. Kapiert?«

Lester nickte. Von seiner überschäumenden Wut war nichts mehr zu spüren. Mit gesenktem Kopf trottete er davon.

Mike machte dem Pfleger ein Zeichen und grinste. *Dieser Gefallen war gratis.* Danach zwinkerte er Ted zu, setzte sich wieder auf die Fensterbank und las weiter.

Ted gesellte sich zur Schachgruppe. Die Partie war recht weit fortgeschritten und nicht mehr so interessant. Der Spieler, der Weiß hatte, war klar im Nachteil und starrte die Figuren an, als wollte er sie allein mit Gedankenkraft bewegen. Sein Gegner wartete entspannt, bis er wieder am Zug war, sah mal aufs Brett, mal zu seinem Publikum. Teds Anwesenheit schien ihm nicht ganz geheuer, doch er sagte nichts.

»Mach schon, Sketch, ich habe nicht den ganzen Tag Zeit! Ich werde Scott sagen, er soll uns eine Schachuhr besorgen, dann kann ich euch schneller abfertigen.«

Sketch tat so, als hätte er es nicht gehört, und konzentrierte sich weiterhin auf die Partie. Gegen einen erfahrenen Spieler hätte er keine Chance, dachte Ted, aber er könnte es mal mit dem Springer von F5 nach H6 versuchen.

Einer der drei Zuschauer meldete sich zu Wort: »Du hast ihn im Sack, stimmt's, Lolo?« Er schlug sich mit der Faust in den Handteller. »Du wirst zerquetscht wie eine Mücke, Sketch.«

»Halt den Mund«, sagte ein anderer. »Du weißt ja nicht mal, wie man die Figuren bewegt. Das hier ist Schach, verstehst du?«

Alle lachten, bis auf den Angesprochenen. Sketchs ganze Aufmerksamkeit war auf die Partie gerichtet. Unschlüssig zog er den Arm unter dem Tisch hervor, um endlich seinen Zug zu machen. Seine Finger legten sich um den Springer auf F5. Er hatte zwei Möglichkeiten: H6, was ein letztes Fünkchen

Hoffnung verhieß, und H4, was den endgültigen Untergang bedeutete.

Er entschied sich für H4.

»Du bist kein Gegner für mich, Sketch!«, sagte Lolo und rückte mit einem Bauern vor und damit gefährlich nah an die Grundlinie heran. »Ich bin gespannt, wie du da wieder rauskommen willst.«

Sketch versank in Grübeln.

Ted hatte genug. Die Stunden bis zu Lauras Besuch würden sich endlos hinziehen.

Er schlenderte in Richtung Tür, als er bemerkte, dass Mike seine Lektüre unterbrochen hatte und ihn ansah. Spontan beschloss er, zu ihm zu gehen, ohne weiter darüber nachzudenken, ob es eine gute Idee war. Vielleicht wollte er sich auch dafür bedanken, dass Mike ihn gegen Lester verteidigt hatte.

»Du wusstest es, oder?«, fragte ihn Mike überraschend. »Das mit dem Springer auf H4.«

Kurz musste Ted überlegen, was er meinte. Als er begriff, zuckte er mit den Schultern.

»Ich habe früher mal Schach gespielt.«

»Ich auch, aber nicht professionell«, erklärte Mike. »Vielleicht sollten wir beide mal spielen.«

Er stellte ihn auf die Probe.

»Warum nicht.«

Ted nickte ihm zu und wandte sich zum Gehen.

»Warte.« Mike sah ihn prüfend an. »Ich komme mit. Lester treibt sich irgendwo da draußen rum.«

Jetzt fiel Ted auf, dass es im Raum wieder still geworden war. Alle schienen ihre Aufmerksamkeit auf Dawson und ihn gerichtet zu haben. Er erinnerte sich an das, was McManus ihm am Morgen in der Dusche gesagt hatte. *Wenn Dawson Sie mag, werden Sie mit den anderen keine Probleme kriegen.*

Der Hof war eine Art Park mit gepflegten Blumenbeeten und großen Laubbäumen. Er war von Wegen durchzogen, auf denen im Augenblick nur vereinzelt Patienten spazieren gingen. Lester hing mit einem Grüppchen am Basketballplatz herum. Alle starrten zu Ted und Dawson hinüber.

»Dann weißt du also nicht, warum du hier bist?«, fragte Mike.

Ted sah ihn ungläubig an. Im Licht der Morgensonne schien dieser Mann vollkommen normal zu sein. Hätte er ihn in der vergangenen Nacht nicht mit dieser wahnsinnigen Fratze gesehen, würde er sich ernsthaft fragen, warum Dawson im Lavender war.

So wie du, und du bist ja auch hier.

Sie gingen zu einer Bank, die weit von den anderen entfernt unter einer großen Kiefer stand.

»Und?«, insistierte Mike, als sie sich gesetzt hatten.

»Im Grunde weiß ich es«, erklärte Ted resigniert. »In den vergangenen Wochen war ich bei Dr. Hill in Therapie. Ich habe einen Tumor, einen inoperablen Tumor, und mein Arzt meinte, eine Therapie würde mir helfen. Und dem war auch so. Erst dachte ich, dieses ganze Gequatsche würde überhaupt nichts bringen, aber es hat doch was gebracht. Zumindest am Anfang. Aber jetzt ist sie zu weit gegangen.«

Lester und die anderen hatten begonnen, Körbe zu werfen. Man hörte die typischen Geräusche des aufprallenden Balles.

»Dr. Hill hat dich also gegen deinen Willen hier eingewiesen?«

»Ja.«

Mike zog ein Päckchen Zigaretten aus der Hosentasche. Er bot Mike eine an, der dankend ablehnte.

»Früher habe ich auch nicht geraucht«, sagte Mike und zündete sich eine Zigarette an. Er nahm einen tiefen Zug, betrachtete den Glimmstängel zwischen seinen Fingern und fügte gedankenverloren hinzu: »Manchmal denke ich, dass ich nur rauche, um mich von dem Typ zu unterscheiden, der ich draußen war.«

Ted starrte ihn an.

Mike bemerkte es und sagte: »Wenn du dich erst mal daran gewöhnt hast, wird es besser. Inzwischen führe ich hier drin ein ruhiges Leben. Nur die Nächte sind eine Qual.«

»Warum bist du hier?«

»Hat man dir das nicht gesagt?«

Ted schüttelte den Kopf.

Noch bevor er den Mund aufmachte, senkte Mike sichtlich mitgenommen den Blick.

»Ich habe die Familie meines besten Freundes getötet.«

Aus der Ferne drang nach wie vor das Geräusch des aufprallenden Balls zu ihnen.

»Ich war sehr krank«, fuhr Mike fort. So wie er jetzt dasaß, mit krummem Rücken, die Unterarme auf die Knie gestützt, den Blick fest auf den Boden gerichtet, wirkte er wie ein gebrochener Mann. »Käme es zur Massenflucht oder würde man mich aus irgendeinem verrückten Grund in die Freiheit entlassen wollen, ich würde nicht gehen.« Bitter fügte er hinzu: »Nur die Tochter meines Freundes hat überlebt. Würde ich mich an der Kiefer da aufhängen, wäre das ihr gegenüber ungerecht. Es wäre zu leicht.«

Ted schwieg.

»Weißt du, was? Wenn man verrückt ist, ändert das kaum was«, erklärte er. »Es enthebt dich nicht der Schuld, meine ich. Statt im Gefängnis landest du eben in der Psychiatrie. Ein Teil von dir ist immer verantwortlich. Verantwortlich dafür, dass er den anderen Teil nicht aufgehalten hat. Denn ein Teil von dir *weiß es*. Weiß *alles*.«

Ted musste an das denken, was Wendell ihm in der verlassenen Fabrik gesagt hatte.

Da drin, in Ihrem Kopf, sind gewisse Informationen, die Sie kompromittieren.

Mike machte eine Pause. Nachdenklich sah er zum Himmel, schien sich die Vergangenheit ins Gedächtnis zu rufen, die ihn nie wieder loslassen würde. Er legte einen Finger an die Schläfe und sah Ted mit großen Augen an.

»Das Gehirn ist ein Zauberkasten. Voller Tricks. Es findet immer einen Weg, dir etwas mitzuteilen. Und um dir einen Ausweg zu verschaffen. Eine Tür ...«

Mach die Tür auf. Das ist dein letzter Ausweg.

Ted stellte sich vor, wie die Leiche von Mike Dawson an einem Ast der Kiefer hing und sanft im Wind schwang.

»Da hast du vermutlich recht.«

Mikes Miene hellte sich auf. »Vielleicht kommt es so, wie du sagst, und du bist morgen nicht mehr hier. Vielleicht sitzen wir morgen aber auch wieder auf dieser Bank. Früher oder später müssen wir alle diese Tür öffnen.«

Mike Dawson stand auf. Er reckte und streckte sich, bis die Gelenke hörbar knackten.

7

Laura erwartete ihn in einem Besprechungsraum. Ted, der jetzt wieder Handfesseln trug, musste sich gedulden, weil McManus den richtigen Schlüssel suchte.

»Es ist offen«, sagte eine Stimme von drinnen, die Ted sofort wiedererkannte.

Laura Hill lächelte freundlich. Roger saß neben ihr, regungslos und mit ernster Miene.

»Dr. Hill, endlich«, sagte Ted.

»Sie können weiterhin Laura zu mir sagen.«

»Laura, natürlich. Danke für die Nacht im Hilton, sehr großzügig von Ihnen.«

McManus führte ihn zu dem Schreibtisch, an dem Laura saß, doch bevor Ted Platz nahm, hielt er ihr seine gefesselten Hände hin.

»Bitte setzen Sie sich, Ted«, sagte Laura, ohne ein Wort über die Handfesseln zu verlieren.

Ted blickte sich in dem Raum um: deprimierende grünliche Kacheln an den Wänden, der Resopaltisch, an dem sie saßen, sechs Neonröhren, die alles gnadenlos ausleuchteten, und ein Fenster mit getönter Scheibe, hinter der sich garantiert eine Videokamera verbarg. In dieser Scheibe spiegelte sich gerade McManus, der kurz nickte und ging.

»Wie geht's Ihnen, Ted?«

»Ich bitte Sie, verschonen Sie mich damit. Wie soll's mir schon gehen? Beschissen. Ich will wissen, warum ich hier bin. Und zwar sofort.«

Laura senkte den Blick, rückte die Mappe zurecht, die vor ihr lag, und räusperte sich. Von ihrem Lächeln war nichts mehr zu sehen, stattdessen wirkte sie verärgert. Wie immer hatte sie ihr Haar hochgesteckt, sie trug ihre eckige Brille und einen weißen Kittel.

»Das werde ich Ihnen gleich erklären, aber erst muss ich Ihnen noch einige Fragen stellen. Roger und ich wollen Ihnen nur helfen und …«

»Okay, okay, machen wir's kurz. Was wollen Sie wissen?«

Laura holte tief Luft. »Gestern sagten Sie zu Roger, Sie hätten gewusst, dass man Sie im Lavender Memorial einsperren würde. Wie haben Sie das gemeint?«

»Das erklärt sich doch von selbst, oder? Gemeint habe ich das hier.« Ted zeigte erneut seine gefesselten Hände vor.

»Wer hat es Ihnen gesagt?«

»Warum ist es so wichtig, wer es mir gesagt hat? Es ist ja genauso gekommen.«

»War es Wendell?«

Schweigen.

Ted erinnerte sich an das Gespräch, das er mit Wendell in dem Werkzeugraum der verlassenen Fabrik geführt hatte.

Sie wird Sie ins Lavender Memorial Hospital einweisen lassen, zu den Irren. Die Macht dazu hat sie, da können Sie Gift drauf nehmen.

»Es reicht, Laura. Jetzt sind Sie dran.«

Laura und Roger wechselten einen Blick, den Ted nicht zu deuten vermochte. Schließlich nickte sie und schlug die Mappe auf, die vor ihr lag. Sie drehte sie zu ihm hin, sodass er sie sehen konnte, so wie es zuvor Lynch in seinem Wohnzimmer getan hatte. Nur dass die Mappe diesmal keine Kriminalakte enthielt, sondern ein MRT seines Gehirns. Er erkannte sofort die Aufnahmen wieder, die Dr. Carmichael ihm in seiner Praxis gezeigt hatte. In der Ecke war jeweils sein Name aufgedruckt.

»Erkennen Sie es wieder?«

»Natürlich. Da ist der Tumor.« Ted deutete auf eine Stelle, die etwas dunkler war als der Rest.

»Sie haben keinen Tumor.«

Warum bist du nicht überrascht?

Laura drehte sich um und machte eine Geste in Richtung der getönten Scheibe. Kurz öffnete sich die Tür des Besprechungsraums.

»Hallo, Ted.«

Es war Dr. Carmichael. Mit den Händen in den Hosentaschen stand er auf der Schwelle und sah ihn betrübt an, als müsste er ihm eine schlechte Nachricht überbringen.

Dr. Carmichael steckt also auch mit ihnen unter einer Decke.

»Was Dr. Hill sagt, entspricht der Wahrheit, Ted«, erklärte Dr. Carmichael.

Erst dann trat er ein, ging um den Tisch herum und setzte sich auf den letzten freien Stuhl neben Laura. Nun hatte Ted drei Gesprächspartner.

»Ich habe Dr. Carmichael gebeten, ins Lavender zu kommen, damit er es Ihnen persönlich sagt«, erklärte Laura.

Dr. Carmichael nickte ernst.

»Es gab nie einen Fleck«, sagte er ruhig. »Als wir die ersten Untersuchungsergebnisse vorliegen hatten, habe ich Ihnen erklärt, dass Ihr Gehirn vollkommen gesund sei, dass Ihre Kopfschmerzen eine andere Ursache haben müssten, dass wir es gemeinsam herausfinden würden, wie auch, was die anderen Beschwerden anging, die Sie in den vergangenen Jahren hatten. Auf meine Worte hin waren Sie außer sich, und erst, als ich Ihnen versicherte, wir würden die Untersuchung wiederholen, haben Sie sich schließlich beruhigt. Ich habe mir damit nur ein bisschen Aufschub verschafft, denn ich wusste, dass nichts anderes dabei herauskommen würde.«

Ted betrachtete die beiden reglos.

»Erinnern Sie sich nicht?«, fragte Laura.

»Sie haben die Ergebnisse manipuliert. Woher weiß ich, dass das Aufnahmen von meinem Kopf sind?«

»Tut mir leid«, entschuldigte sich Dr. Carmichael.

»Und was ist mit den Kopfschmerzen? Den Halluzinationen?« Zum ersten Mal ließ Ted erkennen, dass er verzweifelt war. »Der Tumor kann winzig sein. Oder in einer Region liegen, die vom MRT nicht erfasst wird. Ich habe von solchen Fällen gelesen.«

»Wir werden mit der Behandlung fortfahren, um Ihnen zu helfen«, sagte Laura.

»Mir helfen? Sie kapieren es einfach nicht, oder? Dass ich es zu unseren Sitzungen geschafft habe, grenzt an ein Wunder. Wenn alles nach Plan verlaufen wäre, hätte ich mir längst eine Kugel in den Kopf gejagt.« Ted lachte. »Das hier ist lächerlich. Wäre dieser verdammt Lynch nicht gewesen, hätte ich es getan.«

Er formte seine Finger zu einer Pistole, hielt sie sich an die Schläfe und ahmte einen Schuss nach.

Die Ärzte sahen einander an.

»Was glotzen Sie so?«, schimpfte Ted. »Hören Sie endlich auf, mich wie einen Irren zu behandeln!«

Er sprang so ungestüm auf, dass sein Stuhl nach hinten flog. Niemand im Raum rührte sich. Alle beobachteten, wie er erregt auf und ab marschierte.

»Das ist doch nicht zu fassen«, sagte Ted zu sich selbst. Er verschränkte die Hände im Nacken und hielt den Blick auf den Linoleumboden gerichtet.

»Haben Sie das Hufeisen dabei?«, fragte Laura.

Ted blieb abrupt stehen und tastete hektisch seine Hosentasche ab. Es war noch da. Er zog es heraus und betrachtete es wie einen wirkungsmächtigen Talisman.

»Sie erinnern sich noch daran, dass Sie mir davon erzählt haben, nicht wahr?«, fuhr Laura fort. »Und von Miller, Ihrem Schachlehrer? Vom Weltmeisterschaftskampf zwischen Capablanca und Aljechin in Buenos Aires?«

Irgendwann stand Roger auf und führte Ted zurück zum Stuhl. Er schien es gar nicht wahrzunehmen und starrte nur unverwandt das Hufeisen an.

»Das habe ich im Haus von Wendell gefunden«, sagte Ted mit leiser Stimme.

»Ted, sehen Sie mich an.«

Er hob den Blick.

»Eigentlich sind die Regeln hier sehr streng. Ein massiver Gegenstand wie dieses Hufeisen ist eigentlich nicht erlaubt. Aber Sie dürfen es behalten. Und wenn Sie wieder einmal verwirrt sind, möchte ich, dass Sie sich auf das Hufeisen konzentrieren, dass Sie an Miller denken, an die Schachpartien. Okay?«

»An die guten alten Zeiten«, murmelte er.

»Genau«, stimmte Laura zu. »An die guten alten Zeiten.«

Teds Wut war verflogen. Er löste den Blick von dem Hufeisen, das auf seinem Schoß lag.

»War es wegen Holly? Sie hatte eine Affäre mit Lynch, nicht mit Wendell. Ich habe die Fotos gesehen. Die beiden in einem Restaurant.«

»Zerbrechen Sie sich darüber jetzt nicht den Kopf, Ted. Ich weiß nicht, warum Sie sich das Leben nehmen wollten. Aber wir werden es schon noch herausfinden.«

Ted saß da wie ein kleiner Junge, den man bestraft hatte. Plötzlich veränderte sich seine Miene, als würde er sich an etwas erinnern. Er sah Laura an, und in seinem Blick lag blankes Entsetzen.

»Laura, ist alles okay mit Holly und den Mädchen?«

»Alles okay. Sie sind bei ihren Großeltern in Florida.«

»Sie wollten am Freitag zurückkommen. Welcher Tag ist heute?«

Laura antwortete nicht. Sie schlug die Mappe zu. Dr. Carmichael entschuldigte sich, er habe noch zu tun. Er nickte Ted zum Abschied zu und sagte, er komme ihn bald wieder besuchen und er solle stark sein, er sei in guten Händen.

Das Entsetzen war noch nicht aus Teds Blick gewichen.

»Was sind das für Erinnerungen, Laura?«

»Darum kümmern wir uns noch, wobei ich Ihnen jetzt schon sagen kann, dass ich leider nicht auf alles eine Antwort habe. Jetzt will ich Sie nicht überfordern. Sie müssen erst einmal verarbeiten, was Sie gerade gehört haben. Wir sehen uns übermorgen wieder und reden weiter. Nur Sie und ich, wie in den guten alten Zeiten.«

Laura lächelte mitfühlend.

»Hat Holly mich einweisen lassen? Ich bin nicht blöd, ich weiß, dass sie ihre Zustimmung geben musste. Weiß sie davon? Weiß sie, was ich in meinem Arbeitszimmer vorhatte?«

»Nein.«

»Besser so.«

»Sie verstehen doch, dass Sie einige Tage hierbleiben müssen, oder?«

»Ich denke schon.«

Glaub ihr nichts, aber spiel mit. Alles ist so gekommen, wie Wendell es angekündigt hat. Er war der Einzige, der ehrlich zu dir war. Der Einzige, der dir Beweise vorgelegt hat.

»Die heutige Nacht werden Sie noch einmal im Hochsicherheitstrakt verbringen, aber morgen werde ich Ihnen ein normales Zimmer zuweisen lassen, wo Sie es gemütlicher haben werden. McManus sagt, Sie hätten sich mit Dawson angefreundet, was eine beachtliche Leistung ist. Der Mann ist ziemlich wählerisch.«

»Ich weiß nicht, ob anfreunden das richtige Wort ist. Wir haben uns im Hof unterhalten. Er hat mir erzählt, warum er hier ist, mehr nicht.«

»Er hat Ihnen an einem Tag mehr erzählt als den meisten anderen in all der Zeit, die er hier ist.«

Ted zuckte mit den Schultern. Nichts interessierte ihn weniger, als sich mit einem durchgeknallten Mörder anzufreunden.

8

Es war spät. Die Gespräche auf dem Flur des Hochsicherheitstrakts waren schon seit einer Weile verstummt. Ted lag auf seiner Pritsche, die Hände hinter dem Kopf verschränkt, den Blick zur Decke gerichtet. Sein Drang, das Lavender sofort verlassen zu wollen, hatte sich gelegt. Zu viele Fragen waren unbeantwortet, und er wusste nicht, ob Laura ganz ehrlich zu ihm gewesen war – wahrscheinlich nicht. Bildete er sich den Gehirntumor tatsächlich nur ein? Zwei fragmentierte Wirklichkeiten existierten parallel in seinem Kopf. In der einen hatte er Wendell getötet, in der anderen nicht, sondern sogar mit ihm gesprochen, und zwar *in einem rosaroten Schloss!* Er hatte eindeutig ein Problem.

Und du darfst Blaine nicht vergessen. Du hast dich in seinem Haus versteckt und auf ihn gewartet. Er hat dich entdeckt, aber du warst schneller als er.

Er musste schlafen, erst einmal alles in Ruhe verarbeiten. Das Gewicht des Hufeisens auf seiner Brust beruhigte ihn. Er schloss die Augen, wollte sich in den Schlaf sinken lassen … Plötzlich öffnete er die Augen wieder und setzte sich auf. Das Hufeisen rutschte ihm von der Brust und fiel auf den Boden. In der Ruhe des Hochsicherheitstrakts hallte das metallische Klirren so laut wie Glockenläuten. Am anderen Ende des Flurs fluchte jemand. Ted trat an die Glaswand. In dem Raum neben Mike Dawson stand Lester und sah zu ihm herüber.

»Schläfst du denn nie, Lester? Geh ins Bett!«, blaffte er den Kahlkopf an. »Mike, bist du wach?«

Wieder schimpfte jemand, er solle endlich still sein.

»Halt selber die Klappe, du Idiot!«, rief er ins Dunkel hinein.

Mike knipste eine kleine Nachttischlampe an und stand auf. Offenbar war er tatsächlich noch wach gewesen.

»Du solltest ein bisschen leiser reden«, ermahnte er ihn.

Ted nickte. »Hast du schon geschlafen?«

Sein Nachbar schüttelte den Kopf. »Ich leide unter Schlaflosigkeit, also nein.«

»Ich muss dich was fragen.«

»Dann frag.«

»Dieses Schachspiel im Gemeinschaftsraum, das scheint ziemlich neu zu sein, besonders das zusammenrollbare Brett.«

»Das wurde vor sechs Monaten angeschafft«, sagte Mike. »Vor zwei Jahren haben sie schon mal eins gekauft, aber was aus dem geworden ist, weiß ich nicht.«

Sechs Monate!

Das war sogar noch vor seinem ersten Besuch bei Dr. Carmichael.

Ted war überzeugt, dass man dieses Schachspiel seinetwegen gekauft hatte. Was wäre besser geeignet, ihm ein Gefühl von Zuhause zu geben, als ein Schachspiel? Er sah zu dem Hufeisen auf dem Boden.

»Hat Dr. Hill es mitgebracht?«, fragte Ted.

»Keine Ahnung. War es das, was du wissen wolltest? Hätte das nicht bis morgen Zeit gehabt?«

Mike legte sich wieder hin und löschte das Licht.

Auch Ted legte sich wieder hin. Er war nun absolut davon überzeugt, dass dieses Schachspiel seinetwegen hier war. *Seit sechs Monaten.*

9

Am nächsten Morgen führte McManus Ted zu seinem neuen Zimmer. Es lag im zweiten Stock von Trakt C. Auf dem Weg dorthin gingen sie einen Flur entlang, der mit einem weichen Teppich ausgelegt war. Kein Vergleich zu der kühlen Atmosphäre, die in dem Korridor des Hochsicherheitsbereichs herrschte. Ted trug nach wie vor die graue Anstaltskleidung, aber keine Handfesseln mehr. In einer der Türen, die sie passierten, stand Sketch – den Ted von der Schachpartie am Vortag kannte – und sah ihn mit ausdruckslosem Gesicht an.

»Darf ich Ihnen einen Rat geben?«, sagte McManus, bevor sie ans Ende des Flurs gelangten. »Nutzen Sie diese Chance und bauen Sie keinen Mist. Sie sind doch ein intelligenter Kerl.«

Der Rat schien ehrlich gemeint zu sein. Ted nickte ernst. Als sie den Raum betraten, verstand er erst richtig, was der Pfleger gemeint hatte. Im Vergleich zu der nüchternen Schlafkoje, in der er die beiden vergangenen Nächte verbracht hatte, war dies hier wirklich wie ein Zimmer im Hilton. Er erinnerte sich an den Scherz, den er Laura gegenüber gemacht hatte, und musste lächeln.

Der Raum war groß, und durch das Fenster flutete helles Sonnenlicht herein. Es gab zwei Betten mit jeweils einem Schreibtisch und einem kleinen Regal, alles symmetrisch angeordnet, bis auf eine kleine Tür, die zu einem Bad führte. Die Seite von Mike Dawson, seinem zukünftigen Zimmergenossen, quoll schier über vor Büchern, Zeitungsausschnitten, Fotografien, überhaupt allem, was einen Raum gemütlich machte. McManus erklärte Ted, dass Mike das Zimmer schon lange nicht mehr mit jemandem geteilt habe.

Auf der Matratze stand ein Pappkarton, auf den jemand mit schwarzem Filzstift Teds Namen geschrieben hatte.

»Wie schön! Ihre Sachen sind ja schon da.«

Meine Sachen?

McManus verabschiedete sich. Ted ging zum Fenster, auf der imaginären Linie, die Dawsons bunte, wohnliche Welt von seiner öden, grauen Welt trennte, in der es nur einen Pappkarton unbekannten Inhalts gab. Ein rechteckiger Lichtfleck war das Einzige, was diese beiden Universen verband. Ted kniff die

Augen zusammen, weil die Sonne blendete. Nach und nach erkannte er das Basketballfeld und die Wege, die sich durch den Garten zogen. Eine Weile beobachtete er, wie einige Patienten ziellos umherstreunten.

Dann wandte er sich den Habseligkeiten seines neuen Zimmergenossen zu. Vor allem die Zeitungssauschnitte an einer Pinnwand über dem Schreibtisch weckten seine Neugier. Er ging darauf zu, überlegte es sich aber anders und wandte sich zur Badezimmertür.

»Mike?«

»Ja?«

»Ich bin's, Ted. Ich brauche einen Kuli oder so was, um den Klebestreifen an dem Karton aufzuschlitzen, den man mir gebracht hat. Stört's dich, wenn ich mir einen von deinem Schreibtisch nehme?«

Schweigen.

»Mike?«

»Nimm einfach den blöden Kuli und lass mich in Ruhe kacken und lesen.« Trotz der rüden Worte klang seine Stimme ganz entspannt.

»Entschuldige.«

Keine Antwort.

Vielleicht war Mike gar nicht so schrecklich, wie alle behaupteten. Er ging zum Schreibtisch. Diesmal konnte er der Versuchung nicht widerstehen, und er warf einen Blick auf einen der Artikel. Der Titel lautete:

ANDREA GREEN AUF DER BIENNALE
VON VENEDIG AUSGEZEICHNET

Er trat zurück. Wenn Mike in diesem Moment aus dem Bad käme, wäre es gleich wieder vorbei mit dem guten Verhältnis zwischen ihnen. Ted wandte sich dem Pappkarton zu. Mit der Spitze des Kugelschreibers ritzte er das Klebeband durch und klappte die Innendeckel auf. In der Kiste waren ein Stapel sorgfältig gefalteter Wäsche, Bücher, mehrere zugeklebte Plastiktüten, eine Tischlampe, die er sofort wiedererkannte, und ... Plötzlich schlängelte sich ihm ein rötlicher Wurm entgegen und verschwand wieder.

Ted zuckte zusammen. Er ließ die Klappen los und taumelte zurück, bis er auf das Bett von Mike stieß und hinfiel. Er konnte den Blick nicht von der Kiste lösen. Da drinnen bewegte sich etwas. Er hatte es nicht nur gesehen, er konnte es auch hören, das Rascheln war unverkennbar. Und Ted wusste auch, was es war: Der Wurm war kein Wurm gewesen, sondern der rötliche Schwanz des Opossums.

Er rang nach Luft. Das war doch nicht möglich. Das Opossum musste Teil eines Albtraums sein.

Sicher? Auch im Haus von Arthur Robichaud?

Mike kam aus dem Bad. Er bemerkte sofort, dass etwas nicht stimmte.

»Verdammt, ist da was in der Kiste?«, fragte er und ging vorsichtig darauf zu. Er wollte sie schon anfassen, schreckte aber im letzten Augenblick zurück. »Ist da eine ... Ratte drin?«

»Nein, wie kommst du drauf?«, sagte Ted. In der Kiste raschelte nichts mehr.

Mit einer schnellen Bewegung schlug Mike die Klappen auf und ging sofort wieder auf Abstand. Dann näherte er sich langsam wieder, steckte die Hand hinein und holte die Lampe heraus, dann eine Tüte, dann noch eine ...

»Hier ist nichts.« Verwundert sah er sich um.

»Ich habe einen Schwanz gesehen. Und die Kiste hat sich bewegt.«

Mike zog eine Augenbraue hoch und sah ihn an.

Ted stand auf und schüttelte den Kopf.

»Ich versichere dir, dass ...«

Mike hob beschwichtigend die Hand.

»Was hast du gesehen?«

»Nichts.«

»Was hast du gesehen?«

Ted überlegte.

»Sah aus wie ein Opossum, aber vielleicht habe ich mir das auch nur eingebildet.«

»Hast du es zum ersten Mal gesehen?«

Die Frage überraschte Ted.

»Wie meinst du das?«

»Das ist eine einfache Frage.«

»Ja«, sagte Ted schließlich.

Mike rieb sich am Kinn.

»Ein Opossum«, sagte er leise.

»Was ist? Hast du es auch schon mal gesehen?«

»Nein, aber nach dem Mittagessen wirst du mir alles über dieses Opossum erzählen.«

Der verwunderte Ausdruck verschwand aus Mikes Gesicht. Er nahm das Buch, das er aufs Bett geworfen hatte, als er aus dem Bad gekommen war, legte sich hin und sagte von da an kein Wort mehr.

10

Ted nahm das Tablett mit dem Mittagessen – Fischfilet mit Erbsen und Buttersoße – und setzte sich an den am weitesten entfernten Tisch. Der Speisesaal von Trakt C war nicht sonderlich groß, sodass er nicht die Ruhe fand, die er suchte. Vier Mitinsassen starrten vom Nachbartisch zu ihm herüber und versuchten ein Gespräch zu beginnen. Er sagte, ihm sei nicht nach Reden zumute, und sie ließen ihn in Ruhe. Tatsächlich musste er nachdenken. Ihm war bewusst geworden, dass er sich allzu leicht hatte überzeugen lassen, im Lavender zu bleiben, und das ärgerte ihn, als wüsste er tief in seinem Inneren, dass es nötig war, ihn einzusperren. War es denn nötig? Sein Verstand war ein Puzzle, das keinen Sinn ergab. Er hatte versucht sich umzubringen wegen eines Tumors, den er gar nicht hatte. Womöglich hatte er sogar zwei Menschen getötet! War das der Grund, warum man ihn in Trakt C eingewiesen hatte? War er ein Mörder wie Mike? Zu viele offene Fragen, um gegen seine Einweisung aufzubegehren. Er hatte nicht einmal die Kraft, um dafür zu kämpfen, dass er Holly, Cindy und Nadine sehen durfte. Er vermisste sie natürlich, vor allem die Kinder, an sie zu denken tat ihm in der Seele weh. Doch was sollte er ihnen sagen? Wie sollte er es Holly erklären? Wenn er keinen Tumor hatte, was war dann der Grund für sein merkwürdiges Verhalten?

Er aß schweigend, ganz in seine Gedanken versunken, den leeren Blick in Richtung Fenster gerichtet. Jemand am Nachbartisch sprach ihn noch einmal an, aber er ignorierte ihn. Der Vorfall im Zimmer vorhin hatte ihn verstört. Wann würde das alles ein Ende haben? Er hatte das Opossum gesehen und die Kiste nicht aus den Augen gelassen, bis Mike einen Blick hineingeworfen hatte. Und plötzlich war das Tier nicht mehr da gewesen. Genau das Gleiche war auch bei Robichaud passiert, als das Opossum sich in dem Autoreifen versteckt hatte. Immer wenn er dieses ekelhafte Tier gesehen hatte, war es für ihn absolut real gewesen, nur um sich später als Halluzination zu erweisen. Was sollte er davon halten? Er fokussierte den Blick. Halluzinierte er auch jetzt? Er konzentrierte sich auf das Plastikmesser, das er zum Essen benutzte, inspizierte es wie ein Wissenschaftler, jedes Detail, die runde Form des Griffs, die gezackte Klinge.

Er setzte die Spitze auf das Tablett auf und bog das Messer so lange durch, bis es mit einem dumpfen Knacken brach. Am Nachbartisch ertönte vereinzeltes Gelächter. Ted musterte die beiden Teile des kaputten Messers, schob sie mit den Fingern ein wenig umher. Berührte er diese Plastikteile wirklich?

Er seufzte. Resigniert betrachtete er die Reste des Fischfilets, dann die zerbrochene Klinge.

Er wollte gerade gehen, als wie aus dem Nichts Lester auftauchte und sich zu ihm setzte. Er wirkte weniger verwirrt als sonst.

»Ich weiß jetzt, dass du nichts mit meiner Anlage zu tun hattest«, sagte er in versöhnlichem Ton. »Ich habe sie gefunden.«

»Das interessiert mich einen feuchten Dreck.«

Lester hatte Glupschaugen wie Gollum, und je länger Ted sie ansah, desto größer schienen sie zu werden. Und wenn er ein Stück Messer in diese Riesenaugen rammte?

»Ich habe gestern dein Gespräch mit Dawson mitbekommen«, sagte Lester. »Du hast ihn nach dem Schachspiel gefragt.«

Ted, der bereits aufgestanden war, setzte sich wieder und nickte.

»Du hast ihn gefragt, wann sie das Schachspiel angeschafft haben, und er meinte, vor sechs Monaten.«

Ted nickte. »Stimmt es etwa nicht?«, fragte er.

Lester rieb sich das Kinn. Er rechnete im Geiste nach.

»Doch, das stimmt. Aber ich weiß auch, wer es angeschafft hat.«

»Wer?«

»Na ja, eigentlich ...«

»Wer?«

Ted packte Lester am Kragen und zog ihn zu sich heran. Einige Insassen drehten sich um. Aus der Menge der Köpfe ragte auch der von Robert Scott heraus, dem Oberpfleger. Er sah so lange zu Ted herüber, bis der ihm mit einer Geste zu verstehen gab, dass alles in Ordnung war.

»Wer, Lester?«, fragte er erneut.

»Dr. Hill. Sie und der schwarze Pfleger haben es eines Tages mitgebracht und Scott gegeben. Das habe ich mit eigenen Augen gesehen.«

Ted musterte ihn lange.

»Ich glaube dir nicht. Wo soll das gewesen sein?

»Im Flur. Vor aller Augen. Na ja, nicht vor aller Augen, denn ich war allein, aber sie haben mich nicht bemerkt. Dr. Hill kommt nicht oft hierher, und wenn, dann immer in Begleitung dieses Pflegers. Roger heißt er, glaube ich. Sie hat das Schachspiel Scott übergeben. Allerdings habe ich nicht gleich erkannt, dass es ein Schachspiel ist. Ich bin Scott in den Gemeinschaftsraum gefolgt, wo er es zu den anderen Spielen ins Regal gestellt hat.«

»Und das war vor sechs Monaten, sagst du?«

Lester nickte heftig mit dem Kopf.

»Ich fand das verdächtig.«

»Was fandst du verdächtig?«

»Gestern Abend hast du noch was zu Dawson gesagt. Du hast ihn gefragt, woher sie sechs Monate im Voraus wissen konnten, dass sie dich hier einweisen würden.«

»Das geht dich nichts an.«

»Natürlich. Die wissen fast alles. Weil hier überall Mikrofone und winzige Kameras sind.«

Ted schüttelte den Kopf. Es war sinnlos, sich noch weiter mit diesem Irren zu unterhalten. Wieder wollte er aufstehen, doch diesmal hielt Lester ihn am Arm fest. Ted hätte sich leicht aus diesem Griff befreien können, aber als er Lesters verzweifelten Gesichtsausdruck sah, ließ er ihn gewähren.

»Glaubst du, sie haben Mikrofone in die Schachfiguren eingebaut?«

»Quatsch, Lester, in den Figuren sind keine Mikros.«

In Lesters Gesicht spiegelte sich jetzt blankes Entsetzen. »Wie kannst du dir da so sicher sein?«

Es war wirklich sinnlos, sich weiter mit dem Kerl zu unterhalten.

11

Mike erwartete ihn auf der Bank unter der Kiefer. Diesmal las und rauchte er nicht. Er folgte Ted mit Blicken, bis er neben ihm Platz genommen hatte.

»Probleme mit Lester? Wenn er dir noch mal blöd kommt ...«

»Ich kann selber auf mich aufpassen«, unterbrach ihn Ted. »Ich habe auch das eine oder andere Ass im Ärmel.«

»Ja, davon habe ich gehört.«

Der Basketballplatz war leer. In der Abendsonne wirkten die Reste der blauen Bodenfarbe wie Wasserpfützen. Mike deutete auf einen der Körbe, wo ein Patient mit Übergewicht an einem Arm um die Stange kreiste.

»Das ist Espósito. Er hat sie auch gesehen.«

Ted hatte keine Ahnung, wovon sein Zimmergenosse sprach. Er blickte sich in alle Richtungen um, ob es da etwas zu sehen gab.

»Wen?«

»Die Tiere«, sagte Mike feierlich, den Blick auf Espósito gerichtet, der jetzt mit vollem Tempo um den Pfahl kreiste. Sein Gesichtsausdruck glich dem von Timothy Robichaud, als er das Karussell in Schwung gebracht hatte.

»Was für ein Tier hast du gesehen?«, fragte Mike.

»Hab ich dir doch gesagt: ein Opossum. Aber das war bestimmt ein Traum, ich habe mich aufs Bett gelegt und kurz die Augen zugemacht, und da ...«

»Wir wissen beide, dass es kein Traum war, Ted. Bist du sicher, dass es ein Opossum war?«

»Oder etwas Ähnliches. Hast du es auch gesehen?«

»Das Opossum nicht. Aber eine Ratte und eine Languste. Unser Freund Espósito da drüben hat zwei große Tiere gesehen: eine Hyäne und einen Luchs. Einige Ehemalige haben andere Tiere gesehen. Aber ein Opossum war noch nie darunter.«

Mike hielt den Blick auf den Basketballplatz gerichtet, als dächte er über ein Problem nach, für das es keine Lösung gab.

»Mike, dir ist doch hoffentlich klar, dass diese Tiere nicht existieren, oder?«

»Schau mich nicht so an. Ich weiß, dass die Tiere hier drin sind.« Er tippte sich an den Kopf. »Aber das heißt nicht, dass es sie nicht gibt.«

Ted schnalzte mit der Zunge. Er wollte aufstehen und gehen, aber Mike legte eine Hand auf sein Knie.

»Warte.«

»Ich will dieses verdammte Opossum vergessen, Mike. Ich muss meine Gedanken ordnen. Gestern habe ich mit Dr. Hill gesprochen, und seither ist alles noch verwirrender. Ein weiteres Rätsel ist das Letzte, was ich jetzt gebrauchen kann.«

»Verstehe. Aber eines solltest du wissen: Seit ich hier bin, werde ich von Dr. McMills betreut, der Direktorin der Klinik. Vor einigen Jahren habe ich ihr von den Tieren erzählt. Sie hat nur gelacht. Ab und zu kommen wir noch auf das Thema zurück, ohne dass sie allzu viele Fragen stellt. Sie ist eine hervorragende Ärztin, die schon viele Patienten betreut hat, bevor sie Direktorin wurde. Und eines steht fest: Inzwischen weiß sie, dass die Tiere real sind. Ich persönlich habe allerdings seit drei Jahren keins mehr gesehen.«

»Wann hast du angefangen sie zu sehen? Wann genau, meine ich? Als du …«

»Als ich sie getötet habe, wolltest du sagen? Ja.«

Und du? Wen hast du getötet, Ted? Wendell? Blaine? Beide?

»Anfangs habe ich die Languste die ganze Zeit gesehen«, fuhr Mike unterdessen fort. »Sie war größer als eine normale Languste, und dreister, kam immer irgendwie provozierend auf mich zu. Ich hatte das Gefühl, sie könnte mir jederzeit in den Mund springen. Allein der Gedanke war ein Horror. Anfangs fiel es mir nicht auf, aber irgendwann habe ich bemerkt, dass die Languste immer dann auftauchte, wenn ich Gefahr lief, *von meinem Weg* abzukommen. Sie war wie eine Art … Wächter. Die Ratte ebenfalls, nur dass ich vor ihr noch mehr Angst hatte.«

Ted schauderte es. Er kannte diese Angst nur zu gut.

»Schau dir den Basketballplatz an«, sagte Mike nach einer Weile. »Er besteht aus zwei Hälften, die in der Mitte von einer Linie getrennt sind. So ist es auch mit der Welt des Realen und der Welt des Wahns, Ted. Entweder man ist geistig gesund, oder man ist es nicht. Man spielt entweder in dem einen Team oder in dem anderen. Wenn man hier drin ist und Glück hat, wenn die Ärzte die richtige Diagnose stellen und die Medikamente anschlagen, dann kann man vielleicht von einem Team ins andere wechseln, wenigstens eine Zeit lang. Was man nicht kann, ist für beide Teams gleichzeitig spielen. Verstehst du?«

»Ich glaube nicht, dass Wahnsinn so funktioniert.«

»Solltest du aber, denn es ist so. Wahnsinn ist, wie in einer anderen Dimension zu sein. In einer Welt, die ihre eigenen Regeln hat. Wie Träume. Oder träumst du etwa nicht?«

»Du glaubst also, dass die Tiere Teil der anderen Welt sind.«

»Nicht ganz. Siehst du den Mittelkreis? Das ist eine Schnittmenge. Ich habe mir viele Gedanken darüber gemacht und finde, dass diese Analogie es genau trifft. Dieser Kreis ist die Tür, die beide Welten verbindet, ein Ort, an dem man sich lieber nicht aufhalten sollte, weil man, wie gesagt, nicht für beide Teams gleichzeitig spielen kann. Trotzdem halten sich manche Leute – Leute wie du, wie ich, wie Espósito – länger als nötig dort auf, auf der Schwelle, und das ist nicht gut.« Mike machte eine Pause und fügte mit unheilschwangerer Stimme hinzu: »Der Kreis ist gefährlich, weil man dort in beiden Welten gleichzeitig ist.«

Espósito hatte aufgehört, um die Stange zu kreisen, und genoss das Schwindelgefühl. Mit ausgebreiteten Armen und den Blick gen Himmel gerichtet, taumelte er über den Platz wie ein dicker Brummer.

»Die Tiere sorgen dafür, dass wir uns von dem Kreis fernhalten«, erklärte Mike, der nun wieder klang, als wäre er der vernünftigste Mensch auf der Welt.

»Warum gilt das nicht für alle?«

»Weiß ich nicht.«

»Mike, nimm's mir nicht übel, wenn ich anderer Meinung bin. Aber was kann schlimmer sein, als vollkommen wahnsinnig zu werden?«

Mike sah eine Weile vor sich hin. Schließlich sagte er: »Darf ich dir eine Frage stellen, Ted? Wie oft hast du das Opossum gesehen?«

»Mehrmals.«

»Nenn mir ein Beispiel.«

»Einmal habe ich von ihm geträumt. Ich war bei mir zu Hause im Wohnzimmer, draußen war es dunkel. Plötzlich hat etwas im Garten meine Aufmerksamkeit erregt. Ich sah durchs Fenster, und da stand meine Frau im Bikini, in ganz merkwürdiger Haltung, weil ihr ein Bein fehlte. Das Opossum hockte unter dem Verandatisch und nagte an ihrem Bein.«

Ted schauderte bei der Erinnerung.

»Ein seltsamer Traum«, sagte Mike. »Hast du deine Frau seither wiedergesehen?«

»Worauf willst du hinaus?«

»Ist vielleicht nicht das beste Beispiel.«

Ted war diese Ratespielchen satt. Er packte Mike am Unterarm.

»Warum fragst du, ob ich sie seither wiedergesehen habe? Weißt du was?«

Mike ließ sich nicht aus der Ruhe bringen. Er wartete ab, bis Ted seine Umklammerung löste. Dann sagte er: »Hör zu, ich bin kein Experte auf dem Gebiet. Was ich weiß, weiß ich aus eigener Erfahrung. Und von den Recherchen, die ich hier drin anstellen konnte. Der Erste, der mir von den Tieren erzählt hat, war ein Typ namens Ricci.« Mike nickte mit dem Kopf zum Himmel. »Er hat auch den Kreis erwähnt, wenn auch in einem anderen Zusammenhang. Ich habe ihm kein Wort geglaubt, so wie du mir jetzt nicht glaubst, aber dann fiel mir die Languste wieder ein, die ich aus irgendeinem Grund verdrängt hatte, und plötzlich ergab vieles einen Sinn. Als das mit diesem Freund von mir passiert ist ...« Mikes Miene verdüsterte sich. »Als ... ich getan habe, was ich getan habe, herrschte in meinem Kopf große Verwirrung. Selbst Monate später konnte ich noch nicht trennen zwischen dem, was real gewesen war und was ich mir nur eingebildet hatte. Dabei waren die Beweise eindeutig, ich wollte es nur nicht wahrhaben. Vieles deutete darauf hin, dass ich die Hausangestellte meines Freundes getötete hatte, eine bezaubernde Frau namens Rosalía, die ich schon länger kannte und die ein kleines Kind hatte. Wenn ich an sie denke, bricht es mir immer wieder aufs Neue das Herz. Die Polizei entdeckte die Leiche in ihrem Zimmer und fand heraus, dass ich sie in meinem Blutrausch getötet hatte. Auch ich war zunächst davon überzeugt, dass es so war. Es ergab einfach Sinn. Doch dann erinnerte ich mich plötzlich an etwas aus jenen Tagen, etwas, das tief in mir vergraben gewesen war und jetzt an die Oberfläche kam. Ich saß auf der Veranda meines Hauses und trank ein Bier, als wie aus dem Nichts dieser verdammte Grashüpfer auftauchte und sich mir auf die Knie setzte. Vor Schreck wäre ich fast gestorben. Ich schlug ihn weg, und er landete vor der Tür. Seelenruhig krabbelte er ins Haus hinein, und ich wusste, dass ich ihm folgen musste. Verrückt, nicht wahr? Ich folge einem Grashüpfer in mein eigenes Haus, weil ich sicher bin, dass dieses verdammte Viech mir etwas zeigen will.« Mike lachte und schüttelte den Kopf. »Vor einem unbenutzten Zimmer machte er halt ... Als mir die Geschichte wieder einfiel, hielt ich sie für einen Traum, genau wie du. Die Tür war anders als sonst, sie hatte ein Guckloch, und natürlich spähte ich hindurch. Was ich sah, ließ mir die Haare zu Berge stehen: Ein Junge, den ich kannte, stach wie wild auf Rosalía ein. Ich konnte nicht wegsehen, so wie man auch in Träumen nicht wegsehen kann, wo die Zeit einfach nicht vergehen will.«

Mike hielt inne. Unmöglich, dass er das alles nur spielte.

»Die Frau wurde erstochen?«, fragte Ted.

Mike nickte.

»Meine Erinnerungen an jene Tage sind nach wie vor verschwommen. Es besteht durchaus die Möglichkeit, dass ich sie ermordet habe. Aber irgendetwas sagt mir, dass ich es nicht war.«

»Du willst also sagen, dass die Sache mit dem Grashüpfer bei dir zu Hause ...«

Ted ließ den Satz unvollendet. Er dachte wieder an Holly, wie sie auf einem Bein im Garten stand, während das andere Bein amputiert war.

»Eben hast du mich gefragt, ob es etwas Schlimmeres gibt,

als den Verstand zu verlieren«, sagte Mike. »Jetzt hast du deine Antwort. Wenn du den Verstand verlierst, ist alles hier drin, in deinem Kopf. Aber wenn du in dem Kreis bist, also in beiden Welten gleichzeitig ...«

Ted überlegte kurz.

»Du meinst, wenn ich träume, dass meiner Frau ein Bein fehlt, kann es sein, dass sie wie durch Magie ...«

»Klingt bescheuert, ich weiß. Trotzdem, wenn du das Opossum das nächste Mal siehst, halt dich von ihm fern. Wie gesagt, die Tiere treiben sich in dem Kreis herum, auf der Grenze zwischen beiden Welten.«

Sie schwiegen eine ganze Weile. Irgendwann war Espósito gegangen, und Lester, Lolo, Sketch und noch ein paar andere hatten den Basketballplatz in Beschlag genommen.

»Seit ich dich zum ersten Mal gesehen habe, wusste ich, dass auch du sie siehst«, sagte Mike mehr zu sich selbst als zu Ted. »Es war merkwürdig.«

12

Laura erwartete ihn im Besprechungsraum. Vor sich hatte sie ein Laptop.

»Ist das wirklich nötig?«, fragte Ted und zeigte seine Handfesseln vor. Er war gerade eingetreten.

»Ich fürchte, ja.«

Ted ließ sich schwer auf den Stuhl fallen. McManus, der ihn hergeführt hatte, zog sich wortlos zurück.

»Haben Sie nachgedacht über das, was wir besprochen haben? Glauben Sie uns inzwischen, dass Sie keinen Tumor haben? Seien Sie ehrlich zu mir.«

»Ich habe nicht viel über den Tumor nachgedacht.«

Laura nahm die Brille ab und rieb sich den Nasenrücken.

»McManus hat mir erzählt, dass Sie mit einigen Patienten ganz gut auskommen«, sagte sie schließlich.

Ted schwieg.

»Gibt es etwas, das Sie mir sagen wollen, Ted?«

»Ja, gibt es. Im Gemeinschaftsraum ist ein Schachspiel. Haben Sie das angeschafft?«

Lauras Lächeln zitterte. Für einen kurzen Moment glaubte Ted ihr wahres Gesicht sehen zu können.

»Ich dachte, es würde Ihnen vielleicht guttun«, erklärte sie.

Ted schüttelte den Kopf. Dann starrte er lange an die Decke.

»Sie haben es schon vor sechs Monaten angeschafft«, sagte er ruhig.

Laura machte den Mund auf.

»Keine Ausflüchte, Laura. Ich weiß, dass es so ist. Sagen Sie mir einfach, wie Sie vor sechs Monaten wissen konnten, dass ich hier landen würde.«

»Beruhigen Sie sich, Ted.«

»Ich bin ruhig, ruhiger geht's gar nicht. Also, warum haben Sie dieses Schachspiel angeschafft, bevor Sie mich überhaupt kannten? Steckt Dr. Carmichael dahinter? Ist das alles Teil seines Plans? Lügen Sie mich nicht wieder an!«

Laura beugte sich über den Tisch. Sie sah ihn direkt an. Ihr Blick fuhr Ted kalt in die Glieder.

»Wir beide kennen uns seit sieben Monaten«, sagte Laura sanft. »Und seither sind Sie auch in dieser Klinik.«

Ted hielt ihrem Blick stand, musterte sie seinerseits, suchte nach einem Zeichen, das sie verraten könnte. Vergeblich.

»Ich weiß, es ist ein bisschen viel auf einmal, aber ich wollte es Ihnen heute sowieso sagen.«

»Ich bin vor drei Tagen hier angekommen«, murmelte Ted, mehr zu sich selbst.

»Warten Sie, Ted. Ich möchte Ihnen etwas zeigen, dafür habe ich extra das Laptop mitgebracht.«

Laura klappte den Computer auf und wartete, bis er aus dem Ruhezustand erwacht war. Sie setzte sich die Brille wieder auf und suchte auf dem Desktop nach einer Datei. Ted spürte, wie Unruhe in ihm aufstieg. In seiner Not zog er das Hufeisen aus der Hosentasche und umfasste es an beiden Enden.

»Heute ist Donnerstag, der 18. April 2013«, sagte Laura, ohne Ted einen Blick auf den Bildschirm zu gestatten. »Eingewiesen wurden Sie am 20. September vergangenen Jahres. Allerdings nicht hier, sondern in Trakt B, wo ich als Stationsleiterin fungiere. Ich habe mich persönlich um Ihren Fall gekümmert.«

Jetzt drehte sie den Computer halb herum, damit sie beide den Bildschirm betrachten konnten. Das Video einer Überwachungskamera zeigte ein Zimmer, das dem im Sicherheitstrakt glich, nur dass es keine Glaswand hatte. Auf dem Bett saß Ted, der an Händen und Füßen gefesselt war. Er wippte rhythmisch vor und zurück, fuchtelte in der Luft herum und nickte ab und zu. Er trug ein blaues Hemd und eine blaue Hose. In der Ecke des Bildschirms war ein kleines Rechteck, in dem das Datum angezeigt wurde. Es konnte natürlich manipuliert worden sein, aber warum hatte Ted keinerlei Erinnerung an das, was er da sah?

»In diesem Zustand kamen Sie hier an, Ted, und lange Zeit wurde es auch nicht besser.«

Ted starrte wie gebannt auf den Bildschirm.

»Mit wem spreche ich da?«, murmelte er.

Laura Hill zuckte mit den Schultern. »Wer weiß. Vielleicht mit Lynch?«

Ted löste seinen Blick und sah Laura flehend an.

»Ich kann mich an nichts davon erinnern.«

»Ich weiß. Ich möchte Ihnen noch etwas anderes zeigen. Dann werden Sie wohl besser verstehen.«

Laura schloss mit einem Klick das Fenster des Videos. Dahinter erschien ein Fenster des Betriebssystems mit einer langen Liste von Archiven. Sie wählte eines aus, und ein neues Video füllte den Bildschirm. Diesmal erkannte Ted den Ort: Es war Lauras Praxis. Alles war da: der Schreibtisch, das Bücherregal, der niedrige Tisch mit dem Becher Wasser, den er nie anrührte. Ted trug die blaue Uniform und Handfesseln. Plötzlich hörte er seine Stimme und erschrak. Dieses Video hatte Ton.

»*Danke, dass Sie mir so schnell einen Termin gegeben haben*«, sagte Ted. »*Die Bootstour mit meinem Kompagnon ist ausgefallen.*«

»*Tut mir leid wegen der Tour*«, erwiderte Laura. »*Schön, Sie zu sehen.*«

»*Gestern hatte ich einen Albtraum.*«

Laura bat ihn, den Traum zu schildern.

»*Ich war im Wohnzimmer und habe nach draußen auf die Veranda geschaut. Auf dem Tisch saß das Opossum und fraß ein Bein von Holly. Holly war nicht da, nur ihr Bein, und trotzdem wusste ich, dass es ihr gehörte ...*«

Das Datum in der Ecke zeigte an, dass die Aufnahme von September des vergangenen Jahres stammte. Laura drückte die Leertaste, und das Video stoppte. Sie klickte es weg und öffnete ein weiteres aus demselben Ordner. Anders war darauf nur, dass Laura einen roten Pullover trug, an den Ted sich vage erinnerte.

»*Danke, dass Sie mir so schnell einen Termin gegeben haben*«, sagte Ted in der Aufnahme. »*Die Bootstour mit meinem Kompagnon ist ausgefallen.*«

Der Ted, der den Film ansah, riss die Augen weit auf. Verstört schielte er zur Bildschirmecke und fand bestätigt, was er befürchtet hatte: Das Video war zwei Monate nach dem vorigen aufgenommen worden.

»*Gestern hatte ich einen Albtraum*«, sagte Ted in der Aufnahme und schilderte alles so wie im September.

»Es reicht«, murmelte der Ted aus Fleisch und Blut.

Laura hielt das Video an.

»Das ist mein Büro in Trakt B. In den letzten sieben Monaten hatten wir zwei Sitzungen pro Woche. In den ersten drei Monaten kreisten wir um ein Thema, das ich den ›ersten Zyklus‹ genannt habe. Sie hatten eine Paranoia entwickelt und erzählten permanent von Ihrer Begegnung mit Lynch, seinem Vorschlag, Teil dieses Selbstmörderclubs zu werden, erst Blaine zu töten und dadurch in den Kreislauf einzutreten, in dem Sie dann als Ihren Teil der Abmachung Wendell würden töten müssen.«

Ted erinnerte sich nicht daran, Laura so viele Details verraten zu haben, aber offenbar hatte er es getan. Er fingerte nicht mehr an dem Hufeisen herum, das verloren auf seinem Schoß lag.

»Alles okay mit Ihnen, Ted?«

Er nickte.

»Gut. In diesem ersten Zyklus haben Sie Blaine getötet und sind zu Wendell gefahren. Sie haben ihn in seinem Haus am See erschossen, aber dann entdeckt, dass Lynch Ihnen das mit dessen Familie vorenthalten hatte. Daraufhin haben Sie beschlossen, Lynch ausfindig zu machen. Sie haben sich deswegen an Ihren alten Klassenkameraden Robichaud gewandt. Können Sie sich an all das erinnern, Ted?«

»Ja.«

»Lynch entpuppte sich als ein ziemlich unbekannter Anwalt, aber Sie haben ihn trotzdem aufgespürt und ihn in seinem Büro zur Rede gestellt. Er hat Ihnen erzählt, Wendell sei in Wirklichkeit Teil der Organisation gewesen und gefährlich und musste deshalb getötet werden. Er hatte Sie also ausgenutzt. Dadurch gerieten die Dinge aus dem Ruder …«

»Laura, das ist doch wahnsinnig. Für mich ist es ein entsetzlicher Gedanke, dass ich in einem fünf Quadratmeter großen Raum gesessen und all das ausgebrütet haben soll. Oder habe ich diese Menschen tatsächlich umgebracht? Bin ich deshalb hier?«

»Hören Sie erst einmal weiter zu, Ted …«

»Nein! Antworten Sie mir. Hab ich jemanden umgebracht?«

»Nein.«

Ted nickte.

»Dann ist nichts von dem real?«, fragte er hoffnungsvoll.

»Ich fürchte, es ist ein bisschen komplizierter.«

Etwas Komplizierteres als seine gegenwärtige Situation konnte sich Ted beim besten Willen nicht vorstellen.

»In den ersten drei Monaten«, fuhr Laura fort, »waren Sie praktisch in diesem ersten Zyklus gefangen. Nach einer Sitzung dauerte es eine Woche, manchmal nur zwei, drei Tage, bis es zu einem Reset kam. Sie fingen wieder von vorne an, mit dem Moment, wo Sie sich im Büro erschießen wollten. Beim ersten Mal wusste ich nicht, wie ich reagieren sollte, und ich fürchte, ich habe nicht gut reagiert. Aber mit jeder Wiederholung lernte ich dazu, fragte nach, bis ich alle Details kannte. Der erste Zyklus wiederholte sich ungefähr fünfzehnmal. Manchmal waren Sie gesprächig, manchmal eher nicht. Eines Tages geschah dann Folgendes …«

Laura klickte ein weiteres Video an. Es war die Sitzung vom 19. Dezember. Sie spulte einige Minuten vor und ließ es laufen.

Der Ted in dem Video war dabei, zu erzählen.

»*Der Typ stand plötzlich vor meiner Tür. Ich hatte ihn noch nie gesehen, und trotzdem wusste ich, dass er Lynch hieß. Und nicht nur das, ich wusste auch, dass ich diese Situation schon einmal erlebt hatte und was der Typ zu mir sagen würde …*«

Laura hielt das Video an.

»Sie hatten den Zyklus verlassen«, erklärte Laura. »Anfangs hatte ich keine Ahnung, warum. Oder ob es dabei bleiben würde. Blieb es auch nicht. Beim nächsten Reset sind Sie wieder zurück an den Anfang gesprungen.«

»Mein Gott, Laura, was ist nur mit mir passiert?«

Laura deutete ein tröstendes Lächeln an.

»Etwas Schlimmes, Ted. Als Dr. Carmichael Sie zu mir brachte, haben Sie sich wahrscheinlich tatsächlich das Leben nehmen wollen, aber nicht, weil Sie einen Tumor haben, sondern aus Gründen, die ich nicht kenne. Sie haben diese Erinnerungen verdrängt und durch andere ersetzt, die Sie nun ständig neu inszenieren.«

»Dann muss ich an diese Erinnerungen herankommen.«

»Daran arbeiten wir, und wir haben bereits große Fortschritte gemacht. Im zweiten Zyklus war Ihnen der erste noch präsent, was einen großen Unterschied bedeutet. Statt Wendell zu erschießen, haben Sie mit ihm gesprochen. Wissen Sie noch, wo?«

»Natürlich, in dem rosaroten Schloss seiner Töchter.«

Laura nickte nachdenklich.

»Dieses Detail fand ich von Anfang an bemerkenswert. Dort enthüllt Wendell Ihnen, dass er und Lynch sich von der Universität kennen und dass es die besagte Organisation gar nicht gibt, dass Lynch das alles nur erfunden hat, um Wendell aus dem Weg zu räumen.«

»Wendell hat mir die Fotos gezeigt«, sagte Ted, der die Szene deutlich vor Augen hatte. »Holly und Lynch in einem Restaurant. Diese Erinnerung muss real sein.«

Laura nickte.

»Gut möglich. Jeder Zyklus ist eine verzerrte Form der Wirklichkeit, die dazu dient, Ihren ...«

»Meinen Schmerz zu lindern«, ergänzte Ted.

»Ja, so könnte man sagen.«

Ted schüttelte den Kopf.

»Eines verstehe ich nicht. Wenn Holly mich mit diesem Kerl betrogen hat, würde ich ihr das nie vorwerfen. Zwischen uns lief es nicht gut. Je länger ich darüber nachdenke, desto sicherer bin ich, dass ihre Untreue nicht der Grund ist, warum ich mir all das zusammenfantasiere ...«

Abrupt hielt er inne.

»Was ist?«

»Haben Sie mit ihr gesprochen, Laura? Haben Sie in all der Zeit mit Holly gesprochen? In diesen ... sieben Monaten? Hat sie es Ihnen bestätigt? Die Affäre, meine ich?«

»Das würde ich lieber später erörtern. Eines muss Ihnen klar sein: Ich bin zwar fast sicher, dass die Zyklen sich nicht wiederholen werden, dass Sie sie für immer hinter sich gelassen haben, aber wir dürfen kein Risiko eingehen. Wir müssen dafür sorgen, dass Sie sich stets auf festem Grund bewegen. Die ersten Tage sind entscheidend, und ich möchte Sie nicht mit zu vielen Informationen auf einmal erschlagen. Es ist wichtig, dass Sie in Ruhe nachdenken über das, was wir hier besprechen. In den nächsten Sitzungen gehen wir dann zeitlich weiter zurück.«

»Kann ich sie sehen?«, fragte Ted unvermittelt. »Ich vermisse sie.«

»Das kann ich gut verstehen, Ted. Ich bin Mutter, und ich weiß, was Sie fühlen.«

»Wenn tatsächlich so viel Zeit vergangen ist ...«

»Sie müssen sich keine Sorgen machen, das versichere ich Ihnen.«

Ted nickte. In diesem Augenblick fiel ein weiterer Groschen. Zum ersten Mal dachte er an Roger.

»Diesen Pfleger, Roger, den habe ich mehrmals gesehen, bei Blaine und bei Wendell.«

»Das sagten Sie bereits. Anfangs war ich ein bisschen unsicher, ob das gut oder schlecht ist. Nichts aus Ihrem Alltag im Trakt B tauchte je in Ihrer Paranoia auf, außer Roger, wahrscheinlich, weil Sie eine enge Beziehung zu ihm aufgebaut haben. Er spielt dort eine ähnliche Rolle wie McManus hier. Einen Tag lang setzte ich einen anderen Pfleger bei Ihnen ein, stellte aber keine Veränderung fest. Roger ist wohl ein weiteres Element, das Ihr Bewusstsein benutzt, um an die Erinnerungen heranzukommen.«

»Die Erinnerungen sind total real, Laura«, sagte Ted und sah Laura verzweifelt an. »Das macht das Ganze so schwierig.«

»Die meisten Ihrer Erinnerungen haben einen realen Hintergrund, Ted. Sie haben sie nur nach Gusto durcheinandergewürfelt.«

»Als ich mich zum zweiten Mal mit Wendell traf, kündigte er mir an, dass Sie mich hier einweisen würden.«

»Für uns war das ein absoluter Glückstreffer.«

»Das verstehe ich nicht.«

»Ich will es Ihnen erklären.« Laura klappte das Laptop zu und schob es beiseite. »Sie sind nur einige wenige Male bis zum zweiten Zyklus gelangt. Fast immer sind Sie im ersten Zyklus hängen geblieben und haben irgendwann wieder von vorne angefangen. Es war frustrierend. Die ganze Zeit habe ich mich gefragt, wie Sie es in den zweiten Zyklus schaffen könnten. Und eines Tages habe ich den Schlüssel entdeckt. Er liegt in Ihrer Vergangenheit, Ted. Mir fiel auf, dass Sie immer dann in den zweiten Zyklus gelangten, wenn Sie von Ihrer Kindheit erzählt haben, besonders von dem Schachunterricht bei Miller. Es war, als würde Sie etwas aus dieser Vergangenheit vorwärtstreiben, raus aus dem ersten Zyklus der Morde und rein in den zweiten Zyklus, in dem Sie akzeptieren, dass Ihre Ehe nicht glücklich war. Verstehen Sie?«

Ted dachte an Miller. Natürlich freute er sich, wenn er an seinen alten Schachlehrer dachte.

»Über Miller zu sprechen hat Ihnen Auftrieb gegeben«, fuhr Laura fort. »Einmal haben Sie mir von dem Hufeisen erzählt, das bei Miller in der Garage hing. Wie es zum Glücksbringer für Ihre Turniere wurde. Und von der Weltmeisterschaft zwischen Aljechin und Capablanca in Buenos Aires. Sie waren mit ganzer Seele dabei. Da dachte ich, wenn ich es irgendwie schaffen würde, dass Sie sich an dieser Vergangenheit festhalten, dann könnte ich Sie ein für alle Mal aus den Zyklen befreien.«

Ted nahm das Hufeisen und legte es auf den Tisch.

»Dass Schach Ihnen wichtig war«, fuhr Laura fort, »hätte mir eigentlich gleich auffallen müssen. Denn auch in den Träumen, die Sie mir geschildert haben, war es präsent.«

»Dieses Hufeisen habe ich bei Wendell gefunden.«

»Nein, Ted. Roger hat es Ihnen gegeben. Sie haben es in Ihre Wahnvorstellung eingebaut, weil es wichtig für Sie war. Es hat also funktioniert. Danach waren wir gespannt, was als Nächstes kommen würde, ob Sie auch den zweiten Zyklus durchbrechen würden. Und tatsächlich, eines Abends, als Roger Sie zum Abendessen abholte, sagten Sie plötzlich zu ihm, Sie wüssten alles – wir würden Sie reinlegen und ins Lavender Memorial einweisen lassen.«

Ted konnte sich ein Lächeln nicht verkneifen.

»Das ist allerdings irgendwie witzig«, sagte er.

Auch Laura lächelte.

»Roger hat es mir sofort berichtet. Wir waren uns einig, dass sich uns hier die einmalige Chance bot, Ihre Wahnvorstellung mit der Realität zu verknüpfen. Aber wir mussten schnell handeln. Also bat ich den Oberarzt, die üblichen Formalitäten umgehen zu dürfen. Wir brachten Sie hierher, und die beiden Welten fügten sich zusammen.«

Die beiden Welten.

Das klang alles zu sehr wie die verrückte Theorie von Mike Dawson.

»Das Hufeisen war entscheidend, Ted. Ich schlage vor, dass Sie es immer bei sich tragen.«

»Und wie soll es weitergehen?«

»Sie haben es geschafft, aus einer gefährlichen Verdrängungsspirale auszubrechen, doch es liegt noch ein gutes Stück Weg vor uns. Wir müssen die letzten Tage vor Ihrem Zusammenbruch rekonstruieren, wir müssen herausfinden, was passiert ist.«

Ted schwieg eine Weile. Schließlich sagte er: »Ich würde gern den Ort sehen, an dem ich die ganze Zeit über gewesen bin. Und auch Ihre Praxis.«

Laura wunderte sich. »Sie wollen sich die Videos noch mal anschauen?«

»Nein, ich will zu den Orten hingehen.«

»Ich weiß nicht, ob das eine gute Idee ist.«

»Es muss sein.«

13

Marcus hatte mit Carmen Schluss gemacht. Endlich! Dass er diesen entscheidenden Schritt nur deshalb getan hatte, weil Laura ihm in der Cafeteria der Klinik versichert hatte, zwischen ihr und ihrem Ex sei es endgültig aus, war ihm etwas peinlich, aber so war es nun mal. Carmen war keine Frau für ihn. Der gute Sex hatte ihre peinliche Frivolität, das verlegene Schweigen zwischen ihnen und ihre ewigen Vorwürfe nicht wettmachen können. Wie wenig Marcus an Carmen und ihrer Welt interessiert gewesen war, hatte sich kaum noch verbergen lassen, und dass es ihr nichts auszumachen schien, hatte die Sache nur noch verschlimmert. Er hatte es ihr am Telefon mitgeteilt, und sie sagte, sie könne es gut verstehen, er solle sich keine Sorgen machen, er dürfe sie jederzeit anrufen, wenn er ein bisschen Spaß haben wolle, sie sei nicht böse auf ihn, er solle nicht immer alles so ernst nehmen, das Leben sei zum Genießen da. Mit anderen Worten: Er bedeutete ihr einen feuchten Dreck. Leb wohl, Carmen. Marcus war gerade fünfzig geworden und hasste das Alleinsein, aber er war noch nicht bereit, sich nur mit den Carmens dieser Welt zu begnügen. Vielleicht ab sechzig.

Jetzt, wo er frei war, wollte er ein altes Ritual wiederaufnehmen: seine Filmsonntage. Er hatte sich im Gästezimmer ein kleines Kino eingerichtet, aber es in seiner Zeit mit Carmen nur einmal benutzt, ganz am Anfang ihrer Beziehung. Bald schon hatte sie ihm gestanden, dass sie sich in geschlossenen Räumen unwohl fühlte, und er hatte es akzeptiert. Ein weiterer Punkt auf der Liste ihrer Unvereinbarkeiten.

Marcus hatte zwei Folgen von *Breaking Bad* aufgenommen, seiner Lieblingsserie. Er machte sich Popcorn in der Mikrowelle, holte ein Bier aus dem Kühlschrank und ging mit einem erwartungsvollen Grinsen im Gesicht ins Gästezimmer. Es gab zwei Reihen zu je drei Sesseln. Er nahm in der hinteren Reihe Platz, genau in der Mitte, und streckte die Beine aus. Das Popcorn und das Bier stellte er auf den Nachbarsitz und griff zur Fernbedienung, die auf einem Bord hinter ihm lag. Er hatte eine für das Licht, eine für die Leinwand und natürlich eine für den Beamer selbst. Nachdem er das Licht heruntergedimmt hatte, aktivierte er die elektrische Leinwand. Mit einem tröstlichen Summen rollte sie sich aus. Kaum war sie unten angekommen, klingelte das Handy.

Sein Ärger verflüchtigte sich, als er sah, dass es Laura war.

»Was für eine Überraschung!«

»Hallo, Marcus.«

Das kurze Schweigen, das folgte, machte ihn nervös.

»Irgendein Problem in der Klinik?«

»Nein. Ich wollte ... Hast du schon was vor?«

»Nein.«

»Wollen wir zusammen Mittag essen gehen?«

Marcus musste kurz innehalten, damit nicht zu offensichtlich wurde, wie sehr er sich freute.

»Gern.«

»Ich möchte mit dir ein paar Fragen im Fall Ted McKay besprechen. Und danach brauche ich dich für einen kleinen Kreuzzug.«

»Ich bin dabei. Und gespannt.«

»Gut so, dann kann ich sicher sein, dass du zu dem Date auch wirklich kommst.«

Date.

»So in einer Stunde, passt dir das?«

»Abgemacht.«

Nachdem Marcus aufgelegt hatte, starrte er zehn Minuten das weiße Rechteck der Leinwand an.

14

Auf dem Weg zu Laura wirbelten ihm allerlei Gedanken durch den Kopf. Hatte er Lauras Anruf richtig gedeutet? Er wollte sich nicht noch einmal irren. Laura wusste natürlich, was er für sie empfand, und auch wenn sie diese Gefühle nicht erwiderte – oder bislang nicht erwidert hatte –,

hatte die Situation sich doch geändert. Jetzt waren sie beide Singles.

Sie hat dich zum Essen eingeladen! Sie hat das Wort Date *benutzt.*

»Das hat sie nur ironisch gemeint«, antwortete er sich selbst mit Blick in den Rückspiegel. »Das ist dir doch klar, oder?«

Ihr ist aber auch klar, dass du sie magst. Und jetzt ruft sie dich an, weil du dich in letzter Zeit klugerweise rargemacht hast. Hat sie dich etwa nicht wissen lassen, dass ihre Ehe endgültig der Vergangenheit angehört?

Richtig.

Als er bei ihr ankam, war es noch nicht einmal zwölf. Laura bat ihn nicht herein, sie müssten sich beeilen, um zwei hätten sie einen Termin, also äßen sie am besten gleich zu Mittag. Sie küsste ihn auf die Wange und ging zum Auto, während Marcus verdattert auf der Schwelle stand und froh war, dass er keine Blumen besorgt hatte. Auch seine Aufmachung – weiße Kaschmirhose, hellblaues Leinenhemd – war viel zu formell im Vergleich zu ihrer Jeans und ihrem karierten Hemd. Laura trug das Haar hochgesteckt und war weniger geschminkt als sonst.

Wolltest du ein Zeichen? Da hast du es. Das hier hat rein gar nichts von einem romantischen Date, mein Freund, sie will mit dir nur über McKay sprechen und dir irgendwo irgendwas zeigen.

Sie aßen im Romanelli, einem Restaurant kurz vor Newtonville, das eine Terrasse mit Blick auf den Charles River hatte. Laura hatte ihm noch nicht gesagt, was sie in Newtonville wollte, und er hatte sie nicht gefragt. Sie bestellten Thunfischsalat. Eigentlich bestellte Laura ihn, und er schloss sich nur an, während er gleichzeitig wehmütig an das Popcorn zu Hause dachte. Andererseits musste er die zehn Kilo wieder abnehmen, die er in den letzten beiden Jahren zugelegt hatte.

Wenn er zehn Kilo abnahm, würde sie in seine Arme sinken.

Manchmal kam er sich lächerlich vor, wenn er sich Chancen bei Laura ausrechnete. Es waren nicht nur die zehn Kilo oder die zwölf Jahre Altersunterschied. Laura hatte diese besondere Ausstrahlung. Wenn sie einen Raum betrat, zog sie sofort die Blicke auf sich. Marcus konnte es täglich in der Klinik beobachten: Wo immer Dr. Hill auftauchte, löste sie sehnsüchtiges Schmachten aus. Warum also sollte sie sich ausgerechnet für ihn interessieren?

»Dann macht McKay also Fortschritte?«, sagte Marcus. Er hatte es auf der Fahrt zum Romanelli mit allen möglichen anderen Themen versucht, war aber immer abgeblitzt. Laura wollte mit ihm nur über den Fall sprechen, der sie so obsessiv beschäftigte.

»Ja! Ich habe dir so viel zu berichten. Ich bin fast sicher, dass er die Zyklen hinter sich gelassen hat. Es ist nur eine Frage der Zeit, bis er sich wieder erinnert.«

»Hast du ihm schon die Aufnahmen gezeigt? Die aus dem Büro von ...?«

Marcus kam nicht auf den Namen.

»Lynch? Nein, noch nicht. Dafür ist es zu früh. Ich habe ihm die Videos aus seinem Zimmer im Lavender gezeigt, und einige von unseren Sitzungen. Es war hart für ihn, und kurz habe ich befürchtet, wir müssten wieder bei null anfangen. Aber nein, er scheint es gut verarbeitet zu haben.«

»Freut mich, Laura, aber jetzt iss was, du hast deinen Salat noch gar nicht angerührt.«

Sie sah zu ihrem Teller, als hätte sie vergessen, dass er dort stand. Sie spießte ein Stück Thunfisch auf die Gabel und führte sie langsam zum Mund.

»Sei mir nicht böse wegen dem, was ich dir jetzt sage, Laura, aber ich finde, du engagierst dich ein bisschen zu sehr für diesen Patienten.«

Sie lachte und zuckte mit den Schultern.

»Ich wusste, dass du das sagen würdest«, antwortete sie leichthin, »dabei überlege ich sogar, ob ich nicht ein Buch über ihn schreiben soll.«

Marcus sah sie ungläubig an.

»Wirklich?«

Laura wurde ernst. Sie sah nach links und rechts und beugte sich leicht nach vorn.

»Darf ich dir etwas gestehen?«

Marcus spürte, wie er sich anspannte.

Jetzt kommt's.

»Dass ich dich nicht reingebeten habe, lag nicht daran, dass wir wenig Zeit hatten. Tatsächlich hatten wir zwar wenig Zeit, aber ich hätte dich trotzdem kurz reinbitten können, und so war es auch geplant. Seit ich mit dir telefoniert habe, saß ich da und habe mir gesagt: Du musst das Wohnzimmer aufräumen, musst klar Schiff machen. Überall liegen die Unterlagen über Ted rum, Fotos, Akten, Zeitungsausschnitte, schrecklich.« Laura lachte wie ein übermütiges Kind. »›Schaff endlich Ordnung!‹, habe ich mir gesagt. Aber ich saß einfach nur so da, bis du geklingelt hast. Nicht mal richtig geschminkt habe ich mich.«

»Du hättest mich trotzdem reinbitten können.«

»Ich weiß, entschuldige, bitte. Aber bei mir herrscht wirklich Chaos. Walter ist den ganzen Tag bei seinem Vater. Und ich habe mich wohl etwas gehen lassen, du weißt schon, ich habe so richtig ausgenutzt, das Haus für mich allein zu haben.«

»Sagst du mir jetzt endlich, was du vorhast?«

»Natürlich! Deswegen sind wir ja hier.«

Laura aß noch etwas von ihrem Salat und nippte zweimal an ihrer Cola, um den Bissen runterzuspülen. Dann wischte sie sich den Mund mit der Serviette ab und begann zu berichten.

»Ted war ein Schachwunderkind. Er hat zwar früh mit dem Schachspielen aufgehört, schon als Jugendlicher, aber die Art, wie ein Schachspieler denkt, legt man nicht einfach so ab.« Laura machte eine Pause. Sie wirkte nicht ganz zufrieden mit ihrer Einleitung. »Nun, in den vergangenen Monaten habe ich viel über Schach gelesen und jede Menge Dokumentarfilme angeschaut. Gestern zum Beispiel eine Sendung über Bobby Fischer. Du weißt, wer Bobby Fischer war, oder?«

»Natürlich. Du warst damals ja noch nicht geboren, aber ich habe das als Junge ziemlich genau miterlebt, was für ein Aufruhr das war, als er gegen diesen Russen, wie hieß er noch ...?«

»Spasski.«

»Richtig, gegen diesen Spasski angetreten ist. Es war eine Sensation, Sowjetunion gegen USA, mitten im Kalten Krieg. Die Partien selbst haben mich als Kind nicht interessiert, aber ich erinnere mich noch gut an die Berichterstattung. Fischer wurde zu einer Art Nationalheld. Was ist eigentlich aus ihm geworden?«

»Weißt du das nicht?«

»Nein.«

»Eine unglaubliche Geschichte.« Laura holte tief Luft. Sie war jetzt in ihrem Element. »Bereits 1972, während der Weltmeisterschaft, zeigten sich bei Fischer erste Anzeichen von Paranoia. Er war damals neunundzwanzig und galt als ein exzentrisches Genie, aber seine Krankheit machte sich im Verlaufe des Wettkampfes immer mehr bemerkbar. Er stellte immer neue Bedingungen, um überhaupt zu spielen, gab sogar eine Partie freiwillig ab, indem er nicht antrat, und beschwerte sich laufend über die verrücktesten Dinge, zum Beispiel, dass die

Fernsehkameras irgendwelche Strahlen aussenden würden, um ihm zu schaden. Er forderte irgendwann, die Kameras zu entfernen, weil die Russen angeblich eine Technologie eingebaut hatten, um seine Konzentration zu schwächen. Spasski und er bestritten einen wahren Marathon an Partien, und am Ende gewann Bobby Fischer und wurde Weltmeister. Danach ... verschwand er. Zwanzig Jahre lang spielte er keine einzige Partie mehr! Er tauchte einfach ab! Zog von Ort von zu Ort, trat nicht mehr öffentlich auf. Eine Zeit lang war nicht einmal klar, ob er überhaupt noch lebte. Du musst bedenken, dass er damals auf der Höhe seiner Leistungsfähigkeit war, auch seines Ruhms. Wie du sagst – er war ein Nationalheld. Schach war sein Leben, seine Passion, sein Schicksal. Und als er ganz oben war, gerade Weltmeister geworden, hörte er damit auf, ganz plötzlich, einfach so.«

»Das wusste ich nicht. Und nach zwanzig Jahren kehrte er noch mal zurück?«

»Genau. Ein Millionär sponserte einen Rückkampf mit Boris Spasski. In Jugoslawien, 1992. Wieder gewann Fischer. Aber es war nur ein kurzes Intermezzo. Schon in den Siebzigerjahren hatte sich Bobby Fischer wenig darum geschert, dass er seinen Weltmeistertitel verlieren würde, wenn er nicht zu seiner Verteidigung antrat. Er gab ihn einfach ab. Zu der Zeit zeigte er bereits erste antisemitische Tendenzen. Die Radiointerviews, die er zum Thema Juden und USA gab, waren schrecklich. Kurz vor dem Showkampf in Jugoslawien warnte ihn die US-Regierung davor, dort zu spielen, und drohte ihm sogar mit Gefängnis. Auch das war ihm egal. In einer Pressekonferenz kündigte er an, er pfeife auf das Verbot der Regierung und trete an. Damals war er bereits ein Schatten seiner selbst. Die Juden und die USA waren sein Dauerthema.«

»Wie traurig. Und? Ist er im Gefängnis gelandet?«

»Die USA ließen seinen Reisepass für ungültig erklären, sodass er in Japan verhaftet wurde. Daraufhin bot ihm Island, wo er einst den WM-Kampf gewonnen hatte, die Staatsbürgerschaft an, und er ließ sich dort nieder. Die Bilder von ihm zu dieser Zeit sind schockierend. Auf Island ist er auch gestorben, 2008.«

»Wurde er nie behandelt? Nach dem, was du erzählst, litt er unter einer akuten Psychose.«

»Das weiß ich nicht. Interessanterweise ist Bobby Fischer nicht der einzige Schachspieler, der unter einer akuten Psychose litt. Es gibt noch einige andere. Natürlich ist Schach nicht die Ursache, aber offenbar ist die geistige Struktur dieser Menschen nicht gerade ideal, um ihre Probleme in den Griff zu kriegen. Schach selbst hat etwas Paranoides.« Laura kicherte nervös. »Man rechnet ständig mit Bedrohungen, die vielleicht nie eintreten werden, analysiert eine Unzahl von Varianten, also mögliche Spielzüge in all ihren schier endlosen Verzweigungen. Wenn man diese Struktur auf die Welt außerhalb des Spielbretts überträgt, endet das in einer Katastrophe.«

»Und du meinst, McKay ist so ein Fall?«

»McKay hat mit Fischer gemein, dass er das Schachspielen abrupt aufgegeben hat. Normalerweise ziehen sich Spieler dieses Ranges ganz allmählich zurück und bestreiten Amateur- oder Showkämpfe. Wenn aber jemand mit schizophrener oder paranoider Veranlagung von einem Tag auf den anderen aufhört, kommt es womöglich zu einer Art von Übertragung. Das Gehirn ist es gewohnt, Varianten durchzurechnen, und fährt einfach damit fort, auch jenseits des Schachs. Das Kuriose an Teds Fall ist, dass er das Schachspielen schon als Jugendlicher aufgab und zwanzig Jahre ein normales Leben führte, bis schlagartig die Wahnvorstellungen einsetzten.«

»Vielleicht blieb diese Denkstruktur die ganzen Jahre über

latent vorhanden, und als die Wirklichkeit ihr ein Objekt bot, hat sie sich wieder aktiviert. Irgendetwas muss den Mechanismus ausgelöst haben.«

»So ist es. Ted hat in den vergangenen Monaten in zwei klar voneinander abgegrenzten und doch ineinander verbundenen Zyklen gelebt, die sich jeweils mehrfach wiederholt haben. Vielleicht ist Zyklus nicht das richtige Wort, vielleicht sollten wir lieber von *Varianten* sprechen.«

»Sind solche Fälle dokumentiert?«

»Nein, es gibt dazu nur Theorien, die wissenschaftlich wenig fundiert sind.« Laura betrachtete ihren halb aufgegessenen Salat. Sie schien ihn erneut vergessen zu haben.

»Du glaubst also, dass das Hufeisen ihm geholfen hat, aus diesen Zyklen herauszukommen, als wäre es eine Art Anker in der Realität?«

»Genau. Als er den ersten Zyklus hinter sich gelassen hatte, dachte sich sein Gehirn einen zweiten aus, eine Variation, die näher an der Realität war. Im ersten Zyklus wusste Ted zum Beispiel nichts von der Untreue seiner Frau. Im zweiten Zyklus gestand er bereits ein, dass die Dinge zwischen ihnen nicht gut liefen.«

Laura sah auf ihre Uhr.

»Musst du los?«, fragte Marcus.

»Wir werden in einer halben Stunde erwartet, aber es ist nicht weit.«

»Wir werden erwartet? Von wem?«

»Das wirst du schon sehen. Bisher war ich Ted in dem, was ich wusste, immer ein gutes Stück voraus, und ich weiß auch jetzt noch mehr als er. Trotzdem gibt es viele Details, die ich nicht verstehe, zum Beispiel ist mir völlig unklar, welche Rolle Edward Blaine bei alldem spielt.«

»Vielleicht hat Ted nur irgendeine Geschichte im Fernsehen

aufgeschnappt und die Informationen benutzt, um das Profil der Person zu erstellen, die er töten musste.«

Laura nickte. »Ja, das habe ich anfangs auch gedacht. Aber heute habe ich die Transkripte der Sitzungen noch mal durchgelesen, und da ist mir etwas aufgefallen ... Vielleicht können wir dadurch überprüfen, ob es so ist, wie du sagst, oder ob es eine komplexere Verbindung gibt.«

»Komplexere Verbindungen? Wovon sprichst du?«

»Komm, ich erklär's dir unterwegs.«

15

Dass Ted die näheren Umstände im Fall Blaine aus Zeitung und Fernsehen kannte, war eine vernünftige These. Über den Mord an Amanda Herdman war in den lokalen Medien tagelang berichtet worden. Die Schwester Amandas, eine theatralische Person namens Melissa Hengeller, hatte es geschafft, dass eine Journalistin des *Boston Star* über den Fall schrieb, und von da an verbreitete sich die Geschichte wie ein Lauffeuer. Sie hatte alle Zutaten, um das Interesse der Öffentlichkeit zu erregen: ein grausamer Mord – anfangs hieß es, der Täter habe einen Hammer benutzt – und eine überraschende Wendung, als Blaine vom Gericht freigesprochen wurde. Hengeller engagierte einen Experten, der den Tod ihrer Schwester untersuchen, neue Informationen sammeln und die alten überprüfen sollte. Was er herausfand, war schockierend. Niemand wusste mit Gewissheit, ob die Hauptleitung der Wäscherei direkt unter Amandas Wohnung tatsächlich bewirkt hatte, dass die Leiche länger warm gehalten wurde und dadurch der Todeszeitpunkt falsch bestimmt worden war. Fest stand jedoch, dass es die Geschichte in ein neues Licht rückte. Hengellers Experten, die Verteidigung und die Staatsanwaltschaft lieferten sich in der Folge einen heftigen Schlagabtausch. Die öffentliche Meinung war geteilt, aber die meisten glaubten Amandas Schwester.

Blaines Haus stand inzwischen zum Verkauf, wie Laura erfahren hatte. Einer Eingebung folgend, hatte sie am Morgen mit dem Immobilienmakler einen Termin vereinbart. Am Telefon hatte der Mann ihr erklärt, heute sei ihr Glückstag, denn er sei gerade in der Gegend und werde ihr am Nachmittag das Haus mit dem allergrößten Vergnügen zeigen. Laura hatte eingewilligt, wobei sie ganz genau wusste, dass der Typ log. Dieses Haus ließ sich garantiert alles andere als leicht verkaufen.

»Jonathan Howard«, stellte sich der Makler vor, mit einem Lächeln, das fast so aussah wie das auf dem Reklameschild im Garten.

Laura gab ihm die Hand.

»Laura Hill, und das ist mein Mann, Marcus«, erklärte sie mit einem neckischen Seitenblick auf ihren Begleiter.

»Fantastisch!«, rief Howard und wandte sich zum Eingang. »Das Haus ist ein wahres Prachtstück, wie Sie gleich sehen werden. Haben Sie Kinder?«

»Ja, eins«, antwortete Laura, ohne zu zögern.

»Fantastisch. Sind Sie aus der Gegend?«

»Nein«, sagte Marcus in seiner Rolle als Bad Cop, »aber wir wissen, was hier passiert ist.«

Howards Gesicht fiel in sich zusammen, aber nur kurz, dann erstrahlte wieder sein breites Lächeln.

»Ah, das! Ja, der Typ musste wegziehen, aber er hat ja nicht lange hier gewohnt, und außerdem hat ihm das Haus nicht gehört. Zum Glück geben die Leute nicht viel auf solche Geschichten, zumal der Mord ja nicht im Haus begangen wurde. Jedenfalls hatte ich bereits mehrere Interessenten.«

»Genau, das habe ich auch zu meinem Mann gesagt«, erklärte Laura, um die Situation zu entspannen.

In einem Punkt hatte Howard recht: Es war ein sehr schönes Haus, das sah man auf den ersten Blick. Kaum zu glauben, dass ein Widerling wie Blaine darin gewohnt hatte. Laura richtete es im Geiste mit ihren Möbeln ein. Sie schlenderten von Zimmer zu Zimmer, und Laura konnte sich davon überzeugen, dass es tatsächlich ein Gästezimmer im Erdgeschoss gab.

Schließlich kamen sie ins Elternschlafzimmer im Obergeschoss. Der Makler ging sofort auf einen begehbaren Schrank zu und bat sie, ihm zu folgen. Offenbar hatte er die Hoffnung, bei Laura punkten zu können, denn er zeigte ihn in aller Ausführlichkeit und forderte sie mit blumigen Worten auf, sich die Regale mit Schuhen vorzustellen, die Fächer mit Kleidern, den kleinen Tisch unter dem Spiegel mit Schmuck. Tatsächlich sah Laura sich mit dem größten Interesse um, aber aus ganz anderen Gründen, als der Makler vermutete. Ted hatte Laura gesagt, er habe unten im Gästezimmer gewartet, weil es oben im Schlafzimmer kein Versteck gegeben habe, und jetzt war da ein riesiger begehbarer Schrank, der ideal gewesen wäre, um sich zu verbergen. Für sie war das der Beweis für ihre These: dass Ted nie in diesem Zimmer gewesen war.

»Könnte ich ein paar Fotos machen?«, fragte sie mit Begeisterung in der Stimme und zog ihre Kamera aus der Handtasche. »Meine Schwester wird Augen machen, wenn sie den sieht.«

»Nur zu!«, ermunterte sie Howard.

Marcus, der gerade aus dem begehbaren Schrank kam, sah sie neugierig an.

Als sie wieder im Erdgeschoss waren, dirigierte Laura Marcus in Richtung Gästezimmer.

»Dürfte ich kurz mit meinem Mann allein sprechen?«

»Natürlich!«

Howard zog sich zurück.

Marcus musterte sie.

»Wozu die Fotos, Laura? Was hast du vor?«

Rasch durchquerte sie das Zimmer, öffnete den Schrank und ging in die Hocke, um unter das Regalbrett zu sehen. Sie erstarrte.

»Was ist?« Marcus ging zu ihr und kniete sich neben sie.

Unter dem Regalbrett befand sich ein Buzz-Lightyear-Aufkleber, exakt wie Ted ihn in den Sitzungen beschrieben hatte.

»Mach die Tür zu«, flüsterte Laura.

Wie zwei Kinder, die Verstecken spielen, krochen sie in den Schrank und machten die Tür zu. Marcus kam gar nicht dazu, sich zu fragen, was der Makler wohl denken würde, wenn er jetzt reinkäme.

Im Dunkeln begann der Buzz-Aufkleber zu leuchten. Laura öffnete die Schranktür wieder.

»Das verstehe ich nicht«, sagte sie, während sie hinauskletterte.

»Was verstehst du nicht?«

Marcus stand ebenfalls auf.

»Das mit dem Aufkleber. Ted hat ihn im Detail beschrieben«, sagte Laura verwundert. »Bis jetzt war ich überzeugt, dass die Episode mit Blaine Teil seines Wahns ist, dass er nie in diesem Haus war. Oben im Schlafzimmer gibt es einiges, was nicht mit seiner Schilderung übereinstimmt, aber das hier ... das beweist, dass er hier war, dass er sich in diesem Schrank versteckt hat.«

»In seiner Schilderung hat er Blaine getötet, oder? Und das ist eindeutig nicht passiert.«

Laura ging in dem leeren Zimmer umher und dachte nach.

»Im ersten Zyklus hat er ihn getötet, im zweiten nicht.«

»Vielleicht hatte er es im zweiten Zyklus nur vor«, gab Marcus zu bedenken.

Laura sah ihn ungläubig an, aber auch irgendwie verstört. Als sie wieder etwas sagte, war es kaum hörbar.

»Das ergibt überhaupt keinen Sinn. Dass Ted hier im Haus war, ist ein Puzzleteil, das einfach nicht passt.«

Als es an der Tür klopfte, zuckte sie zusammen.

»Mr. Hill, Mrs. Hill! Alles in Ordnung? Ich kann Ihnen einen wirklich guten Preis machen, wenn das Haus Sie interessiert. Ich spreche mit dem ...«

Laura öffnete die Tür und sah den Makler mit gespieltem Ärger an.

»Mein Mann ist skeptisch«, sagte sie kurz angebunden. »Und seine Meinung zählt offenbar mehr als meine.«

Sie ging um den Makler herum in Richtung Haustür.

Marcus stand mit dem verdatterten Howard allein im Flur. Der Mann tat ihm leid, schließlich hatte Laura ihn nur benutzt, um in ein Haus zu gelangen, das sie nie zu kaufen beabsichtigt hatte. In diesem Augenblick konnte er sich nur allzu gut in ihn hineinversetzen.

»Bedauere«, sagte er freundlich.

»Wenn Sie bauliche Veränderungen vornehmen möchten – kein Problem. Die Eigentümer sind sicher bereit ...«

Marcus legte ihm eine Hand auf die Schulter.

»Tut mir leid, dass wir Ihre Zeit vergeudet haben.«

16

Es war die erste Nacht in dem Zimmer, das er mit Mike teilte, nur dass sein Zimmergenosse gar nicht da war, sondern im Hochsicherheitsbereich von Trakt C. Ted war dankbar, dass er allein war. Er lag auf dem Bett und betrachtete die grauen Formen dieses unbekannten Territoriums, besonders die Schreibtische zu beiden Seiten des einzigen Fensters.

Auf seinem Tisch stand das Foto von Holly und den Mädchen. Es war an Weihnachten vor drei Jahren aufgenommen worden, als seine Ehe noch intakt gewesen war. Im Mondlicht erkannte Ted nur den Rahmen, aber er hatte jedes Detail des Fotos im Kopf und erinnerte sich noch gut daran, wie es entstanden war. Alle lächelten darauf, außer Nadine, die erschrocken zur Seite schaute. Sie hatten es per Selbstauslöser gemacht. Ted hatte den Knopf gedrückt und schnell seine Position eingenommen, als Nadine bemerkte, dass die Katze des Nachbarn, die oft vorbeikam, um heimlich einen Happen zu ergattern, mit einem Stück Fisch im Maul das Weite suchte. Die Überraschung, als sie die Katze dabei ertappte, wie sie Reißaus nahm, wurde für die Ewigkeit festgehalten. Seither hatte Ted das Foto auf seinem Schreibtisch stehen.

»Und jetzt bist du hier gelandet«, sagte er zu dem Foto.

Ted konnte es kaum fassen, dass er in der Psychiatrie war. Doch im Unterschied zu den vergangenen Tagen, in denen er sich heimatlos gefühlt hatte, spürte er jetzt, dass er am richtigen Ort war. Die Videos, die Laura ihm gezeigt hatte, hatten bei ihm einen tiefen Eindruck hinterlassen. Er war seinem eigenen Wahn in die Falle getappt und trug folglich auch keine Schuld. Und jetzt machte er Fortschritte, oder? Deshalb hatte Laura ihm doch die Videos gezeigt ...

Vielleicht hat sie sie dir schon dreißig Mal gezeigt.

»Nein«, sagte er zu dem Foto, »es war das erste Mal.«

An irgendetwas musste er sich klammern.

Die Einsicht, am richtigen Ort zu sein, war ein großer Schritt nach vorn. Jetzt spürte er es. Jetzt spürte er, dass er das Lavender brauchte, um wieder gesund zu werden, um zu verstehen, warum sich sein Verstand alternative Realitäten ausdachte.

Die Zyklen.

Was verbarg sich hinter ihnen?

Nicht gewöhnen konnte er sich daran, dass er seine Töchter schon seit Monaten nicht mehr gesehen hatte. Wie war er nur auf die Idee gekommen, sich das Leben nehmen zu wollen? *Sie zu verlassen* … Es war undenkbar. Das war ihm jetzt klar.

»Was immer mit eurem Papa nicht stimmt«, sagte er und beugte sich in Richtung Foto, »er wird es überwinden und wieder gesund werden. Euretwegen.«

Er lächelte.

Kurz darauf erlosch das Lächeln. Entsetzt sprang er aus dem Bett. Es war, als hätte sich eine Schleuse geöffnet … Er rannte zur Tür hinaus auf den Gang. Die Lichter waren ausgeschaltet, es herrschte absolute Stille. Ted hätte am liebsten laut nach McManus gerufen, aber der hatte keinen Dienst. Am Ende des Flurs traf er auf den Pfleger, der gerade Fernsehen schaute. Ted hatte ihn noch nie gesehen oder glaubte wenigstens, ihn noch nie gesehen zu haben. Der Mann erschrak, als er Ted erblickte, griff rasch zu dem Funkgerät, das vor ihm auf dem Tisch lag, und drückte auf den Sprechknopf.

»Nein, nein«, sagte Ted und zeigte seine leeren Hände vor, um ihn zu beruhigen. »Es ist alles okay. Ich muss nur mit Dr. Hill sprechen. Es ist wichtig.«

Der Pfleger nahm das Funkgerät wieder vom Mund, beäugte Ted aber weiterhin misstrauisch.

»Das hat Zeit bis morgen«, sagte er. »Gehen Sie wieder schlafen.«

»Es hat eben nicht Zeit bis morgen. Sie hat es mir ausdrücklich angeboten: Wenn ich mit ihr reden will, kann ich sie jederzeit anrufen. Ich schwör's.«

In Teds Blick lag eine Mischung aus Flehen und Entsetzen, wie sie der Pfleger in all den Jahren, die er im Lavender arbeitete, nur selten gesehen hatte.

17

In Lauras Wohnzimmer herrschte tatsächlich große Unordnung. In dieser Hinsicht hatte sie nicht gelogen. Marcus wunderte sich über die auf dem Teppich verstreuten Berichte, Zeitungsartikel und die halb geleerte Tasse Kaffee. Laura lächelte amüsiert.

»Ich hab's dir ja gesagt. Walter ist bei seinem Vater. Und wenn Walter bei seinem Vater ist ...« Sie machte eine ausholende Geste.

»Warum auf dem Boden?«

Nun lachte sie.

»Kindheitsgewohnheiten. Ich habe mit meiner Schwester ein Zimmer geteilt. Wir hatten nur einen Schreibtisch, und den hat sich meine Schwester unter den Nagel gerissen. Da habe ich eben auf dem Boden gelernt, was ich gar nicht so schlecht fand. Und an der Uni habe ich es so beibehalten.«

Laura legte die Dokumente zu einem Stapel zusammen und brachte sie zum Tisch.

»Dieser Fall nimmt dich ganz schön in Beschlag.«

»Möchtest du einen Kaffee?«

»Gern.«

Einige Minuten später saßen sie am Wohnzimmertisch und tranken Kaffee. Laura war nachdenklich.

»Laura, eins versteh ich nicht. Wie kann es sein, dass dein Patient sich den Mord an Blaine zurechtfantasiert?«

»Bevor ich den Aufkleber entdeckt habe, war ich mir absolut sicher, dass die Sache mit dem Mord ein reines Hirngespinst war«, erwiderte Laura. Sie suchte etwas in dem Dokumentenstapel auf dem Tisch. »Schau nur, wie viele Artikel über diesen Fall erschienen sind, alle, bevor Ted eingewiesen wurde. Es lag also nahe, dass die Sache in seinem Denken irgendeinen Widerhall gefunden hatte.«

»Aber wie hat er ihn in seine Paranoia integriert?«

»Er hat geglaubt, er wäre von einer Organisation rekrutiert worden, deren Ziel es ist, bei einem Selbstmord den Hinterbliebenen Leid zu ersparen, indem man ihn als Mord inszeniert. Ein Selbstmörder erschießt dabei den nächsten, aber vorher muss er dafür einen ungesühnten Mord rächen.«

Marcus runzelte die Stirn. »Ganz schön raffiniert.«

»So ist es. Es gibt drei grundlegende Elemente, die den ersten Zyklus mit dem verbinden, was tatsächlich geschah. Da ist einmal der geplante Selbstmord. Ich bin überzeugt, dass Ted vorhatte, sich das Leben zu nehmen, wenn er es nicht gar versucht hat. Dann ist da das Leid der Familie. Ted ist immer wieder darauf zu sprechen gekommen, was beweist, wie sehr es ihn beschäftigt hat, was er mit seinem Selbstmord bei seinen Lieben anrichten könnte. Aber dann ist da noch das dritte Element, der Besuch bei Blaine. Er passt einfach nicht ins Bild.«

Marcus nickte. »Und wenn der Vertreter dieser Organisation ... wie hieß er noch gleich?«

»Lynch.«

»Wenn dieser Lynch ihm nur angeboten hätte, den Selbstmord zu kaschieren, würde das Ganze mehr Sinn ergeben. Doch warum sollte er von ihm verlangen, jemand anderen zu töten?«

»Ich weiß es nicht. Wenn Ted wirklich bei Blaine war, dort in dem Schrank im Gästezimmer, so wie er es in seinem ersten Zyklus geschildert hat, dann weiß ich nicht mehr, was ich denken soll. Irgendeinen Grund dafür muss er gehabt haben.«

»So wie du die Sache schilderst, sind diese Zyklen Variationen von realen Ereignissen, die vor Teds Einweisung geschehen sind.«

»Genau. Alles hat ein reales Fundament. Wie wir jetzt wissen, trifft das sogar für den Besuch bei Blaine zu.«

»Und wenn Ted Blaine tatsächlich aus Rache umbringen

wollte? Wenn er ihm in dem Haus aufgelauert hat, um ihn zu töten, es dann aber nicht konnte?«

Laura dachte nach. Sie trank den letzten Schluck ihres Kaffees.

»Das ergibt nicht viel Sinn und würde die Theorie über den Haufen werfen.« Laura hatte die Brille abgesetzt und massierte sich den Nasenrücken. »Ich dachte, ich hätte alles mehr oder weniger enträtselt.«

»Vielleicht misst du dem Aufkleber eine zu große Bedeutung bei. Vielleicht hat Ted ihn zu irgendeinem anderen Zeitpunkt gesehen, und er ist ihm im Gedächtnis geblieben. Wissen wir, wer früher in dem Haus gewohnt hat?«

»Ich habe den Makler leider nicht danach gefragt«, bedauerte Laura. »Ich könnte ihn noch mal anrufen, aber ich kann mir nicht vorstellen, dass er sehr auskunftsfreudig sein wird nach der kleinen Szene, die wir vorhin aufgeführt haben. Wie auch immer, ich bin mir sicher, dass die Lösung direkt vor unseren Augen liegt, wir können sie nur nicht sehen.«

Marcus schwieg. Laura blickte zur Decke, als stünde dort die Antwort.

»Ich schreibe gerade alles auf, was Ted mir in den Sitzungen erzählt hat. Ich habe die Fragen immer ein bisschen anderes gestellt, sodass eine Art Puzzle entstanden ist. Den ersten Zyklus habe ich fertig. Soll ich ihn dir vorlesen?«

»Warum nicht? Ein Blick von außen wirkt oft Wunder.«

In Lauras Augen lag plötzlich ein eigentümlicher Glanz.

»Was hast du?«, fragte er.

Laura sah ihn weiterhin so rätselhaft an.

»Was?«, fragte er noch einmal. »Hab ich Krümel am Mund?« Er wischte sich mit einem Finger über die Mundwinkel.

»Nein, du Dummerchen.« Sanft löste sie seinen Finger vom Gesicht. »Es hilft mir sehr, mit dir zu reden, das ist alles.«

»Freut mich.«

Er näherte sich ihr ein wenig, weil die Situation es zuließ, ohne dass ein Gefühl von Unbehagen aufkam. »Aber lass das Ganze doch vielleicht bis morgen ruhen, vielleicht siehst du dann klarer. Womöglich ist es einfacher, als es scheint: Ted fand heraus, dass seine Frau eine Affäre hat, und verlor die Kontrolle. Wie geht es Lynch?«

»Er liegt immer noch im Koma. Seine Prognose ist nicht gerade ermutigend.«

»Weiß Ted das?«

»Nein. Er glaubt nach wie vor, dass Wendell der Täter war.«

»Wendell.« Marcus grinste. »Das ist ja ein Witz.«

»Mach dich nicht lustig«, schalt sie ihn mit gespieltem Ärger. »Ich mache mir große Sorgen, wie er es aufnehmen wird, wenn er es erfährt. Es ist die letzte Tür, die wir noch öffnen müssen. Und die gefährlichste.«

»Willst du ihn wieder in deinen Trakt verlegen?«

»Vorerst nicht. Solange er Fortschritte macht, scheint mir das nicht sinnvoll. Außerdem hat er sich mit einigen Insassen angefreundet, darunter Dawson.«

Marcus holte Luft und verzog das Gesicht.

»Toller Freund.«

»Marcus?«

»Ja?«

»Ich bin froh, dass du gekommen bist. Ehrlich.«

Sie legte ihre Hand auf seine. Marcus sah Laura an und wusste nicht, was er tun sollte.

Wenn das der Moment war, sich noch ein weniger weiter vorzubeugen und sie zu küssen, dann wurde er vom Läuten des Telefons zunichtegemacht. Laura stand auf, um ranzugehen, und als sie wiederkam, hatte sich ihre Stimmung völlig verändert. Mit ihrem Exmann zu sprechen versetzte sie regelmäßig in schlechte Laune. Marcus wusste das, sie musste ihm nicht einmal sagen, dass er der Anrufer gewesen war.

»Walter kommt gleich«, sagte sie genervt und schüttelte den Kopf.

Marcus stand auf, weil er ihre Bemerkung als Aufforderung verstand, dass er jetzt besser gehen sollte. Laura sprach mehr zu sich selbst als mit ihm.

»Der Mann ist der Vater, und er schafft es nicht mal, einen ganzen Tag mit seinem Sohn zu verbringen. Ich muss ihn regelrecht darum anbetteln. Heute wollte er erst mit ihm spielen und sich dann mit Walters Cousins im Park treffen. Und jetzt ruft er mich an und sagt, er hätte einen geschäftlichen Termin. Am Sonntag!«

»Beruhig dich, Laura.«

»Ich versteh's nicht. Ich versteh's einfach nicht. Es ist doch nur ein Tag. Was kann wichtiger sein, als Zeit mit seinem Kind zu verbringen?«

Marcus wollte ihr schon vorschlagen, dass er noch bleiben und sich für den kleinen Walter etwas ausdenken könnte, aber er sagte sich, dass er die Dinge nicht forcieren durfte. Also versuchte er, Laura zu beruhigen und sie mit Smalltalk abzulenken. Sogar auf den Fall kam er noch einmal zu sprechen. Aber nichts half.

»Manchmal denke ich, dass er das mit Absicht macht. Er weiß, dass es mich auf die Palme bringt, wenn er sich so wenig für Walter interessiert. Und wenn er mich anruft und sagt, dass ihm etwas dazwischengekommen ist, scheint er das richtig zu genießen, der Mistkerl.«

18

Walter war ein intelligenter und sensibler Junge, vielleicht etwas scheu. Am Wochenende machte Laura ihm immer ein Bad, füllte die Wanne mit Wasser und Schaum, holte ihm einige seiner Lieblingsspielzeuge und setzte sich zu ihm, um mit ihm zu plaudern. Die Plastikenten waren schon vor Jahren Kriegsschiffen, Raumschiffen und Transformers-Figuren gewichen, und vor einigen Monaten hatte Walter ihr mit heiligem Ernst mitgeteilt, er könne nicht mehr nackt in die Wanne gehen, er müsse jetzt seine Badehose anziehen, wenn sie dabei war. Mit der gleichen Feierlichkeit hatte Laura erwidert, sie sei damit einverstanden.

Während sie ihm das Shampoo in die Haare massierte und sorgfältig darauf achtete, dass er keinen Schaum in die Augen bekam, erzählte er begeistert, was er den Tag über mit seinem Vater unternommen hatte. So wie er es schilderte, klang es immer, als spräche er vom lieben Gott persönlich. Aber es sei so schade, dass bei Papa immer was dazwischenkomme und er arbeiten müsse. Laura kniff die Lippen zusammen, als sie das hörte. Die Bewunderung, die Walter seinem Vater entgegenbrachte, war rührend und traurig zugleich. Egal ob sein Vater ihn vertröstete, Pläne absagte, Schulaufführungen nicht besuchte oder Versprechen brach: Walter hatte immer Verständnis für ihn. Laura hatte Scott deswegen schon des Öfteren zur Rede gestellt, und der hatte Walters Verständnis immer als Totschlagargument angeführt. »Du, ich habe mit Walter gesprochen, er hat gesagt, das ist okay.« Dass ein neunjähriger Junge seinen Vater anhimmelt und seine dummen Entschuldigungen akzeptiert, hatte sie ihn angefahren, gebe ihm nicht das Recht, sich wie ein verantwortungsloser Idiot zu verhalten. Doch es lief immer wieder nach dem gleichen Muster ab. Scott hob die Arme, sah zum Himmel und sagte so etwas wie: »Komm mir nicht mit deinem Psycho-Gerede. Der Junge ist intelligent und versteht das besser, als du denkst.« Am Ende dieser Gespräche dachte Laura immer: *Das nächste Mal heiratest du auf keinen Fall den Wichtigtuer mit dem Motorrad.*

Und im nächsten Moment: *Es wird kein nächstes Mal geben.*

»Mami, das Wasser wird kalt.«

»Dann musst du jetzt raus.«

Walter zog den Pfropfen, und gemeinsam sahen sie zu, wie der Schaum sank. Laura drehte den Hahn auf, damit Walter sich abduschen konnte. Als er fertig war, rieb sie ihn mit einem Handtuch ab, trocknete ihm die Haare und hüllte ihn ein.

»Ich bin sehr stolz auf dich«, sagte sie.

»Wieso?«

Weil du dich nie über deinen Vater beklagst.

»Einfach so.«

Eine Stunde später schlief Walter. Laura beschloss, Marcus' Rat zu folgen und an diesem Abend nicht mehr an Ted zu denken. Ein Teil von ihr drängte darauf, die Videos noch einmal durchzusehen, in denen Ted seinen nächtlichen Besuch bei Blaine schilderte, aber sie zwang sich, es nicht zu tun. Sie schenkte sich ein Glas Wein ein und nahm einen Roman von Robin Cook aus ihrer äußerst bescheidenen Bibliothek. Jemand hatte ihn ihr zum letzten Geburtstag geschenkt. Als sie die erste Seite aufschlug, stieß sie auf Marcus' akkurate Handschrift: *Die Heldin dieses Buches hat mich sehr an dich erinnert. Du wirst schon sehen ...* Sie starrte die Widmung an. Sie las sie zum ersten Mal, da war sie sich sicher. Was nur bedeuten konnte, dass sie das Buch noch nie eines Blickes gewürdigt hatte. Sie stellte sich den Moment vor, als Marcus es ihr gegeben hatte, und die Tage danach, da er auf irgendeine Reaktion der Frau gewartet hatte, die der Heldin des Buches so ähnlich war. Ihr Geburtstag war schon sieben Monate her. Sie schüttelte den Kopf. Ihr war bewusst, dass sie Marcus ... Lieber nicht mal denken.

Sie begann zu lesen. Nach dem ersten Absatz hielt sie inne.

Du spielst mit ihm.

»Ich spiele nicht mit ihm«, sagte sie zu dem Weinglas.

Ein bisschen schon.

»Nein.«

Sie war tief in ihre Lektüre versunken, als ihr Handy klingelte. Sie sah auf ihre Uhr: Es war bereits nach zehn. Sie eilte zum Küchentisch, wo das Telefon lag. Es war die Klinik. Ein Nachtpfleger aus Trakt C teilte ihr mit müder Stimme mit, einer ihre Patienten wolle mit ihr sprechen und in der Akte stehe, dass ...

»Ja, bitte geben Sie ihn mir.«

»Laura«, murmelte Ted. »Sie sind tot, stimmt's? Holly, Cindy, Nadine, sie sind alle tot.«

»Ted, was ist passiert?«

»Ich war in meinem Zimmer, und die Wahrheit hat mich getroffen wie ein Schlag. Plötzlich war's mir klar: Sie sind tot.«

»Ihre Frau und Ihre Töchter sind nicht tot«, versicherte ihm Laura. »Das ist die Wahrheit, Ted, hören Sie? Sie glauben doch nicht, dass ich Sie belüge.«

»Ich weiß nicht ...«

»In würde Sie nie anlügen.«

»Aber ...«

»Ihrer Familie geht es gut.«

Ted schwieg.

»Ted?«

»Ich muss sie sehen.«

»Können wir morgen darüber reden?«

»Ich muss sie sehen. Sofort.«

»Ted, ich verspreche Ihnen, dass ich gleich morgen früh mit Holly reden werde. Ich werde ihr sagen, dass es Ihnen besser geht, dass Sie sie sehen wollen. Dann müssen wir abwarten, wie sie reagiert.«

Ted schwieg.

»Warum wollte sie mich in all der Zeit nicht sehen?«

Laura bedauerte, dass sie das Glas Wein getrunken hatte. Sie war müde, hatte das Gefühl, der Situation nicht gewachsen zu sein.

»Sie will, dass es Ihnen gut geht, wenn Sie die Mädchen wiedersehen«, erklärte Laura. »Sie ... Sie erinnern sich doch an die Videos, die ich Ihnen gezeigt habe, oder?«

»Ja.«

»Sie machen Fortschritte. Sie müssen stark sein. Ich werde es Holly erklären und sehen, was sie sagt. Ich werde versuchen, sie davon zu überzeugen, dass es gut ist, wenn Sie Besuch von den Mädchen bekommen. Bestimmt sehnen sie sich danach, Sie wiederzusehen. Aber Sie werden verstehen, wie wichtig es für die Mädchen ist, dass Sie einigermaßen auf dem Damm sind, oder?«

Weil sie keine Antwort erhielt, insistierte sie.

»Das verstehen Sie doch, oder?«

»Entschuldigen Sie, dass ich Sie zu Hause angerufen habe. Aber ich war überzeugt, dass ...«

»Sprechen Sie es nicht aus. Und machen Sie sich keine Sorgen. Morgen rede ich mit Holly, und wir besprechen, was sie dazu sagt, okay?«

Sie verabschiedeten sich. Laura blieb noch eine Weile nachdenklich in der Küche sitzen. Sie hatte gewusst, dass dieser Augenblick irgendwann kommen würde.

19

Die Verandatür war, wo sie sein sollte, kein rosarotes Schloss hatte sie ersetzt. Wäre da nicht die gewaltige Wassermasse, an die Ted sich schon gewöhnt hatte, wäre alles wie immer gewesen. Nicht einmal das Schachspiel lag neben dem Grill. Ted erinnerte sich, dass er in seinem letzten Traum gesehen hatte, wie Holly in Begleitung von Roger aus dem Meer gekommen war, das Schachspiel genommen und es voller Wut in seine Richtung geworfen hatte, bevor sie wieder in die Tiefen des Ozeans entschwunden war. Ted stand am Fenster und streckte den Arm aus, um die Tür aufzumachen. Er tat es halbherzig, weil er wusste, dass er durch eine Laune seines Traums die Schwelle zwischen Wohnzimmer und Veranda nicht überschreiten konnte. Doch diesmal ließ sich die Tür mühelos öffnen. Der Bewegungsmelder schaltete das Licht ein, und Ted hielt inne, um die Szenerie zu betrachten. Das Meer lag ruhig da und warf keine Wellen, und auch die Luft war nicht mit Salz gesättigt, sondern roch nach feuchtem Wald.

»Verstehst du es immer noch nicht?«

Ted zuckte zusammen und sah nach rechts, wo die Veranda sich weiter erstreckte als gewöhnlich. In einiger Entfernung saß Roger in einem Strandstuhl, in seinem weißen Kittel und mit einem strahlenden Lächeln im Gesicht.

»Was verstehe ich nicht?«

Der Pfleger wandte seinen Blick zum Meer, das dunkel mit der Nacht verschmolz. Er antwortete nicht.

»Was verstehe ich nicht?«

Roger machte eine ausholende Armbewegung über die Weite des Ozeans hinweg.

Verstehst du es immer noch nicht?

Plötzlich erlosch das Licht auf der Veranda. Ted wollte gerade den Arm ausstrecken, um es wieder zu aktivieren, als ein blasser grauer Fleck auf dem Meer seine Aufmerksamkeit erregte. Erst dachte er, es sei ein großes Schiff, doch als sich seine Augen an die Dunkelheit gewöhnt hatten, begriff er. Was er da sah, war kein Boot und auch kein Gegensand, der auf dem Wasser trieb. Es war *das andere Ufer*.

Verstehst du es immer noch nicht?

Es gab keine Wellen, und es wehte auch kein Wind, weil das nicht das Meer war, sondern ein See. Kaum war ihm diese Einsicht gekommen, wurde ihm auch klar, dass die Veranda, die sich weiter erstreckte als sonst, keine Veranda war, sondern ein Anlegesteg. Ein Steg, der ihm jetzt nur allzu bekannt vorkam. Er war bei Wendell. Er stellte sich an den Rand des Anlegers und sah nach unten. Dort lag das Boot vertäut, in dem er Wendell zum ersten Mal gesehen hatte.

Beim letzten Mal hatten sich die Wellen noch am Rasen gebrochen, da war er ganz sicher.

»Beim letzten Mal …«, begann er und drehte sich zu Roger um.

Doch Roger war nicht mehr da. Langsam ging Ted auf den leeren Stuhl zu und blickte dabei zu Wendells modernem Haus. Er sah die Verandatür, durch die er von seinem Haus zum Anwesen dieses Mannes gelangt war, von dem er so wenig wusste. Als er den Strandstuhl erreichte, bemerkte er, dass darauf etwas lag. Erst dachte er, es handle sich um den weißen Kittel, als wäre der Pfleger ohne ihn irgendwohin gebeamt worden. Es war aber nicht der Kittel, es war Hollys roter Bikini. Ted ging in die Hocke und nahm ihn in die Hand. Er war noch feucht, als hätte seine Exfrau ihn gerade ausgezogen und dort hingelegt.

Exfrau.

Mit pochendem Herzen suchte er den See ab. Er stellte sich vor, wie sie darin schwamm, nackt.

Aber Holly war nicht da. Nur ihr Bikini. Ted ließ sich auf den Stuhl sinken und knüllte den Stoff zu einem Ballen zusammen. Dann steckte er seine Nase hinein, um zu prüfen, ob er nach seiner Frau roch.

Exfrau.

Verstehst du es immer noch nicht?

Eine Weile saß er so da, genoss das Säuseln des Windes in den Bäumen, das Zirpen der Grillen. Dieser Wald hatte etwas Vertrautes und Beruhigendes. Irgendwann stand er auf, begab sich zum Rand des hölzernen Stegs und stieg die sanfte Böschung zum Ufer hinunter. Dann ging er um das Anwesen herum. Am Vordereingang stieß er auf den schwarzen Lamborghini, der aussah wie ein schlafendes Tier.

In diesem Augenblick meinte er in einem der Fenster des Hauses eine Gestalt wahrzunehmen. Vielleicht war Roger noch da.

Er ging zum Vordereingang, ohne sich sicher zu sein, ob er den Pfleger überhaupt treffen wollte. Als er die Klinke drückte, gab die schwere Tür nach.

In diesem Moment sah er sich selbst. Der Ted, der ihn erwartete, stand auf dem edlen indischen Teppich im Flur und zielte mit der Browning auf ihn. Kurz trafen sich ihre Blicke. Einer der beiden stieß einen überraschten Seufzer aus, als das Pulver explodierte und die Kugel in Teds Stirn einschlug, der zusammensackte. Obwohl der Schuss ihn niedergestreckt hatte, hatte er nur ein leichtes Kitzeln auf der Stirn gespürt. Als er sich dort berühren wollte, stellte er fest, dass seine Arme schlaffe Tentakel waren. Das Blut lief ihm ins rechte Auge, aber er konnte trotzdem sehen, wie Ted aufgeregt hin und her lief.

An seiner Brust vibrierte etwas. Der andere Ted bemerkte es, beugte sich über ihn und suchte in seiner Hemdtasche, bis er das Handy gefunden hatte. Als er es herauszog, war kurz das Display zu sehen, und er erkannte Hollys Gesicht. Der andere Ted sah ihn an.

»Wer ist Holly? Kann sie mir in die Quere kommen, Wendell?«

In seiner Hand spürte er den feuchten Ball, zu dem er Hollys Bikini zerknüllt hatte. Er versuchte, ihn zusammenzupressen, als könnte er sich so an die Realität klammern, an seine Erinnerungen. Doch seine Finger gehorchten ihm nicht. Er fühlte nur ...

Der andere Ted wirkte jetzt sichtlich besorgt. Er las die Nachrichten, die auf dem Handy eintrafen, und sein Gesicht veränderte sich.

Wir sind gleich da. Schluss mit Angeln für heute.

Draußen war das unverkennbare Geräusch des Vans zu hören, der sich auf dem Waldweg näherte. Der andere Ted stellte sich ans Fenster und blickte nach draußen.

»Mist.«

Kurz darauf hielt das Fahrzeug an. Ted spähte angestrengt in Richtung Tür, aber sie lag außerhalb seines Blickfelds. Was er jedoch sah, war, dass der andere Ted in Richtung Küche eilte, um durch die Hintertür zu flüchten. Inzwischen waren die Stimmen von Cindy und Nadine zu hören. Ted wünschte, sie würden nicht eintreten, würden ihn nicht so daliegen sehen, mit einer Kugel im Kopf.

Eine Zeit lang geschah nichts. Dann hörte Ted die Stimme von Cindy.

»Was ist das für ein Zettel an der Tür?«, fragte sie.

»Das ist eine Nachricht«, antwortete ihre Schwester. »Da steht der Name von Mami.«

Obwohl Ted mit einer Kugel im Kopf dalag, konnte er jedes Wort verstehen.

»Was steht da, Mama? Wir wollen wissen, was da steht.«

Eine Pause.

»Warum weinst du, Mama?«

20

Ted saß auf der Bank unter der Kiefer. Er hatte rasch gefrühstückt und war allein. Irgendwann gesellte sich Mike hinzu, der immer einer der Ersten war, die in den Hof kamen. Er war sichtlich gut gelaunt.

»Sieht so aus, als müsste ich meinen Lieblingsplatz von jetzt an mit dir teilen.« Mike hatte sein Buch dabei.

Ted antwortete nicht, sondern starrte mit leerem Blick in Richtung Basketballplatz.

»Du wirst mir hoffentlich nicht sagen: Das Leben ist wie eine Schachtel Pralinen, oder?«, scherzte Mike und setzte sich zu Ted auf die Bank. »Keine Lust zu reden?«

Er schlug sein Buch auf und begann zu lesen. Nach einer Weile stieß Ted ihn, ohne ein Wort zu sagen, an. Mike sah in die Richtung, in die auch Ted sah, zu dem Hintereingang der Klinik, wo Roger stand und ihn herbeiwinkte.

»Was ist?« Mike verstand nicht, was Ted ihm zeigen wollte.

»Kannst du ihn sehen?«, flüsterte Ted.

»Wen? Da ist keiner«, scherzte Mike. Doch als er sah, wie Teds Gesicht sich verdüsterte, beschloss er, dass jetzt nicht die Zeit für Scherze war. »Natürlich kann ich ihn sehen! Das ist der Pfleger aus Trakt B, der deine Ärztin immer begleitet. Roger Soundso.«

Ted riss sich zusammen.

»Alles okay mit dir, mein Freund?«

»Ja, ja.« Ted stand auf. »Wir sehen uns später.«

Er ging auf Roger zu. Der Traum der vergangenen Nacht hatte ihn tief verstört.

Verstehst du es immer noch nicht?

Im Besprechungszimmer erwartete ihn Laura. Ted schlurfte hinein und hielt den Kopf gesenkt. Er machte nicht gerade den Anschein, als brenne er darauf, von seiner Familie zu hören.

»Sind Sie sicher, dass Sie nicht ...?«, sagte Roger zu Laura und deutete auf Teds Handgelenke.

Laura schüttelte den Kopf. Sie hatte beschlossen, auf Handfesseln zu verzichten.

»Soll ich lieber hierbleiben?«, bot Roger an.

»Nicht nötig.«

Der Pfleger wirkte skeptisch, zog sich aber zurück. Ted setzte sich auf seinen üblichen Platz.

»Ted, sehen Sie mich an. Sollen wir unser Gespräch lieber auf ein andermal verschieben?«

»Nein, nein, im Gegenteil, ich muss mit Ihnen sprechen, dringender denn je.«

»Haben Sie heute Ihre Medikamente genommen?«

»Natürlich. Ihre Freunde lassen mir ja keine andere Chance«, scherzte er.

Laura lächelte.

»Ich habe mich gefragt, ob man Ihnen ein Beruhigungsmittel gegeben hat. In Ihrer Akte ist nichts vermerkt.«

»Nein, kein Beruhigungsmittel.«

»Ich weiß, dass Sie sich nichts sehnlicher wünschen, als mit Holly zu sprechen. Deswegen dachte ich ...«

Ein hoffnungsvolles Lächeln erhellte Teds Gesicht.

»Haben Sie mit ihr gesprochen?«

»Ja. Ich soll Ihnen ausrichten, dass die Mädchen Sie gern besuchen können, dass sie weiß, wie sehr Sie sie lieben und umgekehrt. Cindy und Nadine vermissen Sie, aber sie verstehen, dass Sie im Krankenhaus bleiben müssen, damit Sie wieder gesund werden können.«

»Vielleicht haben Sie recht, vielleicht warten wir besser noch ein bisschen. Ich wollte nur wissen, ob es ihnen gut geht.«

»Ganz wie Sie wünschen, Ted. Darf ich fragen, was Ihre Meinung geändert hat?«

»Gestern habe ich wieder von der Veranda geträumt. Nur dass ich sie diesmal verlassen und bis zum Meer gehen konnte, das aber gar kein Meer war, sondern ein See.«

Laura suchte in ihrer Tasche nach dem Aufnahmegerät. Ted hatte noch nie geträumt, dass er sich von dem Haus entfernte. Das konnte bedeuten, dass ...«

Ihre Erregung wuchs. Sie legte das Aufnahmegerät auf den Tisch und bat ihn, den Traum so detailgenau wie möglich zu schildern. Ted begann zu erzählen. Nichts hatte sich beim Aufwachen verflüchtigt, alles war noch da, in seinem Kopf, so lebendig, als wäre es ein Film, den er gerade gesehen hatte.

Nur ein Detail ließ er aus, weil er es für irrelevant hielt und es außerdem besonders schmerzhaft für ihn war: Hollys feuchten Bikini, den er auf dem Strandstuhl gefunden hatte.

Als er fertig war, schaltete Laura das Aufnahmegerät aus, steckte es zurück in ihre Tasche und nahm ihr Notizbuch zur Hand.

»Laura, Sie haben jetzt mit Holly gesprochen, mit Dr. Carmichael und vermutlich noch anderen Leuten, die mit mir zu tun haben. Haben Sie auch Wendell erreicht?«

Laura schluckte. Die Frage erwischte sie kalt.

»Ted, der Traum von gestern Nacht wird Ihnen helfen, die Wahrheit zu erkennen.«

»Ich verstehe nicht.«

»Hören Sie, Ted, es ist nicht leicht, Ihnen das zu erklären, Ted, aber ... Sie selbst sind Wendell.«

21

Laura hatte von Anfang an gewusst, dass Wendell nicht real war, sondern eine von Ted erzeugte Abspaltung seiner selbst. Holly hatte ihr bestätigt, dass das Haus am See ihnen gehörte, dass sie eine Zeit lang fast jedes Wochenende dort verbracht hatten, dass Ted aber in der Zeit vor den Ereignissen – seit es in ihrer Ehe nicht mehr so gut lief – meist allein hingefahren war. *Er* war derjenige, der gern angelte, *er* war der Besitzer des schwarzen Lamborghini, den er hütete wie ein weiteres Kind, er hatte auch das Disneyschloss errichten lassen, von dem er in den Sitzungen so oft erzählte.

Er war es auch, der Lynch an der Universität kennengelernt hatte. Damals waren sie enge Freunde gewesen, aber mit den Jahren verloren sie sich aus den Augen, ohne den Kontakt ganz abreißen zu lassen. Holly versicherte ihr, dass die Ehe mit Ted längst gescheitert gewesen war, als ihre Beziehung mit Lynch begann. Beide waren sich einig gewesen, dass sie einen Schlusspunkt setzen mussten, und sie hatten es nur deshalb nicht getan, weil sie den richtigen Moment abwarten wollten, um es den Mädchen zu sagen.

Holly und Lynch gingen sehr diskret vor. Nur einmal wurden sie etwas leichtsinnig, als sie sich in einem Restaurant trafen, in dem sie dann prompt fotografiert wurden. Sie wollten einen normalen Abend miteinander verbringen, ohne sich verstecken zu müssen, und fuhren in getrennten Autos in das rund fünfzehn Kilometer entfernte Beverly. So naiv waren sie, dass sie aus lauter Übermut einen Tisch am Fenster wählten. Immer wenn jemand dort vorbeiging und sie sah, scherzten sie sogar darüber. Holly hatte nicht bemerkt, dass ein Privatdetektiv ihr von Boston gefolgt war.

Holly behauptete, Ted habe als Erster aufgehört, sie zu lieben. Er sei von Natur aus verschlossen und grüblerisch und habe sich in den letzten Monaten sogar von ihr zurückgezogen.

Ted habe es zu überspielen versucht, aber irgendwann habe es sich nicht mehr leugnen lassen. Sex hatten sie immer seltener, irgendwann gar nicht mehr. Er ergriff nicht mehr die Initiative, also übernahm Holly monatelang diesen Part, weil sie glaubte, das Begehren könne wieder aufflammen wie ein erlöschendes Feuer, in das man ein neues Holzscheit wirft. Doch es war demütigend, um einige Minuten mechanischer Leidenschaft betteln zu müssen. Holly machte sich selbst etwas vor und akzeptierte seine Ausflüchte: die Arbeit, die Mädchen, die noch wach seien. Doch irgendwann spürte sie es nicht nur, sie *wusste* es. Sie wurde nicht mehr begehrt. Es war, als habe ihr jemand eine Augenbinde abgenommen. Ted verreiste ein- oder zweimal im Monat, um seine wichtigen Kunden zu besuchen, Kunden, die er als Chef der Firma selbst betreute, siebenstellige Kunden, wie er immer zu Holly sagte, die man im persönlichen Gespräch über ihre Investitionen auf dem Laufenden halten musste. Ted war immer mindestens drei Tage weg, meist sogar eine Woche, und wenn er wiederkam, war er besser gelaunt als bei seiner Abreise, brachte den Mädchen Geschenke mit, zeigte sich von seiner Schokoladenseite. Später im Bett klappte es dann auch wieder mit dem Sex.

Doch dann stellte sich sofort der Alltag wieder ein. Ted wich ihr aus, war schlecht gelaunt, verzog sich lieber an den See, um zu angeln. Holly wusste nicht, ob es womöglich eine andere Frau gab. Aber sie begriff sehr wohl, dass ihr Mann nur dann Glück empfand, wenn er weit weg von ihr war.

Stolz war Holly darauf nicht, aber sie musste überprüfen, ob seine Geschäftsreisen auch wirklich stattfanden. Sie rief in der Firma an, sprach mit Teds Sekretärin, mit seinem Kompagnon, aber sie konnten seine Reisen nur bestätigen. Entweder hatte er es sehr gut geplant, oder er betrog sie nicht. Doch wer war schon eine ganze Woche auf Geschäftsreise? Danach gefragt, antwortete er ihr, dass er die Zeit zwischen zwei Terminen zum Angeln nutze, und auch das konnte sie bei seinem Angelclub in Vermont verifizieren. Falls Ted ihr untreu war, dann ging er jedenfalls wesentlich vorsichtiger vor als sie, die einige Wochen später mit ihrem Liebhaber in einem Restaurant direkt am Fenster zu Abend aß.

Irgendwann gab Holly auf. Ob Ted sie betrog oder nicht, änderte nichts an der Situation. Und es kam noch etwas hinzu: Ohne es recht bemerkt zu haben, hatte sie irgendwann aufgehört, ihn zu lieben. Wenn sie ehrlich war, dann war die Lustlosigkeit ihres Mannes ihr inzwischen sogar willkommen. Es war, als hätten sie ein stillschweigendes Abkommen getroffen. Fast wünschte sie sich, dass es eine andere Frau gab, es hätte vieles einfacher gemacht.

Eines Tages kam Justin Lynch zu Besuch. Ted war nicht da, auch die Mädchen nicht. Holly verstand sich gut mit ihm. Sie tranken ein Glas Wein, unterhielten sich, und zwei Stunden später hatte Holly ihm alles erzählt. Alles. Justin hatte nicht gewusst, wie es um die Ehe seines Freundes bestellt war, und schon gar nicht, ob Ted eine Geliebte hatte. Sein Freund hatte nie etwas in dieser Richtung angedeutet. Ansonsten war Justin sehr zurückhaltend, entschuldigte sich bald und brach wieder auf. Doch dass die Chemie zwischen ihm und Holly stimmte, war offensichtlich, und so wurde Justin ihr Vertrauter und Verbündeter.

Als die Situation unhaltbar wurde, beschloss Holly, mit Ted zu reden, ihm zu sagen, was zu sagen war. Sie schlug vor, sich scheiden zu lassen, und Ted war sofort einverstanden. Zu der Zeit begann Ted unter Kopfschmerzen zu leiden. Sein Körper rebellierte. Holly und Justin trafen sich unterdessen weiterhin als Freunde, doch die Gefühle, die sie füreinander empfanden, wurden zunehmend leidenschaftlicher. Dass Holly sich mit Ted auf eine Scheidung geeinigt hatte, löste den Knoten, und aus der Freundschaft wurde eine Affäre. Beide redeten sich ein, dass Ted ebenfalls eine andere habe, aber es war eine Selbstlüge, die es ihnen erleichtern sollte, mit ihren Schuldgefühlen zurechtzukommen.

Holly wusste nicht, dass Ted zu jener Zeit Dr. Carmichael wegen eines Gehirntumors aufsuchte. Und noch viel weniger wusste sie von seinem Plan, sich umzubringen.

Ebenfalls erst sehr viel später erfuhr sie von dem Privatdetektiv und den Fotos im Restaurant. Denn Ted stellte weder sie noch Lynch zur Rede, sondern bewahrte die Fotos im Safe auf. Sie lebten weiter wie gehabt, in diesem Übergangszustand, bevor sie sich dazu entschlossen, den Kindern und den engsten Familienangehörigen zu erzählen, dass sie sich scheiden lassen würden. Paradoxerweise funktionierte das Zusammenleben in dieser Zeit besser als zuvor.

Wie Holly Laura erzählte, fand sie die Fotos erst später, als sie den Safe gewaltsam öffnen ließ. Aber das war vier Wochen später! Einen ganzen Monat lang lebte Ted mit ihr zusammen, ohne ein Sterbenswörtchen zu sagen, als wäre ihm das alles egal.

Warum wartete Ted einen Monat ab? Einen Monat, bis er Lynch in seinem Büro aufsuchte und ihn mit einer schweren Tischlampe übel zurichtete. Einen Monat, bis jemand im Stockwerk darunter die Schläge und Schreie hörte und die Polizei verständigte, die Ted in der Eingangshalle antraf, die Lampe auf den Knien und über und über mit dem Blut seines Freundes besudelt. Als der Polizist, der ihn entdeckte, ihn fragte, wie er heiße, erwiderte er zunächst, er wisse es nicht, und gab kurz darauf an, sein Name sei Wendell. Man nahm ihn fest und fand heraus, dass sein wirklicher Name Theodore McKay war.

Lynch wurde ins Krankenhaus eingeliefert und notoperiert. Zunächst waren die Ärzte optimistisch, dass die lebensbedrohliche Gehirnschwellung durch Ableitung von Hirnflüssigkeit rasch abklingen würde. Doch ihre Hoffnungen wurden enttäuscht. Noch immer lag Lynch im Koma.

Holly besuchte ihn jede Woche. Justin hatte kaum Verwandtschaft. Es war erschütternd, ihn immer allein anzutreffen, ans Bett gefesselt, in Erwartung eines Wunders, das vielleicht nie geschehen würde. Holly konnte nicht mit Bestimmtheit sagen, ob sie sich in ihn verliebt hatte, nur dass sie auf dem besten Weg dahin gewesen war. Sie fühlte sich verantwortlich. Wieso hatte sie nicht besser aufgepasst? Laura riet ihr, eine Therapie zu beginnen, was ihr sehr half. Niemand hatte ahnen können, dass Ted, ein so friedlicher, immer gesprächsbereiter Mensch, die Entdeckung ihrer Untreue einen ganzen Monat für sich behalten würde, um dann zu explodieren wie ein Vulkan.

Ted wiederum fiel in einen katatonischen Zustand. Er wurde ins Lavender Memorial eingeliefert. Dr. Laura Hill nahm sich des Falls an und setzte sich sofort mit Dr. Carmichael in Verbindung, der Ted bis dahin behandelt hatte.

22

Ted hörte Laura zu, ohne sie zu unterbrechen. Als sie ihm sagte, dass er Lynch lebensgefährlich verletzt hatte, zeigte er sich überrascht, wenn auch nicht übermäßig.

»Liegt er immer noch im Koma?«

»Ja, allerdings.«

»Es besteht kein Zweifel, dass ich es war, richtig?«

Laura schüttelte den Kopf.

»Es muss eine Erklärung dafür geben«, sagte Ted und schüttelte seinerseits den Kopf. »Warum sollte ich einen Freund ins

Koma prügeln? Dass er eine auf Gegenseitigkeit beruhende Affäre mit meiner Frau hatte, kann nicht der einzige Grund gewesen sein. Und ich neige doch nicht zu maßloser Gewalttätigkeit. Mag sein, dass ich mich aufgeregt habe, aber doch nicht so sehr, dass ich jemand fast umbringe. Dahinter muss noch etwas anderes stecken.«

»Die Antwort befindet sich in Ihrem Kopf. Und in dem von Lynch, der uns aber bis auf Weiteres nichts sagen kann.«

»Mein Gott ...«

»Seien Sie nicht so streng mit sich, Ted. Als Sie diese Tat begangen haben, ging es Ihnen sehr schlecht. Das gilt auch für die Zeit davor. Holly meint, es passt überhaupt nicht zu Ihnen, dass Sie die Fotos einen Monat lang versteckt und nicht zur Sprache gebracht haben.«

Er nickte.

Es musste noch etwas anderes dahinterstecken. Was, war reine Spekulation, denn an seine Freundschaft zu Lynch konnte Ted sich nicht erinnern. Vielleicht wusste er etwas über ihn, das ihn auf den Gedanken gebracht hatte, Holly könnte in Gefahr sein.

»Woran denken Sie?« Laura hatte bemerkt, dass er ein besorgtes Gesicht machte.

»Hat Holly etwas über Lynch gesagt? Etwas erwähnt, das ihr nicht ganz koscher vorkam? Wenn sie eine Affäre mit ihm hatte, ging sie wohl davon aus, dass er ein guter Mensch war, aber Sie wissen ja am besten, dass wir uns manchmal auf die falsche Person einlassen.«

»Ja, davon kann ich ein Lied singen. Hören Sie, Ted, ich will ehrlich zu Ihnen sein. Holly hat mir gesagt, das Lynch ein ruhiger und rücksichtsvoller Mensch ist. Obwohl er und Holly Gefühle füreinander entwickelten, hielt er sich so lange zurück, bis die Scheidung zwischen Ihnen und ihr abgemachte Sache war. Justin wollte mit Ihnen sprechen und Ihnen alles erklären. Das heißt natürlich nicht, dass da nicht noch etwas anderes sein kann, aber fest steht, dass Holly große Stücke auf ihn hält.«

»Holly hat ein gutes Gespür für Menschen. Ihre Einschätzung von Lynch wird bestimmt richtig sein.«

»Trotzdem denke ich wie Sie, Ted«, sagte Laura. Sie kramte in einer Mappe, die mehrere Plastikumschläge enthielt. »Irgendetwas hat dazu geführt, dass Sie so extrem auf Lynch reagiert haben. Vielleicht haben Sie etwas rausgefunden, als Sie den Privatdetektiv angeheuert haben. Ich habe nicht mit ihm gesprochen, aber Holly, und laut Holly hat er nur den Auftrag ausgeführt und Ihnen die Fotos übergeben.«

»Dieser Detektiv heißt Pitterstone, oder?«

»Sie erinnern sich an ihn?«

»Wendell hat mir von ihm erzählt ... Gütiger Himmel, ich rede die ganze Zeit von jemandem, den es gar nicht gibt. Wie ist das möglich?«

»Ihre Freundschaft mit Lynch, seine Beziehung zu Holly, das Haus am See, das gehört alles zu Wendell. Ihr Bewusstsein hat diese Informationen in einem eigenen Archiv abgelegt. In gewisser Weise könnte man sagen, dass Sie keinen Zugang dazu haben. In Ihrem Kopf gibt es offenbar ein Zimmer, das für Sie verschlossen ist.«

Mach die Tür auf.

Laura sprach langsam. Es war, als prüfe sie bei jedem Wort, ob Ted es auch wirklich verstand.

»Was haben Sie da?«, fragte Ted. Laura hatte ein Foto aus der Mappe gezogen. Sie reichte es ihm.

Es zeigte Ted und Lynch, als sie noch jung waren, auf einer Party im Studentenwohnheim der Universität, wie sie grinsend neben einem Poster von Uma Thurman in *Pulp Fiction* standen. Das Poster weckte augenblicklich Erinnerungen in Ted. Es hing auf dem Flur genau neben seinem Zimmer und zeigte Uma Thurman, die mit dunkler Perücke lasziv auf einem Bett liegend eine Zigarette in der Hand hielt. Der Ted auf dem Foto sah gut aus, war schlank, hatte lange Haare und trug ein Bandana wie Axl Rose. Lynch neben ihm hatte das gleiche joviale Lächeln im Gesicht wie der Lynch, der in seiner Fantasie an der Tür geklingelt hatte. Er sah umwerfend aus.

»Ich erinnere mich noch gut an das Poster. Aber nicht an Lynch. Sieht so aus, als hätten wir uns nahegestanden.«

Laura nickte. Sie legte das Foto zurück in die Mappe.

»In meinem Traum vom Haus am See war etwas neu«, sagte Ted. »Diesmal kam mir der Ort vertraut vor. Außerdem ist mir heute beim Aufwachen etwas aufgefallen: Ich konnte mir Wendells Gesicht nicht richtig vergegenwärtigen, ich wusste nicht mehr, welche Augenfarbe er hatte, und sein Gesicht war verschwommen. War er schlank? Hatte er eine Brille auf? Ich konnte es nicht sagen.«

»Apropos Wendell, ich muss Sie noch etwas fragen. Hat der Name irgendeine Bedeutung für Sie?«

Ted überlegte.

»Wenn Sie damit meinen, ob ich jemanden mit diesem Namen gekannt habe, lautet die Antwort nein. Zumindest soweit ich mich erinnere, was unter diesen Umständen nicht gerade viel heißt.«

Laura nickte.

»Ich kann nicht glauben, dass ich jemanden ins Koma geprügelt habe«, sagte Ted und fasste sich an den Kopf.

»Hören Sie auf zu grübeln, Ted. Ich bin überzeugt, dass sich ein Teil Ihrer Psychose bereits entwickelt hatte, als das mit Lynch passierte. Eine ganze Weile vorher. Ich habe viel darüber nachgedacht, ob ich Ihnen enthüllen soll, dass es Wendell nicht gibt, dass er in Wirklichkeit ein Teil Ihrer selbst ist, der sich hinter dieser Maske verbirgt.«

»Haben Sie Angst, ich könnte wieder in einen der Zyklen zurückfallen?«

»Nein, das glaube ich nicht. Dafür haben wir zu große Fortschritte gemacht.«

»Wie meinen Sie das?«

»Denken Sie an den ersten Zyklus. Da wollten Sie sich wegen eines Gehirntumors das Leben nehmen. Gleichzeitig mussten Sie Wendell töten, den Teil in Ihnen, der die Wahrheit über Hollys Affäre wusste und der für den Übergriff auf Lynch verantwortlich war. In gewissem Sinn ist das der perfekte Zyklus. Meine Theorie ist: Sie wollten sich nach dem Vorfall mit Lynch das Leben nehmen, aber dann hat es in Ihrem Verstand einen Kurzschluss gegeben, und Sie haben es nicht getan. Stattdessen hat Ihr Verstand sich diesen Zyklus ausgedacht, in dem Sie Wendell töten und mit ihm alles, was er repräsentiert.«

»Ich verstehe, worauf Sie hinauswollen«, sagte Ted. »Im ersten Zyklus hatte ich nicht einmal Probleme mit Holly.«

»Es war der perfekte Selbstmord.«

»Und Blaine? Was hat der mit alldem zu tun?«

Es war die Frage, die Laura das größte Kopfzerbrechen bereitete, jedenfalls seit sie den Buzz-Lightyear-Aufkleber entdeckt hatte. Sie zog es vor, der Frage vorerst auszuweichen und ihm die Antwort zu geben, die sie ihm vor einigen Tagen gegeben hätte.

»Sie mussten irgendwie den Mord an Wendell rechtfertigen, also hat Ihr Verstand sich diese überaus originelle Geschichte ausgedacht, in der Selbstmörder sich gegenseitig töten. Immerhin mussten Sie einen Menschen ablenken, der kurz davorstand, Selbstmord zu begehen. Und wie macht man das am besten? Indem man ihm vor Augen führt, welche Auswirkungen ein Selbstmord auf die Familie haben wird. Ich bin mir sicher, dass diese Frage die entscheidende Rolle gespielt hat. Verstehen Sie jetzt, warum ich von einem perfekten Selbstmord spreche? Sie haben sogar das Problem gelöst, wie Sie geliebten Menschen unnötiges Leid ersparen können. Der Fall Blaine war in den Tagen vor Ihrer Einweisung ins Lavender in allen Medien. Ich habe jede Menge Zeitungsartikel dazu gesammelt. Wahrscheinlich haben Sie den Fall dazu benutzt, um Ihren Zyklus zu entwerfen.«

»Warum waren unsere Therapiegespräche Teil dieser Zyklen? Warum konnte ich mich im Gegensatz zu meinem restlichen Leben im Lavender an die Gespräche erinnern?«

»Zunächst konnten Sie sich auch an die Gespräche nicht erinnern. Erst als wir anfingen, Ihre Vergangenheit zu rekonstruieren, gelang es uns, in diese Zyklen vorzudringen, sie zu durchbrechen. Haben Sie das Hufeisen dabei?«

Ted nickte. Er spürte das Gewicht in seiner Hosentasche.

»In dem Moment tauchten auch die ersten Unstimmigkeiten innerhalb des ersten Zyklus auf. Zum Beispiel die Erinnerungen an Ihre Töchter, wie sie zum Eingang des Hauses am See rennen. Das war Ihr Unbewusstes, das versuchte, das idyllische Ende zu torpedieren und Wendell zu demaskieren.«

Ted nickte staunend. Er fing an zu begreifen.

»Deshalb habe ich ihn im zweiten Zyklus nicht getötet«, sagte er, während er die Geschehnisse noch einmal Revue passieren ließ.

»Genau. Im zweiten Zyklus wussten Sie, dass Wendell und Lynch sich kannten, dass sie Studienfreunde waren. Es war bereits Ihre Geschichte, Ted! Sie haben lediglich Ihre Verbindung zu Lynch entdeckt. Wendell wollte aber nicht demaskiert werden, denn das hätte bedeutet, dass dieser Teil von Ihnen ans Licht gekommen wäre. Deshalb hetzte er Sie gegen Lynch auf, indem er Ihnen die Fotos aus dem Restaurant zeigte. In diesem zweiten Zyklus waren Sie sich ja der Probleme mit Holly schon bewusst. Sie kamen der Wahrheit immer näher.«

»Und deshalb versuchte Wendell auch, mich gegen Sie und Roger aufzuhetzen. Mein Gott, der Typ kommt mir nach wie vor so real vor!«

»Hören Sie zu, Ted. Da drin, in Ihrem Kopf«, sagte Wendell, beugte sich vor und tippte mit dem Zeigefinger an Teds Stirn, »sind gewisse Informationen, die Sie kompromittieren. Mich auch, das will ich gar nicht leugnen.«

»Jetzt verstehe ich, warum Holly mich nie sehen wollte«, sagte Ted.

»Eigentlich ist es so, dass sie Sie sehr gern besuchen würde. Ihr ist inzwischen klar, dass Sie Lynch unter normalen Umständen nichts angetan hätten. Sie ist voller Hoffnung, dass Sie durch die Behandlung hier wieder ganz wie früher werden.«

»Dann will sie mich also tatsächlich besuchen?«

Laura nickte.

»Und? Sind Sie einverstanden?«

Sie lächelte. »Nach den Fortschritten, die Sie gemacht haben, befürworte ich, dass die Mädchen Sie besuchen können. Holly hat gesagt, sie kommt gern vorbei, wenn wir sie darum bitten.«

Eine Mischung aus Glück und Angst befiel Ted, aber die Erinnerungen an die glücklichen Momente mit seinen Töchtern überwogen – eine rasche Bilderfolge aus Umarmungen, Küssen, Gutenachtgeschichten. Die Tränen ließen nicht lang auf sich warten. Zum ersten Mal, seit er ins Lavender eingewiesen worden war, zum ersten Mal seit sieben Monaten, weinte er.

23

Marcus gab gerade seiner Sekretärin Claudia Bescheid, dass er nicht gestört werden wolle, weil er Abrechnungen durchsehen und sie der Direktorin schicken müsse, als Laura den Flur entlangkam und seine Prioritäten sich schlagartig änderten.

»Laura!«, rief er, lauter als beabsichtigt.

Claudia, die ihn besser kannte als er sich selbst, warf ihm über ihre runde Brille hinweg einen Blick zu, der zwischen Vorwurf und Mitleid schwankte.

»Bist du beschäftigt?«, fragte Laura, als sie sein Büro betraten.

»Nicht mehr als üblich. Du siehst glücklich aus. Wie kommt's?«

»Bin ich so leicht zu durchschauen?«

»Heute schon.«

»Ich bin tatsächlich sehr zufrieden«, sagte sie und setzte sich in den Stuhl, der vor Marcus' Schreibtisch stand. »Ich habe mit Ted über das gesprochen, was er Lynch angetan hat, auch über Wendell, überhaupt über alles. Gestern hatte er einen Traum, in dem er es fast selbst herausgefunden hätte. Ich habe einfach gespürt, dass es der richtige Moment war.«

»Freut mich sehr.« Marcus räumte die Papiere beiseite, die seinen ganzen Schreibtisch bedeckten.

»Bist du wirklich nicht zu sehr beschäftigt?«

»Nein, nein«, sagte er leise. Claudia war zwar sehr diskret, aber er wollte trotzdem nicht bei einer solch offensichtlichen Lüge ertappt werden. Er hätte die Berichte schon längst durchgehen müssen, und im Grunde zählte jede Minute, aber dass Laura sich an ihn wandte, war ihm so wichtig, dass er sie auf gar keinen Fall auf später vertrösten wollte. Lieber riskierte er einen peinlichen Anruf der Direktorin, als dass er Laura abwies.

»Ich glaube, ich bin ganz nah dran, Marcus.«

»Freut mich für dich.«

»Du hast auch deinen Anteil daran, so schnell wirst du mich jetzt nicht mehr los.« Sie zwinkerte ihm zu.

Marcus hatte hinter seinem Schreibtisch Platz genommen. Er lachte. »Ich bin mir nicht so sicher, ob das gut oder schlecht ist. Jedenfalls musst du mir eines versprechen: Wenn du dieses Buch schreibst, erwähn bitte nicht, unter welchen Umständen McKay in meinen Trakt verlegt wurde.«

»Apropos, ich habe mich dafür nie richtig bei dir bedankt. Ich weiß, dass dieser Fall zu einer wahren Obsession für mich geworden ist. Du musstest mir nicht helfen. Danke, dass du es trotzdem getan hast.«

So viel Dankesbezeugung machte ihn nervös. Er wusste nicht, was er antworten sollte. War das wieder so ein Spielchen von ihr? Damit er sich Hoffnungen machte? Würde sie ihn um einen weiteren Gefallen bitten? In der Vergangenheit hatte er seine Unfähigkeit, weibliche Signale im Allgemeinen und Lauras im Besonderen richtig zu deuten, nur zur Genüge bewiesen.

»Wie gesagt, schön zu hören, dass es was genützt hat.«

»Ich bin aber nicht nur deswegen hier. Und schon gar nicht, um dich von deinen Abrechnungen abzuhalten«, sagte Laura und deutete auf die Papiere, die Marcus zu einem Stapel zusammengelegt hatte.

Jetzt kommt's.

»Darf ich dich zum Abendessen einladen? Bei mir?«

Marcus hatte mit allem gerechnet, nur nicht damit. Blitzschnell wägte er alles ab. Wenn sie ihn zu sich nach Hause einlud, musste er mit Walter vorliebnehmen, was ihm nichts ausmachte, was aber jede romantische Anwandlung im Keim ersticken würde. Andererseits – wenn sie ihn an ihrem Familienalltag teilnehmen ließ, war dies womöglich eine viel bedeutendere Geste. So oder so war er hocherfreut.

»Natürlich.«

»Schön. Passt dir morgen um sieben?«

»Passt.«

»Ich werde meine Schwester bitten, Walter zu nehmen. Er ist total gern mit seinen älteren Cousinen zusammen. Sie verwöhnen ihn immer.«

Marcus brauchte eine Weile, bis er reagieren konnte. War das ein Date?

Laura stand auf. »Dann sehen wir uns morgen«, sagte sie. »Und jetzt lasse ich dich weiterarbeiten.«

Sie lächelte ihm noch einmal zu, bevor sie die Tür schloss.

Im Vorzimmer unterdrückte Laura ein Kichern. Ihn so unverhofft zum Abendessen einzuladen war ein bisschen boshaft von ihr gewesen. Marcus hatte erwartet, dass sie ihn wieder mal um einen Gefallen bitten würde, aber garantiert nicht, dass sie ihn zu sich nach Hause einlud.

Claudia, die Lauras Grinsen bemerkt hatte, durchbohrte sie mit dem Blick eines Wachhunds. Laura riss sich sofort zusammen und verabschiedete sich mit einem leichten Nicken.

Wenn schon Spielchen spielen, dann richtig, oder?

24

Walter saß auf dem Sofa im Wohnzimmer, neben ihm lagen sein Rucksack und eine Tasche mit ausgewählten Spielsachen. Tante Dedee würde ihn zwar erst um sieben abholen, aber er hatte darauf bestanden, schon früher abmarschbereit zu sein. *Falls Tante Dedee eher kommen sollte.* Walter schlief nie woanders – auch nicht bei seinem Vater, denn der hatte sich nicht einmal die Mühe gemacht, ihm ein Zimmer einzurichten –, außer bei seiner Tante Dedee und seinen Cousinen Grace und Michelle. Für ihn waren diese Besuche nicht nur ein Abenteuer, sondern auch eine Herausforderung. Sie blieben bis spät auf, spielten im Garten Zeltlager oder Detektiv und tausend andere Sachen. Grace, die mit vierzehn die Älteste war, passte auf sie auf und las ihnen Geschichten für Erwachsene vor. Horrorgeschichten.

Als Laura die Treppe herunterkam, saß er still und erwartungsvoll auf dem Sofa, den Rucksack und die Tasche mit dem Spielzeug umklammernd, bereit, sofort aufzuspringen, sobald es klingelte. Ein Gefühl zärtlicher Liebe durchströmte sie. Er saß genauso da, wie wenn er auf seinen Vater wartete.

»Kommt sie auch wirklich, Mama?«, fragte er.

Diese ewige Angst, enttäuscht zu werden, war eine Reaktion auf die Eskapaden seines Vaters. Ein Grund mehr für Laura, ihren Ex zu hassen.

Sie setzte sich zu ihm. »Natürlich kommt sie.«

Walter entspannte sich. Erst in diesem Augenblick schien er zu bemerken, wie fein seine Mutter sich gemacht hatte und dass sie sogar geschminkt war. Er sah sie von oben bis unten an.

»Ist Marcus dein neuer Freund?«

Laura amüsierte seine Frage, aber als sie Walters ernstes Gesicht sah, riss sie sich zusammen. Sie lächelte sanft.

»Marcus ist ein Arbeitskollege, mit dem ich auch sonst vieles gemeinsam habe.«

Walter nickte. Das Geräusch eines Autos erregte seine Aufmerksamkeit, aber als er feststellte, dass es nicht vor dem Haus hielt, wandte er sich wieder seiner Mutter zu.

»Du hast ja ein Kleid an.«

»Gefällt's dir?«

»Ja.« Walter schwieg eine Weile, dann sagte er: »Papa hat auch Freundinnen. Marcus könnte doch dein Freund sein.

Grace hat auch einen Freund, aber das ist ein Geheimnis, Tante Dedee weiß nichts davon.«

»Mama hat gerade keinen Freund. Wenn sich das ändert, sage ich es dir, okay?«

Walter nickte.

In diesem Augenblick kam Dedee. Walter sprang vom Sofa auf und rannte, ohne seine Sachen loszulassen, zur Tür. Er kam seiner Tante zuvor, die gerade die Klingel drücken wollte.

»Wie geht's meinem Lieblingsneffen?«

Dedee nahm Walter fest in die Arme.

»Ich dachte schon, du kommst nicht. Und Grace und Michelle?«

»Die sind zu Hause und warten auf dich. Ich bin ein bisschen spät dran, weil ich vorher noch einiges erledigen musste.«

Ohne die Umarmung zu lockern, spähte Dedee über Walters Schulter hinweg. Als sie sah, was Laura anhatte, sagte sie lautlos »Wow«, was ihre ältere Schwester genau registrierte.

»Jessica Rabbit würde vor Neid erblassen«, sagte Dedee.

Laura verzog ihr Gesicht.

»Wer ist Jessica Rabbit?«, fragte Walter.

»Niemand«, sagte Laura. »Deine Tante ist halt eine kleine Spottdrossel.«

»Stimmt«, erwiderte der Kleine, ohne zu begreifen, wovon die Erwachsenen redeten.

»Okay, Walt, wir fahren besser los. Michelle fragt schon den ganzen Tag nach dir.«

»Tschüs, Mama.« Walter strahlte übers ganze Gesicht. Er ging zu Laura, und sie bückte sich, um ihm einen Kuss zu geben.

Dedee nutzte die Gelegenheit und hob den Daumen, um Laura zu verstehen zu geben, dass sie mit dem Kleid voll und ganz einverstanden war.

»Grüß die Mädchen von mir«, sagte Laura. »Ich wünsch euch viel Spaß.«

»Und ich dir«, antwortete Dedee, als sie die Schwelle überschritt.

Laura begleitete sie nach draußen in den Vorgarten und winkte ihnen nach. Sie stand auch noch dort, als das Auto längst in die Embers Street eingebogen war.

Als sie wieder drinnen war, überprüfte sie, ob das Fleisch im Ofen schon gar war. Sie hatte sich für Kalbskoteletts mit Roter Bete und Rettich entschieden, die ohne großen Aufwand zu kochen waren. Der einzige Nachteil war, dass man sie über eine Stunde schmoren lassen musste, aber jetzt waren sie fast fertig.

Marcus war pünktlich. Er überreichte ihr den Wein, den er extra besorgt hatte, und lobte ihr Kleid. Auch er hatte sich in Schale geschmissen, feine Hose, Leinenjackett. Dazu trug er einen grauen Hut, den Laura noch nie gesehen hatte.

»Es duftet köstlich!«

»Wie du weißt, ist Kochen nicht meine Stärke, aber einige Gerichte habe ich schon in petto. Komm, lass uns ein Glas Wein trinken, bis das Fleisch durch ist.«

Der Tisch war gedeckt, aber statt sich zu setzen, dirigierte Laura Marcus in Richtung Wohnzimmersofa. Sie plauderten ein wenig über dies und das, über Walter, über die Klinik. Irgendwann kamen sie wie selbstverständlich auf das Thema Kino zu sprechen, von dem sie wussten, dass es sie beide interessierte, als ein scheinbar harmloser Satz von Marcus sie auf ein Thema brachte, das er lieber vermieden hätte: seine kürzlich beendete Beziehung mit Carmen. Laura fragte ihn direkt danach, und als Antwort fiel ihm lediglich ein, dass er jetzt, wo er nicht mehr mit ihr zusammen sei, mehr Zeit habe, um seinen kleinen Vorführraum zu nutzen. Er wusste, dass er eigentlich noch mehr hinzufügen sollte, dass die Zeit, die er nun fürs

Filmegucken übrig hatte, kein Gradmesser für eine Beziehung war. Das Problem war nur, dass er dafür erläutern musste, warum Carmen nicht die richtige Frau für ihn gewesen war und wie die ideale Frau für ihn sein müsste: eine, die nicht nur Spaß haben wollte, die Zukunftspläne hatte, Träume, die seine Arbeit verstand und wertschätzte ... Mit anderen Worten: dass die Frau, die all diese Kriterien erfüllte, gerade neben ihm saß.

Marcus umschiffte die Klippe, indem er gar nichts sagte. Sein Interesse an Laura war seit Längerem offensichtlich. Und das Offensichtliche nicht beim Namen zu nennen änderte ja nichts an der Tatsache. Sie saßen beide hier im Raum, oder etwa nicht? Schick angezogen, bei einem Glas Wein, in Erwartung des Essens. Es war ein Date. Diese Einladung war der Startschuss, damit Marcus endlich handelte. Das Schreckliche war, dass er keinen klaren Gedanken fassen konnte. Sollte er näher an sie heranrücken und sie küssen? Sollte er ihr sagen, dass er praktisch ständig an sie dachte? Er wusste es nicht. Sein Verstand hatte sich zweigeteilt: Er fuhr in einem Zug, in dem die Ideen sich schwerfällig bewegten, während draußen alles vorbeiraste.

Das Essen verlief entspannt. Das Fleisch war köstlich, und Marcus gestattete sich, einfach den Augenblick zu genießen. Er würde Laura nicht sagen, dass er immerzu an sie dachte, beschloss er, während er ein Stück Rote Bete zum Mund führte.

»Ich habe deinen Text über den ersten Zyklus gelesen«, sagte er. Laura hatte ihm das Dokument gemailt.

Eigentlich hatte er sich vorgenommen, bis zum nächsten Tag zu warten. Es war ihm vor lauter Glückseligkeit so rausgerutscht, nun blieb ihm nichts anderes übrig, als diesen Weg zu Ende zu gehen.

»Was hältst du davon?«, fragte Laura, die sich offensichtlich freute, dass er das Thema anschnitt.

»Ich habe ihn gestern in einem Rutsch durchgelesen«, sagte Marcus. Es war unglaublich, wie schnell er sein Selbstbewusstsein wiedererlangte, wenn er über Dinge sprach, von denen er etwas verstand. »Und ich fand ihn höchst interessant. Jetzt verstehe ich auch deine ...« Marcus zögerte. »... die Hingabe besser.«

Laura lachte. »Nenn es ruhig Obsession.«

Marcus lachte ebenfalls. »Ja, deine Beschäftigung mit diesem Fall hat tatsächlich etwas Obsessives. Zunächst mal scheint mir deine Art der Darstellung gelungen: Aus der Perspektive des Patienten zu erzählen ist sehr effektvoll. Für Ted war jeder Zyklus real, und daher ergibt es Sinn, alles aus seiner Perspektive zu betrachten. Ich glaube, das war auch der Grund, warum mir etwas Interessantes aufgefallen ist.«

Laura sah ihn erwartungsvoll an. »So, was denn?« Sie erhob sich. »Aber warte kurz. Hilf mir erst mal, alles in die Küche zu bringen. Dann machen wir einen Kaffee, und du erzählst mir alles. Ich kenne mich, wenn ich erst mal anfange, kann ich nicht mehr aufhören.«

Genau das befürchtete Marcus auch.

»Einverstanden.«

Zweimal gingen sie zwischen Wohnzimmer und Küche hin und her und begegneten sich auf halber Strecke, als wäre es ein vertrautes Alltagsritual. Marcus stellte sich vor, es wäre wirklich so, und ein Schauder lief ihm über den Rücken. Was für ein Kindskopf er doch war.

Als der Kaffee fertig war, setzten sie sich wieder ins Wohnzimmer.

»Ich bin wie du der Meinung, dass der erste Zyklus ein in sich vollendetes Wahngebilde ist«, sagte Marcus. »Wendell repräsentiert all das, was Ted an sich selbst verachtet. Dass er ihn abgespalten hat, um ihn zu töten, scheint mir nachvollziehbar. Der Aufkleber im Haus von Blaine lässt nur eine logische Schlussfolgerung zu: dass alle Sequenzen dieses Zyklus eine reale Grundlage haben.«

»Stimmt«, pflichtete Laura ihm bei.

»Wenn du erlaubst, fasse ich alles noch einmal zusammen. Dann überlegen wir gemeinsam, wo was von der Realität abweicht. Das scheint mir der vielversprechendste Ansatz zu sein.«

Laura hörte ihm aufmerksam zu, die Hände um ihre Tasse Kaffee verschränkt.

»Fangen wir mit dem Selbstmord an«, fuhr Marcus fort, »mit dem Moment, in dem der junge Lynch eingreift und seinen so ungewöhnlichen wie verlockenden Vorschlag macht. Bis hierhin ist es einfach: Ted wollte sich das Leben nehmen, aus Gründen, die wir nicht kennen, und als er zur Tat schritt, wurde er von etwas oder jemandem unterbrochen. Vielleicht tatsächlich von Lynch, nur aus einem ganz anderen Grund als dem, an den Ted sich zu erinnern meint.«

»Ich glaube nicht, dass es Lynch war, aber ich stimme mit dir überein, dass Ted sich das Leben nehmen wollte.«

»Das zweite Ereignis ist der Mord an Blaine. Ted war bei ihm zu Hause, versteckte sich im Schrank und sah den Aufkleber. Er wollte Blaine nicht ermorden, aber er war da, wir haben den Aufkleber mit eigenen Augen gesehen. Und dieser Aufkleber ist genau das Puzzleteil, das nicht passt.«

»Darüber habe ich auch nachgedacht. Ich glaube, wir können ausschließen, dass Ted den Aufkleber irgendwann früher gesehen hat, als das Haus noch einen anderen Besitzer hatte zum Beispiel. Denn wäre es so gewesen, woher hätte er wissen sollen, dass später Blaine darin wohnen würde? Das ergibt keinen Sinn.«

»Richtig. Es wäre unmöglich, den Aufkleber und die Zeitungsnachrichten über Blaine zu verknüpfen. Wir können also davon ausgehen, dass Ted kürzlich in dem Haus war und sich in diesem Schrank versteckt hat. Ab da weicht die Realität von der Wahnvorstellung ab, in welche Richtung, wissen wir nicht. Würdest du wirklich ausschließen, dass er Blaine umbringen wollte?«

»Ja. Was er Lynch angetan hat, war etwas anderes, das geschah aus dem Affekt.«

Marcus nickte. »Da hast du recht. Weiter: Die nächste Episode ist der Besuch bei Robichaud, dem alten Schulfreund und Anwalt. Du hast mit dem Mann gesprochen, oder?«

»Ja. Aber er hat mir nicht viel mehr erzählt als das, was in meinem Text steht. Ted hat ihn gebeten, sein Testament aufzusetzen. Er brauchte einen Anwalt, der nicht aus seinem üblichen Umfeld stammte, was angesichts der Umstände durchaus nachvollziehbar ist.«

»Trotzdem, die vielen Schulfreunde bei Robichaud, die er seither nicht mehr gesehen hatte, sprechen dafür, dass ihn sein Gewissen plagt, weil er einige von ihnen ziemlich mies behandelt hat. Du lagst goldrichtig mit deiner Idee, Teds Vergangenheit aufzuarbeiten, besonders seine Leidenschaft für Schach, um ihn in die Realität zurückzuholen.«

»Danke. Das Thema Schach war die ganze Zeit da, in all seinen Träumen, als hätte er extra einen Köder ausgelegt. Ich wünschte, ich hätte es früher bemerkt.«

»Das hätte nicht viel geändert. Vielleicht hätte es nicht einmal funktioniert.«

»Mag sein.«

»Wenn wir der Chronologie folgen, kommt jetzt der Besuch in Lynchs Büro«, sagte Marcus. »Und genau darauf will ich hinaus. Die Grenze zu finden zwischen Realität und Paranoia ist der Schlüssel. Wir wissen, dass Ted das Büro aufgesucht hat und dort erst einmal nur auf Nina stieß, Lynchs Sekretärin. Nina wiederum behauptet, sie sei an diesem Tag später gekommen, richtig?«

»Ja.«

»Und wenn sie lügt? Wenn wie beim ersten Zyklus dieser Teil tatsächlich stattgefunden hat?«

Laura schwieg. Sie dachte nach.

»Hat die Polizei das überprüft?«, fuhr Marcus fort.

Laura schüttelte den Kopf. Sie hatte den Detective, der die Ermittlung geführt hatte, einen jungen Beamter namens Carl Braugher, zweimal getroffen, seit Ted ins Lavender eingewiesen worden war. Allem Anschein nach hatte er sich voll und ganz auf den Täter konzentriert, und da die Polizei Ted am Tatort aufgegriffen hatte, die blutverschmierte Lampe noch in der Hand, und außerdem überall seine Fingerabdrücke gewesen waren, war der Fall von Anfang an klar gewesen. Wieso also überprüfen, ob die Sekretärin in einer so nebensächlichen Frage gelogen hat?

»Was ich damit sagen will«, fuhr Marcus fort, »jede Sequenz des ersten Zyklus hat einen realen Kern, also könnte es sein, dass Ted Nina an jenem Tag doch gesehen hat. Denn falls dem nicht so wäre, wieso hätte er sie in den Zyklus einbauen sollen? Sie erfüllt keinerlei Zweck, zumindest keinen, der auf den ersten Blick erkennbar wäre. Bei ihr liegt der Fall anders als bei den Schulfreunden im Haus von Robichaud.«

Laura hatte Teds Begegnung mit Nina keine besondere Bedeutung beigemessen, sondern sich vor allem auf sein Gespräch mit Lynch konzentriert. Jetzt begriff sie, dass dies ein Fehler gewesen war. Marcus hatte völlig recht. Wieso sollte er die Sekretärin in seine Wahnvorstellung einbauen, wo sie doch angeblich an jenem Tag später gekommen war? Wozu? Sie erinnerte sich an etwas, das ihr Vater, ein begeisterter Krimileser, immer gesagt hatte: Wenn ein Detail nicht ganz stimmig ist, konzentriere dich darauf, denn dahinter verbirgt sich garantiert eine größere Sache. Nina schien ein solches Detail zu sein.

»Laut Ted«, fügte Marcus hinzu, »lässt er sie gehen, als Lynch eintrifft, und Lynch wiederum bittet sie, nicht die Polizei zu rufen. Könnte es nicht sein, dass Teds Wahn genau in diesem Moment einsetzt?«

Laura wurde von einer Unruhe erfasst, wie jemand, der kurz vor der Entdeckung einer Wahrheit steht. Was Marcus da sagte, ergab absolut Sinn. Sie sprang auf.

»Was ist?« Marcus sah sie überrascht an.

»Warte mal kurz«, sagte sie und lief aus dem Zimmer.

Nach einer Minute kam sie mit einer gelben Mappe wieder.

»Das ist eine Kopie des Polizeiberichts«, verkündete sie. »Braugher hat ihn mir gegeben, nachdem ich ihm erklärt hatte, wie wichtig er für Teds Behandlung sein könnte.«

»Ein bisschen unvorsichtig von dem Mann.«

»Ich kann sehr überzeugend sein, wenn die Situation es erfordert«, sagte sie und schüttelte ihr Haar. Sie schlug die Mappe auf. »Ninas Adresse muss hier irgendwo sein, schließlich hat sie eine Zeugenaussage gemacht.«

Marcus nutzte schamlos aus, dass sie ganz in die Lektüre des Dokuments versunken war, um sie unverhohlen anzustarren. Bei den Fotos aus Lynchs Büro hielt Laura inne: einige Übersichtsaufnahmen, eine Nahaufnahme der Opfers, eine weitere Nahaufnahme der bronzenen Tischlampe, mit der Lynch zusammengeschlagen worden war, der Wunde auf seinem Kopf, der Hämatome und Wunden in seinem Gesicht ... Eine Aufnahme zog Lauras Aufmerksamkeit besonders auf sich, und sie betrachtete sie lange. Marcus beugte sich vor, um sie ebenfalls genauer unter die Lupe zu nehmen, aber er konnte nichts Ungewöhnliches entdecken. Sie zeigte das Vorzimmer.

»Da«, sagte Laura und deutete auf Ninas Schreibtisch.

Dort lag die Dunkin-Donuts-Schachtel.

»Das sind die Donuts, die Nina an dem Tag mitgebracht hat«, erklärte Laura. »Sie hat Ted sogar einen angeboten.«

»Stimmt. Noch so ein merkwürdiges Detail, das uns hätte auffallen müssen. Es beweist, dass Nina und Ted sich begegnet sind. Sie war also schon da, als Lynch eintraf.«

Sichtlich ungeduldig stand Laura auf.

»Das ist doch nicht zu fassen! Wie kommt es, dass sie nichts gesagt hat?«

»Wenn die Sache so abgelaufen ist, wie wir das vermuten, dann hatte Ted Lynch noch nicht geschlagen, als sie aufbrach. Es war, so musste sie denken, eine Angelegenheit unter Freunden.«

»Aber er hatte eine Waffe!«

»Wenn Lynch sie bat, nicht die Polizei zu rufen, dann hat sie sich wahrscheinlich daran gehalten. Und als sie am nächsten Tag erfuhr, dass ihr Chef im Koma lag und der Täter gefasst war, fand sie es nicht mehr nötig, darauf hinzuweisen, dass sie zur Tatzeit dort war. Was hat sie denn ausgesagt?«

»Dass sie sich den Vormittag freigenommen habe, um persönliche Sachen zu erledigen. Ich bezweifle, dass Braugher das überprüft hat.« Laura blätterte in dem Bericht. »Hier ist es. Angeblich hatte sie einen Termin beim Optiker. Adresse und Telefon sind angegeben. Ich fahre gleich morgen hin, auf dem Weg zur Klinik.«

»Soll ich dich begleiten?«

»Nicht nötig.« Laura setzte sich dicht neben Marcus. »Weißt du, was das womöglich bedeutet? Wenn Nina einen Teil des Gesprächs mitbekommen hat, von dem echten Gespräch, dann finden wir womöglich heraus, warum Ted dermaßen die Beherrschung verloren hat. Marcus, du bist ein Genie!«

Vor lauter Freude legte Laura ihre Hände auf Marcus' Wange. Einen Augenblick lang war er sich sicher, dass sie ihn küssen würde. Dass dieser Kuss nicht Ausdruck ihrer Leidenschaft, sondern der Freude über ihre Entdeckung wäre, scherte ihn wenig. Doch nach einem kurzen, wenn auch intensiven Blick löste sie ihre Hände wieder und wich zurück. Immerhin hatte Marcus etwas in ihren Augen gesehen. Auch sie war sich unschlüssig, also musste er die Initiative ergreifen.

Tat er aber nicht.

Stattdessen sprachen sie weiter über den Fall, planten den Besuch bei Nina am folgenden Tag. Marcus führte die ganze Zeit über einen Kampf gegen seine innere Stimme, die ihm sagte, dass ihm die Zeit ausging, dass er etwas unternehmen musste, dass die Chance bald vorbei war und dass es immer schwieriger werden würde, ihr seine Gefühle zu gestehen. Sogar Laura schien verwirrt. Es kam zu unbehaglichen Pausen, subtilen Blicken des Unverständnisses. Doch nichts verlieh Marcus das nötige Selbstbewusstsein, um den Sprung ins Leere zu wagen. Seit seiner Jugend hatte er sich nicht mehr so dämlich angestellt. Er wusste, wie man mit einer Frau umging, er hatte es schon oft bewiesen. Bei Carmen war es kinderleicht gewesen: Er hatte sie in einer Konditorei allein an einem Tisch sitzen sehen und einfach angesprochen. Innerhalb kürzester Zeit hatten sie geplaudert wie zwei alte Bekannte. Bei Laura war es anders. Die Vorwände waren ihm ausgegangen, er hatte sie alle schon benutzt. Übrig blieben nur Besorgnis und Verwirrung.

Schließlich sagte Laura, sie sei ein bisschen müde und wolle am nächsten Tag in aller Frühe bei Nina vorbeifahren, um sie auch garantiert anzutreffen. Marcus erwiderte, auch er sei müde. Er bat sie, ihn anzurufen und ihm zu sagen, wie es gelaufen sei, und sie versprach es zu tun. Schweigend gingen sie zur Haustür. Auf dem Weg dorthin kamen sie am Spiegel vorbei, und Marcus sah sich und Laura aus den Augenwinkeln: schick angezogen für einen besonderen Anlass. Er kam sich dumm vor. Es wäre an ihm gewesen, dem Abend die entscheidende Wende zu geben, und er hatte es nicht getan. Er war dabei, eine einmalige Gelegenheit zu verpassen. Er verharrte, sah zu Boden, als hinge er einem bedeutenden Gedanken nach (was er im Grunde ja auch tat). Es war seine letzte Chance.

»Es war ein sehr schöner Abend«, sagte er.

Reglos stand er da. Laura wartete, solang sie konnte. Schließlich trat sie näher an ihn heran, legte ihm eine Hand auf die Schulter und küsste ihn auf die Wange.

»Fand ich auch. Ich rufe dich morgen an.«

Auf seinem Weg durch den unbeleuchteten Vorgarten drehte sich Marcus noch zweimal um und winkte Laura zu, während er sich innerlich schwerste Vorwürfe machte. Laura war nur noch eine dunkle Gestalt. Ihr Gesicht war kaum zu erkennen, doch ihm schien, als würde sich ein Anflug von Enttäuschung auf ihm zeigen.

25

Laura nahm an, dass Nina am Samstag nicht arbeiten würde, aber sie wollte kein Risiko eingehen. Um halb acht klingelte sie an der bescheidenen Wohnung in der Merrimack Street. Sie hatte kaum geschlafen, teils weil der Abend mit Marcus nicht ganz wie erhofft verlaufen war, teils weil sie sicher war, dass Lynchs Sekretärin ihr etwas zu sagen hatte. Etwas höchst Aufschlussreiches.

Ein verquollenes Gesicht zeigte sich am Fenster und verschwand wieder. Kurz darauf öffnete eine ungekämmte und schlecht gelaunte Nina die Tür gerade einmal weit genug, um sie anblaffen zu können.

»Wer sind Sie?«

»Nina Jones?«

»Wer?«

»Ich bin Dr. Laura Hill. Ted McKay ist mein Patient.«

Sie wartete, ob Nina eine Reaktion zeigen würde. Aber sie hatte ihre Augen, geblendet von der Morgensonne, zu zwei Schlitzen zusammengekniffen und schüttelte nur den Kopf.

»Ich kenne keinen ...«

»Der Mann, der Ihren ehemaligen Chef zusammengeschlagen hat«, fiel Laura ihr ins Wort. Sie hielt die Mappe hoch. »Ich weiß, dass Sie an dem betreffenden Morgen im Büro waren.«

Nina zögerte einen Moment, dann öffnete sie die Tür.

»Es ist noch nicht mal acht«, murrte sie. Sie trug eine weite Bluse und Shorts. Als sie auf dem Absatz kehrtmachte und zu einem Tisch ging, auf dem leere Flaschen und mehrere Teller und Plastikbecher standen, ging Laura ihr hinterher.

»Wie war Ihr Name?«

»Laura Hill.«

Nina nickte.

»Wissen Sie was über Lynch?«

»Er liegt nach wie vor im Koma. Die Prognose ist nicht günstig.«

»Tut mir leid, tut mir wirklich leid.« Nina setzte sich auf einen Stuhl und zog die Knie zu sich heran. »Ich habe nicht lang für ihn gearbeitet und ihn kaum kennengelernt. Er war sehr zurückhaltend und ein bisschen merkwürdig. Aber ein guter Mensch. Musste der Kerl, der ihn zusammengeschlagen hat, denn nicht ins Gefängnis?«

»Ted McKay wurde ins Lavender Memorial Hospital eingewiesen. Er liegt in der geschlossenen Abteilung.«

Nina nickte erneut, aber jetzt wirkte sie überrascht.

»Ich verstehe, dass Sie es nicht für nötig hielten, Detective

Braugher gegenüber zu erwähnen, dass Sie da waren. Das müssen Sie auch jetzt nicht tun, aber für mich könnte das, was Sie gehört haben, wichtig sein.«

Nina schüttelte den Kopf, aber nicht sehr energisch. Laura hatte sich darauf eingestellt, all ihre Überredungskünste anwenden zu müssen und, falls nötig, mit der Polizei zu drohen, aber vor ihr saß eine wehrlose, verängstigte Frau. Sie auf diese Weise anzugehen wäre der falsche Weg. Nina litt darunter, dass sie nicht die Wahrheit gesagt hatte, mehr brauchte es nicht.

»Der Polizeibericht enthält Fotos, auf denen die Donuts-Schachtel zu sehen ist, die Sie an diesem Morgen mitgebracht hatten. Außerdem hat Ted in letzter Zeit große Fortschritte gemacht und erinnert sich zum Teil an das, was an jenem Tag geschah: wie er Sie an der Tür des Büros abgefangen und gezwungen hat, ihn hereinzulassen, wie er Sie mit einer Pistole bedroht hat und Sie gemeinsam auf Lynch gewartet haben.«

Laura musste nicht weitersprechen. Ninas Widerstand war fast gebrochen.

»Keine Angst. Wie gesagt, ich bin nicht von der Polizei, ich bin Ärztin. Was Sie mir zu sagen haben, könnte für die Behandlung von Ted McKay entscheidend sein. Helfen Sie mir zu verstehen, warum er getan hat, was er getan hat. Er und Lynch waren Freunde seit der Uni. Wussten Sie das?«

»Nein.«

»Nina, Sie müssen mir sagen, was an jenem Tag passiert ist.«

»Sie wissen doch schon alles.«

»Aber nicht das, was passiert ist, als Lynch dazukam. Denken Sie gut nach, jedes Detail könnte wichtig sein.«

Nina vergrub das Gesicht in den Händen und seufzte.

»Kann ich mir einen Kaffee machen? Ich hatte eine unruhige Nacht.«

Laura nickte.

»Möchten Sie auch einen?«

»Gern. Ich habe auch nicht besonders gut geschlafen.«

Während das Wasser sich erhitzte, ging Nina ins Bad, putzte sich die Zähne und kämmte sich die Haare. Als sie wiederkam, wirkte sie wie ein anderer Mensch. Sie schenkte den Kaffee ein, stellte die Tassen auf den Tisch und räumte rasch die Flaschen und Plastikbecher weg.

»Entschuldigen Sie die Unordnung, aber meine Mitbewohnerin hatte gestern Geburtstag.«

»Macht nichts. Haben Sie einen neuen Job?«

»Ja, wieder als Sekretärin. Und wieder bei einem Anwalt.«

»Freut mich.« Laura kehrte zum Thema zurück. »Nina, Sie müssen mir erzählen, was an jenem Tag passiert ist.«

»Zunächst möchte ich, dass Sie Folgendes wissen: Ich habe der Polizei nur deshalb nicht gesagt, dass ich da war, weil Mr. Lynch mich darum gebeten hat und weil sie den Kerl ja bereits geschnappt hatten. Außerdem war dieser Detective nicht sonderlich interessiert an dem, was ich zu sagen hatte.«

»Verstehe.«

»Wie hieß der Kerl noch mal ...?«

»Ted McKay. Haben Sie ihn vorher schon mal im Büro gesehen?«

»Nein, nie. Er hat mir mit einer Pistole aufgelauert und war völlig außer sich. Ich hab einen Riesenschreck gekriegt. Er meinte, mir würde nichts passieren. Er fragte mich nach den anderen Büros und sagte dann, wir würden gemeinsam auf Mr. Lynch warten, er müsse mit ihm reden. Wie lange wir gewartet haben, weiß ich nicht mehr genau, ein paar Minuten vielleicht, aber ich kann mich noch gut erinnern, dass dieser McKay sich in der Zeit vollkommen gewandelt hat. Plötzlich hat er bedauert, dass er mich erschreckt hat, und mir ständig versprochen, dass mir nichts passieren würde. Anfangs wollte ich ihm nicht mal in die Augen schauen.«

»Können Sie mir genauer beschreiben, was Sie mit *gewandelt* meinen?«

»Er hat irgendwie verzweifelt gewirkt, als würde er bedauern, dass er sich so aufgeführt hat. Jetzt, wo Sie sagen, dass der Typ nicht ganz richtig tickt, kommt mir das nicht mehr so merkwürdig vor. Sogar einen Donut habe ich ihm angeboten.«

»Ted wollte Ihnen nichts antun.«

»Kann sein, hat er ja auch nicht. Wir haben im Büro auf Mr. Lynch gewartet. Als er reinkam und mich auf seinem Schreibtisch sitzen sah, wusste er sofort, dass etwas nicht stimmte. Und als er neben dem Aktenschrank McKay entdeckte, fiel ihm die Kinnlade runter. Er erstarrte zu Stein, als hätte er ein Gespenst gesehen. Ich hatte mich gerade einigermaßen beruhigt, aber in dem Moment wurde ich sofort wieder furchtbar nervös.«

Nina trank ihren Kaffee halb aus und stellte die Tasse auf den Unterteller.

»Plötzlich sah Mr. Lynch mich an, als hätte er vergessen, dass ich auch noch da war, und erklärte, er und dieser McKay seien Freunde, ich solle mir keine Sorgen machen. In dem Moment dachte ich, das sagt er nur so, um mir die Angst zu nehmen. Er bat McKay, mich gehen zu lassen, aber der wollte anfangs nichts davon wissen. Oder besser gesagt, schien er ihm gar nicht zuzuhören. Mr. Lynch versuchte ihn zu beruhigen, ging mit ausgebreiteten Armen langsam auf ihn zu, alles wird gut, hat er gesagt, er solle nichts tun, was er hinterher bereuen würde, er und eine gewisse Holly hätten es ihm irgendwann sagen wollen, sie hätten nur den richtigen Zeitpunkt abgewartet.«

Laura konnte ihre Überraschung nicht verbergen.

»Ja«, fügte Nina hinzu, »ich habe es auch sofort kapiert. Mr. Lynch und McKays Frau hatten eine Affäre, und McKay hatte es gerade entdeckt. Ich erinnere mich nicht mehr, ob er noch deutlicher wurde, aber es war auch so sonnenklar. Oder etwa nicht?«

Laura war enttäuscht, denn sie hatte gehofft, dass Ted Lynch aus einem anderen Grund zur Rede gestellte hatte, schließlich hatte er schon seit Wochen von Hollys Untreue gewusst. Die Frage, warum er ausgerechnet in diesem Moment so heftig reagiert hatte, blieb unbeantwortet.

»Und dann hat McKay noch zu Mr. Lynch gesagt, dass er eigentlich über etwas ganz anderes mit ihm sprechen wollte.«

Also doch!

Mit einem Schluck trank Nina ihren Kaffee aus und fuhr fort.

»Mr. Lynch war äußerst nervös. Ich hatte ihn noch nie so erlebt. Er flehte McKay an, mich laufen zu lassen, ich hätte nichts damit zu tun, und der ließ sich schließlich erweichen, allerdings nur unter der Bedingung, dass ich nicht die Polizei rufe. Das hätte ich natürlich sofort getan, aber auch Mr. Lynch bat mich darum. Ich kannte ihn zwar nicht so gut, aber doch gut genug, um zu bemerken, dass seine Bitte aufrichtig war und kein Spielchen, um McKay in falscher Sicherheit zu wiegen. Es klang fast so, als hätten sie irgendwelche krummen Geschäfte am Laufen, aber ehrlich gesagt wollte ich das lieber nicht so genau wissen. Mr. Lynch bat mich also, nicht die Polizei einzuschalten, und ich habe mich daran gehalten. Ich ... was dann geschah, konnte ich ja nicht ahnen.«

»Sie haben nur getan, was Lynch Ihnen gesagt hat. Hätten Sie die Polizei verständigt, wäre er jetzt garantiert tot.«

»Genau das hat McKay auch gesagt! Sollte die Polizei auftauchen, würde er Mr. Lynch sofort erschießen.«

»Nina, sind Sie ganz sicher, dass Ted gesagt hat, sein Besuch habe nichts mit der Affäre seiner Frau zu tun?«

»Ganz sicher. Nachdem ich das Büro verlassen hatte, ging ich zu meinem Schreibtisch, um meine Handtasche zu holen. In diesem Moment konnte ich hören, was McKay sagte, weil er vor Wut fast schrie.«

»Was hat er gesagt?«

»Er sagte: ›Du bist mir zu Blaine gefolgt. Ich habe dich gesehen.‹ An den Namen erinnere ich mich noch ganz genau, weil mein Exfreund ein Buch von einem Autor hatte, der so hieß.«

26

Am Freitag hatte Ted zum ersten Mal Schach gespielt. Natürlich verlor er keine einzige Partie, obwohl er nicht all seine Fähigkeiten aufbot und seinen Gegnern Chancen eröffnete. Keiner der anderen hatte Ahnung von Strategie, alle kannten nur die Grundregeln und einfachste Spielzüge, sodass Ted sie mühelos schlagen konnte. Anfangs war er vorsichtig, weil er fürchtete, seine Überlegenheit könnte bei den anderen Unmut oder Wut erzeugen, doch das genaue Gegenteil war der Fall. Selbst der bis dahin eifrigste Schachspieler, Sketch, zollte ihm Bewunderung und Respekt. Im Laufe der Partien erzählte Ted ihnen von seiner Schachbegeisterung als Kind, von den Wettkämpfen, an denen er teilgenommen hatte. Er könne ihnen ein bisschen was beibringen, wenn sie interessiert seien. Und das waren sie, sogar Lester, der ziemlich vernünftig sein konnte, wenn er sich nicht gerade mit irgendwelchen Außerirdischen herumschlug.

Am folgenden Tag erzählte Sketch ihm unter der Dusche, dass auch im Trakt B Schach gespielt wurde. Einmal seien sie gegen die Leute dort angetreten und hätten eine vernichtende

Niederlage kassiert. Und nun stand der Hüne halb eingeseift vor Ted und sagte mit einem breiten Grinsen im Gesicht, mit ihm in der Mannschaft würden sie locker gewinnen. Ted nickte nur stumm.

Langsam fand er sich im Lavender einigermaßen zurecht. Es gab drei klar unterscheidbare Gruppen. Neben den Schachspielern gab es noch die Ballaballas, die ältesten Insassen, die durch die vielen Tabletten und das jahrelange Eingesperrtsein jenseits von Gut und Böse waren. Einige litten unter schweren Störungen und saßen die meiste Zeit vor dem Fernseher und mit leerem Blick in irgendeiner Ecke. Und dann waren da noch die Spaziergänger, die am liebsten draußen herumhingen, auf dem Basketballplatz oder sonst irgendwo im Hof, normalerweise zu zweit.

Mike gehörte keiner dieser Gruppen an und schien über den anderen zu stehen. Ted begann sich zu fragen, wieso er auf ihn zugekommen war. Der Typ hatte noch nie sein Zimmer mit jemandem geteilt, und jetzt plötzlich ...

Als Ted an diesem Tag zu der Bank kam, grüßte Mike ihn schon von Weitem. Er las wie immer in einem Buch.

»Du bist echt eine Leseratte.«

Mike senkte das Buch. Er machte ein Eselsohr in die Seite und legte es beiseite. Lesezeichen benutzte er nie.

»Es ist die einzige Möglichkeit, hier rauszukommen«, erklärte er.

Ted setzte sich zu ihm. Mehrere Insassen beobachteten aufmerksam dieses Ritual, an das sie sich zu gewöhnen begannen.

»Heute keine Partie mit deinen Schachfreunden?«, fragte Mike ernst.

»Nein, heute nicht. Schach hat die Eigenschaft, dich in einen anderen Zustand zu versetzen, indem dein Verstand voll und ganz auf das Spiel ausgerichtet ist, aber ich muss mich auf andere Dinge konzentrieren.«

»Denkst du immer noch über deinen Freund nach?«

»Ja.« Ted zog das Foto aus der Hosentasche, das ihn und Lynch neben dem Poster von Uma Thurman zeigte. »Ich erinnere mich an alles: das Wohnheim, das Zimmer, das verdammte Poster, nur nicht an ihn.«

»Diese Schleuse wird irgendwann auch noch aufgehen, das versichere ich dir. Mir ist es auch schon so ergangen, allen ergeht es so. Das Gehirn schließt die Schleuse, weil es den Ansturm der Erinnerung nicht erträgt. Wenn es wieder gesund und fit ist, öffnet es die Schleuse wieder. Urplötzlich.«

»Ich verstehe es einfach nicht. Was könnte rechtfertigen, dass ich einen Freund ins Koma prügle?« Ted schüttelte den Kopf. »In der Schule habe ich die Probleme geradezu gesucht, aber damals war es eine schwierige Zeit für mich. Im Grunde bin ich ein friedlicher Mensch. Ich weiß nicht, was in mich gefahren sein könnte.«

»Vielleicht bringt deine Frau Licht ins Dunkel. Bleibt es bei ihrem Besuch morgen?«

»Ja. Sie kommt mit den Mädchen. Die Sache macht mich ziemlich nervös. Hast du Kinder?«

Mike schüttelte den Kopf, sein Blick wurde leer.

»Ich hatte ein Adoptivkind.«

Eine Weile saßen sie schweigend da.

»Aber du verstehst, was ich meine, oder?«, fragte Ted. »Wie kann es sein, dass meine eigene Familie mich nervös macht? Meine eigenen Töchter! Dabei sehne ich mich mehr nach ihnen als nach irgendwem sonst.«

»Es ist nicht einfach, uns so zu zeigen: eingesperrt.«

»Genau. Eigentlich müsste ich da draußen sein, sie aufwachsen sehen, sie beschützen.«

»Es wird alles gut, du wirst schon sehen.«

Vielleicht war jetzt der Moment gekommen, sich von seiner verletzbaren Seite zu zeigen, und sei es dieses einzige verfluchte Mal, dachte Ted.

»Hör mal, Mike, was das Opossum angeht ...«

Mike wandte sich zu ihm um. »Hast du es wieder gesehen?«

»Nein ...«

»Ted, was ich dir gerade gesagt habe, ist die Wahrheit. Dein Kopf wird heilen und diese Tür öffnen, wenn es an der Zeit ist. Du wirst dich an deinen Freund erinnern, und auch an den Grund, warum du ausgerastet bist. Diese Zyklen, von denen du mir berichtet hast, sind der Versuch deines Verstands, dich mit einem Trugbild zu beschützen, wie ein Hintergrundvorhang im Theater. Doch früher oder später wird dieser Vorhang fallen, und dann wirst du sehen, was sich dahinter verbirgt. Aber hüte dich vor dem Opossum, Ted. Es könnte dich hinter diesen Vorhang führen, bevor du dazu bereit bist. Und das wäre gefährlich.«

27

Marcus hatte in der vergangenen Nacht kaum geschlafen. Er hatte sich wegen seines Verhaltens bei Laura schwere Vorwürfe gemacht. Es war die Chance seines Lebens gewesen, und er hatte sie verpasst. Im Laufe des Vormittags hatte sich an seiner schlechten Laune nicht viel geändert. Er verkroch sich in sein Büro und vermied Anrufe, so gut er konnte. Mittags blieb ihm nichts anderes übrig, als in die Cafeteria zu gehen, aber er wählte den Tisch gleich neben der Küche, an dem fast nie jemand saß. Um deutlich zu machen, dass er nicht gestört werden wollte, nahm er ein dickes Pathologie-Lehrbuch mit, das er natürlich nicht zu lesen beabsichtigte. Aufgeschlagen legte er es neben den Teller mit dem Salat, den er in Rekordtempo zu verschlingen gedachte.

In diesem Moment betrat Laura, die selten zur gleichen Zeit wie alle anderen zu Mittag aß, die Cafeteria und blickte sich suchend um. Als sie ihn entdeckte, winkte sie und eilte schnurstracks auf ihn zu.

Ohne seine Einladung abzuwarten, setzte sie sich zu ihm.

»Ich muss mit dir reden.«

An ihrem aufgeregten Gesicht erkannte Marcus sofort, dass es um nichts Privates ging.

Besser so.

»Soll ich dir was zu essen holen?«

»Nein, nein, nicht nötig. Ich habe nicht viel Zeit. Ich war heute bei Nina.«

Nina? Marcus überspielte, dass ihm der Name nichts sagte, bis ihm wieder einfiel, dass Lynchs Sekretärin so hieß.

»Ach ja? Konnte sie dir weiterhelfen?«

»Ja.« Laura platzte schier vor Begeisterung. »Nachdem ich ihr das Foto mit der Donuts-Schachtel gezeigt hatte, war die Sache ganz einfach. Alles ist so abgelaufen, wie Ted es in seinem ersten Zyklus geschildert hat. Sie war da, bis er sie gehen ließ. Und jetzt pass auf, was danach geschah.«

Laura hatte sich über den Tisch gebeugt und ihr Gesicht dem seinen bis auf wenige Zentimeter genähert. Marcus hatte sich noch kurz umschauen können und festgestellt, dass einige Kollegen bereits zu ihnen herübersahen.

»Nämlich was?«

»Bevor sie aufbrach, hörte sie, wie Ted zu Lynch sagte, er wisse, dass er ihm zu Blaines Haus gefolgt sei.«

Marcus versuchte dieses neue Puzzleteilchen ins Gesamtbild einzufügen. Wie er zugeben musste, schlug dieser Fall auch ihn mittlerweile in seinen Bann.

»Was denkst du?«, fragte Laura und sah ihn gespannt an.

»Dass Ted erwiesenermaßen in Blaines Haus war. Und wenn du mich fragst, in nicht ganz freundlicher Absicht. Ich sage nicht, dass er ihn töten wollte, aber doch zumindest eine Lektion erteilen.«

Laura nickte. »Ich glaube, wir sind ganz nah dran. Der Grund für Teds Besuch bei Blaine ist der Schlüssel zu allem. Ted wollte sich umbringen, aber nicht, ohne vorher mit Blaine abzurechnen. Warum? Lynch ist ihm gefolgt, vielleicht weil er ahnte, dass da etwas im Busch war, und damit hat er Teds Pläne durchkreuzt. Gute Theorie?«

»Durchaus. Jetzt müssen wir noch rausfinden, was Ted und Blaine verbindet.«

»Wir sind da an was dran, das spüre ich.«

Schön wär's.

»Wollte ihn dieser Tage nicht seine Familie besuchen?«

»Morgen. Ich hoffe, es geht alles gut.« Emotionale Erschütterungen konnten leicht Rückfälle herbeiführen.

»Was wirst du mit deinen neuen Erkenntnissen anfangen?«

»Ich glaube, ich werde in der nächsten Sitzung mit Ted alle Karten auf den Tisch legen. Die Zeit ist reif.«

»Laura ...«

»Ja?«

»Es war ein sehr schöner Abend gestern«, sagte er. Es war seine Art, zum Ausdruck zu bringen, dass er sich für seine Feigheit schämte.

Als Antwort erhielt er ein mitleidiges Lächeln, das ihn in einen Abgrund der Verzweiflung stürzte.

28

Ted wartete allein in einem geschmackvoll eingerichteten Aufenthaltsraum. Laura hatte ihm erlaubt, sich dort mit seiner Familie zu treffen statt in dem kalten Besucherbereich von Trakt C, der so aussah, wie zwei siebenjährige Mädchen sich ein Gefängnis vorstellten. Ted hatte sie darum gebeten – sie angefleht –, und sie hatte schnell eingewilligt. Sie hatte ihn darauf hingewiesen, dass sie dafür eine besondere Erlaubnis brauche, was ein bisschen dauern könne, ihm aber auch versichert, dass es tatsächlich einen geeigneten Ort gebe. Drei Wachleute würden für die Sicherheit sorgen, einer an der Tür, zwei am Fenster.

Es war eine Wohltat, mal wieder aus einem unvergitterten Fenster zu sehen, dachte Ted, der so nervös war wie selten zuvor in seinem Leben. Er trug eine blaue Leinenhose und ein weißes Hemd, das ihm zu groß war. In den letzten Monaten hatte er einiges an Gewicht verloren. Und dies war nicht der einzige Beweis dafür, dass Zeit vergangen war: Die schlichte Kleidung war ihm heute eher peinlich. Er setzte sich auf ein kleines Sofa, verschränkte die Hände, stand wieder auf und ging einmal um den Tisch herum, nur um sich wieder zu setzen, diesmal auf einen der Holzstühle. Auch von diesem erhob er sich wieder. Über einem Kühlschrank in der Ecke war ein Regalbrett angebracht, auf dem einige Tassen standen. Er ging hin und richtete die Henkel aus. Laura war schon vor mehreren Minuten aufgebrochen, um Holly und die Mädchen zu holen.

Die Tür ging auf.

Laura trat ein, allein, die Hände hinter dem Rücken. Sie verbarg etwas vor ihm.

»Tut mir leid, Ted. Ihre Töchter kommen nicht. Sie hatten recht. Sie haben sie getötet, deshalb sind Sie hier. Dafür haben Sie anderen Besuch ...«

Rasch zeigte sie ihre Hände vor. Die eine war leer. In der

anderen befand sich ein haariges Bündel, das plötzlich Maul und Schwanz hatte und sich zu winden begann. Das Opossum versuchte sich zu befreien, aber Laura hielt es fest am lang gestreckten Arm. Da kreischte das Opossum, ein Geräusch so schrill wie Kinderlachen. Laura zitterte und krümmte sich zusammen ... und eine andere, strahlende und glückliche Laura nahm ihren Platz ein.

»Bereit für den Besuch?«

Die Stimmen der Mädchen waren der Auftakt für einen regelrechten Wirbel aus Schreien und Freude, der ihn erfasste und aufs Sofa drückte.

»Papiiiiiii!«, riefen die beiden im Chor.

Cindy und Nadine klammerten sich an Ted, der sie mit den Armen umfing. Nie wieder würde er sie loslassen.

Nadine löste sich als Erste, weil sie Angst hatte, dass ihre Zeichnung zerknittern könnte. Sie war die Ruhigere der beiden, die Vernünftigere, vom Charakter her wie Ted. Cindy hingegen kam ganz nach Holly, extrovertiert und draufgängerisch, die geborene Anführerin.

»Mein Bild!«, sagte Nadine.

»Es ist nicht *dein* Bild. Papi, das haben wir zusammen gemalt. Warum weinst du?«

Ted hatte tatsächlich feuchte Augen. Er wischte sie mit der Hand trocken.

»Weil ich euch so schrecklich vermisst habe.«

Cindy warf sich auf ihn.

»Wir dich auch!«

Nadine war unschlüssig, ob sie sich der Umarmung anschließen sollte. Sie betrachtete das Bild und wartete. Ted lächelte ihr über Cindys Schulter hinweg zu. Er und Nadine hatten eine ganz besondere Verbindung und konnten sich vieles allein mit Blicken sagen.

»Wir haben dir ein Bild gemalt«, sagte Cindy, als sie sich von ihrem Vater gelöst hatte. »Gib's ihm endlich, Nadine. Guck mal, das sind wir am Strand, da ist Mami, und da sind wir.«

»Das musst du doch nicht erklären«, unterbrach sie Nadine.

Ted betrachtete das Bild. Da standen sie, alle vier, am Meer. Ted hielt seine Angelrute in der Hand, Holly trug ihren roten Bikini, und jedes der Mädchen hatte einen aufblasbaren Delfin im Arm. Was merkwürdig war, denn sie hatten nur einen Delfin. Er hatte ihn vergangenen Sommer gekauft, und seither war er die Quelle unzähliger Streitigkeiten gewesen. Ted hatte vorgeschlagen, noch einen zu kaufen, aber Holly hatte argumentiert, die Mädchen müssten lernen, Dinge zu teilen. Natürlich hatte sie recht gehabt.

»Ein tolles Bild. Danke.«

»Wo hängst du es auf?«

»Ich habe hier ein schönes Zimmer. Da hänge ich's auf, damit ich es jeden Tag anschauen kann.«

»Wann kommst du wieder nach Hause?« Cindy redete nicht gern um den heißen Brei herum. Noch so eine Eigenschaft, die sie von ihrer Mutter geerbt hatte.

»Ich weiß es nicht genau, aber bestimmt bald.«

Cindy gab sich nicht geschlagen.

»Mami sagt, das hier ist nicht so ein Krankenhaus wie das von Opa. Hier machen sie den Kopf wieder gesund, oder?«

Ted lächelte.

»Genau. Papa hatte Kopfschmerzen, und ihm war immer schwindlig, und das behandeln sie hier. Mir geht's schon viel besser.«

Cindy seufzte erleichtert.

»Nadine meinte, du hättest Schläuche im Kopf.«

»Das stimmt nicht!«

Ted nahm Nadine in den Arm und zog sie zu sich heran. Er wollte nicht, dass sie sich ausgeschlossen fühlte.

»Ist doch normal, dass ihr euch Fragen stellt«, sagte er. »Den Kopf kann man nicht einfach operieren wie bei Opa die Hüfte. Man muss Medikamente einnehmen und viel reden.«

»Reden?«

»Ja. Das nennt man hier Therapiesitzungen.«

»Wie bei Mamis Serie im Fernsehen!«

»Genau! Nur dass man hier persönlich spricht und nicht über Internet.«

»Und wenn wir Dr. Hill sagen, sie soll über Internet mit dir reden, könntest du dann nicht nach Hause kommen?«

Ted lachte.

»Es ist nicht so einfach wie im Fernsehen. Wichtig ist nur, dass ich bald wieder bei euch bin.«

Beide nickten freudig erregt, und Ted beschloss, sich ihre freudig erregten Mienen ins Gedächtnis zu brennen, dieses Bedürfnis, bei ihrem Vater zu sein. Hatte er wirklich versucht sich umzubringen? Was hatte er sich nur dabei gedacht? Er konnte ihn immer weniger verstehen, diesen Ted, der seinen Freund fast umgebracht hatte, den Selbstmörder, der zwei siebenjährige Mädchen allein mit ihrer Mutter zurücklassen wollte.

Dieser Ted war er nicht mehr, da war er sich sicher. Er würde aus dem Lavender rauskommen, seine Firma und sein Leben wieder in Schwung bringen. Wenn er Glück hatte, würde Lynch aus dem Koma erwachen, und er konnte ihn um Verzeihung bitten.

Sie verbrachten über eine halbe Stunde miteinander. Sie sprachen über die Schule, über die Puppen, die Mama ihnen gekauft hatte – Arielle und Alex –, und über eine neue Freundin, die sie in der Nachbarschaft der Großeltern gefunden hatten. Sie hieß Haley, und weil sie eine ältere Schwester hatte, die schon aufs Gymnasium ging, konnte sie ganz viele Sachen. Sie wusste, wie man sich schminkt, und hatte es ihnen gezeigt! Aber das musste ein Geheimnis bleiben, Mama durfte nichts davon wissen. Ted versprach es ihnen. Er war gerührt darüber, dass bestimmte Dinge sich nicht geändert hatten und sich wahrscheinlich nie ändern würden. Holly war schon immer die Strengere gewesen.

Apropos Holly, wo war sie überhaupt?

29

Laura nahm die beiden Mädchen mit, musste ihnen aber versprechen, dass sie ihren Vater noch einmal sehen durften, bevor sie gingen. Dann trat Holly ein. Sie wich seinem Blick aus. Ihr kurzes Haar war dunkler als früher.

»Hallo, Holly.« Ted saß noch immer auf dem Sofa. Als sie nicht auf ihn zukam, stand er auf und ging zum Tisch.

»Hallo, Ted. Freut mich, dass es dir besser geht.« Holly lächelte ihn scheu an. Sie setzte sich auf einen der Stühle. Die Handtasche, die sie dabeihatte, stellte sie übertrieben behutsam auf den Tisch.

»Hast du mit Dr. Hill gesprochen?« Ted setzte sich ebenfalls, ließ aber einen Stuhl zwischen ihnen frei.

»Ja, mehrmals in den vergangenen Monaten. Auch heute. Sie sagt, dass du in letzter Zeit große Fortschritte machst.«

»Das stimmt. Bis vor einigen Wochen ... Was bis vor einigen Wochen war, weiß ich kaum. Ist alles weg. Aber mit der Hilfe von Dr. Hill kommen die Erinnerungen allmählich wieder.«

Holly nickte.

»Sie meinte, es könnte vielleicht hilfreich sein, wenn wir beide uns ein bisschen unterhalten.« Holly massierte sich die Schläfen. »Ich will mich nicht als Opfer aufspielen, aber das

Ganze war nicht leicht für mich. Die Mädchen haben ständig nach dir gefragt, und ich wusste nicht mehr, was ich ihnen noch sagen soll.«

»Kann ich mir denken. Ich weiß, es ist meine Schuld. Ich allein bin verantwortlich für die Entscheidungen, die ich getroffen habe. Deshalb bin ich hier. Aber ich komme wieder raus, Holly, und dann fülle ich die Rolle als Vater wieder aus. Bist du in Geldschwierigkeiten geraten?«

»Nein, nein.« Holly machte ein Gesicht, als wäre Geld das geringste Problem. »Travis hat sich um alles gekümmert.«

Holly sah Ted prüfend an, wartete auf eine Reaktion.

»Oh, ja, natürlich, ich erinnere mich an Travis«, sagte er.

Sie nickte.

Dann schwiegen sie. Doch einer musste es ansprechen, und Ted empfand es als seine Pflicht.

»Wie geht es Lynch?«

»Es ist unglaublich, dass du dich nicht an Justin erinnerst. Du hast ihn früher nie beim Nachnamen genannt.«

Ted zuckte mit den Schultern.

»Alles unverändert«, erklärte sie.

»Du weißt gar nicht, wie leid es mir tut. Ich ... ich weiß nicht, was an diesem Tag passiert ist. Mein Bewusstsein hat alle Erinnerungen verdrängt.«

»Ja, das hat mir Dr. Hill gesagt.«

»Du sollst eines wissen, Holly. Was mich angeht, ist das zwischen dir und ihm ...«

»Lass gut sein, Ted. Ich glaube nicht, dass ich deinen Segen brauche.«

»Natürlich nicht.«

»Dr. Hill hat mich gebeten, darüber zu reden, wie ... wie es zwischen uns stand. Erinnerst du dich noch?«

Ted senkte den Kopf.

»Ziemlich schlecht«, flüsterte er. »Ich war ... ein bisschen distanziert.«

»Wenigstens das weißt du noch.« Holly hatte es nicht vorwurfsvoll gesagt, aber Ted kannte sie und wusste, dass sie wütend war. »Ted, du hattest dich praktisch in der Firma verschanzt, oder du warst draußen am See. Du bist mir aus dem Weg gegangen. Wenn ich es doch mal geschafft habe, mit dir zu reden, war es ein reiner Monolog, und ein kurzer noch dazu, denn du weißt ja, dass ich nicht lange um den heißen Brei herumrede. Ich war ein Störfaktor in deinem Leben. Ich habe es gemerkt, du hast es gemerkt, und am Ende haben auch die Mädchen es gemerkt.«

»Leider kann ich mich an diesen Teil erinnern.«

»Ich will offen zu dir sein, denn darum geht es ja hier. Damals dachte ich, du hättest eine andere. Ich dachte, dass deine Geschäftsreisen, die langen Aufenthalte am See, dass all das mit einer Affäre zu tun hatte. Es schien mir die einzig logische Erklärung zu sein. Und weißt du, was? Insgeheim habe ich sogar gehofft, dass es so war. Eines wusste ich jedenfalls: dass du mich nicht mehr liebst.«

»Holly, ich ...«

»Lass mich bitte ausreden. Am Anfang habe ich noch in deinem Büro angerufen, wenn du auf Reisen warst. Ich habe mit Travis oder mit deiner Sekretärin gesprochen. Was ich rausfand, habe ich mit dem abgeglichen, was du mir gesagt hast. Orte, Termine, Kunden ... Alles stimmte. Was aber nicht stimmte, war *mein* Verhalten. Es passte einfach nicht zu mir. Ich wollte dir nicht nachspionieren wie ein Privatdetektiv, so wie du es später mit mir getan hast.«

Holly machte eine Pause.

»Ich wusste nicht, was ich noch tun sollte, Ted. Wenn ich dich darauf angesprochen habe, war es so, als wäre dir alles egal. Ich wusste, dass ich dich um die Scheidung bitten musste, und versuchte, mich an den Gedanken zu gewöhnen und irgendwie den Mut aufzubringen. In meiner Verzweiflung kam ich auf die Idee, mit Justin zu sprechen. Nicht, dass ich gedacht hätte, er wüsste, ob du eine andere hattest, oder, falls doch, dass er es ausgerechnet mir sagen würde, nein, ich wollte nur mit ihm reden, weil er dich fast genauso gut kennt wie ich, oder sogar besser. Ich wollte, dass er mir bestätigt, dass du dich verändert hattest, dass etwas mit dir passiert war, von dem ich nichts wusste. Ich brauchte das, ich glaube, andernfalls wäre ich ...«

»Wärst du verrückt geworden«, ergänzte Ted lächelnd. »Keine Angst, so schlimm ist das gar nicht.«

Holly nickte, lächelte aber nicht.

»Ich habe also mit Justin geredet und erfahren, dass ihr euch kaum noch gesehen habt, dass du dich auch von ihm distanziert hast. Wir haben uns einige Male getroffen, um darüber zu sprechen, darüber, was mit dir los sein könnte, und so fing es an mit uns. Es war nicht in Ordnung, natürlich nicht. Als uns klar wurde, dass das zwischen uns etwas Ernstes war, herrschte zwischen dir und mir fast Funkstille. Du wurdest immer verschlossener, selbst den Mädchen gegenüber. Irgendwann habe ich mich dann überwunden und dich um die Scheidung gebeten.«

»Daran erinnere ich mich noch. Unser Gespräch fand im Wohnzimmer statt. Danach ließ die Spannung etwas nach.«

»Was ich nicht wusste, war, dass du dich in ärztlicher Behandlung befandst und einen alten Klassenkameraden gebeten hattest, ein Testament aufzusetzen. Und noch viel weniger, dass in unserem Safe diese Fotos von Justin und mir lagen. Einen ganzen Monat lang hattest du sie dort aufbewahrt, Ted! Du hast alles gewusst und mir nichts gesagt, nicht mal, als ich dich um die Scheidung bat.«

Ted breitete die Arme aus. »Ich weiß nicht, warum ich dir nichts gesagt habe, Holly, ich weiß es wirklich nicht.«

Sie nickte. »Ich würde dir gern glauben.«

»Und ich habe auch keine Ahnung, warum ich Lynch zusammengeschlagen habe ... Justin, meine ich, aber ich versichere dir, dass es nichts mit dir zu tun hatte, mit eurer Beziehung. Ich will, dass ihr glücklich seid, Holly, du und die Mädchen.«

Wieder nickte Holly.

»Dr. Hill hat mich in all den Monaten auf dem Laufenden gehalten. Ich weiß, dass es nicht einfach war für dich. Sie sagte, du lebst in einer Art Wahnwelt.«

»Ja, es ist, als hätte jemand die Erinnerung an die Zeit vor meiner Einweisung in lauter Einzelteile zerlegt und falsch wieder zusammengesetzt. Du musst dir das vorstellen wie einen Traum. Übrigens taucht ein Name immer wieder auf: Wendell. Sagt der dir was?«

»Nein. Dr. Hill hat mich das auch schon gefragt. Wer ist dieser Wendell?«

»Offenbar ein Teil von mir. Es ist, als gäbe es in meinem Kopf ein Hinterzimmer, in dem einige meiner Erinnerungen gelandet sind, und ich habe keinen Schlüssel dazu. Dieses Hinterzimmer ist Wendell. Ich sehe den Typen ständig, dabei bin ich es selbst. Klingt lächerlich, ich weiß. Am Anfang war ich in zwei Zyklen gefangen, die sich ständig wiederholten, aber Dr. Hill hat mir geholfen, da wieder rauszukommen. Ich spüre, dass ich ganz nah dran bin an der Wahrheit, dass ich diesem Wendell bald ein für alle Mal die Maske vom Gesicht reißen kann.«

Ted war sich bewusst, wie Holly ihn ansah. Wie einen Irren. Wie sollte sie auch anders? Von dem Opossum würde er ihr lieber nichts erzählen – und schon gar nicht von dem, was er auf der Veranda gesehen hatte.

»Was ist mit dir, Ted?«

Er hörte ihr kaum zu, sondern erhob sich und ging zum Sofa, wo das Bild von Cindy und Nadine lag. Der Strand. Der rote Badeanzug. War das Zufall?

»Warum haben die Mädchen uns am Strand gemalt?«, fragte Ted.

Holly runzelte die Stirn.

»Ich weiß nicht. Ist das wichtig? Ich habe ihnen gesagt, sie sollen dir was malen, und sie sind auf ihr Zimmer gegangen und haben es gemacht. Vermutlich war der Urlaub eine schöne Zeit für sie, und sie haben deshalb dieses Motiv gewählt.«

Ted setzte sich wieder, ohne den Blick von dem Bild zu lösen. War darauf etwas zu sehen, das eine besondere Bedeutung hatte? Auf den ersten Blick nicht. Die Angelrute, der aufblasbare Delfin ... Er fuhr mit dem Zeigefinger über die Klappstühle, die Leute, die in der Sonne lagen, die Palme. Nichts Ungewöhnliches. Kein Opossum, kein rosarotes Schloss.

»Alles okay mit dir, Ted? Was ist an dem Bild so merkwürdig?«

»Nichts. Wahrscheinlich Zufall. Ich hatte neulich einen Traum, in dem hattest du auch diesen roten Bikini an.«

Holly war offenbar etwas unbehaglich zumute bei der Vorstellung, dass ihr Exmann von ihr im Bikini träumte.

Ted legte das Bild beiseite.

Sie plauderten noch ein wenig über harmlose Dinge, und Ted dachte für den Moment nicht mehr an das Bild. Als die Mädchen zurückkamen, um sich zu verabschieden, nahm er seine beiden Töchter in den Arm und versprach ihnen, bald wieder bei ihnen zu sein.

Ein Versprechen, das er ihnen lieber nicht gegeben hätte.

30

Das Bild von Cindy und Nadine war das Einzige, was an der Pinnwand über Teds Schreibtisch hing. Es war mit vier Klebestreifen befestigt. Mike, der gerade in Richtung Hof unterwegs war, überraschte Ted dabei, wie er es betrachtete, und kam näher. Er räusperte sich.

»Reißzwecken sind hier nicht erlaubt«, sagte er. »Und wenn du dich fragst, warum die Pinnwände dann aus Kork sind, bist du nicht der Erste.«

Ted drehte sich um und lächelte matt. Reißzwecken waren das Letzte, woran er dachte.

»Ich muss wissen, was hinter dem Vorhang ist, Mike.«

Der brauchte einige Sekunden, bis er begriff.

»Der Besuch deiner Familie hat dich aufgewühlt, was?«

»Darum geht es nicht. Oder besser gesagt: Es geht nicht *nur* darum. Ich muss die Wahrheit wissen, und ich muss hier raus, um wieder bei meinen Töchtern zu sein.«

Mike nickte.

»Wie finde ich dieses verdammte Opossum, Mike?«

31

Donnerstagnachmittag. Es hatte den ganzen Vormittag geregnet. Doch jetzt riss die dichte Wolkendecke auf und deutete darauf hin, dass es jeden Moment wieder anfangen konnte. Das reinste Herbstwetter mitten im Frühling.

Fast alle Insassen waren im Gemeinschaftsraum. Sketch und Lolo kämpften am Schachbrett, unter der Aufsicht von Ted, der nicht mehr als Gegner betrachtet wurde, sondern als eine Art unbesiegbare Kraft, eine Quelle der Weisheit. Wenn eine Partie zu Ende ging, spielte Ted sie nach, ohne einen einzigen Fehler zu machen, und analysierte, sehr zur Begeisterung seiner Schachkameraden, jeden Zug. Seit sie die Möglichkeit witterten, die

Insassen von Trakt B zu schlagen, fieberten sie einem möglichen Wettkampf entgegen. Selbst Lester hatte seine Feindseligkeit aufgegeben und sich der Gruppe angeschlossen.

Irgendwann kam Mike und bat Ted, ihn nach draußen zu begleiten. Er hatte den schweigsamen, dicken Espósito dabei, der ebenfalls Tiere sah. Ted stellte keine Fragen und folgte ihnen. Die anderen wollten sich dem Trio anschließen, aber Mike hielt sie mit einem drohenden Blick davon ab und warnte sie explizit, ja nicht auf den Hof hinauszugehen. Ted wunderte sich, wie leicht dieser Mann alle einschüchtern konnte. Sketch, Lolo und Lester nickten stumm und kehrten zum Tisch zurück. Ted nahm seinen Mantel vom Kleiderständer, und zusammen betraten sie den Hof. Espósito folgte ihnen wie eine große Bowlingkugel auf zwei Beinen.

Außer ihnen hielten sich nur zwei weitere Insassen im Hof auf. Mike rief sie zu sich und forderte sie auf, den Hof zu verlassen, was sie auch sofort taten. Sie gingen zu ihrem Stammplatz, und Ted nahm an, dass sie sich auf die Bank setzen würden wie so viele Male zuvor. Er wusste, dass Mikes Aktion irgendetwas mit dem Opossum zu tun hatte, aber was zum Teufel hatte Espósito mit der Sache zu tun. Der war noch immer ein gutes Stück hinter ihnen und bemüht, seinen ausladenden Bauch im Gleichgewicht zu halten. Als sie ankamen, bat Mike Ted, mit anzupacken, sie würden die Bank woanders hintragen.

»Schnell«, sagte er, nachdem sie sie angehoben hatten. »Sonst sieht womöglich noch jemand, was wir machen, und verständigt einen Wärter. Du gehst voraus, und ja nicht stehen bleiben.«

Sie durchquerten den Hof in Richtung Basketballplatz. Espósito folgte ihnen. Als sie den Mittelkreis fast erreicht hatten, ging tatsächlich der Haupteingang auf. Ein Wärter und ein Pfleger stürmten mit fuchtelnden Armen heraus.

»Hey! Was macht ihr da?«

»Weiter«, sagte Mike. Es fehlten nur noch ein paar Meter. »So, hier, stell ab und setz dich. Du auch, Espósito.«

Die drei setzten sich. Mike und Ted außen, Espósito in der Mitte. Da sie mit dem Rücken zum Gebäude saßen, sahen sie die beiden Männer erst wieder, als sie um die Bank herumkamen und sich vor sie hinstellten. Einer von ihnen war McManus.

»Was soll das?«

Die Szene war surreal. Die drei auf der Bank saßen regungslos da, die Hände auf den Knien, den Blick an McManus und dem Wächter vorbei gerichtet, als wäre es das Normalste der Welt, mitten auf einem Basketballplatz auf einer Bank zu sitzen.

»Na?«

Mike hob beschwichtigend die Hand. *Schon gut, ich werd's euch erklären.* Er zeigte auf den Baum und schüttelte langsam den Kopf.

»Da unter dem Baum ist es nicht auszuhalten«, sagte er konsterniert. »Der Wind rüttelt dermaßen an der Krone, dass man meinen könnte, es regnet. Nicht auszuhalten, stimmt's, Jungs?«

»Blödsinn, Dawson!«, sagte er Wärter. »Ich habe euch beobachtet. Ihr hattet euch nicht mal hingesetzt.«

Mike grinste und nickte. *Erwischt!* Wieder hob er beschwichtigend den Arm und überlegte sich eine andere Antwort. Er beugte sich leicht vor und hielt sich die Hand vor den Mund, als würde er ein Geheimnis verraten.

»Die beiden ticken nicht ganz richtig«, sagte er und tippte sich an den Kopf. »Ich weiß auch nicht, was sie sich dabei gedacht haben.«

»Mein Gott, Dawson. Dir muss doch klar sein, dass du nicht einfach irgendwelche Sachen durch die Gegend schleppen kannst. Bring sofort die Bank zurück.«

»Hör zu, Myers, jetzt ist die Bank nun mal hier«, sagte Mike, in dessen Stimme plötzlich etwas Bedrohliches lag. »Dann können wir auch ein bisschen sitzen bleiben, findest du nicht? Du weißt ja, wie wir sind …«

Der Wächter schüttelte den Kopf. Jetzt schaltete sich McManus ein.

»Was soll's, ich geh wieder rein«, sagte er genervt.

Myers seufzte.

»Das war aber das letzte Mal, Dawson. Wenn du Scheiß baust, ziehen sofort die anderen nach, das weißt du ganz genau.«

»Verstanden, Chef. Wenn du uns jetzt entschuldigst, wir würden gern die herrliche Sonne genießen. Hat einer von euch zufällig Sonnencreme dabei?«

Die Wärter gaben sich geschlagen und traten den Rückzug an. Mike wandte sich an Ted.

»Ich hoffe, der Aufwand lohnt sich, mein Freund«, sagte er in ernstem Ton.

Direkt vor ihren Füßen verlief die Linie, die das Spielfeld in zwei Hälften teilte.

Die Grenze zwischen der realen Welt und der Welt des Wahns, hatte Mike gesagt.

»War machen wir hier, Mike?«

»Du willst es sehen, oder etwa nicht?«

Espósito wusste offenbar schon, was er meinte, denn er wand sich vor Unbehagen und schubste die beiden leicht.

»Ganz ruhig, Espósito.«

»Ich will es sehen«, sagte Ted. »Aber …«

»Das ist die Linie.« Mike zeigte auf den weißen Streifen, der unter den Pfützen kaum zu sehen war. »Wenn wir in der Nähe dieser Linie sind, haben wir eine größere Chance, es zu sehen. Mist, ich habe mein Buch vergessen!«

Ted sank in sich zusammen und konnte nichts mehr sagen. Einen Moment lang sah er klar und deutlich den wahren Mike, nicht den bedrohlichen Mike, der manchmal wie der vernünftigste Mensch der Welt wirkte, mit seinen Büchern und abgefahrenen Theorien, sondern Mike, den Spinner, Mike, das Ehrenmitglied vom Lavender Memorial. Er blickte sich um, weil er sich der Lächerlichkeit der Situation bewusst geworden war.

»Du musst daran glauben«, sagte plötzlich Espósito. Es war das erste Mal, dass Ted ihn sprechen hörte.

»Halt den Mund, Espósito«, blaffte Mike.

Dachten sie wirklich, das Opossum würde gleich auftauchen, einfach so? Ted ertappte sich trotzdem dabei, wie er den Blick in Richtung Wäldchen wandte und nach dem widerlichen Tier Ausschau hielt. Nichts zu sehen.

»Entschuldige, Mike«, sagte Ted, »aber wir waren schon so oft hier, sogar in der Nähe dieser Linie, und haben nie was gesehen. Warum sollte das diesmal anders sein?«

»Wegen unserem Riesenbaby hier«, sagte Mike und tätschelte Espósito. »Ich hatte dir doch gesagt, dass er sie die ganze Zeit sieht, oder? Espósito ist wie eine große Straßenlaterne, nur dass er nicht Insekten anzieht. Stimmt's, Espósito?«

»Ich ha ... ha ... habe sie schon lang nicht mehr gesehen.«

Mike lachte gezwungen.

»Das ist eine Lüge so groß wie dein Arsch. Wir drei haben sie alle schon mal gesehen, und je mehr wir sind, desto besser.« Mike beugte sich vor, um Ted einen seiner irren Blicke zuzuwerfen. »Willst du es nun sehen oder nicht? Schließlich mache ich das alles nur für dich.«

Ted nickte. »Du hast recht, entschuldige.«

Scheiß drauf. Was hatte er zu verlieren? Wenn er der Wahrheit dadurch näher kam, dass er mit zwei Irren mitten auf einem Basketballplatz saß, warum nicht?

»Ich bin bereit«, sagte Ted energisch. »Auf geht's, Espósito, nutz deine Kräfte als Aquaman und nimm Kontakt mit ihnen auf. Sag ihnen, sie sollen kommen.«

»So funktioniert das nicht«, erwiderte Espósito mit seiner seltsam kieksenden Stimme.

Keiner fragte, wie es dann funktionieren sollte.

Sie schwiegen. Vom Gebäude aus betrachtet, musste die Szene noch absurder wirken. Drei Männer auf einer Bank in einem Basketballfeld. Woody Allen könnte sich kein besseres Plakat für einen seiner Filme ausdenken. *Drei Männer und ein Opossum* – demnächst in Ihrem Kino.

Wohl eine Viertelstunde später saßen sie immer noch da und sagten kein Wort. Ted lächelte. Das Opossum hatte er nicht gesehen, aber dafür an seine Töchter gedacht, die manchmal *Wer zuerst redet, hat verloren* spielten, fast immer auf Initiative von Nadine, die das ständige Geplapper ihrer Schwester oft satthatte und dann mit ihr darum wettete, wer länger den Mund halten konnte. Ted fragte sich, wer von ihnen dreien zuerst reden würde. Garantiert nicht Espósito, der praktisch in jeder Minute seines Lebens *Wer zuerst redet, hat verloren* spielte, und auch Mike schien in einen schwer definierbaren Dämmerzustand versunken. Ted war der Einzige, der sich nicht darüber hinwegtäuschen konnte, *welchen Schwachsinn sie da veranstalteten.* Obwohl er warm angezogen war, begann er zu frieren. Er kauerte sich zusammen und spürte plötzlich das Hufeisen in seiner Hosentasche. Das war es! Plötzlich war es ihm klar. Das Opossum würde nicht kommen, solange er das Hufeisen bei sich trug. Er sprang auf und zog es demonstrativ aus seiner Hosentasche, damit die anderen es sahen. Sie schienen zu verstehen, obwohl er nichts sagte. Erst dachte er daran, es weit wegzuwerfen, aber weil er McManus und den anderen Wächter nicht provozieren wollte, ging er kurz zum Spielfeldrand und ließ es fallen.

»Deck es zu«, sagte Espósito.

»Womit denn?«

»Mit deiner Jacke«, schaltete sich Mike ein. »Leg sie drüber.«

Ted seufzte. Genial. Jetzt würde er sich auch noch erkälten. Trotzdem kam ihm das, was vollkommen blödsinnig klang, gleichzeitig absolut vernünftig vor. Er zog die Jacke aus und legte sie über das Hufeisen. Diesmal vergewisserte er sich, dass ihn niemand vom Fenster aus sah. Dann eilte er zurück und rieb sich die Hände.

»Rück mal ein Stück, Espósito, und lass mich in die Mitte.«

Ohne zu murren, machte der Dicke Platz. »Da kommen sie«, sagte er kurz darauf. In seiner Stimme lag nicht der leiseste Zweifel.

Ted musterte ihn aufmerksam, konnte aber nichts Ungewöhnliches erkennen. Doch er *spürte*, dass *etwas* vor sich ging. Dann sah er es. Etwas, das sich in einer Pfütze jenseits der Trennlinie spiegelte. Etwas Rotes.

»Rot ist meine Lieblingsfarbe«, sagte Espósito wie aus dem Nichts. Jetzt klang seine Stimme nicht nur fest, sondern auch tiefer als vorher.

»Was?«, fragte Ted.

Espósito antwortete nicht.

Da war es wieder, das Spiegelbild in der Pfütze, diesmal deutlicher zu erkennen: Hollys schlanker Körper im roten Bikini. Das Bild zitterte, als der Wind über die Wasseroberfläche wehte. Dann war es weg. Aber es war da gewesen, ganz sicher. Als Ted den Kopf hob, erstarrte er.

In einer Ecke des Spielfelds stand das Schloss der Disney-Prinzessinnen. Es war kein Spiegelbild oder eine Halluzination. Das Schloss war wirklich dort. Ted deutete in diese Richtung.

»Wir können es sehen«, sagte Mike.

»Das ist das Schloss meiner Töchter«, sagte Ted mit bebender Stimme.

Er stand auf und ging allein auf das Schloss zu. Auf halbem Weg drehte er sich um und sah, dass Mike ein besorgtes Gesicht machte und Espósito seinen Kopf mit seinen Armen bedeckte, als wollte er sich zusammenkugeln. Sie wirkten wie Fahrgäste der steilsten Achterbahn der Welt. Ted verspürte den Wunsch, ja den Drang, sich wieder zu ihnen auf die sichere Bank zu setzen.

Weiter hinten, an der Hintertür des Lavender, erblickte er McManus. Unmöglich, dass der das Schloss nicht sah. Ted ging weiter.

Das Schloss stand genau zwischen dem Basketballplatz und dem kleinen Wäldchen. Als er ankam, ging er in die Hocke und spähte durch eines der Seitenfenster. Eintreten wollte er nicht, und anfassen schien ihm auch keine gute Idee zu sein. Aus irgendeinem Grund war er davon überzeugt, dass dort drinnen das Opossum war. War es aber nicht. Das Schloss war leer. Er trat einige Schritte zurück und kratzte sich am Kopf. Von der Seitenwand blickten ihm Schneewittchen, Aschenputtel, Arielle und Pocahontas entgegen. *Was willst du jetzt tun?* Er ging um das Schloss herum. Auf der Vorderseite waren Esmeralda und Dornröschen. Und wie hieß noch die Prinzessin im Film? Da traf ihn eine Erinnerung wie ein Blitz. Er sah sich selbst, wie er bei Toys »R« Us mit Cindy an der Hand um dieses Schloss herumging und seine Tochter ihm die Geschichte jeder einzelnen Prinzessin erzählte.

Aurora!

Cindys Stimme brachte ihm die Antwort. Aurora war der Name der Prinzessin in Dornröschen. Ein Schauder durchlief ihn. Dies war die erste Erinnerung an die Mädchen, in der Wendell nicht vorkam. Ted ging weiter um das Schloss herum.

»Das da ist Belle«, sagte Cindy.

»Aus *Die Schöne und das Biest*«, ergänzte Ted.

»Genau! Und das Pocahontas. Und das Mulan.«

Auf der Rückseite war keine Prinzessin, sondern nur eine gemalte Ziegelsteinmauer. Ted blieb stehen und betrachtete sie. Er wich einige Schritte zurück, um einen besseren Überblick zu haben, als er mit dem rechten Fuß auf etwas Hartes trat. Das Opossum! Er sprang zur Seite. Doch es war nicht das Opossum, es war ein Metzgermesser.

Ted bückte sich und hob das Messer auf. Als er es wendete, bemerkte er, dass die Klinge rot verschmiert war.

Rot ist meine Lieblingsfarbe.

Was hatte das Messer hier zu suchen? Er sah zu Mike und Espósito, als könnten sie ihm auf die Entfernung eine Antwort geben. Aber sie saßen nur da wie erstarrt. Ted überlegte, ob er die Hand heben sollte, um eine Reaktion zu provozieren, ließ es aber sein. Er wusste, dass sie nicht reagieren würden. Außerdem hörte er in einigen Meter Entfernung etwas im Gras rascheln. Diesmal war es tatsächlich das Opossum. Es schien nicht an Ted interessiert. Es schnuppert mal hierhin, mal dahin und hob dann und wann den Kopf. Ted folgte ihm mit Blicken, ohne sich bewusst zu sein, dass er mit dem Messer in der Hand aussah wie ein Meuchelmörder.

Er betrat das Wäldchen des Hospitals, in dem er noch nie gewesen war, und verlor schon bald den Sichtkontakt zu Mike und Espósito. Langsam folgte er einem von Bäumen gesäumten Pfad. Das Opossum ging voraus und führte ihn.

Bevor sie eine Lichtung erreichten, trat das Opossum beiseite und grinste, wenn man bei einem solch diabolischen Tier von Grinsen sprechen konnte. Der Schwanz des pummeligen Tiers zuckte aufgeregt hin und her. Als Ted einige Meter weitergegangen war, verstand er, warum. Auf der Lichtung lag ein toter Mann. Ted *wusste*, dass er tot war. Bäuchlings lag er da, die Arme seitlich ausgebreitet. Er trug die Jacke und die Mütze der Universität von Massachusetts. Ted hatte sie sofort erkannt, denn er hatte sie selbst einst getragen. Das Gesicht hingegen konnte er nicht erkennen, und er wusste auch nicht, ob er es überhaupt sehen wollte.

Da erinnerte er sich an das Messer in seiner Hand und nahm unwillkürlich die Leiche näher in Augenschein. Da sah er den Schnitt am Hals und das Blut, das Gras und Erde dunkel färbte.

Wer bist du?

Er wollte näher treten und den Körper umdrehen. Er musste es tun, musste das Gesicht sehen. Doch in diesem Augenblick hörte er eine Stimme hinter sich.

»Ted!«

Er drehte sich um.

Es war McManus. Hinter dem Wächter standen Mike und Espósito. Die drei wirkten sehr besorgt. Ted wandte sich wieder um und fand bestätigt, was er bereits wusste: Auf der Lichtung lag gar kein toter Student der Universität von Massachusetts, und dort saß auch kein grinsendes Opossum. Zum Zeichen, dass er sich ergab, breitete er die Hände aus. Wo war nur das Messer, das er eben gefunden hatte?

Schweigend traten sie den Rückweg an.

»Hast du es gesehen?«, fragte Mike neugierig.

Ted nickte unmerklich.

»Ich bin mir nicht sicher, ob ich gesehen habe, was hinter dem Vorhang ist, Mike. Wenn ich ehrlich bin, habe ich keine Ahnung, was ich gesehen habe.«

Noch immer hatte er den Anblick des Toten vor Augen. *Wer war das?*

32

Sie saßen im Besprechungsraum von Trakt C. Laura erzählt Ted von ihrem Besuch bei Lynchs Sekretärin.

»Die Polizei hat nie wirklich nachgehakt, aber sie war da, als Sie das Büro von Lynch aufgesucht haben«, sagte sie gerade, doch Ted war mit seinen Gedanken ganz woanders. Der Besuch seiner Familie und das merkwürdige Erlebnis im Klinikgarten hatten ihn verstört.

»Ist das irgendwie von Bedeutung?«

»Ja. Durchaus. Es bestätigt nämlich nicht zuletzt, dass jedes Ereignis des ersten Zyklus eine reale Grundlage hat, und das wiederum hilft uns, Ihre letzten Tage zu rekonstruieren.«

»Wenn Ihre These stimmt, warum habe ich jemanden wie Blaine aufgesucht?«

»Genau darüber wollte ich mit Ihnen sprechen. Als Nina an jenem Vormittag das Büro verließ, hörte sie noch, wie Sie Lynch vorwarfen, er sei Ihnen zum Haus von Blaine gefolgt.«

Teds Aufmerksamkeit war sofort geweckt. Er schüttelte den Kopf. »Ich verstehe nicht, was ich mit diesem Kerl zu tun haben könnte.«

»Wir wissen jetzt, dass Sie sich kannten. Wahrscheinlich war es eine Beziehung, von der niemand wusste, nicht einmal Holly. Als Sie rausgefunden haben, dass Lynch Ihnen dorthin gefolgt ist, sind Sie ausgerastet.«

Laura sprach in Rätseln. Und sah ihn immer wieder fragend an, zumindest kam es ihm so vor.

»Moment mal, Laura. Was meinen Sie mit *Beziehung*?«

»Nichts, nur keine voreiligen Schlüsse. Aber wir müssen es auf jeden Fall herausfinden. Ted, alles okay mit Ihnen?«

Er senkte den Blick.

»Ja, ja«, er machte eine beschwichtigende Geste, »aber ich muss Sie um einen Gefallen bitten. Seit ich die Mädchen gesehen habe …«

»Ja?«

Ted war den Tränen nahe, weil er sich an das Versprechen erinnerte, das er Cindy und Nadine gegeben hatte.

»Ted, Sie können mir alles sagen. Ich möchte, dass Sie mir erzählen, was Sie empfunden haben, als Sie Holly und die Mädchen wiedergesehen haben. Darüber müssen wir unbedingt sprechen.«

»Ich muss hier raus, Laura«, kam Ted sofort auf den Punkt. »Und sei es für ein oder zwei Tage. Ich muss zu dem Haus am See, ich muss alles mit meinen eigenen Augen sehen. Verstehen Sie mich nicht falsch, hier drin zu sein hat mir geholfen, aber jetzt ist es an der Zeit, an den Ort zurückzukehren, an dem alles begann.«

»Ted, ich weiß nicht, ob das der richtige Moment ist. Wir machen gerade große Fortschritte ...«

»Ich weiß, und dafür bin ich Ihnen auch überaus dankbar. Auch dafür, dass ich meine Töchter sehen durfte. Aber ich will mich an alles erinnern, und in dem Haus am See werde ich die Antworten finden, da bin ich mir sicher.«

»Warum?«

Wenn er sie überzeugen wollte, musste er ihr von dem erzählen, was er im Klinikwäldchen gesehen hatte.

»Ich hatte einen äußerst merkwürdigen Traum. Es war ... eine Art Vision. Zuerst war da das rosarote Schloss der Kinder. Ich habe es mir näher angesehen und entdeckt, dass dahinter ein Pfad verlief. Ich folgte dem Pfad. Er befand sich hinter dem Haus am See. Ich weiß nicht, wie lange ich so gegangen bin. Auf jeden Fall spürte ich, ja ich wusste es, dass mich am Ende eine Entdeckung erwartete. Der Schlüssel zu allem.«

Laura nahm ihr Notizbuch, um sich Stichpunkte zu machen.

»Da fand ich eine Leiche. Er war Student der Universität von Massachusetts, trug Jacke und Kappe der Uni. Unter der

Leiche hatte sich eine Blutlache gebildet. Das Gesicht konnte ich nicht sehen.«

»Wann haben Sie das geträumt?«

»Gestern.«

Ted würde ihr nicht sagen, dass er all das im Wachzustand gesehen hatte, vor den Augen von Mike und Espósito. Wenn er sich auch nur ein Fünkchen Hoffnung bewahren wollte, aus dem Lavender rauszukommen, durfte er auf gar keinen Fall zugeben, dass er die Leiche gefunden hatte, indem er am helllichten Tag einem Opossum gefolgt war.

»Was ist noch passiert?«

»Nichts. Ich weiß nicht, was das Schloss und die Leiche zu bedeuten haben. Aber ich weiß eines: Der Pfad hinter dem Haus am See hält die Antworten bereit.«

»Ted, Sie wissen doch, wie Träume sind. In Träumen glauben wir fest an Dinge, die nach dem Aufwachen nicht mehr so gewiss sind.«

»Ja, schon, aber das hier war anders. Es war, als würde ein Teil meiner selbst zu mir sprechen und die Antwort geben, nach der ich suche.«

Ted war sich bewusst, dass er übertrieb. Aber er musste überzeugend sein. An Lauras Gesichtsausdruck konnte er ablesen, dass er zumindest ihre Neugier geweckt hatte.

Laura machte sich nach wie vor Notizen.

»Hat das, was Sie auf dem Pfad gesehen haben, etwas mit Ihrer Studienzeit zu tun?«

»Ich weiß nicht recht. Da waren zwar die Jacke und die Kappe, aber vieles aus dieser Zeit ist nach wie vor verschwommen. An manches erinnere ich mich deutlich, an meine Professoren, an die Pokerpartien, an meine Jobs. Anderes ist wie ausgelöscht, alles, was in Zusammenhang mit Lynch ... mit Justin steht. Wenn er mein Zimmergenosse war und wir an der

Uni Freunde geworden sind, dann müsste ich mich doch an gemeinsame Erlebnisse erinnern, oder?«

Laura nickte.

»Und?« Ted sah Laura hoffnungsvoll an. »Kann ich zu dem Haus fahren?«

Laura schüttelte sanft den Kopf. In ihren Augen lag ein Anflug von Traurigkeit.

»Dafür ist es zu früh, Ted. Tut mir leid. Ich will nicht ausschließen, dass wir es bald mit einem therapeutischen Ausflug versuchen werden, aber das tun wir nur, wenn wir wirklich überzeugt sind, dass es von Nutzen ist.«

Ted stand abrupt auf. Er war nicht an Füßen oder Händen gefesselt. Natürlich hatte McManus im Raum nebenan ein wachsames Auge auf ihn.

»Laura, ich verstehe das ja, und ich vertraue Ihnen. Aber ich bitte Sie inständig, darüber nachzudenken. Sollte dieser Pfad nicht existieren oder nirgendwohin führen, verlieren wir doch nichts.«

Ted wirkte wie ein Schüler, der vorgetreten war, um eine Lektion aufzusagen. Laura sah ihn über ihre Brille hinweg an.

»Ich verspreche Ihnen, dass ich darüber nachdenken werde. Sie sollten aber wissen, dass die Entscheidung nicht bei mir allein liegt. In diesem Trakt hat Dr. Grant das Sagen.«

Ted setzte sich wieder.

»Verstehe. Ich bitte Sie nur, darüber nachzudenken.«

»Das werde ich tun. Versprochen.«

33

Seit dem Mittagessen in der Cafeteria der Klinik hatte Marcus nicht mehr mit Laura gesprochen, aber die ganze Zeit an sie gedacht. Als sie ihn im Büro anrief und sagte, sie müsse etwas im Fall Ted McKay mit ihm besprechen, willigte er sofort ein und traf noch in diesem Moment die Entscheidung, ihr zu gestehen, was er für sie empfand. Er war es leid, sich immer neue Vorwände einfallen zu lassen. Ted McKay würde warten müssen. Die Welt würde warten müssen.

Als Laura den Kopf zur Tür hereinsteckte, saß er in einem der kleinen Sessel am Fenster.

»Kann ich reinkommen?«

»Klar.«

Laura setzte sich in den anderen Sessel. Marcus sah zum Fenster hinaus und suchte nach Worten. Nein, eigentlich suchte er nach der nötigen Kraft.

»Geht's dir gut, Marcus?«

»Willst du es wirklich wissen? Nein, es geht mir nicht gut. Ich ...«

Sie beugte sich ein wenig zu ihm hinüber und bat ihn weiterzusprechen. Marcus legte sich den Satz neu zurecht. Er holte Luft.

»Ich muss die ganze Zeit an dich denken«, sagte er schließlich.

Sie lächelte halb erfreut, halb mitleidig.

»Neulich Abend bei dir ... Ich hatte solche Lust, dich zu küssen.«

Laura legte ihre Hand auf seinen Unterarm.

»Warte. Lass uns das richtig machen. Warum lädst du mich nicht am Samstag zu dir nach Hause ein? Wenn du die Tür aufmachst, noch bevor wir irgendetwas sagen, küssen wir uns.«

Er nickte.

»Das ist ein Date«, sagte sie und stand auf.

»Ich dachte, du wolltest …«

Und schon war Laura weg. Die Tür ging zu und wieder auf.

»Dr. Grant? Kann ich mit Ihnen sprechen?«

Marcus lachte.

Laura nahm vor seinem Schreibtisch Platz, er dahinter.

»Deine Sekretärin muss mich für verrückt halten.« Laura lachte leise.

»Ein bisschen bist du das ja auch«, sagte Marcus. Er wies auf die Sessel, auf denen sie bis eben noch gesessen hatten. »Worüber wolltest du mit mir sprechen?«

Von einem Moment auf den anderen änderte sich Lauras Miene.

»Ted hat sich an einige Dinge aus seiner Vergangenheit erinnert, und ich glaube, es ist Zeit, den Druck ein wenig zu erhöhen.«

Laura erzählte ihm von dem Traum mit dem Studenten von der Universität von Massachusetts. Und von dem Pfad hinter dem Haus am See.

»Ted möchte dorthin«, erklärte sie. »Er glaubt, der Pfad könne ihm helfen, sich zu erinnern, oder ihn an einen wichtigen Ort führen. Ich habe darüber nachgedacht, und ich würde es gern auf einen Versuch ankommen lassen.«

Marcus überlegte.

»Bist du sicher, dass es der richtige Moment ist?«

»Ehrlich gesagt, nein. Aber irgendwie ist alles an diesem Fall ziemlich unvorhersehbar. Neulich waren seine Töchter zu Besuch. Du kannst dir nicht vorstellen, wie entzückend diese Mädchen sind. Wenn Ted das jetzt braucht, um die letzte Tür zu öffnen, dann sollte ich es versuchen. Schlimmstenfalls klappt es nicht, und die Fahrt war umsonst.«

»Es ist deine Entscheidung, Laura. Als Oberarzt trage ich für alles, was hier drin geschieht, die Verantwortung. Aber du bist seine Ärztin. Du reichst mir den Antrag ein, und ich erteile die Genehmigung. An welchen Tag hast du gedacht?«

»Samstag?«

Marcus sah sie erschrocken an.

Laura lachte. »Ich habe am Samstag frei«, erklärte sie. »Walter wird mit seinem Vater bei seinen Großeltern sein. Es wäre der perfekte Tag für mich. Ich fahre morgens mit Ted zu dem Haus am See und komme rechtzeitig am Abend zurück, um mich für unser Date schön zu machen. Ich weiß, dass die Entscheidung bei mir liegt, aber deine Meinung ist mir wichtig.«

»Du hast mehrfach bewiesen, dass du dich in diesem Fall auf deinen Instinkt verlassen kannst. Der Zugang zu McKays Vergangenheit über das Schach, der Trick mit dem Hufeisen, die Verlegung in Trakt C, das ist alles dein Verdienst. Ich weiß, was der Fall dir bedeutet. Wenn dein Instinkt dir sagt, dass es der richtige Moment ist, dann tu es.«

»Danke.«

»Ich kann mit meinem alten Freund Bob sprechen, der bei der Polizei arbeitet. Erinnerst du dich an ihn?«

Laura nickte und kicherte in ihre Hand hinein.

»Robert Duvall, wie könnte ich ihn vergessen?«

Auch Marcus lachte.

»Genau. Aber komm bloß nicht auf die Idee, ihn bei seinem vollen Namen zu nennen, solltest du ihm mal begegnen. Ich werde ihn bitten, für mich herauszufinden, ob es zu McKays Zeiten an der Uni einen Mordfall gegeben hat. Wann hat McKay noch mal studiert?«

»Aufgenommen hat er sein Studium 1993. Wäre toll, wenn wir da was rausfinden könnten.«

»Was den Ausflug angeht, bestehe ich auf Hochsicherheitsmaßnahmen. Hand- und Fußfesseln, bewaffneter Wächter.«

»Einverstanden.«

»Ich weiß schon, was du antworten wirst, aber ich würde gern mitkommen.«

»Wie gut du mich kennst. Ich nehme lieber jemanden mit, den Ted schon kennt.«

»Ich werde schauen, wer von den Jungs Dienst hat. Er wird sich um diesen kleinen Ausflug reißen.«

»Es sind drei Stunden Fahrt«, sagte Laura, die sich dieses Detail bis zum Schluss aufbewahrt hatte.

Marcus bemerkte, dass er subtil manipuliert wurde.

»Du bist unverbesserlich, Laura Hill.«

»Bis zu unserem Date bin ich wieder zurück, versprochen«, sagte sie und erhob sich.

»Schick mir den Antrag auf Ausgang, dann bereite ich ihn heute noch vor.«

»Vielen Dank.«

»Wir sehen uns vorher sicher noch, aber falls nicht, viel Glück.«

»Am Samstag werden wir nicht über den Fall reden«, sagte Laura, bevor sie ging. »Darauf gebe ich dir mein Wort.«

»Ich weiß nicht, ob ich dir das glauben kann.«

Sie lächelte.

»Und vergiss nicht, was du zu tun hast, wenn ich die Tür aufmache.«

»Bestimmt nicht.«

VIERTER TEIL

1993

1 An der Universität von Massachusetts in Amherst studierten 1993 über zwanzigtausend Studenten. Viele davon belegten in einem der fünfzig Wohnheime ein Doppelzimmer, bei dessen Zuteilung angeblich die Vorlieben der Studenten berücksichtigt wurden. Dafür mussten sie ein detailliertes Formular ausfüllen, anhand dessen der garantiert beste Zimmergenosse ausgewählt wurde. In den Broschüren wurde dieses Verfahren ausdrücklich hervorgehoben.

Als Ted McKay seinen Zimmergenossen kennenlernte, war sein erster Gedanke, dass die Leute des Auswahlbüros keinen blassen Schimmer hatten von dem, was sie da taten. Denn anders war nicht zu erklären, wie jemand dort auf die Idee hatte kommen können, er und Justin Lynch könnten sich gut verstehen. Man musste nur einen Blick auf sie werfen, um sich darüber im Klaren zu sein, dass sie in zwei völlig verschiedenen Welten lebten. Zur Ehrenrettung des Auswahlbüros sei gesagt, dass sowohl Ted als auch Justin Stipendiaten waren und folglich nur eines der drei Wohnheime infrage kam, die für Studenten wie sie vorgesehen waren. Daher landeten sie beide im Shepherd House, das von allen nur »der Block« genannt wurde, was angesichts der architektonischen Dürftigkeit ein durchaus treffender Name war. Es war also ihre ökonomische Situation, die dazu führte, dass sie das Zimmer 503 im Block teilten. Immerhin standen sie auf dieselbe Musik: Nirvana. Doch wer stand 1993 *nicht* auf Nirvana?

Justin Lynch sah außergewöhnlich gut aus. Er war groß und

athletisch gebaut, hatte blaue Augen und ein kräftiges Kinn. Seine Haare saßen immer perfekt – ohne dass Justin sie ständig schneiden ließ, sie wuchsen von selbst in Form, wie es schien, als führten sie ein Eigenleben. Lynchs Existenz im Wohnheim blieb nicht lange unbemerkt. Studentinnen aller Semester verschafften sich Zugang zum Shepherd House und lungerten vor dem Zimmer 503 oder im Gemeinschaftsraum des fünften Stocks herum. Manche fingen Ted ab und verlangten alles Mögliche von ihm, um irgendwie an Justin ranzukommen. Die Schüchternsten wollten nur Informationen: ob er eine Freundin habe zum Beispiel, andere waren wesentlich direkter und baten ihn, sie ins Zimmer zu lassen, damit sie die Sache selbst in die Hand nehmen konnten. Justin war ein Don Juan, und genau das regte Ted so auf, dem der Umgang mit dem anderen Geschlecht nicht so leichtfiel. Es war aber nicht eigentlich Neid, was Ted gegenüber seinem neuen Zimmergenossen empfand – ein bisschen vielleicht –, sondern etwas Tieferes, denn Ted hatte diesen Widerwillen gegen Frauenhelden nicht von einem Tag auf den anderen entwickelt. Sein Vater war ein Frauenheld gewesen. Und was für einer! Hatte Ted es der Psychologin, die das Zulassungsgespräch geführt hatte, etwa nicht gesagt? Natürlich hatte er das. Die Seelenklempnerin hatte tief in seiner Vergangenheit herumgewühlt und vor allem nach dem Grund gesucht, warum die Ehe seiner Eltern gescheitert war. Und er hatte ihn ihr genannt. Er hatte ihr verraten, dass sein Vater über Jahre eine Geliebte hatte. Und als die Psychologin ihn fragte, wie es ihm damit gehe, hatte Ted es zuerst für die dümmste Frage der Welt gehalten. Doch dann hatte er beschlossen, ihr die Wahrheit zu sagen, dass er seinen Vater hasste, ihn und all die verdammten Männer, die ihre Frauen betrogen. Und jetzt stellte sich die Frage: Warum zwang ihn die Universität, das Zimmer mit jemandem zu teilen, der genau das repräsentierte, was er so sehr verabscheute? Ted war empört. Doch eines wusste er genau: Sollten sich hier irgendwann die Mädchen die Klinke in die Hand geben, würde er ein ernstes Wörtchen mit ihm reden. Der Kerl sagte, er habe in seiner Heimatstadt eine Freundin, sogar ein Foto von ihr hatte er an der Wand hängen.

Der Eindruck, den Lynch von Ted hatte, war auch nicht viel besser. Was nicht an dessen Möchtegern-Rocker-Outfit und seinen schlechten Manieren lag, seiner demonstrativen Anti-Haltung, die Lynch ziemlich lächerlich fand – mit dem *Outlaw*-Aufkleber, den er auf seinem schrottreifen Opel Commdore angebracht hatte. Schlimm fand Lynch Teds Arbeitsmoral. Während er selbst die Universität ernst nahm, einen Job in der Bibliothek hatte und Bücher las, bis ihm die Augen brannten, teilte Ted seine Zeit auf zwischen dem einen oder anderen Seminar, seinem Job in der Mensa und den Pokermarathons im sechsten Stock. Lynch lernte bis spät in die Nacht und war noch auf, wenn sein Zimmergenosse torkelnd und nach Zigaretten stinkend zurückkam. Manchmal schlug er eines seiner Mathe- oder Wirtschaftsbücher auf, aber nie länger als eine halbe Stunde, dann schlief er in voller Montur über dem offenen Buch ein. Lynch wusste, dass Ted eines der Stipendien hatte, für die absolute Höchstleistung gefordert war, und war sich sicher, dass er die erste Examensrunde nicht überstehen würde. In gewisser Weise wartete er sehnsüchtig darauf, denn dann würde man ihm endlich einen neuen Zimmergenossen zuteilen.

In den ersten Monaten beschränkte sich ihr Umgang auf das Nötigste. So etwas wie Gemeinsamkeit entstand immer nur dann, wenn in Justins Stereoanlage Nirvana oder Pearl Jam liefen. Wenn sie überhaupt miteinander sprachen, dann über Musik. Nie unterhielten sie sich über ihre Jobs oder aßen gemeinsam in der Mensa, und auch die Freundeskreise, die sich allmählich bildeten, überschnitten sich nicht.

Ted musste sich irgendwann eingestehen, dass im Zulassungsbüro vielleicht doch nicht nur Idioten arbeiteten und dass er Justin vorschnell verurteilt hatte. Denn es kam nie dazu, dass Frauen sich bei Lynch die Klinke in die Hand gaben. Es war sogar so, dass die einzige Frau, die bis Oktober das Zimmer betrat, von Ted angeschleppt wurde. Lynch schien nicht nur kein Interesse daran zu haben, seine Freundin zu betrügen, sondern fühlte sich sichtlich unwohl, wenn sich ein Mädchen, das er nicht kannte, an ihn ranschmiss. Dabei war er für viele auf dem Campus ein wahrer Traummann. Da gab es andere, die mit viel weniger Sexappeal ständig die Betten quietschen ließen. So nannten sie es damals an der Uni, wenn man mit einem Mädchen schlief: Die Betten hatten alte Federkernmatratzen, die sehr bequem, aber auch sehr laut waren. Justin ließ in diesen ersten Monaten sein Bett nicht ein einziges Mal quietschen, und Ted überlegte schon, ob er vielleicht schwul war, ob das Foto an der Wand nur zur Tarnung diente. Doch er hörte ihn mehrmals mit seiner Freundin telefonieren, und dass er diese Gespräche nur fingierte, schien ihm doch zu weit hergeholt. Der Kerl war treu, und das, obwohl er in Sachen Verführung die Durchschlagskraft einer Bazooka hatte. Was für ein merkwürdiger Typ. So merkwürdig, dass Teds Neugier geweckt war.

Der Oktober kam, und mit ihm die erste Examensrunde. Justin schaffte ein C und drei B und freute sich wie ein Schneekönig. Doch als er die Noten seines rebellischen Zimmergenossen sah, kippte er schier aus den Latschen. Nur As. Das war unmöglich, da musste irgendein Trick im Spiel sein, schließlich hatte er mit eigenen Augen gesehen, dass Ted praktisch nie lernte, jedenfalls nie mehr als höchstens eine Stunde am Tag. Justin konnte sich nicht vorstellen, dass er sich bei seinem Job in der Mensa auf sein Studium konzentrieren konnte. Er nahm ja nicht mal seine Bücher mit! Worin bestand also der Trick? Der Trick bestand darin, wie Justin im Laufe der Zeit herausfand, dass sein Zimmergenosse äußerst intelligent war und außerdem über ein fotografisches Gedächtnis verfügte. Ted glänzte vor allem in den Fächern, in denen Analyse und Auswendigwissen gefragt waren. Seine Lesegeschwindigkeit war atemberaubend. Außerdem erfuhr Justin, dass Ted sich mit den Pokerabenden, die er auf eine Reihe illegaler Spielhallen außerhalb des Campus ausgedehnt hatte, seinen Lebensunterhalt verdiente. Nachdem sich die Wogen zwischen ihnen geglättet hatten, gestand ihm Ted, dass er Poker eigentlich hasste und nur deshalb darauf zurückgriff, weil es populär genug war, damit er sich in unterschiedlichen Kreisen bewegen konnte, ohne Verdacht zu erregen. Ein Spieler, der mehr gewinnt als verliert, stößt irgendwann auf Ablehnung. Ted konnte sich mühelos alle Karten merken und in Sekundenschnelle komplexe statistische Entscheidungen treffen, was ihm Waffen gegen den Zufall an die Hand gab, die denen der anderen überlegen waren. An den Studententischen war nicht viel Geld im Umlauf, aber Ted verdiente genug, um die Ausgaben zu bestreiten, die sein Stipendium nicht abdeckte – plus die Kosten für die Heimunterbringung seiner Mutter.

2 Die Grundlage für ihre Freundschaft bildete der tiefe gegenseitige Respekt. Ted ließ niemanden an sich heran. Seine Pokerkumpel betrachteten ihn als Freund, aber Ted gaukelte ihnen etwas vor, sagte und tat, was sie von ihm erwarteten, mehr nicht. Er hatte gelernt, wie man sich an seine Umgebung anpasst, und folgte dabei seinem Kalkül, nicht seinem Gefühl. Justin war der erste Mensch, an dem er ehrlich interessiert war.

Es war ein völlig neues Gefühl für ihn, denn auch in der Schule hatte er nie Freundschaften gepflegt.

Justin wiederum hatte sich sehr wohl einige aussichtsreiche Freundschaften aufgebaut, ließ sie jedoch immer mehr schleifen und zog sich in seine Welt zurück. Er war von Natur aus ein Einzelgänger. Ein Freund, der ihn verstand, gab ihm die nötige Sicherheit, um ganz er selbst zu sein. Dass plötzlich jemand sein innerstes Ich akzeptierte, brachte einige Veränderungen in sein Leben, wie sich im Laufe dieses ersten Studienjahrs zeigte.

An einem kalten Nachmittag kurz vor Weihnachten versuchte Justin sich auf einen Text für sein Creative-Writing-Seminar zu konzentrieren, während sich im Hintergrund Kurt Cobain die Lunge aus dem Hals schrie. Ted hatte seinen Studientag bereits beendet: eine halbe Stunde auf dem Bett, umringt von mehreren Büchern über Kalkulationen, Statistik und dergleichen, die er wie eine Krake alle gleichzeitig umblätterte. Ihm beim »Lernen« zuzusehen war eine frustrierende Erfahrung. Gerade bereitete er sich darauf vor, in den sechsten Stock hinaufzugehen, wo die Pokerabende sich immer mehr in die Länge zogen. Die anderen Spieler wurden immer besser, berichtete er Justin, und außerdem hätten sich drei von ihnen gegen ihn verschworen und sich ein System ausgedacht, um ihn mit subtiler Zeichensprache, die er durchschaut habe, auszutricksen. Da er der ewige Gewinner gewesen war, hatte er damit gerechnet. Doch noch hatte er die Sache im Griff. Außerdem, sagte er, könne er den Tisch mit den drei Falschspielern meiden oder sich andere Spielhallen suchen, auch außerhalb des Campus. Ein bisschen Zeit habe er aber noch. Fast nebenbei stellte er Justin eine Frage, auf die der schon gewartet zu haben schien. Justin sprach viel von seiner Mutter, aber nie von seinem Vater. An jenem Nachmittag konnte er sich kaum auf seine Bücher konzentrieren: Er schaute immer wieder aus dem Fenster, tigerte im Zimmer umher, warf einen Tennisball an die Wand. Ted nutzte die Gelegenheit, um ihm die Frage zu stellen, die er immer wieder hinausgezögert hatte. Er vermutete, dass der Vater tot war oder ihn als Kind im Stich gelassen hatte, aber dem war nicht so.

Justins Vater war quicklebendig, wohnte mit Mrs. Lynch und einem weiteren Sohn in Deerfield, und Justin empfand für ihn nichts als Verachtung. *Er also auch!*

»Wir reden kaum miteinander und wissen nicht, warum«, erklärte Justin. Er zog seine Uni-Jacke an und öffnete das Fenster. Eiskalte Luft wehte herein. Justin setzte sich auf das Fensterbrett und zündete sich eine Zigarette an. Dann saß er von Rauch umhüllt da und starrte vor sich hin. »Nicht einmal mein Vater kann sich einen Reim darauf machen. Ich habe nie mit ihm darüber gesprochen. Vielleicht mache ich es eines Tages noch.«

Ted setzte sich auf sein Bett. Die Pokerpartie würde warten müssen.

»Ich verstehe das gut. Mein Vater ist auch ein Idiot.«

Justin nickte und hielt das Gesicht, trotz der Eiseskälte, nach draußen.

»Er glaubt, es wäre das Alter, nichts weiter als eine rebellische Phase, die wieder vorbeigeht. Meine Mutter glaubt das auch, wobei ich mich ihr gegenüber völlig anders verhalte oder es zumindest versuche. Mein Alter ist so verbohrt, dass er nicht die leiseste Selbstkritik übt. Als ich klein war, waren wir ein Herz und eine Seele. Er war mein Idol, ich wollte sein wie er.«

Justin rauchte seine Zigarette zu Ende und machte das Fenster wieder zu. Er rieb sich die Hände und stellte sich an den Heizkörper, um sich aufzuwärmen.

»Mein Vater und ich gleichen uns wie ein Ei dem anderen«,

sagte er resigniert. »Wir sind wie geklont. Wenn ich dir ein Foto von ihm von vor dreißig Jahren zeige, denkst du, das bin ich, wären da nicht diese Riesenbrille und die Schlaghosen, die damals in waren. Vermutlich hat das zu dem angespannten Verhältnis zwischen uns beigetragen. Vielleicht auch nicht. Was weiß ich. Jedenfalls hatte er zu mir eine ganz besondere Verbindung, die er zu meinem Bruder nicht hatte. Hast du Geschwister?«

Ted schüttelte den Kopf.

»Tut mir leid, dass ich dich damit vollquatsche. Du musst los zu deinem …«

»Kein Problem, erzähl weiter.«

»Mein Vater ist Elektriker, hat seine eigene Firma. Als ich klein war, habe ich mich immer riesig auf die Sommerferien gefreut, weil er mich dann in seinem Lieferwagen mitnahm. Wir kauften erst das Material und fuhren dann zu den Kunden, bei denen er was zu reparieren hatte. Ich sagte, ich sei sein Lehrling und würde irgendwann mal sein wie er. Mehr wollte ich auch nicht vom Leben, ehrlich. Wenn man mich damals fragte, was ich mal werden will, wenn ich groß bin, habe ich Elektriker gesagt. Wie aus der Pistole geschossen.«

Justin schnalzte mit den Fingern.

»Mein Vater kaufte seine Materialien immer in den gleichen drei oder vier Geschäften. In zweien davon arbeiteten weibliche Verkäuferinnen, mit denen mein Vater hemmungslos flirtete. Ich solle ja nichts meiner Mutter sagen, bläute er mir immer ein, und ich habe ihr auch nichts gesagt, nie. Wenn er irgendwo privat arbeitete und uns eine Frau aufmachte, war es genau das Gleiche. Dann sagte er zu mir Sachen wie: ›Sag Mama nichts, Justin, du weißt ja, dass sie das nur traurig macht.‹ Es bedeute nicht, dass er meine Mutter nicht lieb habe, Männer würden eben gern mit Frauen flirten und lauter solchen Blödsinn.« Justin schüttelte den Kopf. »Von heute aus betrachtet, klingt es blöd, aber ich war überzeugt, dass es stimmt, Ted. Mein Vater sagte Sachen wie: ›Hast du gemerkt, wie die Verkäuferin meinen Bizeps angeguckt hat? Ich habe mich extra so hingestellt, dass sie es sieht.‹ So ging das die ganze Zeit. Wenn im Fernsehen eine hübsche Frau auftrat und meine Mutter gerade mit etwas anderem beschäftigt war, grinste er anzüglich oder machte obszöne Gesten in meine Richtung. Dabei war ich erst acht! Wie gesagt, so ging das ständig. Als ich zwölf war, wurde mir allmählich klar, dass er nicht nur flirtete. Mit einigen dieser Frauen hatte er ein Verhältnis.«

Ted hörte ihm so aufmerksam zu wie selten zuvor einem anderen Menschen. Ihm gingen viele Gedanken durch den Kopf, unter anderem, dass es kein Zufall war, wenn er und Justin im gleichen Zimmer gelandet waren. Das Zuweisungsbüro hatte wirklich ganze Arbeit geleistet.

»Weißt du, was am schlimmsten war?«

»Was?«

»Dass ich ab sechzehn angefangen habe, mich genauso zu verhalten wie er. Weil ich überzeugt war, dass Männer das eben so machen. Ich halte mich für durchaus intelligent. Nicht so intelligent wie du natürlich.« Justin lachte. »Aber ich bin nicht dumm. Und trotzdem habe ich *nie* infrage gestellt, was mein Vater mir beibrachte. Was er sagte, war wie das Wort Gottes, war *die Wahrheit*. Damals bemerkte ich auch, dass meine Mutter, die auch nicht dumm war, ahnte oder sogar wusste, was mein Vater so trieb. Und meine Mutter liebe ich wirklich über alles. Wie kann es sein, dass ich etwas nicht einmal anzweifelte, was *sie* verletzen konnte?«

»Na ja, immerhin hast du es rechtzeitig bemerkt, und das ist das Wichtigste.«

»Ja, mag sein.«

Nevermind war zu Ende. Es war so still, wie es an einem Freitagabend in einem Studentenwohnheim nur still sein kann. Die Hausordnung in Sachen Lärm war ziemlich strikt, aber an Wochenenden nahm man es damit nicht so genau.

»Ist schon merkwürdig«, sagte Justin und sah gedankenverloren vor sich hin, »das habe ich noch nie jemandem erzählt. Die Psychologin, die mich im Zulassungsbüro interviewt hat, hat mich nach meinem Vater gefragt, und ihr habe ich gesagt, meine Beziehung zu ihm sei ein Desaster, mehr nicht. Warum ich ihn so verabscheue, habe ich noch nie jemandem offenbart.«

Ted wusste nicht, was er erwidern sollte. Er war tief bewegt oder glaubte es zumindest.

»Anfangs hat er nicht verstanden, warum ich mich von ihm distanziert habe«, fuhr Justin fort. »Und im Grunde versteht er es bis heute nicht. Er hat es einfach so hingenommen. Manchmal versucht er noch, sich mir zu nähern, aber immer, indem er über Frauen redet. Er meint, dass er dadurch leichter Zugang zu mir findet. Es ist zum Heulen. Letztes Jahr habe ich meine Freundin mit nach Hause gebracht. Das erste Mädchen, das ich meiner Familie vorgestellt habe. Sie heißt Lila, ich glaube, ich habe dir schon mal von ihr erzählt.« Er zeigte auf das Foto an der Wand. »Wie du siehst, ist Lila nicht gerade der glamouröse Typ. Es ist nur so, dass ...«

Justin stand auf und fasste sich an den Kopf.

»Mein Gott, was ist nur mit mir los? Ich quatsche in einer Tour. Du musst ja denken, ich bin total ...«

Ted stand ebenfalls auf und legte ihm eine Hand auf den Arm.

»Mach dir keine Gedanken darüber. Irgendwann wirst du dir garantiert auch die Geschichte über meinen Vater anhören müssen«, sagte Ted, obwohl er durchaus nicht die Absicht hatte, aus seinem Leben zu plaudern. »Das wird ein erbitterter Wettstreit, wer der größere Idiot ist, glaub mir. Also, was war mit Lila?«

Justin war bereits wieder in Gedanken versunken.

»Als Lila wieder abfuhr«, sagte er schließlich, »meinte er zu mir, ich hätte etwas Besseres als sie verdient. Dann zwinkerte er mir zu und grinste. Ist das zu fassen? Lila habe ich durch einen Zufall kennengelernt. Ein Freund hat sie mir vorgestellt. Und weißt du, was? Das Erste, was ich dachte, als ich sie gesehen habe, war, was wohl mein Vater über sie sagen würde ... Und das, was ich vermutete, war genau das, was er tatsächlich sagte. So gut kenne ich dieses Arschloch.«

»Vielleicht hast du Lila deshalb ausgesucht.«

»Kann sein. Eigentlich haben wir nicht viel gemeinsam.«

Justin lachte.

»In letzter Zeit sind unsere Gespräche ein bisschen eintönig geworden. Und die Entfernung hilft auch nicht gerade.« Plötzlich hielt er inne. »Solltest du nicht längst im sechsten Stock sein und diese Typen ausnehmen wie einen Haufen Weihnachtsgänse?«

Ted grinste, zuckte mit den Schultern.

»Ich gönne ihnen heute mal eine Auszeit«, erwiderte er. »Gestern habe ich ziemlich abgeräumt. Wollen wir ein Bier trinken? Geht auf mich.«

»Gern!«

Ted zog seine schwarze Lederjacke und seine Ohrenmütze an. Justin verließ das Zimmer als Erster, und Ted folgte ihm. Es war noch verfrüht, aber Ted hatte das Gefühl, dass sich mit Justin eine wahre Freundschaft anbahnte.

Die erste wahre Freundschaft seines Lebens.

3 Der harte Winter von 1994 teilte das Leben von Justin Lynch in ein Vorher und Nachher. Er machte in einem kurzen Telefonat mit Lila Schluss, und mit seinen akademischen Leistungen ging es steil bergab. Das eine war nicht die Folge des anderen, aber beides hatte die gleiche Ursache. Justin war sich bewusst geworden, dass er nur deshalb studierte, weil er kein Elektriker wie sein Vater sein wollte. Es war seine Art, ihn zu bestrafen, indem er sich so verhielt, dass *er* es nicht begriff. Und mit Lila war es das Gleiche, nur offensichtlicher. Er hatte sich eine Frau gesucht, die seinem Vater, dem Casanova von Deerfield, nie und nimmer gefallen würde. Und das galt auch für seine Berufswahl. Es war alles total verkorkst. Sein Vater hatte sich in ein schwarzes Loch verwandelt, dessen Gravitationskräfte ihn unaufhaltsam ins Nichts zogen. Ob er handelte, um ihm zu gefallen oder um von ihm gehasst zu werden, war egal: Das Universum drehte sich nach wie vor um ihn.

Justin begann sich zu fragen – etwas spät, wie er sich eingestand –, was er eigentlich aus seinem Leben machen wollte. Wollte er wirklich englische Literatur studieren? Lesen war eine der wenigen Aktivitäten, die ihn ansatzweise mit dem Leben versöhnten, die Chance, in einer dunklen Welt einen Blick auf die Schönheit werfen zu können. Weniger klar war ihm, ob er wirklich bereit war, sich dem universitären Betrieb anzupassen, dem Studienplan, den Prüfungen. Seine Art, der Frage auszuweichen, bestand darin, dass er sich um den Betrieb gar nicht mehr kümmerte und sich stattdessen umso mehr in die Lektüre von Kafka, Melville, Borges und Lovecraft vertiefte. Die Dichtung von Sylvia Plath, einer Autorin aus der Gegend, die den Großteil ihres Lebens depressiv gewesen war und mit dreißig Selbstmord begangen hatte, weckte sein besonderes Interesse, ja wurde regelrecht zu einer Obsession. Es war nicht gerade die ideale Lektüre für jemanden, der sich jeden Tag ein bisschen näher auf den Abgrund zubewegte.

Ted erlebte all dies aus nächster Nähe mit, und er war der Einzige, der Justin zu helfen versuchte. Er half ihm, indem er darauf bestand, dass er sich rasierte oder duschte, und indem er ihn zu seinen Seminaren begleitete und ihm gut gemeinte Ratschläge gab. Viel Erfolg hatte er damit allerdings nicht.

Justin begann eine Art Tagebuch zu führen, in dem er seine halbgaren Gedichte und melancholischen Weltbetrachtungen festhielt. Dieses Büchlein nahm er überall mit hin. Nachts unternahm er lange Spaziergänge über den Campus, legte sich irgendwohin und schlief gelegentlich sogar draußen. Wegen seiner nächtlichen Gewohnheiten war er bereits mehrfach mit der Campus-Polizei aneinandergeraten. Manchmal kam Ted, dem es längst nicht mehr so leichtfiel, im sechsten Stock seinen Lebensunterhalt zu verdienen, spätabends nach Hause, und Justin war immer noch unterwegs.

An einem solchen Abend lag Ted erschöpft da und betrachtete das leere Bett seines Freundes. Er konnte sich nicht erinnern, seit seiner Kindheit etwas Bedeutendes für einen anderen Menschen getan zu haben, und er beschloss, dass er dies in dieser Nacht ändern würde. Er würde Justin aufrütteln, ihn zur Besinnung bringen. Er stand auf und zog sich in Windeseile an. Die nächtlichen Routen seines Zimmergenossen kannte er einigermaßen, und so dauerte es nicht lange, bis er ihn gefunden hatte. Justin saß auf einer Bank in einem schlecht beleuchteten Park hinter der Bibliothek. Hätte er keine Zigarette geraucht, hätte Ted ihn in der Dunkelheit wohl nicht entdeckt.

Wortlos setzte er sich zu ihm und legte kurz den Arm auf seine Schulter.

»So vorhersagbar bin ich geworden«, sagte Justin. Es war bitterkalt. Heftige Schneefälle waren angekündigt worden.

In dieser Nacht sprach Ted zum ersten Mal von seinem Vater. Er ging nicht sehr ins Detail, Andeutungen genügten, um Justin klarzumachen, dass auch er wusste, wie es sich anfühlte, wenn ein Vater die Familie zerstörte. Er berichtete ihm von den Fahrten zu Miller, von seinem Schachunterricht und von dem Doppelleben, das sein Vater geführt hatte. Justin war tief bewegt, nicht so sehr von der Geschichte selbst als vielmehr davon, dass Ted sich ebenfalls derart öffnete. Bis dahin war ihm die Vergangenheit seines Freundes völlig unbekannt gewesen.

»Auch ich hasse meinen Vater«, sagte Ted, »und ich will dich nicht davon überzeugen, dass die Welt nicht beschissen ist, denn das ist sie. Schuld daran sind Typen wie dein oder mein Vater, genauso wie die Schwachköpfe, mit denen ich jeden Abend am Pokertisch sitze, die verwöhnten Arschlöcher der Burschenschaften, alle sind sie dafür verantwortlich. Ich weiß es, weil auch ich diese Leere fühle.«

Er schwieg eine Weile.

»Die sind schuld an diesem schwarzen Loch«, fuhr er schließlich in Unheil verkündendem Ton fort. »Die Frage ist nur, wie wir damit umgehen.«

»Ja, das ist die große Frage. Ich habe es satt, meine Mutter anzulügen. Außerdem spiele ich mit dem Gedanken, mein Studium zu schmeißen.«

»Genau das darfst du nicht tun. Denn dann hätten die Arschlöcher gewonnen. Verstehst du? Genau das wollen sie, dich in die Scheiße reiten. Einfach nachzugeben ist verlockend. Meinst du, das weiß ich nicht? Aber du musst einen Weg finden, der für dich gangbar ist. Ich für meinen Teil werde meinen Abschluss an dieser verfluchten Uni machen, und zwar mit *summa cum laude*, ich werde heiraten, Kinder haben, ein riesiges Haus, vielleicht sogar ein Wochenendhäuschen. Ich werde reich sein!«

Justin lächelte.

»Dein Selbstbewusstsein hätte ich gern, Ted McKay.«

»Hör zu, Justin. Es stimmt, ich kann mir Sachen spielend leicht merken, diesen ganzen Kram, der in den Büchern steht, und das ist ein Plus. Aber jeder hat seine Stärken. Und sag jetzt nicht, dass du nicht weißt, was deine Stärken sind. Du musst sie nutzen, du musst einen Weg finden, die Bestie zu füttern, du musst lernen, mit ihr zusammenzuleben.«

»So wie du das sagst, klingt es ganz einfach.«

»Es ist einfach! Glaub mir. Diese Dunkelheit ist ... wie ein schrecklicher Parasit, mit dem du dein Leben lang zu tun haben wirst. Aber du darfst nicht zulassen, dass er dich auffrisst.«

Justin drückte mit dem Stiefel seine Zigarette aus.

»Was ist mit diesem Mädchen, von dem du mir erzählt hast?«, fragte Ted. »Die aus deinem Creative-Writing-Seminar.«

»Denise Garrett.«

»Genau die.«

»Weiß nicht. Wir haben uns ein paarmal unterhalten. Aber in letzter Zeit habe ich mich nicht sehr oft dort blicken lassen.«

»Lad sie ein, ins Kino oder so. Das wäre ein Anfang.«

Justin nickte.

»Und jetzt verschwinden wir von hier, mir frieren gleich die Ohren ab«, sagte Ted. »Ich hab meine Mütze vergessen.«

Sie gingen zurück zum Block. Unterwegs scherzten sie, lachten sie, stießen einander mit den Schultern an, ohne die Hände aus den Hosentaschen zu nehmen.

»Dann bin ich also ein bisschen unterbelichtet«, sagte Justin. »Zum Glück sehe ich wenigstens gut aus.«

»Genau. Ich dachte schon, du würdest es nie begreifen.«

»Arschloch.«

»Aber ein Arschloch, das sich um dich kümmert. Selber Arschloch.«

4 Als der Frühling kam, schienen sich die Dinge wieder einzurenken. Justin besuchte seine Seminare und zwang sich, wenigstens einige Stunden pro Tag aufs Lernen zu verwenden. Außerdem arbeitete er zweimal in der Woche in der Bibliothek. Denise Garrett hatte er noch nicht eingeladen, aber er gedachte es bald zu tun. Ted selbst hatte eine Beziehung mit einer Kommilitonin, was wiederum Justin Mut machte, der allerdings den Eindruck hatte, dass Denise – sie hatte es nicht direkt gesagt, aber angedeutet – in ihrer Heimatstadt einen Freund hatte. Sie verhielt sich merkwürdig, besonders in den Seminaren, die sie gemeinsam besuchten, als wäre ihr Justins Anwesenheit irgendwie unangenehm. Ted sagte, er solle sich keine Sorgen machen, die Liste der interessierten Mädchen sei endlos.

Doch Justin hatte das Gefühl, noch nicht über den Berg zu sein. Er las weiterhin Sylvia Plath und füllte sein Büchlein mit düsteren Visionen. Auch seine nächtlichen Spaziergänge unternahm er nach wie vor. Immerhin, das Leben ging weiter. Was hatte Ted ihm neulich in dem Park gesagt? Er solle die Bestie in ihm füttern, dann werde alles gut. Ted hatte recht! Natürlich hatte er recht! Ted war ein verdammtes Genie!

Doch dann, am 5. April jenes Jahres, erschütterte eine schreckliche Nachricht den Campus und die ganze Welt.

Ted war in der Mensa. Man hatte ihn zum Tellerwaschen eingeteilt, eine Arbeit, die er hasste, die aber den Vorteil hatte, dass er dabei die Kopfhörer seines nagelneuen Discmans aufhaben konnte. Ohne sich mit seinen Kollegen zu unterhalten, mit denen er auch sonst kaum Umgang pflegte, wusch er seit einer Stunde Geschirr ab. Irgendwann bildete sich in einer Ecke der riesigen Küche ein aufgeregtes Grüppchen, was Ted jedoch nicht im Geringsten interessierte. Wenn der Küchenchef ihnen etwas mitzuteilen hatte, würde man ihn schon holen kommen.

Er trällerte gerade Soundgarden mit, als Justin auftauchte und ihn an der Schulter packte. Justin besuchte ihn sonst nie bei der Arbeit. Ted nahm die Kopfhörer ab und hörte auf, das Glas zu wienern, das er in die Hand hielt. Justin teilte ihm die Neuigkeit mit, die sich überall wie ein Lauffeuer herumsprach. Die *bestätigte* Neuigkeit.

Kurt Cobain hatte sich in seinem Haus in Seattle erschossen.

Wie zu erwarten war, kursierten in diesen ersten Stunden bald noch andere Versionen, aber die vom Selbstmord war die heftigste von allen. Später wurde bekannt, dass Cobain aus einer Entzugsklinik abgehauen war und nach einigen Tagen, in denen niemand wusste, wo er war, den drastischen Beschluss gefasst hatte, sein Leben zu beenden. Er hinterließ einen Abschiedsbrief, der in der Uni einschlug wie eine Bombe. In diesem Frühjahr 1994 spielte wohl jeder im Block Nirvana.

Eine Woche nach der tragischen Nachricht ging Ted mit Georgia McKenzie ins Kino, dem Mädchen, mit dem er einige Wochen zuvor eine Beziehung angefangen hatte. Es lief ziemlich gut zwischen ihnen. Georgia war hübsch und alles andere als verklemmt, eine mittelmäßige Studentin, die Ted nicht verstand und sich vielleicht gerade deshalb in ihn verliebt hatte. Sie war nicht sonderlich anspruchsvoll, erwartete nicht, dass sich im Leben alles nur um sie drehte. Sie und Ted sahen sich einige Stunden am Wochenende – in denen sie immer auch das Bett quietschen ließen – und manchmal auch unter der Woche, um zu knutschen oder auch, um zusammen zu lernen. Das war alles.

An diesem Samstag begleitete Ted sie zum Eingang ihres Studentenwohnheims. Wie immer küsste er sie wild und drängte darauf, mit hochkommen zu dürfen, was sie ihm nach einem nicht sehr glaubwürdigen Moment des Zögerns auch gestattete. Sie liebte Herausforderungen und Regelverstöße, und Ted heimlich auf ihr Zimmer mitzunehmen erfüllte beide Kriterien. Nach einer kurzen, aber heftigen Nummer brach Ted wieder auf und ging nach Hause.

Als er sein Zimmer betrat, durchlief ein Schauder seinen ganzen Körper. Etwas stimmte nicht. In dem kleinen Bad war das Licht an, und die Tür stand offen. Am meisten beunruhigte ihn jedoch, dass Justins Tagebuch aufgeschlagen auf dem Bett lag. Er dachte sofort an Kurt Cobain und stürzte sich auf das Buch. Schnell überflog er die beiden letzten, eng beschriebenen Seiten. Auf den ersten Blick schien es kein Abschiedsbrief zu sein, denn er war an niemanden gerichtet. Dann stieß er auf das Wort »Boddah« und erschrak. Boddah – das war der Name, an den Cobain seinen Abschiedsbrief adressiert hatte. Ted eilte ins Bad, stellte sich schon darauf ein, seinen Freund tot in der Wanne vorzufinden. Oder irgendwo aufgehängt. Kurz ging seine Fantasie mit ihm durch, doch dann übernahm sein Verstand wieder das Kommando. Justin war depressiv, ja, aber ein Selbstmörder?

Das Bad war leer. Warum hatte Justin das Licht angelassen?

Ein Versehen. Es wäre nicht das erste Mal.

Und sein Notizbuch?

Und Boddah?

Bevor er ihn suchen ging, musste er erst seinen Text lesen. Er kehrte zu Justins Bett zurück und stützte sich mit den Händen beidseits des Büchleins auf, als wollte er es lieber nicht berühren. Und er berührte es auch nur einmal, um zum letzten Teil umzublättern.

Es war tatsächlich kein Abschiedsbrief, sondern eine Erzählung. Aber das Thema war dennoch alles andere als beruhigend. Ein Mann hatte vor, sich das Leben zu nehmen, doch kurz bevor er zur Tat schritt, genau in dem Moment, in dem er abdrücken wollte, klingelte jemand an der Tür. Dieser Jemand stellte sich als Boddah vor und hatte einen Vorschlag. Er war sehr redegewandt und schien zu wissen, was der Protagonist – der keinen Namen trug – hatte tun wollen. Er sagte, er kenne noch andere Menschen wie ihn, und wenn alle zusammenarbeiteten, könne man den jeweiligen Familien großes Leid ersparen und außerdem die Welt ein bisschen besser machen. Oben stand von einem Kästchen umrahmt der Titel: *Eine bessere Welt*. Die Handschrift war krakelig, der Text chaotisch, an vielen Stellen war etwas zwischen die Zeilen gekritzelt oder gestrichen worden. Als Boddah dem Mann erläuterte, dass er als Gegenleistung einen verabscheuungswürdigen Menschen töten müsse, hörte der Text abrupt auf.

Ted überlegte. Es konnte sich um eine – gut geschriebene – Erzählung handeln, an der Justin gerade arbeitete, inspiriert von den Ereignissen in jüngster Zeit, oder um eine Art unvollständige Warnung, die Ted noch nicht verstand. Er eilte aus dem Zimmer. Auf dem Flur stieß er auf Irving Prosser, einen hochgewachsenen, wortkargen Kerl, der im Nachbarzimmer wohnte. Als er ihn fragte, ob er Justin gesehen habe, nahm Irving sich Zeit, kratzte sich am Kopf und sah zur Decke, als müsste er sein Gehirn erst auf Touren bringen, bevor er eine so einfache Frage beantworten konnte.

»Ob ich ihn *kürzlich* gesehen habe?«, fragte er.

»Natürlich!«

Wenn Ted ihn nicht besser kennen würde, hätte er gedacht, er wolle ihn verarschen, aber das war nicht der Fall. Prosser war einfach nur begriffsstutzig.

»Lass mich nachdenken. Zuletzt gesehen habe ich ihn vor einer Stunde, als er aus seinem Zimmer kam. Ich wollte gerade ...«

Ted ließ ihn einfach stehen. Zwei Stufen auf einmal nehmend eilte er die Treppe hinunter und fragte jeden, dem er begegnete, nach Justin. Alle kannten ihn, ein weiterer Vorteil, wenn man aussah wie eine Reinkarnation von James Dean. Ein Student, der in diesem Moment den Block betrat, sagte, er habe Justin in der Nähe der Bibliothek gesehen. Ted machte sich sofort auf den Weg dorthin, er lief sogar und wunderte sich darüber, wie sehr er sich um jemanden sorgte, den er seit nicht einmal einem Jahr kannte. Und er sorgte sich wirklich, er bemerkte es daran, dass es ein völlig neues Gefühl für ihn war.

Er fand ihn am üblichen Ort, in dem kleinen Park hinter der Bibliothek, der bei Tageslicht wesentlich weniger bedrohlich wirkte.

»Ted!« Justin schien überrascht, ihn zu sehen. Er nahm die Kopfhörer ab. »Was machst du denn hier?«

Ted setzte sich neben ihn.

»Ist was passiert?«, fragte Justin.

»Nein.« Ted hatte beschlossen, ihm nicht zu sagen, was er befürchtet hatte. Justin wirkte ziemlich gut gelaunt. »Ich gehe später noch in den sechsten Stock, aber vorher wollte ich dich noch was fragen.«

»Ich bin ganz Ohr.«

»Neulich Abend habe ich mit ein paar Idioten von der Burschenschaft Phi-Sigma-Kappa gepokert. Ziemlich feindseliges Klima, aber ich habe trotzdem abgeräumt. Wie auch immer, jedenfalls feiern sie in der Burschenschaft eine Party und haben mich eingeladen. Hast du Lust mitzukommen?«

Justin sah Ted an, als würde plötzlich ein unangenehmer Geruch von ihm ausgehen.

»Auf die Party einer Burschenschaft?« Er schüttelte fassungslos den Kopf. »Hast du ihnen gesagt, dass du im ersten Studienjahr bist? Und verlangen die bei diesen Partys nicht einen Haufen Eintritt?«

»Na ja, in gewisser Weise zahlen sie den selbst.« Ted tätschelte seine Hosentasche, wo er sein Geld stecken hatte. »Natürlich finde ich diese Typen scheiße. Aber es wird Alkohol geben, Mädchen, Musik ... Wir bleiben eine Weile, trinken uns einmal durch die Bar und hauen wieder ab. Was wäre das Uni-Leben ohne diese bescheuerten Partys?«

»Du hast recht. Bist du wirklich deswegen hergekommen?« Justin machte eine Pause und lächelte. »Entschuldige, ich bin so was von undankbar. Ich kann nur kaum fassen, wie sehr du dich um deinen Nächsten kümmerst. Am Ende wirst du noch ein guter Mensch«, sagte er grinsend. »Danke für die Einladung. Irgendwann müssen wir ja mal auf so eine Party.«

Sie schwiegen. Unverkennbar erklang die Gitarre von Nirvana aus den Kopfhörern, die Justin jetzt um den Hals trug. Er steckte die Hand in die Hosentasche und drückte die Stopptaste.

»Hör mal«, sagte Ted. »Du hast dein Tagebuch auf dem Bett liegen lassen.«

Justin erschrak, weil er sofort begriff, was das bedeutete.

»Du hast es echt drauf«, beruhigte ihn Ted.

»O Gott, wie peinlich. Das ist doch nur so ein Geschreibsel für den Kurs.«

»Es ist super.«

Justin nickte. »Danke, Ted.«

»Ich mein's ernst.«

»Wenn dir die Geschichte so gut gefallen hat, kann ich ja der Hauptfigur deinen Namen geben.«

Justin zwinkerte ihm zu ...

5 Am Samstagmorgen um neun Uhr verließ ein Kleintransporter das Lavender Memorial Hospital in Richtung Dover, Vermont. Lee Stillwell fuhr, Laura saß auf dem Beifahrersitz, Ted saß allein hinten. Lee, der normalerweise mürrisch war und die Stunden bis zu seiner Pensionierung zu zählen schien, war gut gelaunt und ungewöhnlich gesprächig. Er hatte auch allen Grund dazu, denn der kleine Ausflug bedeutete dreifachen Lohn für ihn. Außerdem fuhr er gern Auto, ganz zu schweigen davon, dass der Anblick von Dr. Hill ohne Arztkittel auch nicht zu verachten war.

Ted schwieg während der Fahrt die meiste Zeit. Es war auch nicht gerade motivierend, durch das kleine Fensterchen der Wand zu sprechen, die die Rückbank von der Fahrerkabine trennte, wenn man dafür jedes Mal an der Kette zerren musste, die am Metallboden verschraubt war. Für ihn zog sich diese Ausfahrt endlos hin, zumal er von seiner unbequemen, seitlich eingelassenen Bank nicht einmal die Landschaft betrachten konnte. Er beschloss, sich lieber mit dem zu beschäftigen, was bei seiner Ankunft geschehen würde, denn in dem Kleintransporter konnte er nichts anderes tun als warten. Der Wärter hatte das Gespräch an sich gerissen. Laura hatte sich schon mehrmals zu Ted umgedreht und ihm durch die Trennwand einen so entnervten wie resignierten Blick zugeworfen. Mit jedem dieser Blicke schien sie ihm sagen zu wollen, dass sie in Bezug auf die Sicherheitsvorkehrungen leider nichts hatte tun können.

Sie folgten dem Highway 202 in Richtung Westen. Der Verkehr war fließend, und der Wald um sie herum lud zum Betrachten und Nachdenken ein. Für jeden Angestellten des Lavender, für den Gitter, Sicherheitstüren und Überwachungskameras Alltag waren, wären der blaue Himmel an jenem Morgen und die frischen Farben der Bäume eine Wohltat gewesen, doch Lee Stillwell war geradezu verzückt. Den Blick auf die Straße gerichtet, erklärte er, er träume schon sein ganzes Leben lang davon, ein Haus an einem solch abgeschiedenen Ort zu kaufen und dort bis ans Ende seiner Tage zu wohnen. Schon immer hatten er und seine Frau diese Sehnsucht verspürt, und nun, da er kurz vor der Pensionierung stehe, habe er begriffen, dass er diesem Traum noch kein Stück näher gekommen sei, was ihn zutiefst betrübte. Nur selten habe er ein bisschen Geld zusammensparen können, und immer habe es einen Grund gegeben, es wieder auszugeben. Dreißig Jahre lang habe er ehrlich daran geglaubt, er könne es schaffen, aber dieser Traum sei nun geplatzt.

»Vielleicht war das das eigentlich Wichtige«, sagte er fest ans Lenkrad geklammert, »dieser Glaube dran, dass ich es eines Tages schaffen würde.«

Nachdem er Laura sein Innerstes offenbart hatte, schwieg er. Vielleicht traten ihm hinter seinen verspiegelten Brillengläsern gerade die Tränen in die Augen. Anscheinend war es das erste Mal, dass er diese Gedanken laut ausgesprochen hatte.

»Wenn man so alt ist wie ich, ist es auch nicht mehr so wichtig.«

»Lee, Sie sind doch nicht alt.«

Der Wärter nickte.

»Ich bin alt genug, um zu begreifen, dass sich meine Träume nicht erfüllen werden, aber noch nicht alt genug, um sie ein für alle Mal zu begraben.«

Sie waren schon seit einer Stunde unterwegs, als Ted sich zum ersten Mal zu Wort meldete.

»Ich hingegen habe mir meinen Traum von einem Wochenendhaus erfüllt, und jetzt sitze ich hier, an Händen und Füßen gefesselt, weil ich eines Tages beschlossen habe, mir lieber eine Kugel in den Kopf zu jagen.«

Lee antwortete nicht.

»Lieben Sie Ihre Frau?«, fragte Ted.

Lee schien keine große Lust zu haben, sich mit Ted zu unterhalten, vielleicht dachte er aber einfach nur an das, was er sich und seiner Frau nicht hatte bieten können.

»Ja«, sagte er nach einer Weile. Und er log nicht.

»Dann haben Sie doch alles.«

Ted hatte den Blick auf seine Schuhspitzen gerichtet, die Ellbogen auf die Knie und den Kopf auf die Hände gestützt. Eine der Ketten baumelte ihm vor der Nase herum und machte jede Bewegung des Fahrzeugs mit. Die andere war eine kalte Schlange, die sich vor seinen Füßen kringelte. Ted schwieg wieder.

Kurz nach elf fuhren sie auf die Interstate 91.

»Wenigstens habe ich meine kleine Tischler-Werkstatt.« Lee gab sich nicht geschlagen.

»Ich habe den Stuhl gesehen, den Sie der Direktorin geschenkt haben«, sagte Laura. »Sehr hübsch.«

»Danke. Tischlern macht mir Spaß. Wenn ich erst mal pensioniert bin, werde ich endlich mehr dazu kommen. Ist ja nicht mehr lang.«

Lee ließ sich noch eine Weile über sein Hobby aus: dass die Arbeit mit Holz ihn viel mehr befriedige als sein Job im Lavender. Sofort entschuldigte er sich bei Laura wegen seines Kommentars und fügte hinzu, dass es nicht an den Kollegen liege. Er allein sei schuld, weil er sich einen Job gesucht habe, der ihn nicht ausfülle, und weil er nicht rechtzeitig die Kurve gekriegt habe. Dass er im Lavender angefangen habe, sei reiner Zufall gewesen, er habe einfach nur Geld verdienen wollen, bis er was Besseres gefunden habe. Aus Monaten seien Jahre geworden und aus Jahren Jahrzehnte. »Mit der Zeit wird es immer schwieriger auszusteigen«, rechtfertigte er sich. »Und ehe du dich's versiehst, stehst du vor der Pensionierung und hast nichts von dem verwirklicht, wovon du mal geträumt hast.«

Laura hörte ihm aufmerksam zu. Sie verstand die Tragik dieses Mannes, dem das Leben zwischen den Fingern zerronnen war. Sie liebte ihre Arbeit im Lavender, und sie hatte auch nicht das Gefühl, sie verschwendete ihre Zeit, aber nach ihrer Scheidung war es ihr ähnlich ergangen, als sie aus unerfindlichen Gründen angenommen hatte, ihr Liebesleben sei damit ein für alle Mal beendet. Dass eine Frau von gerade einmal siebenunddreißig Jahren so dachte, schien blödsinnig, aber zu Beginn war es so gewesen. Bis sie begriff, dass die Zeit die Wunden heilt und das Herz für neue Möglichkeiten öffnet. Sie dachte an Marcus, mit dem sie am Abend verabredet war.

Das GPS lotste sie durch das verworrene letzte Stück der Strecke. Sie verließen die Interstate und gelangten auf einen wenig befahrenen Waldweg. Drei Kilometer später erreichten sie das Haus am See. Als Lee den Motor abstellte, war die Stille um sie herum überwältigend. Eine Weile saßen sie einfach so da. Lee ließ das imponierende Anwesen auf sich wirken. Offensichtlich übertraf das Haus seine kühnsten Fantasien.

Schließlich öffnete der Wächter die Tür und stieg aus dem Van. Er trug keine Uniform, sondern Jeans und Jacke. Im Halfter steckte seine Beretta, und am Gürtel baumelte der Elektroschocker. Er öffnete die zweiflüglige Tür und dann das Schloss, damit auch Ted aussteigen konnte.

»Was ich vorhin gesagt habe, stimmt zwar«, erklärte Lee. »Ich liebe meinen Job nicht besonders. Aber ich mache ihn gut. Wagen Sie also nicht, sich Dr. Hill zu nähern. Wenn Sie was brauchen, wenden Sie sich an mich. Ich gehe hinter Ihnen her und behalte Sie die ganze Zeit im Auge. Den Taser habe ich bisher nur zweimal benutzt und meine Pistole noch nie, aber ich versichere Ihnen, dass ich jede Woche am Schießstand übe. Also kommen Sie nicht auf dumme Gedanken. Haben wir uns verstanden?«

Ted nickte. »Ich werde brav sein«, versicherte er.

Jetzt stieg auch Laura aus dem Van.

Ted ging um das Fahrzeug herum. Die Fußfessel behinderte ihn erstaunlich wenig. Rennen konnte er nicht, aber doch normal gehen. Als er das Haus sah, kam es ihm merkwürdig verändert vor. Es wirkte ungepflegt. Offenbar waren Holly und die Mädchen in all der Zeit nicht ein einziges Mal hier gewesen. Natürlich war auch das Lamborghini-Cabriolet nicht zu sehen.

»Holly hat mir die Schlüssel gegeben«, sagte Laura und zeigte den Schlüsselbund vor. »Ich denke, wir sollten mal einen Blick ins Haus werfen. Was meinen Sie?«

Ted antwortete nicht. Wie ein neugieriges Kind nahm er alles in Augenschein. Die Bäume, den mit Kiefernnadeln übersäten Boden, die Oberfläche des Sees, die sich im Takt des Windes kräuselte. Die Luft roch anders. Er atmete tief ein und aus, hatte das Gefühl, der Sauerstoff könne ihn heilen, könne ihm die verlorenen Erinnerungen zurückbringen, die Zeit zurückdrehen.

In der Ferne, am Waldrand, erblickte er das rosarote Schloss.

Antworten.

»Kommen Sie, Ted, ich finde, wir sollten uns erst mal im Haus umsehen.«

Ted nickte und ging in Richtung Eingang. Lee folgte ihm.

Vorsichtig trat Ted ein, setzte auf dem indischen Teppich bewusst einen Schritt vor den anderen. Dem Teppich, auf dem seiner Erinnerung nach Wendell zusammengesunken war, nachdem er ihn erschossen hatte. Die Erinnerung war absolut real, doch wenn er sich Wendells Gesicht ins Gedächtnis rufen wollte, war da nur ein großes Fragezeichen. Ted sah sich im ganzen

Erdgeschoss um und blieb bei den Fotos stehen. Dann wandte er sich in Richtung des Bogengangs, der zur Küche führte, sah den Kalender und suchte das Blatt mit dem Taucher im Korallenriff. Da war aber kein Taucher, da waren nur Landschaften.

»Hier habe ich ihm aufgelauert«, sagte Ted. Laura hatte ihn danach gefragt, weil sein Interesse an dem Kalender ihre Neugier geweckt hatte. »Gesehen habe ich ihn vorher durch dieses ...«

Ted verstummte.

»Dort war ein Fenster«, sagte Ted und zeigte auf die Stelle der Wand, an der sich der zweitürige Kühlschrank und die Arbeitsfläche befanden. »Durch dieses Fenster habe ich Wendell beobachtet, als er draußen auf dem Wasser war.«

Laura sah ihm an, wie verwirrt er war. Ein Teil von ihm wollte sich an die Möglichkeit klammern, dass alles tatsächlich so abgelaufen war, dass Wendell keine bloße Ausgeburt seiner Fantasie war.

»Lassen Sie uns in den ersten Stock gehen, Ted. Ich möchte Ihnen was zeigen.«

Er nickte.

Sie kehrten ins Wohnzimmer zurück und nahmen eine der Treppen.

Im Gegensatz zum Erdgeschoss, in dem durch die großen Fenster natürliches Licht einfiel, war es hier oben dunkel. Lee war vorangegangen. Er drückte einen Schalter, aber nichts geschah.

»Einen Moment, Dr. Hill«, rief er ihnen über die Schulter zu. »Offensichtlich gibt es keinen Strom. Ich mache erst mal ein paar Fenster auf.«

Ted stand auf halber Treppe, Laura immer noch unten.

»Was wollen Sie mir zeigen, Laura?«

Sie antwortete nicht.

Kurz darauf tauchte der Wächter oben an der Treppe auf und winkte sie hoch. Ted ging die letzten Stufen hinauf und trat in den Flur, der ihm vollkommen unbekannt vorkam. An einem Fenster, das Lee gerade geöffnet hatte, blieb er stehen. Von dort aus hatte man einen guten Blick auf das rosarote Schloss. Wäre es nur wenige Meter weiter entfernt gewesen, hätte man es wegen des Laubs nicht sehen können. Von diesem Fenster jedoch konnte man die Mädchen gut im Auge behalten. Während er dastand, fragte er sich, wie oft er schon hier rausgeschaut hatte, um zu sehen, ob alles okay war.

»Machen Sie mal diese Tür auf«, sagte Laura, die gerade ins Zimmer trat.

Ted drehte sich um. Tatsächlich befand sich dem Fenster gegenüber eine Tür. Er öffnete sie.

Was er sah, verblüffte ihn. Und machte ihn traurig, denn es war ein weiterer Beweis dafür, wie wenig er seinen Erinnerungen trauen konnte.

Es war sein Arbeitszimmer. Der Schreibtisch, das Bücherregal, die Monet-Reproduktion, die den Safe verbarg. Er erkannte alles, wagte aber nicht einzutreten.

»Holly sagte, Sie hätten zu Hause gar kein Arbeitszimmer«, sagte Laura hinter ihm.

Wie versteinert stand Ted da und betrachtete den Raum.

»Hier wollte ich es tun, Laura. Auf dem Sessel dort.«

»Wollen Sie nicht eintreten?«

»Glauben Sie, dass das etwas bringt?«

»Ich weiß nicht. Hören Sie auf Ihr Gefühl.«

Ted wollte nicht eintreten. »Ich schau mir lieber den Pfad hinterm Haus an.«

»Okay. Dann gehen wir jetzt dahin.«

Unter Lees wachsamem Blick kehrten sie schweigend ins Erdgeschoss zurück und gingen um das Haus herum zu dem rosaroten Schloss, das von einem dicken Teppich aus roten Blättern umgeben war.

Hinter dem Schloss lag tatsächlich ein Pfad, der in den Wald hineinführte.

»Hier ist es«, verkündete Ted mit belegter Stimme. Sein Blick hatte sich verdüstert. Er fürchtete sich vor dem, was ihn erwartete.

»Dann los«, sagte Laura. Auch ihre Stimme klang angespannt.

1994

6

Um zu der Party der Burschenschaft zu gelangen, mussten sie über einen Kilometer zu Fuß gehen. Da sie sich abseits der bekannten Wege hielten, war es ein Glück, dass Ted den Lageplan des riesigen Campus im Kopf hatte und über einen ausgezeichneten Orientierungssinn verfügte. Er hatte versichert, dass der gewundene Pfad, dem sie folgten, direkt zum Ziel führte, und er täuschte sich nicht. Irgendwann bestätigte Musik, dass sie in der richtigen Richtung unterwegs waren, und bald darauf stießen sie auf einen Holzzaun an der Rückseite des Gebäudes.

Es war kurz nach zehn, und die Party befand sich noch in der Aufwärmphase. Die drei griechischen Buchstaben an der Wand – ΦΣΚ – waren gut beleuchtet. Zwei grimmig dreinschauende Studenten, die ein gutes Stück größer waren als sie, öffneten ihnen. Ted nannte ihre Namen. In diesem Moment hielt ein Auto auf dem Parkplatz vor dem Haus, und drei Mädchen stiegen aus. Sie spazierten einfach so vorbei, grüßten die beiden Türsteher, ohne auch nur ihr Gespräch und Gekicher zu unterbrechen. Ted betrachtete erst seine Jacke, dann den langen Trenchcoat von Justin – der völlig übertrieben war für diesen Frühlingsabend – und dann die engen Tops und Röcke der Mädchen und fühlte sich fehl am Platz. Der Typ mit der Liste fand ihre Nachnamen und gab dem anderen sein Okay, der trotzdem nicht überzeugt war und ihre Ausweise sehen wollte. Justin holte seinen aus dem Portemonnaie und zeigte ihn missmutig vor.

»Nicht du«, sagte der Typ, ohne ihn anzusehen. »Dein Kumpel.«

Es fehlte nicht viel, und Ted hätte auf dem Absatz kehrtgemacht. Justin wäre ihm selbstverständlich gefolgt. Im Nachhinein wäre es die beste Entscheidung ihres Lebens gewesen.

Doch sie traten ein.

Die meisten Leute waren im Haus, aber einzelne Grüppchen standen draußen, tranken und unterhielten sich lautstark. Von drinnen hämmerten ihnen monotone Beats entgegen, die alles andere als einladend waren. Trotzdem zwangen sich Justin und Ted, einen Blick ins Innere zu werfen. Dort hüpften und zappelten einige Gäste zur Musik, andere standen stumm herum und hielten rote Plastikbecher in Händen. Auf einem Podest stand ein DJ, und zwei Tische mit allen möglichen Getränken waren strategisch gut im Raum platziert. Außerdem zählte Ted fünf mit Eiswürfeln und Dosenbier von Keystone gefüllte Fässer. Niemand der Anwesenden war aus dem ersten Studienjahr, das war klar.

Ted erkannte in einer Gruppe, die sich um einen Tisch gebildet hatte, Dan Norris. Norris, der gerade mit anderen Mitgliedern der Burschenschaft Tequila trank, war der Idiot, der ihn eingeladen hatte. Zum Glück bemerkte er Ted nicht, der Justin vorschlug, sich schnell zu verziehen. Sie griffen sich jeder ein Bier und gingen raus auf eine Seitenveranda, wo es wesentlich ruhiger war. Ein Pärchen saß in der Ecke und knutschte wild, ein weiteres tat selbiges in einer Hängematte. Dieser Teil des

Gartens war von einem einzelnen Strahler eher spärlich beleuchtet.

Am anderen Ende der Veranda stand ein weiteres Fass mit Bierdosen. Dort setzten sie sich aufs Geländer, mit Blick zum Haus. Durch ein offenes Fenster konnten sie ins Innere sehen. Sie tranken ein Bier nach dem anderen. Beide waren Alkohol nicht gewohnt, sodass sich ihnen schon nach drei Dosen der Kopf ein wenig drehte.

»Wir hätten vorher was essen sollen«, sagte Ted.

Justin stimmte ihm zu.

»Wie läuft's mit Denise?«

Ted rutschte vom Geländer herunter, und als er in Richtung Fass losging, um noch zwei Bier zu holen, geriet er ins Taumeln. Er breitete die Arme auseinander wie ein Surfer, um das Gleichgewicht wiederzufinden. Erst als die Veranda sich nicht mehr bewegte, holte er die beiden Dosen und warf Justin eine zu, der sie natürlich nicht fangen konnte. Die Dose prallte auf seine Brust und landete auf dem Boden, was bei beiden einen solchen Lachanfall auslöste, dass sie sich für eine Weile nur den schmerzenden Bauch halten konnten.

Schließlich hob Ted die Dose auf und gab sie Justin. Als der sie öffnete, schoss ihm ein gelber Strahl direkt ins Gesicht, was einen erneuten Lachanfall auslöste.

»Und?« Unter großen Vorsichtsmaßnahmen, damit er ja nicht nach hinten kippte, setzte Ted sich wieder auf das Geländer.

»Gar nichts läuft mit Denise«, sagte Justin. »Sie ist *vergeben.*«

»Ich dachte, sie hätte keinen Freund.«

»Jetzt schon. Einen arroganten Basketballer, der als nächster Michael Jordan gehandelt wird. Das hat sie mir selbst gesagt, zum Glück habe ich mich nicht auf sie eingelassen.«

Plötzlich verdüsterte sich Justins Gesicht. Er wollte Ted nach dessen Freundin fragen, nach Georgia, schließlich machte man das so, oder? Doch Justin hatte Angst, dass er nicht verbergen konnte, was er vor einigen Wochen über sie herausgefunden hatte. Jetzt fragte er sich, ob es nicht noch verdächtiger wirken würde, wenn er nicht nach ihr fragte. Ted war ein verdammt cleveres Bürschchen, er würde merken, dass etwas nicht stimmte. Nicht, dass sie ständig über ihre Freundinnen sprachen, aber ein solch demonstratives Desinteresse würde ihm merkwürdig vorkommen, das wusste er.

Justin unternahm nach wie vor seine nächtlichen Streifzüge. Daher kannte er die Gepflogenheiten auf dem Campus, wusste, wann die Lichter in den Fenstern erloschen, sah die Jungs, die durch die Hintertüren aus den Gebäuden schlüpften und vermeintlich unbeobachtet in die Dunkelheit entschwanden, sah auch die Pärchen, die sich zu zweit in die Büsche verkrochen oder einfach nur Händchen haltend spazieren gingen. Justin hatte keinerlei Interesse daran, anderen hinterherzuschnüffeln. Diese Rituale waren ein Teil der Nacht, wie der Ruf der Eulen oder das Rascheln der Waschbären im Unterholz.

Und auf einem dieser nächtlichen Rundgänge hatte er im Park hinter der Bibliothek Georgia McKenzie mit einem Studenten ertappt. Georgia hatte an einer Ecke des Gebäudes gewartet, wo es so dunkel war, dass Justin sie nicht gleich sah. Irgendwann tauchte der Typ auf. Er trug Jacke und Kappe der Uni, sein Gesicht war nicht zu erkennen. Sie küssten sich lang, unterhielten sich kurz und verabschiedeten sich wieder. Drei oder vier Tage später wiederholte sich die Szene, nur dass Georgia diesmal diejenige war, die später kam.

Beim dritten Mal war Justin fest entschlossen, die beiden so lange zu beobachten, bis er wusste, wer der Typ war. Danach würde er es Ted sagen. Allzu große Sorgen machte er sich nicht, schließlich schien sein Freund nicht übermäßig an dem Mädchen interessiert zu sein. Umgekehrt schien es ihr genauso zu ergehen, soweit er das an diesen nächtlichen Treffen mit dem geheimnisvollen Fremden ablesen konnte. Trotzdem folgte er ihnen und sah, wie sie um das Gebäude herumgingen und einen Pfad einschlugen, der zu den Parkplätzen neben dem Hauptgebäude führte. Unterwegs tat der Typ etwas Merkwürdiges: Ohne stehen zu bleiben, zog er sich die Jacke aus, faltete sie zusammen und stopfte sie in eine Tasche, die er um die Schulter hängen hatte. Auch seine Kappe stopfte er hinein, und zum Vorschein kam eine ziemliche Hippie-Mähne. Je näher sie zum Professorenparkplatz gelangten, desto mehr bestätigte sich dieser erste Eindruck: Der Mann war nicht im gleichen Alter wie Georgia, wie man seinem athletischen Körper nach zunächst meinen konnte. Der Mann, der da in sein Auto stieg und fortfuhr, war Thomas Tyler, der Professor für Creative Writing.

Seit dieser Entdeckung waren bereits vier Wochen vergangen. Justin hatte die beiden noch mehrmals gesehen und war überzeugt, dass die Beziehung zwischen ihnen etwas Ernstes war. Wieso sollten sie sonst so viel riskieren? Er hatte erwartet, dass Ted ihm mitteilte, dass es mit Georgia aus sei, dann hätte er stumm genickt, und alles wäre gut gewesen. Warum hatte er es noch nicht getan? Justin wusste, dass er die Sache nicht mehr lange hinausschieben durfte. Warum verheimlichte sie es? Warum sagte sie Ted nichts?

Auf der Veranda sah Ted ihn mit dem komischen Scharfsinn eines Betrunkenen an, wurde aber zum Glück von weiblichem Geschrei unterbrochen. Als sie zum Fenster blickten, standen dort zwei Frauen mit erhobenem Becher und führten sich auf, als würden sie sie kennen. Während sich Ted und Justin verwirrt ansahen – keiner von beiden hatte die Mädchen je zuvor gesehen –, kamen sie schon zur Tür heraus und steuerten direkt auf sie zu. Die Kleinere hatte die andere im Schlepptau. Sie lief so schnell, dass ihre ungewöhnlich großen Brüste mächtig auf und ab wippten. Sie war hübsch, trug ihr Haar kurz und grinste die ganze Zeit. Der Becher, den sie in der Hand hatte, wirkte zu groß für die kleine Person.

»Hallo, Jungs!«

Die Freundin war ebenfalls hübsch, aber offensichtlich nicht ganz so locker, denn sie wurde puterrot. Sie war einen Kopf größer, sehr schlank und trug ein T-Shirt mit diskretem Ausschnitt.

»Ich bin Tessa. Und das ist Maria, meine Cousine.«

Ted und Justin stellten sich ebenfalls vor und gaben ihnen die Hand.

Tessa setzte sich zu Justin aufs Geländer und stützte sich auf seinem Bein ab.

»Seid ihr aus dem ersten Studienjahr?«

»Ja.«

»Super! Maria auch.«

Maria nickte stumm.

»Hör mal, Justin«, sagte Tessa wie selbstverständlich. »Gerade habe ich zu meiner Cousine gesagt, dass du spitzenmäßig aussiehst. Stimmt doch, Maria?« Tessa glitt vom Geländer herunter, stellte sich zwischen Justins Beine und streifte mit ihrem Vorbau subtil über seinen Schritt.

Maria hingegen hielt gebührenden Abstand zu Ted.

»Mist«, sagte Tessa, als sie feststellte, dass ihr Becher leer war. Sie knüllte ihn zusammen und warf ihn in den Garten. Dann löste sie sich von Justin und war in zwei großen Schritten bei dem Fass. Mit zwei Dosen Bier kam sie zurück und gab Justin eine davon.

Das fünfte Bier.

»Tessa, bist du sicher, dass ...?«, begann Maria.

»Natürlich! Keine Angst, deine Cousine weiß genau, was sie tut.«

Sie tranken, plauderten über die Uni, über ihre Heimatstädte, erwähnten nichts von irgendeiner Beziehung. In regelmäßigen Abständen unternahm Tessa einen kleinen Ausflug zum Fass und kam mit Bierdosen zurück, die sie wortlos verteilte. Keiner von ihnen zählte noch mit. Irgendwann zog sie Justin am Arm, der blitzschnell die Beine strecken musste, um sicher zu landen. Kurz schwankte die Veranda gefährlich wie ein Schiff auf hoher See. Reflexartig nahm Justin einen weiteren Schluck. Tessa zog ihn in Richtung der Treppe, die hinunter zum Garten führte. Wie viele Stufen waren das? Drei? Vier? Achtzig? Justin wollte seinen Fuß auf die zweite Stufe setzen, aber das verdammte Ding schien plötzlich einige Zentimeter abzusacken, wodurch er fast das Gleichgewicht verlor. Tessa packte ihn am Arm, und dabei wurde eine ihrer Brüste an Justins Rippen gedrückt, der dieses köstliche Gefühl trotz seines schwindeligen Kopfes genoss.

Im Garten suchten sie sich ein Plätzchen fernab des Scheinwerfers.

»Wo bringst du mich hin?«, fragte er, weil er sich tatsächlich so fühlte, als würde er gegen seinen Willen irgendwohin verschleppt, was natürlich nicht stimmen konnte. Das Mädchen war gerade mal einen Meter sechzig groß.

Tessa lachte, ohne ihn loszulassen.

»Keine Angst, ich werde dich nicht vergewaltigen«, sagte sie kichernd.

Als die Musik nur noch gedämpft zu hören war, hielten sie an. Nur das Wummern des Beats drang bis zu ihnen. Sie stellten sich hinter einige Büsche, und Tessa gab Justin ihr Bier. Verwirrt stand er da, die beiden Dosen in der Hand. Hinter ihnen fiel das Grundstück recht steil ab. Tessa ging in die Hocke, die Beine neunzig Grad gespreizt, der Rock bis zu den Hüften hochgezogen. Als wäre es das Natürlichste auf der Welt, schob sie ihren Slip beiseite und pinkelte einen perfekten Bogen Urin in die Luft.

»Die Schlange vor dem Klo geht runter bis ins Erdgeschoss, unglaublich«, erklärte Tessa und seufzte erleichtert auf, als der dicke Strahl allmählich an Druck verlor.

Auch Justin musste dringend pinkeln, aber in jenem Moment verschob eine mächtige Erektion die Prioritäten *seines kleinen Freundes* radikal. Etwas an Tessas ungehemmter Art trieb seinen Hormonpegel in die Höhe. Als Tessas Urinstrahl fast vollständig versiegt war, stieß sie zum Abschluss mehrmals ihr Becken vor und zurück, was Justin endgültig den Verstand raubte.

Tessa zog den Rock wieder herunter und ließ sich auf den Teppich aus Kiefernnadeln fallen. Der Urin bildete ein metallisch glänzendes Rinnsal, das den Hang hinunterrann. Noch einmal seufzte sie genussvoll. Justin konnte nicht mehr an sich halten. Er setzte sich neben sie, gab ihr das Bier zurück und wusste schon, was gleich geschehen würde.

»Kann ich dir was sagen, das ein bisschen krank ist?«, fragte er.

»So, so, krank«, erwiderte sie interessiert. »Dann schieß mal los.«

»Das war sehr sexy.«

Tessa lachte. Jetzt, wo sie nebeneinandersaßen, waren sich ihre Gesichter näher denn je.

»Das ist doch nicht krank, du Dummerchen. Krank wäre, wenn wir es da drauf treiben würden.« Sie zeigte auf das dampfende Rinnsal, das langsam von der Erde aufgesogen wurde.

Justin verschlug es die Sprache. Lila hatte nie so geredet. Lila wäre lieber vor Scham im Boden versunken, als vor seinen Augen zu pinkeln.

»Du siehst wirklich wahnsinnig gut aus«, sagte Tessa und streichelte sein Gesicht. Sie hatte mehr getrunken als sie alle zusammen und schien sich trotzdem absolut im Griff zu haben.

Justin roch den Hauch von Säure auf ihren Fingern, was ihn nur noch mehr erregte. Die ganze Situation – die Kiefernnadeln, der ungemütliche Ort, dieses Wilde und Primitive – hatte ihn in einen Zustand versetzt, den er an sich nicht kannte.

»Du bist auch wunderschön«, sagte Justin. Und dann konnte er sich nicht mehr zurückhalten und packte eine dieser großen Brüste. Er musste seine Hand weit öffnen, und selbst so konnte er sie nicht vollständig umfassen. Sein Verstand stand kurz vorm Explodieren.

7

Ted unterhielt sich nett mit Maria, die, wie sich herausstellte, eines der Seminare besuchte, die auch er belegt hatte, und ihn daher kannte. Sie wusste, was für ein glänzender Student er war, und zeigte sich überrascht, ihn auf dieser Party anzutreffen, auf die sie übrigens von ihrer Cousine mitgeschleppt worden war. Ted hatte mehr oder weniger auf Autopilot geschaltet. Er schwor sich, dass das Bier, das er in der Hand hielt, das letzte sein würde, und nippte nur daran, während Maria ihm erzählte, wie sehr sie sich anstrengen musste, überhaupt ein C zu erreichen, und dergleichen mehr, woran er sich später trotz seines phänomenalen Gedächtnisses garantiert nicht mehr erinnern würde. Zwei- oder dreimal wurden sie von Tessa unterbrochen, die aus den Büschen kam, um Bier zu holen, und kichernd wieder verschwand.

Kurz nach Mitternacht erreichte die Party ihren Höhepunkt. Ted wäre am liebsten nach Hause gegangen, durch die Stille der Nacht zurück zum Block, weg von diesem höllischen Lärm, aber er wollte Justin nicht allein lassen.

»Meine Cousine ist ein bisschen sehr locker«, sagte Maria entschuldigend.

»Justin kann schon auf sich aufpassen.«

»Oh, klar, so habe ich das nicht gemeint.« Maria wurde rot. Die Arme. Ihr Gesicht war wie ein offenes Buch.

Auf der Veranda tummelten sich jetzt wesentlich mehr Leute als am Anfang. Plötzlich öffnete sich in der Menschenmenge eine Lücke, und heraus traten wie Revolverhelden zwei durchtrainierte Studenten. Einer von ihnen war Dan Norris.

»Hey, McKay!«, rief er.

Grinsend ging er auf Ted zu, klopfte ihm auf den Rücken und umarmte ihn schnell oder schlug ihm vielmehr gleichzeitig zweimal auf Brust und Rücken.

»Schön, dass du gekommen bist!«, sagte Norris und fügte, an seinen Begleiter gewandt, hinzu: »Tim, dieser Typ ist ein Poker-Genie.«

Tim verzog keine Miene. Er war muskulös und hatte seine Haare kurz rasiert.

»Ich dachte, ich schau mal kurz vorbei«, bemühte sich Ted zu sagen. Er wollte Dan noch für die Einladung danken, tat es aber nicht. Ihm war längst klar, dass die beiden Muskelprotze nicht in freundschaftlicher Absicht gekommen waren, und er wollte das Ganze einigermaßen würdig zu Ende bringen.

Maria wurde kreidebleich. Dan und Tim waren im dritten Studienjahr. Was machten sie hier? Mehrere Gesichter hatten sich ihnen zugewandt. Da braute sich etwas zusammen.

»Ehrlich, Tim«, brüllte Dan. »Du hättest ihn sehen sollen. Man hätte denken können, er schummelt!«

»Ach, ja?«, fragte Tim, der plötzlich überaus interessiert schien.

»Ich habe noch nie erlebt, dass jemand so viele Partien nacheinander gewinnt. Dreißig Dollar hat der Typ mir abgeknöpft!«

Ted schaffte es irgendwie, Haltung zu bewahren. Maria schien kurz davor, in Tränen auszubrechen.

»Wie funktioniert der Trick, McKay?«

»Es gibt keinen Trick«, antwortete Ted und zuckte mit den Schultern. »Reine Übungssache.«

Dan lachte schallend. Tim nickte, was das Zeug hielt.

»Ich werde dir jetzt sagen, was wir machen werden, McKay«, sagte Dan. »Wir werden hochgehen und ein bisschen pokern. Was meinst du?«

»Tja, weiß nicht, ist schon ein bisschen spät.«

»Spät! Stell dich nicht so an, Mann! Du schuldest mir eine Revanche.«

Dan legte wieder seinen muskulösen Arm um ihn. Der Alkoholdunst, den er ausströmte, war unerträglich, und trotzdem wirkte er nicht betrunken, zumindest seiner kontrollierten Aussprache nach zu urteilen. Ted wiederum hatte wie durch Zauberhand die totale Kontrolle wiedererlangt. Der Schwindel und die stechenden Kopfschmerzen waren wie weggeblasen, sein Gehirn arbeitete so präzise wie sonst. Die heilende Kraft der Angst, dachte er spöttisch. Am besten, er ließ sich darauf ein, überlegte er. Sollte er wirklich gezwungen sein, einige Partien zu spielen, konnte er Dan ja gewinnen lassen. Und ihm, falls nötig, die dreißig Dollar zurückgeben. Und er würde seine Lehre daraus ziehen: Nie wieder würde er einen Typ aus dem dritten Studienjahr ausnehmen.

»Also schön, Dan«, sagte Ted.

»Ausgezeichnet!« Dan versetzte ihm einen Schlag auf die Schulter, der als sanftes Tätscheln gemeint war. »Dann sehen wir uns gleich.«

Tim warf ihm bedrohliche Blicke zu, als sie aufbrachen.

Durch das Fenster konnten Ted und Maria sehen, wie sie sich zu einer Gruppe gesellten und dann zu einer der Getränkestationen gingen, um sich eine Runde Wodka zu genehmigen. Die Gruppe bildete einen Halbkreis, feierte lautstark jeden Schluck, und jeder knallte anschließend sein Glas auf den Holztisch. Dan kippte drei Wodka in weniger als drei Minuten herunter, was Ted ein wenig beruhigte: Wenn er so weitermachte, würde der Knock-out nicht lange auf sich warten lassen, und dann würde es auch keine Pokerpartie mehr geben.

»Diese Typen sind ziemlich durchgeknallt«, sagte Maria, die noch immer ganz verängstigt war.

»Ziemlich«, bestätigte Ted.

Eine halbe Stunde später gelang es ihm, sich von Maria loszueisen. Von Justin und Tessa hatte er nach wie vor nichts gehört, und allmählich begann er darüber nachzudenken, ob er nicht doch allein nach Hause gehen sollte. Noch hielten sich Dan und Co allerdings im Wohnzimmer auf, sodass er die Party kaum unbemerkt verlassen konnte. Er hatte die Idee, hinten ums Haus zu gehen, aber der Weg war versperrt. Ein Zaun trennte den Garten in zwei Teile, und die Tür war mit einem Schloss verriegelt. Mehrere Jungs pinkelten gerade dagegen, und er nutzte die Gelegenheit, um sich ebenfalls zu erleichtern. Während der Strahl gegen den Holzzaun plätscherte, beschloss er, noch eine Weile zu warten, bis der Weg nach draußen frei war.

Das Warten zog sich hin. Irgendwann erlag er der Versuchung, noch ein Bier zu trinken. Er setzte sich auf eine Stufe der Veranda und trank es allein. Der Schwindel kehrte zurück, war aber diesmal begleitet von einem angenehmen Gefühl verträumter Schwerelosigkeit, das ihn zum Weitertrinken verleitete. Nach einiger Zeit griff er in das Fass und tastete in dem eiskalten Wasser herum, ohne auf eine Dose zu stoßen. Das Bier war alle, und niemand hatte nachgefüllt. Ted stand auf. Seine Bewegungen waren unkoordiniert. Er hatte Dan vollkommen vergessen und betrat das Haus. An irgendeinem Tisch würde er schon noch Bier finden, überlegte er schwerfällig. Noch nie hatte er so viel Bier getrunken, und trotzdem beherrschte ihn nur dieser einzige Gedanke: wie er noch mehr von dieser Flüssigkeit in seinen Körper kriegen konnte.

Das Wohnzimmer war brechend voll, und alle schienen es darauf angelegt zu haben, mit ihm zusammenzustoßen. Hände, die Gläser umfassten, schossen in die Höhe, um eine Kollision zu vermeiden. Ted gelangte an einen Tisch, an dem zwei Mädchen sich von einem grünen Gebräu bedienten. Ted schnappte sich einen Becher vom Tisch und hielt ihn den beiden hin. Die Mädchen fanden ihn offenbar urkomisch, denn sie fingen an zu kichern und schenkten seinen Becher viertel voll. Ted trank einen Schluck und verzog den Mund. Es war das schrecklichste Gesöff, das er je probiert hatte, aber egal.

Ziellos irrte er durch das Wohnzimmer. Die Musik bohrte sich ihm regelrecht in den Schädel. In einem Anfall von Hellsichtigkeit fragte er sich, was er da tat, warum er nicht einfach ging, wieso er dieses ekelerregende Zeug trank. Aber dieser Moment war schnell vorbei, und er kippte immer mehr von dem grünen Gesöff in sich hinein. Er spürte einen Brechreiz und krümmte sich, sodass mehrere Leute in seiner Nähe zurückwichen. Doch er erbrach sich nicht. Langsam richtete er sich auf und lächelte idiotisch vor sich hin.

»McKay!«

Er drehte sich um. Der Schrei war so laut gewesen, dass er sogar die Musik übertönt hatte. Dort stand Dan, neben ihm Tim und noch jemand, in perfekter Dreiecksformation.

»Hallo!«, sagte Ted. Er versuchte Dan auf die Schulter zu klopfen, scheiterte aber. Seine Hand vollführte einen kompletten Bogen und landete auf seinem eigenen Knie. Er versuchte es noch einmal und schaffte es immerhin, Dans Hemd zu streifen.

»Hast du Spaß hier?«

Ted nickte. »Warum guckst du so ernst?«, fragte er und zeigte auf Tim.

»Hör zu, McKay ...«

Ted wurde vom Ausschnitt eines Mädchens abgelenkt, das in der Nähe tanzte.

»McKay, hallo, hier, schau mich an. Die Jungs und ich wollen ein bisschen pokern. Komm mit.«

Ted fand die Vorstellung furchtbar komisch und begann wie verrückt zu lachen.

»Pokern?«, sagte er immer wieder, als wäre allein das Wort ein herrlicher Witz.

»Ja, pokern. Das bist du mir schuldig. Lass uns raufgehen.« Dan packte ihn an einem Arm, Tim am anderen. Zu zweit hoben sie ihn an und trugen ihn die Treppe hinauf. Ted empfand es nicht als bedrohlich, ganz im Gegenteil.

»Danke, Jungs, aber ich glaube, ich kann allein gehen.«

Fakt war, dass er es nicht konnte. Zwei weitere Typen kamen hinzu, sodass sie jetzt insgesamt zu sechst die Treppe hinaufstiegen.

»Ist ja wie ein ganzer Eisenbahnwaggon«, sagte Ted, war aber der Einzige, der über diesen Scherz lachte.

So, wie sie ihn ansahen, kam Ted sich vor wie der Überlebende einer Katastrophe, der von Feuerwehrleuten gerettet wurde. Von Rettung konnte aber keine Rede sein, das war ihm immerhin klar.

Im zweiten Stock war es genauso brechend voll wie im ersten. Im dritten Stock jedoch herrschte schlagartig Stille.

»Du bist es mir schuldig, McKay«, wiederholte Dan. Er war jetzt gut zu verstehen. Die Musik war nur noch ein fernes blechernes Vibrieren. Sie gingen bis zum Ende des Flurs. Tim schloss die Tür auf, und Dan schubste Ted hinein. Die anderen drei folgten ihnen.

In dem Raum stand überhaupt kein Pokertisch.

Ted erhielt einen heftigen Tritt in die Rippen und sackte zu Boden. Dann prasselte eine ganze Batterie von Tritten auf ihn ein.

8 Ein Mitglied der Burschenschaft erbarmte sich und brachte Ted zurück in den Block. Ted erinnerte sich bruchstückhaft daran, dass man ihn hinausgetragen und in einen roten Kleinwagen verfrachtet hatte. An die Fahrt selbst hatte er keine Erinnerung mehr. Als er wieder zu sich kam, lag er in seinem eigenen Bett, vollständig angekleidet und mit Schmerzen am ganzen Körper.

Justin seinerseits hatte die Party bereits vor ihm verlassen. Wäre er länger geblieben, hätte er riskiert, sich über Tessa zu übergeben. Der viele Alkohol forderte seinen Tribut. Tessa nahm ihm das Versprechen ab, sich bald wiederzusehen – was Justin ihr sofort gab –, und er sagte ihr in einem betrunkenen Anfall von Ehrlichkeit, dass er noch nie einen solchen Spaß mit einer Frau gehabt habe, was der Wahrheit entsprach. Bevor er aufbrach, suchte er überall nach Ted, der genau in diesem Moment von fünf Mitgliedern der hoch angesehenen Burschenschaft Phi-Sigma-Kappa übel zugerichtet wurde. Justin nahm an, dass Ted nicht mehr da war, und ging allein zum Block zurück. Er musste sich einmal unterwegs übergeben und noch einmal, als er ankam. Sein Zimmergenosse war noch nicht da, aber er machte sich deswegen keine allzu großen Sorgen.

Als Justin aufwachte und Ted im Nachbarbett sah, war er

sofort alarmiert. Anfangs dachte er sogar, Ted sei tot. Sein Gesicht war eine geschwollene Riesenkirsche, überall an ihm klebte Blut. Nachdem Justin sich vergewissert hatte, dass sein Freund noch atmete, beruhigte er sich ein wenig.

Ted weigerte sich, zur Krankenstation zu gehen. Drei Tage lang blieb er in seinem Zimmer, praktisch ohne aufzustehen. Danach war sein Gesicht so weit abgeschwollen, dass er seinen Verpflichtungen wieder nachgehen konnte, wenn auch leicht hinkend. Niemand außer seinem Zimmergenossen (und natürlich der fünf Feiglinge, die ihn zusammengeschlagen hatten) erfuhr, was in jener Nacht im Haus der Burschenschaft geschehen war.

9

Der brutale Vorfall war der Auftakt zu einer ganzen Reihe unheilvoller Ereignisse, von denen einige eine direkte Folge waren, andere nicht. Ted wurde menschenscheu, zog sich fast vollständig in sein Inneres zurück, was sich auch auf seine Leistung am Spieltisch auswirkte, an dem Charisma und Manipulation die entscheidenden Waffen sind. Auch in seiner Beziehung zu Georgia machte es sich bemerkbar, von der er sich immer mehr entfernte, ohne dass einer von ihnen etwas dagegen unternahm. Justin war sensibel genug, um ihn nicht mit Fragen zu quälen. Inzwischen kannte er ihn ziemlich gut, wozu auch gehörte, dass er wusste, wann er ihn lieber nicht mit Fragen belästigte.

Wie um das Maß voll zu machen, rief fünf Tage später seine Tante Audrey an, die Schwester seines Vaters. Sie war die Einzige in der Familie, zu der er lockeren Kontakt hielt, doch niemals zuvor hatte sie ihn an der Uni angerufen. Als er ihre matte Stimme hörte, dachte er zuerst, dass seinem Vater etwas zugestoßen war. Ted konnte eine gewisse Freude nicht verleugnen. Seit fünf Jahren hatte er ihn nicht mehr gesehen, und er hätte nichts dagegen gehabt, wenn das für immer so bleiben würde. Wie sich jedoch herausstellte, war Frank McKay nicht gestorben, und er hatte auch keinen schweren Unfall erlitten, sondern wollte, im Gegenteil, mit Ted sprechen. Audrey spielte nur die Vermittlung vom Amt. In dem vergangenen Jahrzehnt hatte Frank mit dem Verkauf von Mähdreschern viel Geld verdient und konnte es jetzt offenbar nicht lassen, den Kontakt zu Ted zu suchen. Aus irgendeinem unseligen Grund legte Ted nicht auf.

Als Audrey den Hörer weiterreichte, stellte sich heraus, dass sein Vater wegen einer Tagung in der Stadt sein würde und fest entschlossen war, ihn auf dem Campus zu besuchen. Ted wies ihn instinktiv ab und versprach, zu ihm ins Hotel zu kommen. Allein bei der Vorstellung, ihn auf dem Universitätsgelände zu treffen, drehte sich ihm der Magen um. Er würde ihn im Hotel abholen und ein für alle Mal Franks leidigen Versuchen, doch noch ein guter Vater sein zu wollen, ein Ende setzen.

Er parkte sein Auto vor dem Motel Lonely Pine. Er sparte sich die Mühe, an der Rezeption nach seinem Vater zu fragen. Durch die Vorhänge von Zimmer 108 hatte er ihn bereits an seinem Gang erkannt. Er trug gerade irgendetwas hin und her. Dort, vor dem Fenster, blieb er stehen, begleitet vom Zwitschern der Vögel, die den Fehler anzukündigen schienen, den zu begehen er im Begriff war. Plötzlich öffnete sich die Tür.

»Ted! Mein Sohn! Schön, dich zu sehen.«

»Hallo.«

Frank McKay war an den Schläfen ergraut. Trotzdem wirkte er zehn Jahre jünger, als er war. Seine Gesichtszüge waren markant wie eh und je, und er hatte kein überflüssiges Gramm Fett am Körper. Auch war er genauso gebräunt wie in seinen

Tagen als Handelsvertreter. Ted ließ sich von der äußeren Erscheinung nicht in die Irre führen, sondern konzentrierte sich auf die Augen. Denn eines hatte er in seiner Jugend gelernt: Nicht das, was sein Vater sagte oder tat, war entscheidend, sondern das, was sich in diesen leuchtend blauen Augen ausdrückte. In ihnen allein lag die Wahrheit. In diesem Augenblick sagten sie eindeutig: *Ich bin klüger als du.*

Frank näherte sich ihm mit der Absicht, ihn zu umarmen. Ted stoppte ihn mit der Hand und wich einen Schritt zurück.

»Bitte, Papa.«

Frank hob die Hände zum Zeichen der Einsicht und nickte stumm.

»Komm rein.«

Ted wollte den Besuch so kurz wie möglich gestalten.

Das Zimmer war klein. Auf dem Bett lag ein fast leerer Koffer. Offenbar hatte sein Vater ihn gerade ausgepackt, als Ted ihn durchs Fenster beobachtet hatte. Unter einem Fernseher, der an der Wand angebracht war, standen ein kleiner Tisch und zwei Stühle, und auf einem dieser Stühle nahm Frank nun Platz und bot Ted den anderen an.

»Komm schon, Ted, irgendwann müssen wir ja reden.«

Zumindest damit hatte er recht.

Ted starrte ein schreckliches Bild an, das an der Wand hing. »Ich will nicht, dass du mich auf dem Campus besuchst.«

Frank antwortete nicht sofort.

»Wenn du das nicht willst, dann mache ich es auch nicht.«

»Dann wäre das schon mal geklärt.«

Ein unbehagliches Schweigen stellte sich zwischen ihnen ein. Ted wollte ihn nicht fragen, was er auf dem Herzen hatte, er wollte, dass er es von sich aus ansprach. Es war erschütternd, dass jedes Wort aus seinem Mund zu einer Art Tauziehen wurde. Aber es war so.

»Was ist mit deinem Gesicht passiert? Ein Streit an der Uni?«

Instinktiv fasste sich Ted an die Wange. In seinem Gesicht war von den Prügeln, die er bezogen hatte, fast nichts mehr zu sehen, bis auf einen kleinen, kaum wahrnehmbaren Fleck auf dem linken Wangenknochen. Er versuchte sich zu erinnern, ob er seiner Tante gegenüber etwas von dem Vorfall erwähnt hatte. Nein, eher nicht.

»Kein Streit«, sagte Ted kurz angebunden.

»Tante Audrey hat mir gesagt, dass du ausgezeichnete Noten hast. Sie hat mir auch ein Foto von Georgia gezeigt.«

Frank verstummte, als er Teds Reaktion sah.

»Ich bin dein Vater. Da ist es nur natürlich, dass ...«

»Wenn du Tante Audrey weiterhin nach mir ausfragst, erreichst du nur, dass ich nie wieder mit ihr rede.«

Frank seufzte resigniert. »Was ist nur aus uns geworden, Ted?«, sagte er und beugte sich leicht nach vorn. Seine Hand stoppte auf halbem Weg zu Ted. »Wir waren doch mal so eng.«

Ted hätte am liebsten schallend gelacht. Er schüttelte den Kopf.

»Weißt du noch, wie wir zusammen zu den Schachturnieren gefahren sind?«

»Es reicht. Ich habe keine Lust, mit dir über die Vergangenheit zu sprechen. Ich weiß nämlich genau, was damals war und was du getan hast. Und ich meine gar nicht, dass du Mama mit dieser Frau betrogen hast. Damit hast du sie zwar endgültig fertiggemacht, aber uns auch gleichzeitig einen Gefallen getan.«

»Ich finde sehr wohl, dass wir über die Vergangenheit reden müssen, sonst können wir die Gegenwart nicht richtig gestalten, oder?«

»Toll. Hast du das auf einem Zuckertütchen gelesen? Es gibt keine Gegenwart, die gestaltet werden müsste. Wir beide müssen lediglich klären, dass wir von jetzt an nie wieder miteinander reden werden. Ist das angekommen?«

Frank senkte den Kopf. »Du musst die Vergangenheit irgendwann ruhen lassen«, sagte er, den Blick auf den Boden gerichtet. »Du bist jetzt erwachsen, und ich will dir keine Ratschläge erteilen, aber ich weiß, wovon ich rede.«

»Du kapierst es nicht, oder? Dass ich dir verzeihe, kommt überhaupt nicht infrage. Was sollte ich dir überhaupt verzeihen? Dass du mich geschlagen oder dass du Mama geschlagen hast?«

»So darfst du das nicht nennen.«

»Wie denn sonst? Es geht überhaupt nicht um die Frage, ob ich dir verzeihe, es geht nur darum, dass ich null Bock habe, den Kerl zu sehen, der meine Mutter geschlagen hat, weil sie in der Küche Salz verschüttet oder die Schuhe in den Kühlschrank gestellt hat. Mama war krank, verstehst du? Sie wusste nicht, was sie tat!«

»Du weißt genau, dass es noch andere Gründe gab«, murmelte Frank und hob den Blick. In seinen Augen lag eine Mischung aus Flehen und unterdrückter Wut.

»Was für Gründe sollen das sein? Sie war krank! Krank!«

Frank presste die Lippen aufeinander. Dann führte er einen Finger an den Mund und begann am Nagel zu kauen.

»Dafür habe ich dich um Verzeihung gebeten«, sagte er schließlich. »Mehr kann ich nicht tun. Sie war krank, ja, und ich ... ich wusste nicht, wie ich damit umgehen sollte. Ja, ich hab's nicht gut hingekriegt. Aber so war es bei mir zu Hause auch, so habe ich's gelernt, ich wusste einfach nicht, wie man mit einer solchen Situation zurechtkommen soll.«

Ted schüttelte den Kopf. Sein Vater schaffte es immer wieder, sich als Opfer hinzustellen.

»Hör zu, mich interessiert nicht, was damals passiert ist.

Und ich habe auch kein Interesse daran, dich zu verstehen. Ich war derjenige, der in all den Jahren mit Mama zusammenleben musste, der mitansehen musste, wie sich ihr Zustand von Tag zu Tag verschlechterte, nachdem du dich aus dem Staub gemacht hattest. Und solltest du meinen, sie hätte nicht darunter gelitten, dass du sie im Stich gelassen hast, dann irrst du dich. Und solltest du glauben, deine Schläge und deine Verbalattacken hätten ihren Zustand nicht verschlimmert, dann liegst du falsch. Du bist dafür verantwortlich.«

Frank schluckte. »Bestimmt hast du recht.«

»Natürlich habe ich recht.«

Ein Hoffnungsschimmer leuchtete in Franks Augen auf. »Aber bei dir ... bei dir habe ich versucht ...«

»Ich war sieben, als ich zum ersten Mal gehört habe, wie du sie schlägst!«, platzte es aus Ted heraus. »Weißt du, was? Ich habe dir das nie gesagt, aber vielleicht solltest du es wissen.« Anklagend deutete er mit dem Zeigefinger auf ihn. »Vielleicht sollte ich dir endlich mal erzählen, wie gut du es bei mir hingekriegt hast. Dass ich nach deinem Abgang kaum noch schlafen konnte, weil ich ständig Albträume hatte, Albträume, die ich auch heute noch habe. Willst du wissen, was in diesen Albträumen geschieht?«

»Ted, bitte, das hilft doch nicht, um ...«

»Natürlich hilft das. Und wie das hilft!«

Frank hatte nun diesen erbarmungslosen Blick, den Ted schon aus seiner Kindheit kannte. Denn Frank McKay war ein Mensch, der es gar nicht mochte, wenn man ihm widersprach. Eine Weile konnte er sich den Schafspelz umlegen und um Verzeihung betteln, doch nichts brachte ihn mehr in Rage, als wenn die Dinge nicht so liefen, wie er das wollte, wenn nicht *er* derjenige war, der bestimmte, was man sagen durfte und was nicht.

»In all meinen Träumen sitzt du da wie jetzt und rauchst gemütlich eine Zigarette. Und dann sagst du mir, ich soll zu deinem roten Mustang gehen. Erinnerst du dich an den roten Mustang?«

»Natürlich erinnere ich mich.«

»Ich will auf keinen Fall dem Kofferraum zu nahe kommen, weil ich weiß, was da drin ist. Aber du drängst mich dazu, du bestehst darauf, dass ich ihn öffne. Also gehe ich hin, und noch bevor ich da bin, springt er wie von Geisterhand auf. Und drin liegt Mama, mit gefesselten Händen und entstelltem Gesicht, und alles wimmelt von Insekten.«

»Ted«, murmelte Frank.

»In meinen Träumen kann ich den Blick nicht von der Leiche lösen, bis ich aufwache. Und du stehst hinter mir und lachst, weil du das alles genießt.«

Ted hatte Frank die ganze Zeit in die Augen gesehen. Nachdem er alles ausgesprochen hatte, fühlte er sich wie erschlagen. Noch nie hatte er jemandem von seinem Traum erzählt, und dass er ausgerechnet seinem Vater davon erzählen würde, hätte er nie für möglich gehalten. Er fühlte sich erschlagen, aber auch erleichtert. Es war nicht nur eine Last von ihm abgefallen, sondern es war ihm auch eine Genugtuung, dass dieses Arschloch von einem Vater endlich wusste, was er seinem Sohn angetan hatte.

»Manchmal ist es auch nicht Mama, sondern die Frau, die ich gerade gut finde, oder eine, die ich von irgendwoher kenne. Sie liegt zusammengekrümmt im Kofferraum, und dann erwacht sie plötzlich zum Leben, packt mich am Arm, sieht mich mit flehenden Augen an, als wollte sie mir etwas sagen. Der Rest ist immer gleich: der rote Mustang, du mit der Zigarette, lachend.«

Ted stand abrupt auf, kickte den Stuhl weg und fluchte leise.

»Ich kann keine Frau sehen, ohne an das zu denken, was du

Mama angetan hast«, sagte er mit Tränen in den Augen. »Verstehst du jetzt, warum ich dich nicht in meinem Leben haben will?«

Frank zeigte sich ungerührt. Er schien nicht streiten zu wollen. Stattdessen erhob auch er sich, ging zum Nachttisch und nahm ein Buch zur Hand, das dort lag und aus dem ein Foto ragte. Er zog das Foto heraus und legte es auf den Tisch beim Fernseher. Ted musste näher treten, um es sich anzusehen. Es war die Großaufnahme eines etwa zwölfjährigen Jungen. Die vertrauten Gesichtszüge plus die strahlenden blauen Augen sagten ihm alles.

»Das ist dein Bruder«, sagte Frank. Seine Stimme hatte nichts mehr von dem flehenden Ton von eben.

Ted hob den Blick und sah seinen Vater fassungslos an. Dann betrachtete er wieder den hübschen, lächelnden Jungen. Ihm fehlten die Worte.

»Das ist dein Bruder«, wiederholte Frank. »Er heißt Edward und trägt den Namen seiner Mutter: Blaine. Egal, was du von mir denkst, du solltest ihn kennenlernen. Deshalb wollte ich mich mit dir treffen.«

Ted verzichtete darauf, Kontakt zu ihm aufzunehmen. Jahre später jedoch würde er Blaines Gesicht in den Nachrichten wiedererkennen, als er beschuldigt wurde, seine Freundin Amanda Herdman getötet zu haben.

2013

10

Ted stand am Beginn des Pfads. Er war ganz ruhig. Laura und Lee hielten sich knapp hinter ihm.

»Diesen Weg bin ich oft gegangen«, sagte Ted.

Lee entfernte sich einige Meter. Dr. Hill hatte ihm zwar versichert, dass McKay nicht gefährlich war, doch er wusste, dass der Mann jemanden ins Koma geprügelt hatte. Dass dem ein Nervenzusammenbruch oder etwas Ähnliches vorausgegangen war, interessierte ihn erst mal nicht. Wenn es einmal passiert war, konnte es wieder passieren, oder etwa nicht? Solange sie sich außerhalb der Klinik befanden, war er für McKay verantwortlich. Sollte McKay Dr. Hill angreifen, wäre er in wenigen Schritten bei ihm und würde ihn mit dem Taser außer Gefecht setzen. An Flucht war nicht zu denken, denn mit den Fußfesseln würde er nicht weit kommen.

Ted war in eine Art Traum versunken. Nach etwa hundert Metern senkte er plötzlich den Kopf und schien einer unsichtbaren Spur zu folgen. Laura sprach ihn an, aber sie erhielt nur einsilbige Antworten, sodass sie es schließlich sein ließ. Es war offensichtlich, dass dieser Weg für Ted eine besondere Bedeutung hatte. Dass er ihn nun wieder betrat, schien ihm zu helfen, die Gründe zu verstehen. Laura nutzte die Gelegenheit, um zu überprüfen, ob ihr Handy Empfang hatte.

Nur ein Strich.

Sie sah zu Ted. Er wirkte wie ein Medium aus irgendeiner Mystery-TV-Serie. Immer wieder blieb er stehen, blickte sich um, senkte den Kopf, als erwartete er ein Zeichen, das ihm den richtigen Weg weisen würde.

»Ist was?«

Ted war wieder stehen geblieben. Er richtete das Gesicht gen Himmel, biss in die Kuppe seines Daumens.

»Ich erinnere mich an ein Fahrrad«, sagte er versonnen.

»Sind Sie hier Fahrrad gefahren?«

»Nein, nicht ich. Ich habe nicht mal eins.«

Laura fragte nicht weiter. Trotzdem freute sie sich, denn die Erinnerung an das Fahrrad, mochte sie nun wichtig sein oder nicht, war etwas *Neues*. Vielleicht der Beginn des Durchbruchs.

»Welche Farbe hat das Fahrrad, Ted?«

»Rot«, sagte er, ohne zu zögern. »Ein rotes Fahrrad.« Er nickte zu seinen Worten. Dann senkte er wieder den Blick und ging weiter.

Die drei folgten dem Pfad, der kaum noch als solcher zu erkennen war. Sie mussten Zweige beiseiteschieben und Baumstämmen ausweichen, bis sie zu einem verlassenen, von Gestrüpp überwucherten Feldweg kamen. Da sahen sie es, versteckt im gelblichen Gras: ein rotes Fahrrad. Ein Rad fehlte, und der Rost hatte dem Rahmen unerbittlich zugesetzt, doch die Farbe war noch gut zu sehen.

»Das Fahrrad«, sagte Ted, ging näher und betrachtete es.

»Ted, das ist fantastisch!«

»Sieht ganz so aus«, sagte er wenig begeistert.

»Freuen Sie sich, Ted.« Laura fasste ihn am Arm, um ihn aufzumuntern. Lee warf ihr einen missbilligenden Blick zu. Er ging zu dem Fahrrad und begutachtete es mit gerunzelter Stirn.

»Dieses Fahrrad war in einen Unfall verwickelt«, erklärte er. »Die vordere Gabel ist verbogen. Das fehlende Rad ist hier bestimmt noch irgendwo.«

Das Wort *Unfall* schwebte in der Luft.

»Wissen Sie was darüber, Ted?«, fragte Laura.

»Ich glaube nicht. Ich ... ich hab's nur hier gesehen.«

Auf der anderen Seite des Weges ging der Wald weiter. Ted zögerte.

»Wir können eine Abkürzung durch den Wald nehmen«, sagte er mit einer Automatenstimme, »oder dem Weg folgen und einen Umweg machen. In beiden Fällen kommen wir an derselben Stelle raus.«

Ein Durchbruch.

»Wohin gelangen wir dann?«, fragte Laura mit belegter Stimme.

»Zur Wahrheit«, sagte er.

Dann ging er los, über den staubigen Weg, mit leicht schleppenden Schritten wegen der Fußfessel. Die Hände hatte er vor dem Schoß. Sein Gesicht konnten Laura und Lee nicht sehen, was ein Glück war, denn in diesem Moment begann es sich unter dem Gewicht seiner Entdeckung zu wandeln.

Als sie ankamen, hatten sie insgesamt rund zwei Kilometer zurückgelegt.

11

Es war Samstag, und Marcus konnte sich nicht erinnern, dass er jemals so glücklich gewesen wäre. Er hätte Bäume ausreißen können.

Als er die Zeitung hereinholte, blieb er eine Weile mit der Hand am Knauf der Haustür stehen und lächelte selbstvergessen. In einigen Stunden, sagte er sich, würde er diese Tür erneut öffnen, und dann würde Laura davorstehen.

Vergiss nicht, was du dann zu tun hast.

Er hatte mit Bob gesprochen, seinem Freund bei der Bostoner Polizei, und der hatte ihm versichert, dass er noch an diesem Tag einen Blick auf die Mordfälle der Neunzigerjahre werfen würde.

Am Vormittag erledigte er die Einkäufe. Die Zutaten für seine Spezialsoße besorgte er auf dem Markt. Er war nicht gerade ein begnadeter Koch. Seine Ernährung beschränkte sich normalerweise auf Sachen für die Mikrowelle, Pizza und Chinapfanne, aber das eine oder andere Gericht hatte er sich angeeignet und bekam es einigermaßen hin. Pasta mit Zwiebel-Pilz-Soße war seine Spezialität. Bevor er auf den Markt gefahren war, hatte er noch einen Abstecher ins Einkaufszentrum gemacht und ein kleines Vermögen für neue Klamotten ausgegeben. Wochenlang hatte er es hinausgezögert, und welch schöneren Anlass konnte es geben, den Inhalt seines Kleiderschranks zu erneuern, als das heutige Abendessen mit Laura?

Mit einem Dutzend Tüten bepackt kehrte er gegen Mittag nach Hause zurück. Nun hatte er alles, was er brauchte. Als er die Tür schloss, spürte er wieder diesen berauschenden Schwindel und lächelte. Bis er sich ans Kochen machen musste, blieben ihm noch einige Stunden, und er beschloss, sich in seinem Kinosaal einen der Filme anzuschauen, die er noch nicht gesehen hatte. Er tat eine Tüte Popcorn in die Mikrowelle, doch bevor noch das erste Maiskorn platzte, klingelte es an der Haustür Sturm.

Er sah durchs Fenster. Am Eingang stand Bob, in der rechten Hand seine Sonnenbrille und eine Mappe. Warum hatte er nicht vorher angerufen?

Marcus öffnete. Das Schicksal erlaubte sich einen Scherz mit ihm. Eigentlich sollte vor der Tür die Frau seines Lebens stehen, nicht ein Polizist mit dem Namen eines Schauspielers.

»Bob, was für eine Überraschung. Hast du was rausgefunden?«

»Ja.«

Es war nicht zu übersehen, dass ihn etwas beunruhigte.

»Komm rein.«

Begleitet vom Popcornknallen aus der Küche, begaben sie sich ins Wohnzimmer.

Noch bevor sie sich setzen konnten, rückte Bob mit der Neuigkeit heraus.

»Wusstest du, dass dieser Ted McKay der Bruder von Edward Blaine ist, dem Kerl, der im Verdacht stand, seine Freundin getötet zu haben?«

Marcus blieb wie angewurzelt stehen. »Nein, das wusste ich nicht.«

»Gleicher Vater, andere Mutter«, erläuterte Bob und setzte sich in einen der Sessel. »Aber das ist nicht der Grund, warum ich hier bin. Das hätte ich dir auch am Telefon sagen können ...«

Nun setzte sich auch Marcus.

1994

12

Der Campus war in hellem Aufruhr, als die Nachricht von dem Mord die Runde machte. Ein Student sei tot in der Nähe der Bibliothek aufgefunden worden, hieß es zunächst. Die Universitätsleitung forderte alle Studenten auf, ihre Wohnheime, soweit möglich, nicht zu verlassen. Alle akademischen Veranstaltungen wurden abgesagt. Mehrere Nachrichtenkanäle griffen den Vorfall auf. Im Block liefen alle Fernseher, obwohl sich die Neuigkeiten auf dem Campus selbst schneller herumsprachen. Während im Fernsehen noch von einem Studenten die Rede war, dessen Identität noch nicht geklärt sei, wussten die Studenten bereits mehr. Tatsächlich handelte es sich um Thomas Tyler, den Professor für Creative Writing. Dass man ihn zunächst nicht identifiziert hatte, lag daran, dass Tyler aus ungeklärten Gründen über seiner normalen Kleidung die Jacke und Kappe der Uni getragen hatte. Die beiden Studentinnen, die ihn an jenem Freitagmorgen entdeckt hatten, hatten ihn deshalb fälschlicherweise für einen Kommilitonen gehalten.

Im Block kursierten widersprüchliche Informationen. Ein Student namens Mark Manganiello, besser bekannt als Marman, der wie Ted und Justin im fünften Stock wohnte, wurde zur vertrauenswürdigen Quelle Nummer eins. Seine Freundin wohnte praktisch Tür an Tür mit Jules Loughlin, einem der

Mädchen, die die Leiche gefunden hatten. Laut Marman hatte der Professor mit dem Gesicht nach unten gelegen, weswegen sie ihn nicht gleich erkannt hatten. Anfangs hatten sie gedacht, es sei ein Student, der seinen Rausch ausschlief, aber als sie sich ihm näherten, sahen sie die große Blutlache. Man hatte ihm die Kehle durchgeschnitten. In der ersten Verwirrung hieß es, es sei ein Raubmord gewesen, der Täter habe es auf das goldene Feuerzeug abgesehen, das der Professor immer bei sich trug.

Als die Identität des Opfers bekannt wurde, konzentrierten sich die Nachrichten auf die Frage, die sich inzwischen alle stellten: Warum hatte der Professor die Jacke der Universität getragen? Thomas Tyler war einundfünfzig, verheiratet und hatte zwei Kinder im Teenageralter. Außenteams der Sender bezogen Stellung vor seinem Haus und warteten auf erste Kommentare seitens der Familie.

Der Fall brachte es sogar in die nationalen Nachrichten. Besonders die Jacke gab Rätsel auf. Aber da war noch etwas, ein Gerücht, das sich auf allen Fluren herumsprach und möglicherweise auch schon der Polizei zu Ohren gekommen war. Und wenn es der Polizei zu Ohren gekommen war, dann sehr wahrscheinlich auch irgendeinem Journalisten. Offenbar hatte Tyler ein Verhältnis mit einer Studentin gehabt. Es war dieses Detail, das der Story die nötige Würze gab, um ein Massenpublikum zu erreichen.

Ted kehrte aus dem sechsten Stock zurück, wo viele Studenten mit Pokern die Zeit totschlugen, seit das Leben auf dem Campus praktisch zum Erliegen gekommen war. Auf dem Flur traf er auf Justin, der ihm mit verstörter Miene entgegenkam. Ted sah ihn besorgt an, ging mit ihm sofort in Zimmer 503 und machte die Tür hinter sich zu.

»Was ist los, Justin? Was machst du denn für ein Gesicht?«

»Entschuldige, aber ich halte es nicht mehr aus, Ted«, sagte Justin, der nervös im Zimmer umhertigerte.

»Jetzt setz dich erst mal hin.«

Justin setzte sich aufs Bett.

»Du hast doch nichts angestellt, oder?«, fragte Ted und sah ihn ernst an.

»Natürlich nicht!«

»Dann musst du dir auch keine Sorgen machen und mit einem solchen Gesicht rumrennen.«

»Du hast nicht mit Marman gesprochen, oder?«

»Nein. Ich komme gerade aus dem sechsten Stock.«

»Das Mädchen, mit dem Tyler eine Affäre hatte, ist ... Georgia.«

Ted runzelte die Stirn. »Woher hast du das?«

»Wie gesagt, von Marman. Du wirkst nicht sonderlich überrascht.«

Ted setzte sich ebenfalls aufs Bett.

»Ich muss nachdenken«, erklärte er. »Die Polizei wird mit mir sprechen wollen. Keine Angst, alles wird gut.«

»Du ... du wusstest es? Das mit der Affäre, meine ich?«

»Nein. Zwischen uns lief es nicht so gut. Im Grunde sind wir schon längst nicht mehr zusammen. Aber das nützt mir jetzt auch nichts, die Polizei wird mir Fragen stellen. Wir müssen uns ganz natürlich verhalten.«

»Ted, ich muss dir was sagen.«

»Schieß los.«

Justin sah unsicher zur Tür, als könnte sie sich jeden Moment öffnen. Er schluckte.

»Ich wusste von Georgia und dem Professor. Ich habe sie mehrmals in dem Park hinter der Bibliothek gesehen. Eigentlich wollte ich es dir längst sagen, aber ...«

»Ist schon okay, Justin, ich verstehe, warum du es mir nicht gesagt hast. Die Frage ist nur, ob dir die Polizei glaubt, dass du es mir nicht gesagt hast.«

»Wahrscheinlich nicht.«

»Dann solltest du es vielleicht verschweigen.« Ted sah ihn eindringlich an.

»Das würde ich ja gern, Ted, aber es haben mich zu viele Leute dort gesehen, damit komme ich nicht durch.«

Ted stand auf und ging im Zimmer umher. Er dachte laut nach.

»Dass du die beiden gesehen hast, macht die Sache in der Tat komplizierter.« Er schwieg eine Weile. »Wo warst du gestern?«, fragte er schließlich und sah seinen Zimmergenossen direkt an.

»Im Gemeinschaftsraum. Ich habe bis gegen halb elf gelernt, in einer Lerngruppe.«

»Dann hast du ein Alibi.«

»Meinst du? Woher wissen wir, wann Tyler ermordet wurde?«

»Der Typ hatte die Jacke und die Kappe an, und dafür kann es nur einen Grund geben: dass er mit Georgia zusammen war. Wann hast du sie denn immer gesehen?«

»Nie später als acht.«

»Da siehst du's. Außerdem wird sie es bestätigen.«

»Und wenn sie sich sonst auch später getroffen haben, nur dass ich sie nie gesehen habe?«

»Justin, es ist total unwahrscheinlich, dass Georgia sich so spät auf dem Campus herumtreibt. Viel wahrscheinlicher ist es, dass sich alles so abgespielt hat wie immer. Sie bricht auf, der Typ bleibt noch eine Weile da, damit kein Verdacht aufkommt, dann steigt er in sein Auto und fährt los. In der Zeit muss er überfallen und getötet worden sein. Du warst in dem Moment nachweislich im Gemeinschaftsraum und hast gelernt. Bist du irgendwann mal rausgegangen?«

»Nein.«

»Super. Genau das wirst du aussagen, wenn die Polizei dich fragt.«

Justin nickte. Aber er war noch nicht beruhigt. Ihm kam ein Gedanke. »Die Polizei arbeitet doch mit Lügendetektoren, oder nicht?«

»Hör zu, Justin, sieh mich an.« Ted packte ihn an den Schultern. »Du musst doch nur verschweigen, dass du die beiden gesehen hast. Das würde nur völlig unnötig die Aufmerksamkeit auf dich und mich lenken. Die Polizei soll sich lieber darauf konzentrieren, den wahren Mörder zu finden. Richtig?«

Justin nickte erneut.

»Hör zu, wir sprechen hier über den schlimmstmöglichen Fall«, fuhr Ted fort. »Vielleicht hat die Polizei längst einen Verdächtigen, und wir machen uns völlig unnötig Gedanken.«

»Ja, kann sein.«

»Siehst du. Und denk daran, du hast ein Alibi. So wenig, wie du in letzter Zeit lernst, ist es ein Glücksfall, dass du dir ausgerechnet an diesem Abend eine Lerngruppe gesucht hast, findest du nicht?«

Zum ersten Mal zeigte Justin so etwas wie ein Lächeln.

»Da hast du recht. Wenn ich an dem Abend auf dem Campus herumgegeistert wäre, würde ich mir jetzt vor Angst in die Hosen machen.«

»Genau. Doch so kannst du ganz beruhigt sein. Wenn jemand der Polizei steckt, dass du dich gern im Park herumgetrieben hast, gibst du es zu, sagst aber aus, dass du die beiden nie gesehen hast und folglich nichts von der Affäre wusstest. Und was den gestrigen Abend angeht, schilderst du einfach, wie es wirklich war. Alles wird gut.«

So, wie Ted es darstellte, klang es ganz simpel. Und war es das etwa nicht? Justin hatte Professor Tyler nicht getötet, und weil er Ted nichts von der Affäre gesagt hatte, konnte auch Ted es nicht gewesen sein. Er sah Ted an.

»Und du? Wo warst du gestern Abend? Oben im sechsten Stock?«

Ted nickte. »Ja, allerdings nur bis gegen sechs.«

Ein drückendes Schweigen machte sich zwischen ihnen breit.

»Und danach?«, fragte Justin in unheilschwangerem Tonfall.

»War ich hier und habe gelernt. Im Gegensatz zu dir habe ich kein wasserdichtes Alibi, fürchte ich.«

Und er lachte.

13

Am folgenden Tag wurde offiziell bekannt, dass Tyler eine Affäre mit einer Studentin namens Georgia McKenzie hatte, was die Aufmerksamkeit für den Fall schlagartig erhöhte. Der Medienrummel war enorm. Helikopter kreisten über dem Campus und machten Luftaufnahmen. Die Universität sagte für weitere drei Tage alle Veranstaltungen ab. Ein verheirateter Professor mit Vorzeigefamilie, der ein Verhältnis mit einer Studentin hatte, war ein gefundenes Fressen. Ein Boulevardblatt, das vor nichts zurückschreckte, brachte die These in Umlauf, Georgia hätte ihren Liebhaber in einem Anfall von Eifersucht getötet. *Unsterblich verliebte Studentin verliert den Kopf, als er sie verlassen will.*

Es dauerte nicht lange, bis auch Ted ins Blickfeld geriet.

14

Die Gerüchte an der Universität schossen bald ins Kraut. Kaum war Georgias Affäre mit dem Professor an die Öffentlichkeit gedrungen, suchte Ted sie in ihrem Zimmer auf, in das sie sich voller Panik zurückgezogen hatte. Er verlor keine Zeit mit Förmlichkeiten, sondern kam direkt zum Punkt: Er wolle wissen, was seine Freundin an jenem Abend gesehen hatte, wenn sie denn etwas gesehen hatte. Seine Überraschung hätte größer nicht sein können, als Georgia ihm zitternd und unter Tränen gestand, sie sei an jenem Abend nicht nur mit Tyler zusammen gewesen, sondern habe auch gesehen, wie er ermordet worden sei. Ted erstarrte. Stockend schilderte Georgia ihm, wie sie sich mit dem Professor auf einer Parkbank getroffen hatte. Es hätte das letzte Mal sein sollen, sie wollte an diesem Abend mit ihm Schluss machen. Das Gespräch verlief alles andere als angenehm. Sie stritten, und Tyler warf ihr etwas Hässliches an den Kopf (was, wollte sie nicht sagen), und sie fing an zu weinen. Er wollte sie in den Arm nehmen, aber sie verweigerte sich ihm. Irgendwann stand sie auf und drohte ihm mit etwas, das sie überhaupt nicht zu tun beabsichtigte: Wenn er sie nicht in Ruhe lasse, werde sie alles seiner Frau sagen. Dann ging sie weg. Nach einigen Metern tat es ihr leid, und sie machte kehrt. Sie wollte ihn um Verzeihung bitten. Tyler habe es nicht verdient, dass sie ihm mit so etwas drohe. Als sie schon fast wieder bei ihm war, sah sie, wie plötzlich eine Gestalt aus den Büschen hervorsprang und Tyler blitzschnell die Kehle aufschlitzte. Tyler sackte zusammen, ohne auch nur einen winzigen Schrei ausstoßen zu können. Der Mörder, ein Schatten im Dunkeln, verharrte einige Sekunden und tat dann etwas Merkwürdiges: Er beugte sich über die Leiche und suchte etwas. Was, konnte sie nicht sehen. Kurz darauf war er verschwunden wie ein Gespenst.

Ted hatte sich ihre Schilderung schweigend angehört. Sie

hatte auf dem Bett gesessen, er auf einem Stuhl. Zu keinem Zeitpunkt hatte er Anstalten gemacht, sie irgendwie zu trösten. Er hatte es nicht für angebracht gehalten.

»Hast du gesehen, wer es war?«, fragte er stattdessen.

»Als der Mörder sich bückte, fiel das Licht der Straßenlaterne auf ihn, aber ich konnte sein Gesicht nicht erkennen.«

»Wirst du es der Polizei sagen?«

»Ich weiß es nicht, Ted. Ich kann nicht klar denken. Gestern musste ich einen Haufen Tabletten nehmen, um wenigstens ein bisschen zu schlafen. Dass Tyler noch gelebt haben könnte, schien mir unmöglich, ich bin deswegen nicht zu ihm hingegangen. Ich wollte nur fortlaufen. Du hättest das viele Blut sehen sollen, das aus seinem Hals quoll, die Art, wie er zusammensackte. Es war ...«

Georgia weinte nun hemmungslos. Schwach und zitternd flehte sie förmlich nach seiner erlösenden Umarmung, die nicht kam.

»Es war, als wüsste der Mörder ganz genau, was er tat«, beendete Georgia den Satz.

Ted nickte.

»Du musst mir verzeihen. Bitte.«

Doch bevor Ted etwas erwidern konnte, ging die Tür auf, und herein kamen der mit dem Fall betraute Detective, ein Mann namens Segarra, und zwei weitere Polizisten.

Georgia machte ihre Aussage am nächsten Tag, Ted am darauffolgenden. Man erlaubte ihnen nicht, sich noch einmal zu sehen. Ted gab zu Protokoll, er habe am Abend des Verbrechens im sechsten Stock gepokert und sei dann auf sein Zimmer gegangen, um zu lernen. Man stellte ihm alle möglichen Fragen, nicht nur zu diesem Tag, sondern auch zu den vorigen Tagen, sprang zeitlich ständig hin und her, mit der klaren Absicht, ihn in Widersprüche zu verwickeln, was ihnen aber nicht gelang.

Die Medien stürzten sich auf Georgias Aussage und machten sie damit zur offiziellen Version der Geschichte. Dutzende Reporter, von denen einige im Park direkt an der Absperrung Aufstellung genommen hatten, berichteten von dem Treffen zwischen der Studentin und dem Professor: dass sie zunächst fortgegangen, dann aber wiedergekommen sei und den Mord beobachtet habe. Die Studentin habe den Mörder nicht identifizieren können, doch sie versichere, ihr Freund sei es nicht gewesen, ihn hätte sie trotz des spärlichen Lichts erkannt. Es wurde vermutet, Detective Segarra habe diese Version bewusst durchsickern lassen. Die Spekulationen hörten dennoch nicht auf. Einige zweifelten Georgias Schilderung an und hielten sie für die Mörderin. Andere glaubten an ein Komplott von ihr und ihrem Freund. Wieder andere zeigten mit dem Finger auf Tylers Frau, die aus Verbitterung gehandelt habe.

Teds Lage wurde kompliziert, als Georgias Anwälte ihr vorschlugen, ihre Aussage zu korrigieren. Sie gehörte per se schon zu den Verdächtigen, besaß ein Motiv und hatte sich vom Tatort entfernt. Natürlich sprach zu ihren Gunsten, dass sie all dies von sich aus ausgesagt hatte, aber genügte das? Mindestens zwei Freundinnen hatten von der heimlichen Affäre gewusst, und außerdem bestand die Möglichkeit, dass jemand sie gesehen hatte, daher konnte ihre freiwillige Aussage auch ein Ablenkungsmanöver sein. Als sich die Ermittlungen mehr und mehr auf sie konzentrierten, rieten ihre Anwälte ihr, die Angaben zu dem, was sie in der Mordnacht gesehen hatte, zu berichtigen: Es sei an jenem Abend so dunkel gewesen, dass sie eigentlich niemanden als Täter ausschließen könne, auch nicht Ted. Die Anwälte führten an, dass Teds Besuch bei ihr am folgenden Tag (dessen Zeuge Detective Segarra zufällig geworden war) sie eingeschüchtert habe. Sie glaube zwar nicht, dass ihr Freund einer solchen Tat fähig sei, weswegen sie es auch von Anfang an ausgeschlossen habe, doch im Grunde könne sie über die Person, die Tyler getötet habe, keine Angaben machen. Nicht einmal, dass es ein Mann gewesen sei.

2013

15

Laura, Ted und Lee standen vor einer etwa drei Meter hohen Mauer, deren ursprünglich grauer Putz fast vollständig abgebröckelt war. Oben verlief ein doppelter Stacheldraht. Einige Schritte von ihnen entfernt befand sich ein großes Tor, das mit einer dicken Kette und einem großen Schloss gesichert war.

»Das ist die verlassene Schreibmaschinenfabrik«, sagte Laura. Es war keine Frage.

»Ganz recht.« Ted trat an die Mauer heran. Er legte die Hände dagegen, als erwartete er, dass sie vibriere. »Meine Firma hat sie vor über zehn Jahren gekauft.«

»In einer unserer Sitzungen haben Sie mir erzählt, dass Wendell sie gekauft hat«, sagte Laura, um eine Reaktion zu provozieren.

Doch Ted schien nicht zu wissen, wen sie meinte.

»Ich habe sie über die Firma gekauft«, wiederholte er und ging die Mauer entlang. »Die Schlüssel sind dort unten versteckt.« Er zeigte auf eine Stelle am Sockel, wo neben dem üblichen Unkraut ein merkwürdiger Dornbusch wuchs. »Den unteren Stein kann man herausnehmen.«

Lee forderte Ted auf beiseitezutreten und ging auf die Knie. Unter Mühen streckte er den Arm durch den Dornbusch, bis er die Wand ertasten konnte. Einer der Ziegelsteine ließ sich in der Tat bewegen. Lee musste beide Hände benutzen, um ihn herauszuziehen. In der Höhlung lag ein Schlüsselbund.

»Wir müssen da rein«, sagte Ted, »aber nur Laura und ich.«

»Kommt nicht infrage«, sagte Lee sehr entschieden.

»Ted«, mischte sich Laura ein, »Sie kennen doch die Spielregeln. Möchten Sie mir etwas sagen, das Lee nicht hören soll? Lee kann ein bisschen Abstand halten, aber allein lassen kann er uns auf keinen Fall. Das verstehen Sie doch, oder?«

Ted massierte sich die Schläfe. Er war nicht recht überzeugt. Die beiden anderen warteten.

»Die Sache ist ganz einfach, McKay«, sagte Lee trocken. »Entweder wir gehen alle drei da rein, oder wir kehren auf der Stelle um. Eine andere Alternative gibt es nicht.«

»Okay.« Ted nickte. »Es ist der größte Schlüssel.«

Laura nahm den Schlüssel an sich.

»Das machen Sie sehr gut«, sagte sie zu Ted gewandt. »Ich werde Lee bitten, sich ein bisschen im Hintergrund zu halten, damit wir in Ruhe reden können. Haben Sie eine Ahnung, was wir hier finden werden? Erinnern Sie sich wieder?«

Ted schwieg. In seinem Blick war ein merkwürdiges Flackern. »Nein, ich weiß nicht mehr als Sie.«

Das war eine Lüge.

Sie kamen auf einen großen Parkplatz, der genauso verwildert aussah, wie die Mauer außen vermuten ließ. Überall wucherten Büsche und Unkraut. Rechts lag ein zweistöckiges Gebäude mit Fenstern und mehreren Eingängen, die mit Brettern vernagelt waren. Die Ausnahme bildete eine kleine Tür an der Ecke. Dorthin führte Ted sie.

Seit ihrer Ankunft hatte der Südwind Wolken mitgeführt, und inzwischen war die Sonne hinter einer geschlossenen Wolkendecke verschwunden. Laura sah zum Himmel. Wenn sie Pech hatten, kamen sie auf dem Rückweg in den Regen.

Sie schloss erst das Vorhängeschloss auf und dann, mit einem weiteren, kleineren Schlüssel, die Tür selbst. Gemeinsam betraten sie einen kleinen Raum. Er war leer. Nur spärlich drang Tageslicht durch die Ritzen der Bretter, mit denen die Fenster vernagelt waren. Lee hatte zum Glück eine Taschenlampe dabei, die er hervorholte, um ihnen zu leuchten.

Ted führte sie, ohne zu zögern, durch eine Seitentür auf einen Flur, über den sie zu einem Bürobereich gelangten. In den Büros standen noch einige Schreibtische, Aktenschränke und dergleichen. Auf halber Strecke hielt Ted an und warf einen längeren Blick auf eine Seitentür, als versuchte er sich an etwas zu erinnern. Schließlich ging er weiter bis zu einer Flügeltür am anderen Ende. Dahinter befand sich eine große Halle, in der früher die Werkstätten und Montagebänder gewesen waren. Einige davon waren noch da. Die Halle war hoch. Die Oberlichter waren nicht vernagelt. Trotz des Schmutzes, der sich auf ihnen angesammelt hatte, fiel genügend Licht ein, um sich gut orientieren zu können.

Lee steckte seine Taschenlampe wieder weg, weil er die Hand für den Taser oder, besser noch, die Beretta brauchte. Diese Halle gefiel ihm ganz und gar nicht: wenig Licht, jede Menge Möglichkeiten, sich zu verstecken.

In diesem Augenblick klingelte Lauras Handy, und alle drei erschraken.

»Marcus?«

Der Empfang war miserabel.

»Hallo, Lau... ich ... unbedingt ... Not... Kranken...«

Unwillkürlich ging Laura einige Schritte zurück. Sie machte Lee Zeichen, dass sie kurz rausgehen würde.

»Marcus, ich verstehe dich nicht. Gibt es im Lavender einen Notfall?«

»... hören ... weg ...«

Es half nichts. Laura folgte dem Labyrinth, durch das sie gekommen waren, in entgegengesetzter Richtung. Als sie die

Eingangstür endlich fand und das Gebäude verließ, versuchte sie es erneut.

»Hörst du mich jetzt?«

»Ja. Du mich auch?«

»Jetzt ja. Ich musste erst raus aus dem Gebäude.«

»Was für ein Gebäude?«

Marcus klang beunruhigt.

»Der Pfad hinter Teds Haus führt zu einer alten Fabrik. Es ist die Fabrik, von der er ...«

»Laura, hör mir gut zu. Ist Lee bei McKay?«

»Ja.«

»Und ist McKay noch an Händen und Füßen gefesselt?«

»Ja. Wieso?«

»Und bist du sicher, dass er dich nicht hören kann?«

»Ja! Marcus, du machst mir Angst. Was ist los?«

»Du musst mir jetzt ganz genau zuhören. Bob Duvall ist bei mir, der Polizist, von dem ich dir erzählt habe. Er hat ein bisschen recherchiert. Tatsächlich gab es 1994, in Teds erstem Studienjahr, an der Uni von Massachusetts einen Mord. Einem Professor namens Thomas Tyler war die Kehle aufgeschlitzt worden. Der Fall hat damals hohe Wellen geschlagen, weil der saubere Herr Professor eine Affäre mit einer Studentin hatte. Und jetzt rate mal, mit wem diese Studentin damals zusammen war ...«

Laura war nicht nach Raten zumute. Ihre Knie wurden weich, und sie musste sich setzen.

16

Fünf Tage nach dem Mord an Thomas Tyler herrschte auf dem Campus noch immer der Ausnahmezustand. Der Lehrbetrieb war zwar wiederaufgenommen worden, doch an normales Arbeiten war nicht zu denken. Die Außenteams der Fernsehsender waren verschwunden, und es kreisten auch keine Hubschrauber mehr über dem Campus, aber die Medien waren nach wie vor dran an dem Fall. Die Dreiecksbeziehung stand nun im Mittelpunkt des Interesses. Angereichert wurden die Nachrichten mit Fotos von Tyler und seiner Familie, von Georgia McKenzie und von Ted (eines davon ein Abschlussfoto vom Gymnasium). Georgia wohnte auf Anraten der Ärzte wieder bei ihren Eltern. Die Polizei hatte verlauten lassen, dass gegen sie nicht ermittelt werde, was jedoch niemand glaubte.

Am sechsten Tag ertönte morgens eine Durchsage über die Lautsprecher des Blocks. Der Dekan persönlich forderte alle Bewohner des Wohnheims auf, sich innerhalb von zehn Minuten im Erdgeschoss zu versammeln, er habe ihnen eine wichtige Mitteilung zu machen.

Dieser Vorgang war höchst ungewöhnlich. Was konnte so wichtig sein, um ohne Vorankündigung in aller Frühe – es war nicht einmal acht Uhr – eine solche Versammlung einzuberufen?

In Zimmer 503 war Justin sofort auf den Beinen. Die Nervosität war ihm anzusehen.

»Keine Hektik, Justin«, versuchte Ted ihn zu beruhigen. »Zieh dich erst mal in Ruhe an, dann gehen wir runter.«

Die Nachbarn aus dem fünften Stock schlurften schlaftrunken über den Flur.

Als sie im Erdgeschoss ankamen, stürmten ihnen plötzlich Polizisten entgegen. Ted und Justin sahen sich verwirrt um. An der Tür standen der Dekan und Detective Segarra, den alle von seinen nüchternen Auftritten im Fernsehen kannten. Bei ihnen standen zwei Polizisten in Uniform und zwei weitere Personen in Zivil.

»Was zum Teufel geht hier vor?«, murmelte Justin.

»Bestimmt nur eine Routineuntersuchung«, sagte Ted betont entspannt.

»Guten Morgen«, sagte der Dekan jetzt mit lauter Stimme. »Ich werde mich kurzfassen. Wir brauchen Ihre Mithilfe, damit die Mordkommission der Polizei von Massachusetts ihre Ermittlungen durchführen kann. Wir bitten Sie, hier zu warten, während Detective Segarra und seine Leute das Gebäude durchsuchen.«

Sofort erhob sich murmelnder Protest. Segarra ergriff das Wort.

»Wer etwas aus seinem Zimmer braucht, was nicht die nächsten zwei oder drei Stunden warten kann, soll bitte jetzt die Hand heben, dann wird ein Beamter ihn aufs Zimmer begleiten, damit er es holen kann.« Er machte eine Pause. »Damit meine ich Medikamente und dergleichen.«

»Dürfen die das überhaupt?«, fragte jemand.

Der Dekan nahm die Frage auf.

»Unsere Rechtsabteilung ist informiert und wird darüber wachen, dass alles im Rahmen der gesetzlichen Bestimmungen verläuft.«

Sonst hob keiner mehr die Hand oder beschwerte sich. Segarra und die restlichen Polizisten begaben sich nun ebenfalls zum Treppenhaus, bis auf zwei Beamte, die sich am Eingang postierten.

Von all den Wohnheimen war der Block das erste, das die Polizei sich vornahm. Es konnte Zufall sein, aber in den anderen Wohnheimen würden die Studenten nun gewarnt sein.

Sollte dort jemand belastendes Material bei sich haben, würde er es unverzüglich verschwinden lassen. Nein, die anderen Gebäude des Campus würden nicht durchsucht werden. Was immer die Polizei interessierte, es musste sich hier im Block befinden.

Justin und Ted standen in einer Gruppe mit Marman und Irving Prosser zusammen sowie einem weiteren Kommilitonen namens Joe, der kreidebleich geworden war und starr vor sich hin sah. Ted war dankbar, dass Joe sich zu ihnen gesellt hatte, denn dadurch fiel nicht so auf, wie nervös Justin war.

Ted war in Gedanken versunken. Es war garantiert nicht einfach gewesen, einen Durchsuchungsbefehl für ein sechsstöckiges Studentenwohnheim zu erwirken, selbst wenn es sich um einen aufsehenerregenden Mordfall handelte. Ein Richter hatte grünes Licht geben müssen. Es musste also einen akuten Verdacht geben. Aber wie mochte der aussehen?

Nach knapp einer Stunde kehrten Segarra und sein Team ins Erdgeschoss zurück. Ted zählte die Männer. Insgesamt waren es fünfzehn. Wenn er sich nicht täuschte, handelte es sich ausschließlich um Polizisten und Detectives und nicht um Spurenermittler. Was ihn zu der Schlussfolgerung brachte, dass der Richter lediglich die Suche nach einem bestimmten Objekt gestattet hatte, nicht aber die Sicherung von Spuren oder Genproben. Was wiederum etwas aussagte über den Stand der Ermittlungen. Und er zog noch eine zweite Schlussfolgerung, die noch wichtiger war als die erste: Ein solch kleines Polizeiteam konnte in so kurzer Zeit unmöglich alle Zimmer gründlich durchsucht haben.

Während Ted sich wieder nach oben begab, nahm er sich Zeit, um einen Blick in die Zimmer der anderen zu werfen. Viele sahen tatsächlich so aus, als wären sie durchsucht worden. Weil dies jedoch unmöglich war, war ihm sofort klar, wie die

Polizei vorgegangen war: Zwei oder drei Beamte hatten sich darum gekümmert, in praktisch allen Zimmern ein wenig Unordnung herzustellen, mal ein bisschen mehr, mal ein bisschen weniger, während der Großteil des Teams das Zimmer genau unter die Lupe genommen hatte, das sie wirklich interessierte. So musste es abgelaufen sein.

Als er in Zimmer 503 ankam, fand er seinen Verdacht bestätigt. Bei ihnen herrschte ein totales Durcheinander: Die Matratzen lagen neben den Betten, die Schubladen standen offen, überall war Wäsche verstreut. Sie hatten sich nicht die geringste Mühe gegeben, vorsichtig vorzugehen. Auch das Bücherregal war sorgfältig inspiziert worden. Aber wenigstens hatten sie die Bücher nicht einfach auf den Boden geworfen.

»Was schaust du da?«, fragte Justin hinter ihm.

»Nichts«, sagte Ted, ohne den Blick von den Büchern zu lösen. »Wir werden schon bald von Segarra hören.«

»Wie meinst du das?«

»So, wie ich es sage«, antwortete er ernst. »Du musst dich besser im Griff haben, Justin. Dieser Detective wird mit dir sprechen wollen. Vielleicht auch noch mal mit mir.«

Ted wusste, dass Segarra nichts gefunden hatte. Garantiert bereute der Detective gerade seinen Fehler.

17

Marman brachte die Neuigkeit. In den vergangenen Tagen hatte er sich unermüdlich auf dem Campus umgehört. Er genoss es sehr, dass er zu einer Art inoffiziellem Sprecher geworden war, und verbreitete nicht nur die neuesten Gerüchte – auch die unwahrscheinlichsten –, sondern verfolgte auch permanent die Nachrichten, sodass alle, die auf dem Laufenden bleiben wollten, sich zuerst an ihn wandten.

»Ich habe heiße Neuigkeiten«, verkündete Marman auf dem Flur im fünften Stock. »Und das ist nicht bloß ein Gerücht, Jungs.«

Irving, Ted, Justin, die auf dem Flur standen, sahen ihn erwartungsvoll an. Auf einen Wink von Ted zogen sie sich in Zimmer 504 zurück, das Marman bewohnte, und der legte sofort los.

»Es ist unglaublich, aber ich habe es aus drei verschiedenen Quellen«, erzählte er aufgeregt. »Fiona Smith, die mit meiner Freundin studiert, hat es von ihrem Vater gehört, einem der Polizisten, die in dem Fall ermitteln. Und Meredith Malone, die Schwester der Sekretärin des Dekans, hat es sogar von Segarra selbst, als der die Uni anrief. Und dann ist da noch ...«

»Würdest du uns endlich sagen, worum es geht, bitte?«, unterbrach ihn Ted.

»Genau«, pflichtete Irving ihm bei. »Rück schon raus damit.«

»Okay. Die Polizei hat einen weiteren Augenzeugen«, sagte Marman und hielt inne, um zu sehen, wie die anderen reagierten.

»Jemanden, der alles gesehen hat?«

»Was an dem Wort ›Augenzeuge‹ hast du nicht verstanden?«, fragte Irving.

Es konnte durchaus sein, dass jemand sich nachts in dem kleinen Park herumgetrieben, alles gesehen und es der Polizei mitgeteilt hatte, dachte Justin.

»Ja, jemand, der alles gesehen hat«, bestätigte Marman. »Ich kenne sogar seinen Namen. Ein gewisser Wendell.«

»Ist das alles?« Irving schien nicht sonderlich beeindruckt.

»Fiona meinte, ihr Vater habe von diesem Wendell gesprochen, als würde er dem Fall eine entscheidende Wende geben. Er habe nicht nur den Mord beobachtet, sondern könne die

Polizei auch zum Täter führen. Segarra hat dem Dekan gesagt, der Fall werde in einigen Tagen gelöst sein.«

»Aha. Und wer ist dieser Wendell? Ein Student?«

»Ein Freund von mir arbeitet in der Studienberatung und versucht, genau das rauszufinden. Bis jetzt scheint niemand ihn zu kennen.«

»Wenn es kein Student ist, muss es ein Hausmeister, ein Nachtwächter oder so was Ähnliches sein.«

»Wir müssen rauskriegen, wer dieser Wendell ist«, erklärte Ted ruhig. »Kriegst du das hin?«

»Wenn es ein Student ist, ja. Aber ehrlich gesagt glaube ich das nicht, sonst hätten wir schon mal von ihm gehört.«

»Das glaube ich auch«, sagte Justin.

Ted sagte nichts. Er ging in sein Zimmer zurück. Er musste nachdenken.

18

Der Mord an Thomas Tyler wurde nie aufgeklärt. Die Akte kam zusammen mit den spärlichen Beweismitteln ins Archiv der Massachusetts State Police. Niemand im Block fand heraus, wer Wendell war oder welche entscheidende Information er gegeben hatte, um Licht ins Dunkel zu bringen.

Tylers Mörder tötete weiter.

2013

19

Laura saß immer noch auf dem Boden, mit dem Rücken an die schmutzige Fassade gelehnt. Die Bäume, die über die Außenmauer ragten, wogten hin und her, die Wolken waren dunkler geworden, und die leichte Brise hatte sich in einen stürmischen Wind verwandelt. Zu ihren Füßen hatte sich ein Blätterwirbel gebildet, der auf dem Asphalt des leeren Parkplatzes raschelte. Marcus hatte sie mit dermaßen vielen Neuigkeiten überrascht, dass sie kaum noch wusste, wo ihr der Kopf stand. Blaine war also Teds Bruder, und Wendell – war eine Erfindung der Polizei?

»Laura, bist du noch dran?«

»Ja. Ich bin noch dran. Ich zittere, Marcus.«

»Ganz ruhig. McKay ist gefesselt und erinnert sich an nichts. Es besteht also kein Grund zur Sorge. Allerdings frage ich mich, warum er euch in diese Fabrik geführt hat.«

»Ich weiß es auch nicht. Und ich verstehe noch immer nicht, was die Polizei sich mit diesem Wendell gedacht hat.«

»Sie haben gezielt das Gerücht lanciert, sie hätte einen entscheidenden Zeugen. Einen gewissen Wendell. Man dachte, man könne so den Mörder nervös machen, damit er einen Fehler begeht. Als ich den Namen in dem Bericht gelesen habe, war mir alles klar.«

»Mir ist gar nichts klar.«

»Hör zu, Laura. McKay hat damals diesen Professor umgebracht, weil er ihn mit seiner Freundin betrog. Wendell, so schien es, war der Einzige, der ihn demaskieren konnte, also musste er in Teds Wahnvorstellung sterben. In dem ersten Zyklus. Verstehst du?«

»Ich bin mir nicht sicher.«

»Bob und ich sind unterwegs zu euch. Du musst mir die genauen Koordinaten schicken. Bob hat das FBI informiert, und die haben ein Einsatzkommando losgeschickt. Hör zu, Laura. Ihr seid in Gefahr. Denk doch mal nach – Blaine hatte ein wasserdichtes Alibi, als seine Freundin getötet wurde. Aber McKay? Er könnte es durchaus gewesen sein. Wir wissen nichts über die Beziehung zwischen den beiden Brüdern ...«

Laura erhob sich. »Marcus, ich muss Schluss machen. Wenn ich zu lang wegbleibe, schöpft Ted Verdacht. Die Koordinaten schicke ich dir per SMS.«

»Okay, Laura. Pass gut auf dich auf. Wenn McKay diesen Professor umgebracht hat, und womöglich auch die Freundin seines Bruders, haben wir es mit einer ganz neuen Situation zu tun. Zwischen beiden Morden ist viel Zeit vergangen. Bob glaubt, er könnte weitergemordet haben.«

Laura legte auf. Jetzt, wo Marcus' Stimme verstummt war, machte sich Angst in ihr breit. Plötzlich fand sie die Fabrik bedrohlich. Sie kannte Lee Stillwell kaum, weil er nicht in ihrem Trakt arbeitete, und trotzdem verspürte sie das starke Bedürfnis, ihn an ihrer Seite zu haben. Ihr einziger Gedanke war, so schnell wie möglich zu ihm zu eilen.

Sie aktivierte das GPS ihres Handys und schickte Marcus die Koordinaten.

Er könnte weitergemordet haben.

Auf dem Weg zurück ging sie im Kopf noch einmal alles durch, was sie über den Fall wusste. Die entscheidende Frage war am Ende, wie viel Ted selbst davon bewusst gewesen war.

Laura durquerte erneut die Büros und blieb vor der Seitentür stehen, an der auch Ted stehen geblieben war. Warum hatte eine Innentür ein Schloss? Kurz entschlossen probierte sie alle Schlüssel aus, bis sie den richtigen gefunden hatte. Hinter der Tür befand sich ein möbliertes Büro, in dem große Unordnung herrschte. Sie drückte den Lichtschalter, aber es passierte nichts. Also benutzte sie ihr Handy als Taschenlampe und erkundete den Raum. Sie sah einen Schreibtisch, einen wackligen Stuhl und mehrere Aktenschränke. Obwohl das Büro so heruntergekommen war, war offensichtlich, dass jemand es noch vor nicht allzu langer Zeit aufgesucht hatte. Laura ging zu dem Schreibtisch und zog eine Schublade auf. Entgegen ihren Erwartungen ließ sie sich leicht öffnen. Darin lagen mehrere Mappen, die sie nicht anzurühren wagte. Sie zog noch eine Schublade auf und stieß auf weitere Mappen. Im Grunde wusste sie bereits, was sie enthielten.

Schließlich nahm sie die erste heraus und schlug sie auf. Sie hatte sich nicht geirrt. Was sie da vor sich hatte, waren Zeitungsausschnitte über den Mord an einer Frau namens Elizabeth Garth.

Kehle aufgeschlitzt.

Wie unter Zwang las sie drei oder vier Artikel über den Fall.

Danach sah sie die anderen Mappen durch, insgesamt zehn. Alles Frauen.

Er könnte weitergemordet haben.

20

Laura war schon zwanzig Minuten weg, und Lee wurde allmählich unruhig. McKay lächelte ihn ebenso friedlich wie rätselhaft an.

»Was ist das hier für ein Ort?«, fragte der Wächter.

Ted sah nach oben, dann nach links und rechts, als suchte er die Antwort in der Luft.

»Eine Art Versteck vermutlich. Ein Rückzugsort.«

Lee war nicht sonderlich überrascht. Im Lavender hatte er schon verrücktere Geschichten gehört als die eines reichen Pinkels, der gern Zeit in einer verlassenen Fabrik verbringt.

»Sie erinnern sich also wieder«, sagte Lee wenig begeistert. »Dann können wir wohl von hier verschwinden, wenn Dr. Hill wiederkommt.«

»*Wenn* sie wiederkommt«, sagte Ted unheilschwanger.

Lee sah ihn fragend an.

»Ich meine, wer weiß, wie lange es dauert«, sagte Ted. »Bei dem Anruf schien es sich um einen Notfall zu handeln.«

»Sie hat doch kaum drei Sätze gesagt, bevor sie rausgegangen ist.«

»Mag sein.«

Ted lehnte sich an einen Metalltisch, auf dem einige verrostete Teile, Farbdosen und dergleichen standen. Obwohl Lee seine gefesselten Hände gut sehen konnte, war er auf der Hut. Der Typ konnte jemanden draußen beauftragt haben, ihm zur Flucht zu verhelfen. Dr. Hill vertraute ihm, aber seiner Meinung nach verhielt sie sich ziemlich fahrlässig.

»Bevor man mich ins Lavender eingewiesen hat, wollte ich mich umbringen.« Ted hatte nicht nur das Thema gewechselt, sondern auch seinen Gesichtsausdruck. Er wirkte gehetzt.

»Sind Sie irgendwie ... krank?«

»Nein.«

Wieder dieser gehetzte Blick.

»Ich will mich immer noch umbringen, Lee.« Ted riss die Augen auf, in denen nun eine Mischung aus Wahnsinn und Flehen lag. »Ich will es mehr als alles andere auf der Welt.«

Lee war nun aufs Höchste alarmiert. Er legte seine Hand auf die Pistole, zog sie jedoch nicht aus dem Halfter.

»Ganz ruhig, Lee. Ich will Ihnen einen Vorschlag machen.«

»Der da wäre?«

»Sobald Dr. Hill wiederkommt, werde ich einen Fluchtversuch unternehmen. Sie rufen: Stehen bleiben oder ich schieße, aber ich ignoriere Sie. Peng, peng. Angelegenheit erledigt.«

»Ich werde Sie nicht töten, McKay. Wenn Sie den Schlaumeier spielen wollen, kriegen Sie höchstens einen Schuss ins Bein.«

»Kommen Sie schon, Lee. Tun Sie mir den Gefallen. Dr. Hill

wird alles bezeugen. Ob Sie auf mein Bein oder meinen Kopf gezielt haben, kann hinterher niemand beweisen. Besonders schnell werde ich mit der Fußfessel nicht laufen können. Sie haben also alle Zeit der Welt, anzulegen.«

»Ich werde Sie nicht töten«, wiederholte Lee. »Ich will nur eines: vor drei wieder im Lavender sein und den Rest des Tages mit meiner Frau verbringen.«

»Apropos. Stellen Sie sich doch mal vor, Sie könnten Ihrer Frau – Martha heißt sie, oder? – den Traum von einem Haus am See erfüllen. Wäre das nicht großartig?«

Lee runzelte die Stirn und schwieg.

»Und dann stellen Sie sich des Weiteren vor, Sie könnten sich auch noch einen Geländewagen leisten, um mit Ihrer Martha zu dem Haus im Grünen zu fahren. Sie haben jede Menge Proviant dabei und verbringen drei wunderbare Tage. Und stellen Sie sich dann noch vor, Sie reisten mit ihr für zwei oder drei Monate durch Europa. Kennen Sie Europa? Sie könnten sich alles in Ruhe anschauen, ohne aufs Geld achten zu müssen.«

»Okay, John Lennon. Worauf wollen Sie hinaus?«

»Ich will darauf hinaus, Lee, dass ich Ihnen diesen Wunsch hier und jetzt erfüllen kann.«

»Wie?«

»Unter dieser Fabrik befindet sich ein Keller, und dort ist über eine Million in bar versteckt. Sie gehört Ihnen.«

Lee lächelte.

»Eine Million versteckt im Keller?«

»Sie haben mein Wochenendhaus gesehen, Lee. Es gehört mir, unter anderem. Da werden Sie doch nicht anzweifeln, dass ich einen Notgroschen zurückgelegt habe, oder?«

»Nein, nein, tue ich auch nicht. Ich zweifle nur an, dass Sie das Geld zufällig hier im Keller versteckt haben.«

»Und warum sind wir Ihrer Meinung nach hier?«

Lee musterte Ted eine Weile. Dann blickte er zur Tür, um sich zu vergewissern, dass sie nach wie vor allein waren. Natürlich wollte er nicht, dass Dr. Hill dieses Gespräch mitbekam.

»Ich dachte, Sie erinnern sich an nichts.«

»Ist auch so. Bis auf einige Details, die allmählich wiederkehren. Hören Sie zu, Lee, die Million ist wirklich im Keller. Wir müssen nur kurz runtergehen, dann können Sie es mit eigenen Augen sehen. So einfach ist das. Ist doch egal, was das Geld dort zu suchen hat oder woher es stammt, oder?«

Der Wächter rang mit sich, Ted spürte es deutlich.

»Wir haben alle was davon, Lee. Ich verlange ja nicht von Ihnen, dass Sie *irgendjemanden* töten, sondern mich. Eine Kugel hier zwischen die Augen, das wäre das Beste für alle, glauben Sie mir.«

»Ich kann Sie nicht einfach erschießen, nur weil Sie zu flüchten versuchen.«

Ted begriff, was der Wächter meinte.

»Vielleicht sollte ich nicht nur flüchten, vielleicht sollte ich Dr. Hill angreifen. Sie am Hals packen. Und Sie fordern mich auf, sie loszulassen. Und ich lasse sie auch los, aber nur um mich nach einem spitzen Gegenstand umzusehen, mit dem ich sie erstechen kann. Auf dem Tisch gibt's ja genügend Auswahl.«

»Ich habe nicht gesagt, dass ich es tun werde.«

»Verstehe. Ist reine Spekulation. Sie erschießen mich vor Lauras Augen, die keinerlei Zweifel daran haben wird, dass Sie nur ihr Leben retten wollten. Das wird sie auch gegenüber der Polizei aussagen. Später kommen Sie hierher zurück und holen sich das Geld.«

»Wo ist es? Ich will es sehen.«

Ted grinste. »Das da ist die Tür zum Keller. Der Schlüssel hängt nicht am Bund. Er ist dort hinter der Werkbank versteckt.« Er wies auf eine vereinzelte Werkbank, die unmittelbar neben der Tür stand.

Die Tür zum Keller war aus Metall und wirkte robust. Lee suchte an der Rückseite der Werkbank nach dem Schlüssel. Er hing an einem verrosteten Haken.

»Wenn Dr. Hill zurückkommt, sage ich ihr, ich hätte im Keller Geräusche gehört. Und Sie, machen Sie ja keine Dummheiten.«

Bevor Lee den Schlüssel ins Schloss steckte, drehte er sich noch einmal um.

»Warten Sie. Bevor ich das Geld suche und eine Entscheidung treffe, muss ich wissen, was Sie getan haben.«

»Was ich getan habe, nehme ich am besten mit ins Grab.«

»Das Geld ...«

»Das Geld ist nur eine Vorsichtsmaßnahme. Es gehört mir, wenn Sie das meinen.«

»Okay. Gehen wir.«

Sie stiegen eine enge Treppe hinunter – Ted voran, vorsichtig, Stufe für Stufe, damit er nicht ins Stolpern geriet. Lee folgte ihm mit gebührendem Abstand, bis sie einen Absatz erreichten, wo ein Sicherungskasten angebracht war.

»Der obere Schalter«, erklärte Ted.

Lee zögerte. Doch dann betätigte er ihn, und das Licht ging an. Sie stiegen weiter die Treppe hinunter.

Unten herrschte noch größere Unordnung als oben. Alte Schreibmaschinen standen herum, große Holzkisten, Aktenschränke, sonstiges Inventar. Alles, was beim letzten Umzug nicht mitgenommen worden war, schien in dieser vergessenen Welt gelandet zu sein. Wenn es oben schon einfach gewesen war, sich zu verstecken, war es in diesem Labyrinth aus Schrott und aussortiertem Kram fast eine Kunst, sich *nicht* aus den Augen zu verlieren. Die Fenster im oberen Teil waren zugemauert, und die wenigen Lampen spendeten nicht genügend Licht. Aus jeder Ecke schienen lange Schatten zu kriechen.

Ted bewegte sich zwischen all den Gegenständen wie ein Fisch im Wasser. Lee folgte ihm schweigend. Womit hätte er ihm auch drohen sollen? Schließlich wollte der Idiot ja, dass er ihn erschoss.

Oder etwa nicht?

Ab und zu hörten sie das Scharren von Nagetieren. Lee verabscheute Ratten zutiefst, sagte aber nichts. Vor einem hohen Regal, in dem alte, dick mit Staub überzogene Schreibmaschinen standen, hielten sie an. Daneben befand sich ein abgenutztes Sofa aus grünem Cordsamt, dessen glorreiche Tage in einem luxuriösen Empfangsraum in grauer Vorzeit lagen. Ted schob es beiseite. Lee hielt nach wie vor gebührenden Abstand und sah aus den Augenwinkeln eine Ratte vorbeihuschen. Zumindest hätte er Dr. Hill gegenüber eine gute Rechtfertigung, dachte Lee. Es raschelte hier wirklich merkwürdig.

Unter dem Sofa befand sich eine Falltür ohne Griff. Ted sagte, er brauche irgendwas Spitzes, um sie zu öffnen. Lee musste ein Lachen unterdrücken.

»Ich werde Ihnen garantiert nichts Spitzes geben«, sagte er. »Weg da. Und dass Sie mir ja stillhalten.«

Lee benutzte eine herumliegende Feile, um die Falltür am Rand hochzuhebeln. Er konnte eine gewisse Erregung nicht verleugnen. Was, wenn er sich das Geld tatsächlich unter den Nagel riss? Ein Plan begann in seinem Kopf zu reifen. Er musste McKay ja nicht erschießen. Wenn Dr. Hill zurückkam, würde er darauf drängen, sofort aufzubrechen. Schließlich war er für Teds Sicherheit verantwortlich, da konnte sie sich ihm schlecht widersetzen. McKay würde den Mund halten, denn dafür wusste Lee inzwischen zu viel. Später würde er wiederkommen und das Geld holen. Er grinste.

Wenn da wirklich Geld ist.

In dem Hohlraum unter der Falltür war tatsächlich eine Kiste. Mit beiden Händen öffnete Lee den Verschluss. Der Deckel klappte auf, und zum Vorschein kamen, fein säuberlich gestapelt, Bündel mit Hundertdollarscheinen. Lee hatte noch nie so viel Geld auf einem Haufen gesehen. Überwältigt dachte er an die Reisen, die er mit Martha unternehmen konnte. McKay musste über telepathische Fähigkeiten verfügen, denn er hatte genau seinen schwachen Punkt getroffen. Martha hatte sich immer darüber beklagt, dass sie keine fremden Länder kennengelernt hatte. Über North Carolina, wo ihre Schwester wohnte, war sie nie hinausgekommen. Jetzt könnten sie ...

Plötzlich tauchte neben der Kiste etwas auf. Etwas Graues, mit einem großen Schlund und vielen Zähnen. Die Augen leuchteten, als sich das Licht in ihnen spiegelte, und Lee, der in der Hocke saß, wich zurück und verlor das Gleichgewicht. Er sah noch, wie das Tier den Kopf aus dem Loch streckte, und dann, aus den Augenwinkeln, wie Ted sich auf ihn zubewegte. Dann senkte sich ein Schatten auf ihn.

Er stieß einen erstickten Schrei aus.

Schreibmaschinen prasselten auf ihn ein, als das Regal umkippte.

21

Als Laura in die Montagehalle zurückkehrte, fiel ihr sofort auf, dass Lee nicht da war.

Ted saß in der Mitte des Raums auf einer Kiste, mit herabhängenden Armen. Er trug keine Fesseln mehr. Laura spürte, wie Panik sie ergriff.

»Wo ist ... Lee?«

»Im Keller.«

Laura fragte sich, ob dies bedeutete, dass er noch lebte. Sie traute sich nicht zu fragen.

Du musst ruhig bleiben.

»Ich habe ihn gefesselt«, sagte Ted und zeigte seine Handgelenke. »Ich werde ihn später laufen lassen. Sie hingegen müssen jetzt gehen, Laura.«

»Gehen? Wieso? Ich dachte, wir hätten große Fortschritte gemacht. Lassen Sie uns zurück ins Lavender fahren. Was immer Sie in diesem Moment verstört, es lässt sich überwinden. Denken Sie an Ihre Familie, denken Sie an ...«

»Laura, ich weiß wirklich zu schätzen, was Sie für mich getan haben. Aber nicht alles ist behandelbar. Manches ist *unumkehrbar*.«

Laura blieb, wo sie war.

»Los, gehen Sie zurück zum Haus. Und kein Wort, zu niemandem!«

»Was haben Sie vor?«

Ted zögerte. Kurz spiegelte sich in seinem Gesicht der innere Konflikt wider, dann war er wieder der Alte.

»Nichts Schlimmes.«

Laura begann zu begreifen, was in Ted vor sich ging. Er war verwirrt, und sie musste das, was sie von Marcus erfahren hatte, zu ihren Gunsten nutzen.

Sie machte einige Schritte auf ihn zu.

»Ted, ich hatte gerade einen Anruf von Marcus Grant«, begann sie, »dem Oberarzt von Trakt C. Es gab einen Notfall.«

»Was für eine Art von *Notfall*? Sie haben sich ziemlich lange unterhalten.«

Sie standen sich nun dicht gegenüber.

»Was wissen Sie, Laura?«

Sie runzelte die Stirn. Irgendwie musste sie die Kontrolle wiedergewinnen.

»Ich ... ich war in dem Raum, in dem Sie die Mappen aufbewahren. Ich hab sie mir angesehen ...«

»Dann wissen Sie, was ich getan habe«, murmelte er.

Ted hob den Kopf, als hätte er ein Geräusch gehört. Dann senkte er den Blick wieder und starrte lange in eine Ecke. Er schien vergessen zu haben, wo er war.

»Ted, bitte, ich fürchte, die Dinge sind etwas komplizierter, als Sie denken.«

»Gehen Sie«, sagte er. Er erhob sich, und Laura zuckte unwillkürlich zusammen. Doch Ted wandte sich von ihr ab und ging weiter in den Raum hinein.

»Ich komme mit«, verkündete sie.

»Sie wissen genau, was dann passiert«, sagte er, ohne sich umzudrehen.

Ted war in einer Tür im hinteren Ende der Halle verschwunden. Sie schien in den Keller zu führen. Als Laura die Treppe betrat, schlug ihr sofort der Benzingeruch entgegen.

22

Laura registrierte mindestens fünf Benzinkanister am Fuß der Treppe. Sie folgten einem Pfad durch das Gerümpel und gelangten an ein altes Sofa, neben dem eine Falltür in den Boden eingelassen war. Das umgestürzte Regal und die alten Schreibmaschinen, die überall herumlagen, gaben ihr eine ziemlich gute Vorstellung von dem, was passiert war. Als sie die Stelle näher inspizierte, entdeckte sie gleich neben der Öffnung einen frischen Blutfleck. Doch Lee war nirgends zu sehen.

»Wo ist Lee?«

»Dahinter«, sagte Ted tonlos. Er deutete auf einen Büroschrank, der einige Meter entfernt stand. Er war etwa einen

Meter hoch und hatte Schiebetüren. Wie alles in diesem Keller wirkte er antiquiert und wog vermutlich Tonnen. An einem Ende ragten die Stiefel des Wärters hervor.

Ted bückte sich und suchte etwas in der Öffnung. Laura erkannte eine Kiste aus Metall.

»Was haben Sie vor, Ted?«

Er antwortete nicht. Laura nutzte die Gelegenheit, um zwei staubige Stühle herbeizuschaffen. Auf einem davon nahm sie Platz.

»Lassen Sie uns eine letzte Sitzung abhalten«, schlug sie vor.

Ted drehte sich überrascht um und betrachtete erst den leeren Stuhl, dann Laura.

»Sind Ihre Leute im Anmarsch?«

Sie nickte.

»Wie viel Zeit haben wir noch?«

»Ich weiß nicht. Eine Stunde vielleicht.«

Ted setzte sich.

»Einverstanden. Ich will, dass Sie mit Holly reden. Man wird schreckliche Dinge über mich erfahren. Ich würde ihr keinen Vorwurf machen, wenn sie mich dafür hasst.«

»Ich werde mit ihr reden, versprochen.«

»Wenn Sie über all das schreiben wollen – meine Erlaubnis haben Sie. Wobei Sie die gar nicht brauchen, ich weiß.«

Laura konnte sich nicht erinnern, jemals mit Ted darüber gesprochen zu haben.

»Mir ist aufgefallen, wie wichtig mein Fall für Sie ist«, erklärte Ted und lächelte traurig. »Sie haben Ihren Job gut gemacht, sonst säßen wir nicht hier, und all der Müll meines Lebens wäre nach wie vor vergraben.«

»Ted, wie gesagt, ich glaube, die Dinge sind nicht so einfach.«

»Doch, sind sie. Ich habe diese Frauen getötet.« Ted war in eine Art Trance versunken.

Eine Ratte rannte dicht an ihren Füßen vorbei, und Laura zuckte erschrocken zusammen. Überall waren jetzt Ratten, offenbar machte das Benzin sie nervös.

»Ted, ich möchte, dass wir über Blaine reden.«

Er nickte.

»Können Sie sich wieder an ihn erinnern?«

»Blaine ist mein Bruder. Jetzt, wo Sie seinen Namen ausgesprochen haben, weiß ich es wieder. Es kommt alles zurück, Laura. Es ist, als könnte ich mit einer Taschenlampe in meinen Kopf leuchten. Wo es vorher dunkel war, kann ich jetzt sehen.«

»Das ist gut.«

Ted reagierte nicht auf ihren Versuch, ihn positiv zu stimmen.

»Haben Sie es die ganze Zeit gewusst? Das mit Blaine?«

»Nein. Die Polizei hat diese Verbindung gerade erst entdeckt.«

»Die Polizei«, sagte Ted zu sich selbst.

Laura bereute ihre Worte sofort. Sie musste den therapeutischen Rahmen wahren. Eine Sitzung an solch einem Ort abzuhalten war schon schwer genug.

»Ich habe erst an der Uni erfahren, dass es ihn gibt«, sagte Ted. »In meinem ersten Studienjahr versuchte mein Vater sporadisch, mir wieder näherzukommen, über Tante Audrey, die sich immer um mich gekümmert hat. Einmal bin ich zähneknirschend zu ihm gefahren, und da hat er mir von Blaine erzählt. Sogar ein Foto hat er mir gezeigt.«

»Warum hat er das getan? Warum gerade in diesem Moment, meine ich?«

Ted zuckte mit den Schultern.

»Er hat irgendwas geschwafelt von wegen, wie wichtig es sei, dass ich ihn kennenlerne, immerhin fließe dasselbe Blut in unseren Adern, und er könne ja nichts dafür, dass er und ich ein so schlechtes Verhältnis hätten.«

»Klingt ziemlich vernünftig.«

»Natürlich. Mein Vater hat es schon immer so hingedreht, dass alles, was er sagt, vernünftig klingt, obwohl er ein Arschloch ist. Aber Ihre Frage ist berechtigt: Warum gerade in diesem Moment? Ich war an der Uni, Blaine noch in der Schule. Ich glaube, mein Vater wollte mir einfach den Tag versauen und hat auf das erstbeste Mittel zurückgegriffen, das ihm eingefallen ist. Dem Mistkerl ist es schon immer nur um sich selbst gegangen. Ob seine Söhne sich gut verstehen, ging ihm völlig am Arsch vorbei.«

»Und? Haben Sie Kontakt aufgenommen?«

»Nein. An dem Tag habe ich mich wie üblich mit meinem Vater gestritten und bin dann wieder weggefahren. Ich hatte nicht das geringste Interesse daran, meinen Bruder kennenzulernen.«

»Aber Sie haben darüber nachgedacht? Ihr Vater hatte recht, der Arme konnte ja nichts dafür. Und Sie auch nicht. Warum also ihn nicht kennenlernen?«

»So gründlich habe ich nicht darüber nachgedacht. In dem Jahr ging es bei mir ziemlich drunter und drüber. Der Kontakt mit Blaine hätte bedeutet, dass ich das Band zu meinem Vater nie mehr hätte kappen können. Damit hätte ich ihn wieder in mein Leben gelassen. So, wie sich die Dinge entwickelt haben, war das auch gut so. Blaine hat sich dann ja als ein genauso großes Arschloch entpuppt wie unser Vater.«

Ted verstummte und senkte den Blick. Laura wusste, was er dachte. Sie streckte den Arm aus und berührte sein Kinn.

»Sehen Sie mich an, Ted.«

»Und ich bin auch nicht besser«, sagte er.

Laura ließ sein Kinn nicht los.

»Ich will nicht, dass wir über Sie sprechen. Jedenfalls noch nicht. Und ich will auch nicht, dass wir über Ihren Vater sprechen. Ich will, dass wir über Blaine sprechen.«

Laura löste ihre Hand und lehnte sich sanft zurück.

»Was wollen Sie wissen?«

»Sie waren bei ihm zu Hause. Wissen Sie noch, warum?«

Ted dachte eine Weile nach, bevor er zu sprechen begann.

»Als ich in den Nachrichten von dem Mord an seiner Freundin hörte, wusste ich sofort, dass es sich um meinen Bruder handelte. Ich hatte zwar nur kurz ein Foto von ihm gesehen, und das lag Jahre zurück, aber sein Gesicht hatte sich mir ins Gedächtnis eingebrannt. Weil es in vielem dem meines Vaters glich, besonders dieser Bereich.« Ted deutete auf die Stelle zwischen den Augenbrauen. »Und noch deutlicher war es, als ich im Fernsehen sah, wie er vor Reportern davonlief. Dieser Gang, genau wie mein Vater, leicht nach vorne gebeugt, die Arme reglos am Körper. Ich habe nie jemand anderen so gehen sehen, ohne mit den Armen zu balancieren.«

»Was haben Sie gedacht, als Sie ihn gesehen haben?«

»Ich weiß nicht. Dass er schuldig war vermutlich. Ich kann mich nicht mehr erinnern.«

»Was denken Sie jetzt? Über Blaine?«

»Ist das wirklich nötig?«

Laura nickte.

»Blaine ist mein Bruder. Vermutlich sind wir genetisch vorbelastet. Irgendwas stimmt mit uns nicht.«

»Und das beruhigt Sie?«

»Ehrlich gesagt, ja.«

»Sie haben gerade erwähnt, Sie hätten von Blaine in Ihrem ersten Studienjahr erfahren, aber nicht viel Zeit gehabt, darüber nachzudenken, weil es damals bei Ihnen drunter und drüber ging. Was haben Sie damit gemeint?«

Laura wusste, was er damit gemeint hatte, wollte aber, dass er es selber aussprach.

»In dem Jahr habe ich einen Mann getötet. Er hieß Thomas Tyler und war Professor an der Uni. Der Typ hatte eine Affäre mit Georgia, meiner damaligen Freundin. Der Tote, den ich in dem Wäldchen des Lavender Memorial gesehen habe, das war er.«

Das schrille Fiepen einer Ratte unterstrich seine letzten Worte. Aus einer anderen Ecke fiepte eine andere Ratte zurück.

»Wie haben Sie ihn getötet?«, fragte Laura.

»Die beiden trafen sich immer in einem kleinen Park hinter der Bibliothek. Dort habe ich gewartet, bis Georgia weg war, und mich dann von hinten angeschlichen. Ich habe ihm die Kehle durchgeschnitten und bin abgehauen. Bei den Ermittlungen konnte man mir nichts nachweisen.«

Teds Tonfall war ruhig und emotionslos.

»Was mir aufgefallen ...« Laura zögerte. »In den Mappen, die Sie oben aufbewahren ... dort habe ich nur Frauen gesehen.«

»Das ist was ... Persönliches.«

»Standen Sie sich sehr nah, Georgia und Sie?«

Jetzt zeigte sich Überraschung in Teds Gesicht. Im Laufe der Jahre hatte er oft an Georgia gedacht, aber immer nur als eine Art Komparsin, nie als eine Hauptfigur. Im Grunde konnte er sich kaum noch an ihr Gesicht erinnern.

»Wir hatten nicht viel gemeinsam. Wenn ich mich recht erinnere, war unser Verhältnis immer ein wenig distanziert. Nach den Ereignissen haben wir uns nie wieder gesehen.«

Laura nickte.

»Und trotzdem haben Sie den Professor getötet.«

»Laura, was soll das alles?«

»In den vergangenen Monaten haben wir versucht, ein komplexes Knäuel zu entwirren. Als es etwas gelockert war, haben wir ein bisschen zu sehr daran gezogen und das genaue Gegenteil erreicht. Es ist an der Zeit, alle losen Fäden gleichzeitig in die Hand zu nehmen und den einen entscheidenden Faden zu finden, der das gesamte Knäuel entwirrt. Einer dieser losen Fäden ist Ihr Bruder Blaine, ein anderer der Mord an Tyler, und auch all die toten Frauen sind lose Fäden. Doch den entscheidenden Faden werden wir nur entdecken, wenn wir weiter in Ihre Vergangenheit eindringen, bis der Grund von allem sichtbar wird.«

»Ich verstehe Sie, Laura. Aber ist das wirklich so wichtig? Es ändert doch nichts am Ergebnis.«

»Für Holly und die Mädchen könnte es sehr wichtig sein.«

»Was möchten Sie wissen?«

»Ich möchte, dass Sie mir erzählen, wie Sie die erste Frau umgebracht haben«, sagte Laura und sah Ted in die Augen. »Und zwar bis ins kleinste Detail, alles, woran Sie sich erinnern. Sie hieß Elizabeth Garth, richtig?«

»Na schön, wenn Sie darauf bestehen.«

Ted überlegte kurz, sein Blick verlor sich im Nichts. Als er sprach, war seine Stimme emotionslos wie zuvor.

»Elizabeth Garth war eine junge, alleinerziehende Mutter. Sie war noch keine zwanzig und arbeitete im Kino von Harperfield, einem kleinen Ort in der Gegend, in der ich aufgewachsen bin. Ihr Sohn war zwei und lebte bei seinen Großeltern irgendwo in New Hampshire, aber das habe ich erst hinterher erfahren. Sie war keine schlechte Mutter. Sie wollte es erst zu etwas bringen und das Kind später wieder zu sich holen. Ihre Eltern verboten ihr zwar nicht den Kontakt zu dem Jungen, sie trauten ihr aber auch nicht zu, ihn allein großzuziehen, daher nahmen sie ihn bei sich auf. Ihr Vater sprach praktisch nicht mehr mit ihr. Er machte ihr Vorwürfe, das Kind überhaupt bekommen zu haben. Selbst nach dem Mord, als man versuchte, den Täter zu finden, verhielt er sich so, als wäre Elizabeth selbst schuld. Oder schlimmer noch, als hätte sie es verdient.«

Ted schüttelte den Kopf.

»Aber sie hatte nicht fahrlässig gehandelt. Sie war blond, schlank, fast hager. Und sie war einfach zur falschen Zeit am falschen Ort gewesen. Damals lebte sie mit zwei Arbeitskolleginnen zusammen, zu denen sie ein eher schwieriges Verhältnis hatte. Es war undenkbar, ihren Sohn zu sich in die winzige Wohnung zu holen, also wollte sie umziehen. Sie hatte im Kino und den umliegenden Geschäften Zettel aufgehängt: *Junge Frau, ordentlich, verantwortungsbewusst, übernimmt Hausarbeiten und die Pflege älterer Menschen. Unterbringungsmöglichkeit für mich und meinen kleinen Sohn erwünscht.* Darunter stand ihr Name: Ely.«

»Sie haben sie also angerufen und ihr eine Unterkunft angeboten.«

»Genau. Es war ganz einfach. Ely wollte unbedingt ausziehen und ihr Kind bei sich haben. Andernfalls hätte sie sich wohl kaum darauf eingelassen, sich an einem so abgelegenen Ort mit einem Fremden zu treffen. Ich habe sie zu einer wenig befahrenen Straße in einem Außenbezirk bestellt, in eine Reichengegend, in der vor allem Pferdezüchter wohnen. Mein Auto habe ich am Straßenrand geparkt, und als sie mit ihrer kleinen schrottreifen Karre angefahren kam, wurde es bereits dunkel. Angeblich war das letzte Stück Weg etwas kompliziert zu beschreiben. Ich sagte ihr, sie solle deswegen am besten bei mir einsteigen. Sie ließ also ihren Wagen stehen, und wir fuhren in meinem weiter. An jenem Tag hatte sie eine doppelte Schicht im Kino hinter sich und war erschöpft. Ich sagte ihr, ich sei Witwer, hätte einen siebenjährigen Sohn und würde in einer großen Villa wohnen. Im Gegenzug erzählte sie mir vom Vater ihres Kindes, einem jungen Kerl, der nicht wisse, was er wolle, und sich nie blicken lasse. Ich hatte ihr Vertrauen schnell gewonnen. Irgendwann begriff Elizabeth aber, dass es diese Villa nicht gab, und schon gar nicht die erhoffte Chance für sich und ihren Sohn. Sie stieg aus dem Auto und rannte so schnell sie konnte in den Wald hinein. Ich rannte ihr nach und holte sie auf einer Lichtung ein. Sie war so schwach, dass sie praktisch keinen Widerstand leistete.«

»Haben Sie sie erstochen?«, fragte Laura, als wäre es die normalste Frage der Welt. »Haben Sie ihr die Kehle aufgeschlitzt wie Tyler?«

Ted sah zu Boden. In seinem Gesicht ging eine Veränderung vor sich. Laura sah, dass Ted den Tränen nahe war.

Ted nickte stumm.

»In den Zeitungsausschnitten habe ich gelesen, dass man ihr zehnmal in Arme und Beine gestochen hat. Haben Sie ihr zehnmal in Arme und Beine gestochen, Ted?«

Wieder nickte er.

»Darf ich Ihnen noch eine Frage stellen?« Laura wollte ihm keine Atempause gönnen. »Wenn Sie sie aufgrund einer Anzeige und eines Telefongesprächs ausgewählt haben, woher wussten Sie dann, dass sie Ihrem Beuteschema entsprach?«

Ted schüttelte mehrmals den Kopf. Er schien verwirrt.

»Ich weiß es nicht, Laura. Vielleicht habe ich beobachtet, wie sie ihren Zettel aufgehängt hat. Ist das denn so wichtig?«

»Ja, Ted, das ist es. Weil alles, was Sie mir über Elizabeth Garth erzählt haben, exakt so in besagten Zeitungsausschnitten steht.«

»So war es aber.«

»Was ich in dem Raum da oben entdeckt habe«, sagte Laura und deutete mit dem Finger dorthin, »ist kein Reliquienschrein, Ted. Es ist der Arbeitsplatz für eine Recherche.«

Ted sah sie verstört an.

»Elizabeth Garth starb 1983. Damals waren Sie sieben, Ted. Sieben.«

Eine Sekunde lang waren selbst die Ratten still.

»Sie haben weder Elizabeth Garth noch die anderen Frauen getötet. Und auch Thomas Tyler nicht. Sie haben niemanden getötet! Erkennen Sie das Muster?«

1983

23

Ted lag auf dem abgewetzten Teppich seines Zimmers und spielte mit seinem Reiseschachbrett, als er seine Mutter zum ersten Mal schreien hörte. Er verharrte reglos und wartete ab, ob sie noch einmal schreien würde. Dann kroch er instinktiv unters Bett, von wo aus er den hellen Schlitz unter der Tür sehen konnte. Wenn Mama kam, konnte er sie sehen. Papa war nicht zu Hause.

Neben dem Schachspiel lag ein Buch mit den Partien von Bobby Fischer, das Geschenk eines Nachbarn, in dem er unaufhörlich las. Bald schon würde er alle Partien auswendig können. Das Schachbrett war ebenfalls ein Geschenk, von einem Spender in ihrer Kirchengemeinde. Ein Bauer fehlte, aber Mama hatte einen aus Aluminiumpapier gebastelt. Mama konnte tolle Sachen, vorausgesetzt, sie nahm ihre Tabletten.

An diesem Tag hatte sie sie nicht eingenommen, da war Ted sich sicher. In letzter Zeit musste Papa sie zwingen, ihre Tabletten zu schlucken. Wenn er nicht da war, vergaß sie es oder sträubte sich dagegen, und dann spielte der Kopf ihr böse Streiche. Wie Bobby Fischer, wenn er Tricks anwandte, um seine Gegner zu täuschen und seine wahren Absichten zu verbergen.

Ted hatte Angst. Er hatte den ganzen Tag in seinem Zimmer gehockt und sich die Zeit mit Bobby Fischers Partien vertrieben, und jetzt, wo es bereits dunkel zu werden begann, wurde ihm klar, dass das ein Fehler gewesen war. Mama hatte ihm kein Essen gemacht, hatte kein einziges Mal mit ihm gesprochen, und er war auch kein einziges Mal runtergegangen, um ein Glas Wasser zu trinken. Er war den ganzen Tag nicht auf dem Klo gewesen! Wenn seine Mama sich keine Sorgen gemacht hatte, konnte das nur bedeuten, dass ihr Kopf wieder komische Sachen anstellte. Wenn er früher mit ihr gesprochen hätte, hätte er sie vielleicht noch überreden können, ihre Pillen einzunehmen. Jetzt war es unmöglich, das wusste er. Am schlimmsten war, dass nur einer alles wieder in Ordnung bringen konnte: Papa. Das Problem war, dass sie sich in letzter Zeit immer schlimmer stritten. Einmal hatte Papa sie sogar schlagen müssen, damit sie ihn verstand.

»Teddy!«

Wieder schrie Mama.

Was tun? Was, wenn ihr was passiert war? Die Oma seines Freundes Richie war in der Badewanne gestürzt und erst zwei Tage später gefunden worden. Mama war keine alte Frau, aber sie konnte sich trotzdem verletzt haben. Er schimpfte mit sich selbst, weil er nicht sofort zu ihr gelaufen war. Dann nahm er all seinen Mut zusammen und kroch unter dem Bett hervor. Er wusste nicht recht, ob er sich wünschen sollte, dass sie noch mal schrie. Natürlich wollte er nicht, dass sie sich wie die Oma von Richie den Kopf einschlug, aber er wusste auch, wie sonderbar sie sein konnte. Er legte die Hand auf den Türknauf und drehte ihn behutsam.

Die Stille, die eingetreten war, wurde von Sekunde zu Sekunde unerträglicher.

Ted stieg die ersten Stufen der Treppe hinunter und linste auf dem Absatz durch die Holzstäbe des Geländers. Von dort aus konnte er das Wohnzimmer sehen. Hinter dem Sofa entdeckte er die grauen Haare seiner Mutter. Es war nicht das erste Mal, dass sie dort auf dem Boden hockte, an die Rückseite des Sofas gelehnt, die Beine zur Wand gestreckt. Aus irgendeinem Grund beruhigte es sie, dort zu sitzen. Ted stieg die Treppe weiter hinunter und ging langsam auf sie zu.

»Mama?«

Sie drehte sich um. Ihren Augen sagten alles. Es war die ihm bereits so vertraute Mischung aus Verzweiflung und Verwirrung.

»Versteck dich!« Sie packte seine Hand und zerrte an ihr. Er setzte sich neben sie.

»Was ist los, Mama?«

»Es sind fremde Leute im Haus«, flüsterte sie.

Vor einigen Monaten noch hätte er alles getan, um ihr glauben zu können. *Es war Mama!* Irgendetwas in ihm sagte, dass er ihr glauben *musste*. Doch natürlich wusste er, dass sie allein im Haus waren.

»Hast du deine Medikamente genommen, Mama?«

Sie runzelte die Stirn, sah ihn an und streichelte ihm übers Haar.

»Du musst still sein, Teddy.«

»Wer ist im Haus?«, fragte er leise. »Hast du sie gesehen?«

Seine Mutter nickte.

»Die Ameisenmenschen.«

Ted hatte noch nie von ihnen gehört. Der Name erschreckte ihn. Seine Mutter drehte sich um und deutete über das Sofa hinweg.

»Einer von ihnen ist in der Küche. Er ist gerade hier durchgekommen, ich konnte ihn von hier aus beobachten. Sie sind riesengroß, Teddy. Der, den ich gesehen habe, musste sich bücken, um sich in der Tür nicht den Kopf zu stoßen. Und dünn sind sie. Sie haben einen Kopf wie eine Ameise, mit langen Fühlern dran.«

»Vielleicht ist er schon weg. Ich schau mal nach ...«

»Nein!« Seine Mutter bohrte ihre spitzen Fingernägel in Teds schmalen Unterarm. »Der ist zu gefährlich!«

»Aber was suchen sie denn, Mama?«

Sie zögerte.

»Du bist ein kluger Junge, Teddy. Diese Medikamente, von denen du sprichst, sind gar keine Medikamente. Die helfen mir nicht. Dein Vater zwingt mich, sie zu nehmen, damit er freie Bahn hat. Er will, dass ich den ganzen Tag im Bett liege und schlafe.«

»Papa hat uns lieb«, sagte Ted, obwohl er mit seinen sieben Jahren bereits ein wenig daran zweifelte.

»Ich habe die Tabletten in den Ausguss gekippt. Deshalb sind die Ameisenmenschen hier.«

»Alle?«

Die Tabletten waren sündhaft teuer. Das sagte sein Vater ständig. Manchmal warf seine Mutter eine oder zwei ins Klo, und schon das führte zu heftigem Streit. Und jetzt hatte sie *alle* weggeschmissen.

»Die Ameisenmenschen wissen es, sie können es mit ihren Fühlern wahrnehmen. Deshalb sind sie hier.«

Ted hielt es nicht mehr aus. Seine Mutter versuchte ihn festzuhalten, aber er war schneller. Ted rannte zur Küche.

»Nein!«, schrie sie. Sie kniete sich hin und beobachtete, wie ihr Sohn die Küche betrat.

»Hier ist kein ...« Ted trat an die Spüle. Dort lagen mehrere Schachteln und Durchdrückstreifen, alle leer. Mama hatte die Wahrheit gesagt. Alle Tabletten waren im Abfluss gelandet. Ein kalter Schauder durchfuhr ihn. Er konnte sich nicht einmal vorstellen, welche Folgen das haben würde. Allein der Gedanke ...

So schnell, wie er in die Küche gerannt war, rannte er zurück ins Wohnzimmer. Mama saß nach wie vor hinter dem Sofa.

»In der Küche ist kein Ameisenmensch, Mama! Es gibt keine Ameisenmenschen. Du hast alle Tabletten weggeschmissen!«

Sie kroch auf ihn zu, griff seinen Arm. Doch Ted riss sich los und wich zurück.

»Papa wird böse sein!«

»Dein Vater hasst uns, Teddy. Er hat eine andere Frau. Deshalb will er mich loswerden, und danach bist du dran. Er wird dich in ein Waisenheim stecken und ...«

»Sei still!«

Sie ignorierte seinen Wutanfall und kroch erneut aus ihrer Schutzzone hinter dem Sofa hervor, um ihn festzuhalten. Wieder ohne Erfolg.

»Es ist alles deine Schuld!«, stieß sie hervor. »Ich hasse dich!«

Etwas an ihrem Gesichtsausdruck veränderte sich. Sie zog sich wieder hinter das Sofa zurück.

»Du bist nicht mein Teddy«, sagte sie leise. »Du bist einer von denen.« Sie deutete zur Küche. »Ihr habt ihn dort versteckt, stimmt's?«

Ted schluchzte. Er war den Tränen nahe.

»Lüg mich nicht an. Geh weg!«

»Mama ...«

Sie schüttelte immer wieder den Kopf und lugte mit weit aufgerissenen Augen hinter dem Sofa hervor. Ted wusste, dass er nichts mehr tun konnte, und er wusste auch, dass alles noch schlimmer werden würde. Er lief nach oben in sein Zimmer und kroch wieder unters Bett. Das Schachspiel und das Buch von Bobby Fischer lagen noch dort. Er schob sie beiseite, vergrub den Kopf in seinem Arm und weinte hemmungslos.

Nach einer halben Stunde, die ihm endlos vorkam, hörte er, was er so sehr fürchtete. Das Auto seines Vaters hielt in der Einfahrt. Schnell kroch Ted aus seinem Versteck. Er wischte sich Rotz und Tränen mit den Händen ab, dann trat er ans Fenster. Tatsächlich stieg sein Vater gerade aus dem Wagen.

Im nächsten Moment hallte die Stimme von Frank McKay wie ein Donner durch das Haus. Ted hätte sich wieder unterm Bett verstecken können, aber aus irgendeinem Grund verließ er sein Zimmer und ging zur Treppe. Etwas Schlimmes schien sich anzubahnen. Ted hatte Angst.

Bald schon entdeckte sein Vater die leeren Schachteln an der Spüle und rastete sofort aus.

»Das ist doch nicht zu fassen!«, schrie er. »Du blöde Kuh!«

Beleidigungen waren Franks Spezialität.

Seine Mutter sagte nichts. Ted wagte nicht, sich weiter vorzulehnen, aber er konnte sich die Szene auch so vorstellen. Da ging etwas zu Bruch, eine Porzellankanne oder eine Vase.

»Wenn das so weitergeht, bin ich hier weg, kapiert? Du musst doch nur zwei verfluchte Tabletten nehmen. Nicht mal das kriegst du hin! Du bist wirklich zu gar nichts nütze.«

»Geh weg!« Es war das Erste, was sie sagte.

»Einen Scheiß werde ich tun.«

»Fass mich nicht an!«

»Halt dein Maul, du blöde Kuh.«

»Woher ...?«

Ein dumpfer Schlag ertönte, und seine Mutter verstummte. Zwei weitere Schläge folgten.

»Schluck, du Schnepfe!«

»Woher ...?« Sie konnte kaum sprechen.

»Woher ich die habe? Die hatte ich versteckt, weil ich wusste, dass du früher oder später Dummheiten machen würdest. Ich kenne dich nämlich, du Schlampe. Es macht dir Spaß, mich zu reizen. Schluck endlich runter! Lass mal sehen. Zunge weg! Nicht beißen, miese Schlampe!«

Ein Schlag. Es klang wie ein Peitschenhieb.

»So, jetzt noch eine.«

Mama hatte noch nie zwei Tabletten auf einmal genommen. Sonst musste sie eine alle acht Stunden nehmen, dass wusste Ted ganz sicher.

»Diesmal schluckst du drei«, sagte Frank, der sich an jedem Wort zu ergötzen schien.

Drei! Ted war entsetzt.

»Ich hau ab, Kristen. Hörst du? Und ich komm nie mehr wieder. Dann wird sich eben der Staat um dich kümmern. Wäre doch eine gute Sache, oder?«

Mama antwortete nicht. Vielleicht war sie schneller eingeschlafen als sonst. Was ja auch nicht verwunderlich war bei drei Tabletten, oder?

Dann wird sich eben der Staat um dich kümmern.

Ted erschrak, als sein Vater plötzlich die Treppe heraufkam. Schnell rannte er in sein Zimmer und machte die Tür hinter sich zu. Er legte sich ins Bett und tat so, als würde er schlafen. Kurz darauf hörte er, wie die Schlafzimmertür auf- und zuging. Ted hoffte, dass sein Vater glaubte, er hätte nichts von dem Streit gehört, doch eigentlich war das kaum vorstellbar.

Dann hörte er die Dusche und schlüpfte aus dem Bett.

Normalerweise duschte sein Vater morgens. Wenn er sich abends noch mal duschte, konnte das nur bedeuten, dass er noch einmal loswollte. Da begriff er. Sein Vater wollte wirklich abhauen! Hatte er es nicht gerade gesagt?

Ich haue ab, Kristen.

In diesem Moment fasste Ted einen Entschluss. Er schob ein Kissen unter sein Laken, damit es so aussah, als schliefe er dort, nahm eine Tasche und stopfte einige Klamotten hinein. Dann stellte er sie auf den Tisch und überlegte, ob es klug war, nach unten zu gehen. Er *musste* es tun. Papa stand noch immer unter der Dusche, was ihn beruhigte. Unten sah er Mama hinter dem Sofa sitzen, die Beine von sich gestreckt, den Kopf zur Seite geneigt, dösend.

»Teddy«, murmelte sie, bekam ihre Augen aber kaum auf.

Ted küsste sie auf die Stirn. »Ich habe dich lieb, Mama.«

Und der Staat wird sich um dich kümmern, Mama.

Ein scheues Lächeln umspielte ihre Lippen.

Ted kehrte in sein Zimmer zurück. Er nahm das Schachspiel und das Buch von Bobby Fischer, stieg aus dem Fenster und ließ sich auf dem Dach bis zur Seitenmauer gleiten, die er schon unzählige Male hoch- und runtergeklettert war. Der Mustang seines Vaters wartete auf ihn. Ted hatte keine Schlüssel und konnte sich deswegen nicht direkt in den Kofferraum legen, aber er kannte einen Trick, wie man trotzdem reinkam. Mühelos kletterte er durch das offene Seitenfenster und weiter auf die Rückbank. Er zog ein wenig an ihr und ... Geschafft!

Er würde mit Papa fahren. Der war jetzt wütend, aber das würde sich wieder legen. Und dann würde er schon verstehen.

Mama würde ohne sie besser dran sein. Ted begriff noch nicht so recht, was der Staat war und wie er sich um Mama kümmern würde, er wusste nur, dass er es besser tun würde als sein Vater.

Er kauerte sich im Kofferraum zusammen und wartete.

24

Der Kofferraum war bequem für ein Kind seiner Größe. Ted musste eine Weile eingenickt sein, denn das Nächste, was er wahrnahm, war das Motorengeräusch, als sie bereits mit hoher Geschwindigkeit unterwegs waren.

Ted hatte keine Ahnung, wohin sie fuhren. Nach einer Weile entdeckte er, dass er die Ablage ein bisschen nach oben drücken und ins Auto spähen konnte. Er sah seinen Vater am Steuer und ein Stück der Straße. Sie hatten die Stadt bereits verlassen.

Sie fuhren über eine Stunde, oder zumindest kam es Ted so vor, der das Schachspiel wie einen schützenden Schild an seine Brust drückte und immer wieder mit dem Schlaf kämpfte. Er begann sich an den Gedanken zu gewöhnen, dass es eine lange Reise werden würde, als der Mustang plötzlich die Geschwindigkeit drosselte und anhielt. Ted wartete einige Sekunden und starrte mit weit aufgerissenen Augen in die Dunkelheit. Dann legte er das Schachspiel beiseite und hob vorsichtig die Ablage an. Ein Lichtstrahl blendete ihn, und er musste die Augen schließen. Er sah nicht, wie sein Vater ausstieg, aber er hörte, wie die Tür auf- und zugemacht wurde.

Dann hörte er seinen Vater. Er unterhielt sich ... mit einer Frau. Dann wurden die Türen geöffnet, das Auto schwankte hin und her, wie wenn zwei Leute fast gleichzeitig einstiegen. Ted spähte wieder durch sein Guckloch, aber er konnte den Beifahrersitz nicht sehen.

Und wenn er die Ablage auf der anderen Seite hochdrückte? Er probierte es, doch ohne Erfolg, das Ding saß fest.

»Entschuldigen Sie, dass ich nicht früher kommen konnte«, sagte die Frau. »Ich habe heute zwei Schichten im Kino übernommen.«

Das war die Frau. Sie fuhr also mit. Papa sagte immer, er könne Tramper nicht leiden, wegen seiner Arbeit wisse er, wie die so seien. Aber diese Frau war offensichtlich keine Tramperin. *Entschuldigen Sie, dass ich nicht früher kommen konnte.*

»Macht nichts«, sagte sein Vater. »Ich hatte auch einen anstrengenden Tag im Büro.«

Im Büro?

»Ist es weit?«

»Nein, aber wozu in zwei Autos fahren? Wäre die reine Spritverschwendung. Außerdem können wir uns so ein bisschen kennenlernen.«

Ted spähte nicht mehr nach vorn, er klebte mit dem Ohr an der Rückbank und lauschte dem Gespräch.

Und wenn Mama recht hatte? Vielleicht war dies die Frau, von der sie am Nachmittag gesprochen hatte. Der Gedanke an seine Mama, wie sie hinter dem Sofa gesessen hatte, versetzte Ted einen Stich. Mama hatte drei Tabletten genommen.

Sie hat sie nicht freiwillig genommen. Papa hat sie dazu gezwungen.

Wie auch immer. Wahrscheinlich würde sie noch lange Zeit so dasitzen, womöglich bis es Nacht war. Sie würde dort aufwachen, verwirrt, allein. Und womöglich fand der Staat sie nicht rechtzeitig.

Ted lief ein Schauder über den Rücken. Er malte sich aus, wie Mama bewusstlos und den Kopf zur Seite gekippt im dunklen Wohnzimmer saß und vier Ameisenmenschen wie Ärzte bei der Visite um sie herumstanden und sich mit ihren Ameisengesichtern gegenseitig ansahen.

Sein Vater nannte den Namen der Frau: Elizabeth. Sie redeten über ihren kleinen Sohn, der bei den Großeltern lebte. Doch Ted war zu sehr in Gedanken versunken, um ihnen allzu viel Aufmerksamkeit zu schenken. Es dämmerte ihm, dass es womöglich ein Fehler gewesen war, seine Mutter allein zurückzulassen.

Ein schwerer Fehler.

»Sein Vater hat ihn noch nie besucht«, erzählte Elizabeth. »Er weiß, dass es ihn gibt, weil ich es ihm gesagt habe. Aber es hat ihn nie interessiert. Und Sie?«

»Ich bin Witwer, und mir ist das Haus zu groß geworden«, sagte Frank McKay. »Teddy ist jetzt sieben, und manchmal finde ich, dass er zu viel allein ist.«

Witwer? Teddy? Sein Vater sagte nie Teddy zu ihm.

Was ging da vor?

Ted konnte dem Drang nicht widerstehen, die Ablage ein wenig anzuheben. Er konnte kaum glauben, dass dies wirklich sein Vater war, der da sprach. Wie kam er darauf, dass er allein war, er hatte doch seine Mama! Und das Haus, in dem sie wohnten, war im Vergleich zu den Häusern der Nachbarn eher klein. Nichts von dem, was Papa sagte, ergab einen Sinn. Er versuchte noch ein Stück zur Seite zu rutschen, damit er diese Elizabeth sehen konnte, aber sein Blick reichte nur bis zum Rückspiegel. Und als er in ihn hineinsah, stieß er auf Papas Augen. Papa sah ihn an!

Er ließ die Ablage fallen, was ein dumpfes Geräusch erzeugte, und legte sich hin.

Papa hat dich nicht gesehen. Er hat nur kurz nach hinten geschaut. Er hat im Rückspiegel auf den Verkehr geachtet!

»Was war das?«, fragte Elizabeth.

»Was?«

»Ich meine, ich hätte was gehört. Vielleicht auf dem Dach.«

»Da war nichts.«

»Ist es noch weit?«

»Nein.«

Eine Weile sagte keiner etwas. Ted hatte jegliches Zeitgefühl verloren. Er hätte nicht sagen können, wie lange sie schon unterwegs waren.

»Könnten wir kurz anhalten?«, sagte Elizabeth plötzlich. »Ich müsste mal.«

»Wir sind gleich da. Noch ein halber Kilometer, und dann haben Sie ein komfortables Bad für sich allein.«

»So lange halte ich es nicht mehr aus.«

»Doch, tust du«, sagte Frank. Ted kannte diesen Ton nur zu gut. Es war ein Ton, der keine Widerrede duldete.

Der Mustang fuhr immer schneller.

»Komm bloß nicht auf die Idee, die Tür aufzumachen.«

Elizabeth begann zu kreischen.

»Lassen Sie mich raus!«

Ted stockte der Atem.

Kurz darauf hielten sie an.

»Siehst du das hier?«, sagte Frank ganz ruhig. »Wenn du die Tür aufmachst, steche ich dir damit ins Bein.«

Ted traute sich nicht, durchs Guckloch zu spähen. Er begriff nicht, was vor sich ging, aber er kannte diese herrische Seite seines Vaters.

»Bitte, tun Sie mir nichts«, flehte Elizabeth. »Ich habe einen kleinen Sohn.«

»Vergiss deinen Sohn.«

Sein Vater nahm die Autoschlüssel und ließ sie aus irgendeinem Grund klimpern. Dann öffnete er die Tür und stieg aus. Sekunden später öffnete er auch die Beifahrertür.

»Ich will das Auto nicht schmutzig machen. Das verstehst du doch, oder?«

»Bitte, tun Sie mir nichts.« Elizabeths Stimme brach, und sie begann zu schluchzen.

»Steig aus.«

»Nein, bitte!«

»Hast du Angst?«

Elizabeth weinte nun hemmungslos. Sein Vater machte irgendwas mit ihr, aber Ted traute sich nicht zu gucken.

»Okay, okay, ich komme mit«, sagte Elizabeth unterwürfig.

Sie stieg aus, und Sekunden später schrie sie markerschütternd. So einen Schrei hatte Ted noch nie gehört. Weil die

Schreie nicht aufhörten, blieb ihm nichts anderes übrig, als sich die Ohren zuzuhalten, aber selbst das half nicht viel.

Kurz darauf stieg sein Vater wieder ein. Er ließ den Motor an und begann sein Lieblingslied zu pfeifen.

2013

25

Im Keller der alten Schreibmaschinenfabrik raschelten die Ratten lauter denn je. Nervös geworden durch die Benzindämpfe, gaben sie kaum noch acht darauf, wo sie hinliefen, und kamen Laura und Ted immer näher. Manchmal blieben sie sogar stehen und starrten sie an.

»Sie haben diese Frauen nicht getötet«, sagte Laura. »Es war Ihr Vater.«

Ted sah sie verblüfft an.

»Wahrscheinlich hatten Sie ihn schon immer in Verdacht«, fuhr sie fort. »Und als Sie Blaine im Fernsehen erkannten, kehrte Ihre Erinnerung zurück, und aus diesem Verdacht wurde Gewissheit.«

»Der Traum von der Frau im Kofferraum«, sagte Ted mehr zu sich selbst als zu Laura. Während er noch nachdachte, traf ihn die Wahrheit wie ein Schlag. Er hob den Kopf und riss die Augen auf.

»Was?«

»Mein Vater wollte mich töten«, sagte Ted schockiert.

Laura war zu demselben Schluss gelangt.

»Als ich ihn damals in dem Motel getroffen habe und er mir sagte, dass Blaine mein Bruder ist«, sagte Ted, »war ich so wütend auf ihn, wegen allem, wegen dem, was er meiner Mutter und mir angetan hat, dass ich ihm zum ersten Mal von meinem Traum erzählte, von der Frau im Kofferraum des Mustangs.«

Ted machte eine Pause.

Ted spähte wieder durch sein Guckloch, aber er konnte den Beifahrersitz nicht sehen.

»Ihm muss klar geworden sein, dass ich mich früher oder später an alles erinnern würde. Also ist das Schwein an diesem Abend zur Uni gefahren, um mich zu suchen.«

»Er hat Georgia von dem Foto wiedererkannt. Aber der Mann bei ihr, das waren nicht Sie, sondern Tyler«, ergänzte Laura. »Und er trug die Jacke der Uni.«

Ted sprang auf. Eine Ratte spähte aus der Öffnung im Boden zu ihm herauf und versteckte sich wieder.

»Sogar der Tod hat es gnädig mit ihm gemeint. Hätte ich mich doch nur früher erinnert. Jetzt nützt es nichts mehr.«

»Ted, bitte setzen Sie sich wieder. Und sagen Sie so was nicht. Viele Familien werden endlich Antworten erhalten.«

»Ja, klar, dass ein Wahnsinniger ihre Töchter gequält und zerstückelt hat. Tolle Antwort. Der Kerl ist tot, Laura, er hatte Krebs. Aber er hatte gute Medikamente und musste nicht einmal leiden. Kann man sich eine größere Ungerechtigkeit vorstellen?«

»Ich verstehe Sie ja. Aber all das ist nicht Ihre Schuld.«

Schweigen.

»Wenn ich mich doch nur früher erinnert hätte ...«

»Dass wir überhaupt so weit gekommen sind, ist eine große Leistung Ihrerseits. Die Sitzungen und Medikamente waren wichtig, aber den entscheidenden Beitrag haben Sie geleistet. Sie haben es für Holly und die Mädchen getan.«

Er nickte. Seine Familie kam ihm vor wie der Teil einer fernen Galaxie.

»Erinnern Sie sich noch, wie Sie es herausgefunden haben, Ted? Waren es Ihre Träume?«

»Ich glaube nicht.« Ted wirkte unsicher. »Die Träume waren

immer da. Ich glaube, der Auslöser war tatsächlich Blaine. Als ich ihn im Fernsehen sah und ihn als meinen Bruder erkannte, dachte ich, mein Vater könnte seine Freundin getötet haben. Es war ein unbewusster Gedanke, ich weiß auch nicht. Ich dachte, jetzt, wo mein Vater wusste, dass er unheilbar an Krebs erkrankt war, könnte er Blaine diesen Gefallen getan haben.«

»Verstehe. Dieser unbewusste Gedanke hat Ihren Verdacht geweckt.«

»Ja, ich glaube schon. Deshalb habe ich Blaine beschattet. Ich musste rausfinden, ob er auch etwas damit zu tun hatte. Denn ich wusste bereits, was mein Vater getan hatte. Es waren die Schachturniere, Laura! Über die Schachturniere kam ich ihm auf die Schliche. Er hat diese Fahrten ausgenutzt, um auf Frauenjagd zu gehen.«

»Sehen Sie mich an, Ted. Wir wissen jetzt alles. Ihr Vater ist tot, und Ihre Familie wartet auf Sie. Sehen Sie mich an.«

»Sie wissen, dass das nicht so einfach ist. Ich habe ihnen wehgetan.« Ted traten Tränen in die Augen. »Wie geht es Justin?«

»Er liegt immer noch im Koma. Aber die Ärzte sind zuversichtlich.«

»Ich habe so lange auf meinen Freund eingeschlagen, bis er fast tot war.«

»Zu dem Zeitpunkt waren Sie nicht Sie selbst. Die Schuldgefühle wegen der Morde haben Sie erdrückt, Ted. Sie hielten sich für verantwortlich und haben verzweifelt nach einem Ausweg gesucht.« Laura zögerte, bevor sie fortfuhr. »Justin hatte es ebenfalls herausgefunden, stimmt's?«

»Ja, ich glaube schon. Ich wusste, dass er mich beschattet. Als ich mich eines Nachts aus Blaines Haus schlich, habe ich ihn gesehen, er saß in seinem Auto. Ich engagierte einen Privatdetektiv, und so fand ich raus, dass er und Holly was miteinander hatten.« Ted lächelte resigniert. »Der arme Detektiv hat wahrscheinlich gedacht, er hätte eine Bombe platzen lassen, aber die Affäre zwischen den beiden war mir herzlich egal. Das Problem war, dass Justin mir auch hierher gefolgt war und vielleicht gesehen hatte, was ich in dem Raum oben aufbewahre.«

»Hat Justin Sie im Büro angerufen, um mit Ihnen über die Morde zu sprechen?«

»Ehrlich gesagt weiß ich das nicht mehr. Vielleicht wollte er auch über etwas anderes mit mir sprechen. Aber es war bereits zu spät. Ich ... ich habe alles nur noch verzerrt wahrgenommen. Erst jetzt sehe ich die Dinge wieder klar.«

»Wenn Justin wieder gesund ist, wird er es verstehen. Sie waren zu der Zeit schwer krank, Ted.«

»Ja, ich weiß. Ich wollte mir sogar das Leben nehmen, habe Robichaud aufgesucht, um ein Testament aufzusetzen. Ich dachte, ich hätte einen tödlichen Gehirntumor.«

»Finden Sie nicht, dass sich alles zum Besseren gewendet hat?«

Für Ted wäre dies erst dann der Fall, wenn sein Freund wieder gesund würde.

»Doch, durchaus.«

Laura stand auf. Ted sah sie ungläubig an, begriff nicht, was sie vorhatte. Nicht einmal, als sie ihm die Hand reichte, wusste er, was er damit anfangen sollte.

»Das haben Sie gut gemacht, Ted.«

Ungeschickt stand auch er auf und reichte ihr seinerseits die Hand.

»Danke für alles, Laura.« Seine Stimme war nur ein Flüstern.

Da hörten sie ein lautes Geräusch, das nicht von den Ratten kommen konnte. Laura erschrak. Ted fiel sofort der Wächter wieder ein. Um Gottes willen, der Mann hatte eine ganze Batterie Schreibmaschinen abbekommen! Ted hatte sich zwar vergewissert, dass er noch atmete, aber er konnte innere Blutungen erlitten haben. Während er sich noch solche Gedanken machte, erhob sich Lee Stillwell wie ein lebender Toter, der seinem Grab entsteigt.

Dann ertönte seine tiefe Stimme aus dem Dunkeln. Laura fuhr herum und erschrak fast zu Tode, als sie Lee dort stehen sah. Sie hatte schier vergessen, dass es ihn überhaupt gab.

»Dich krieg ich, du Mistkerl«, sagte Lee.

Der Wärter hielt seine gefesselten Hände auf Brusthöhe. Der kleine Gegenstand, den er umklammerte, war auf die Entfernung nicht zu erkennen, erst als mit einem sanften Klicken eine kleine Flamme hervorschoss, begriff Laura.

26

Marcus saß auf dem Beifahrersitz, Bob am Steuer. Die erste halbe Stunde hatten sie sich noch unterhalten, doch dann war die Fahrt schweigend verlaufen, unterbrochen nur von den Telefongesprächen mit dem Team des FBI, das zeitgleich in Albany aufgebrochen war und früher ankommen würde als sie.

Als sie noch eine halbe Stunde entfernt waren, erhielten sie einen letzten Lagebericht. Er verhieß nichts Gutes.

»Es hat einen Brand gegeben, offenbar absichtlich gelegt«, erklärte Bob. »Das Feuer hat sich rasch ausgebreitet, was dafür spricht, dass ein Brandbeschleuniger im Spiel war.«

»Einen Brand?«, sagte Marcus fassungslos. Er wagte nicht, nach dem zu fragen, was er so sehr fürchtete.

»Als das Team aus Albany eintraf, war die Feuerwehr schon vor Ort. Jemand hat den Rauch gesehen und sie verständigt, aber sie kamen zu spät.«

»Zu spät? Was soll das heißen?«, fragte Marcus.

»Sie haben zwei Leichen gefunden. Es gibt nur einen Überlebenden.«

Marcus vergrub sein Gesicht in den Händen.

»Wer?«, fragte er schließlich mit kaum hörbarer Stimme.

27

Aus irgendeinem Grund hatte Lee es für eine gute Idee gehalten, Ted mit dem Feuerzeug zu bedrohen. Vielleicht hatte der Schlag auf den Kopf sein Denken getrübt. Oder er hatte noch nie etwas von Benzindämpfen gehört. Denn als die kleine blaue Flamme ihn in einen Feuerball verwandelte, machte er ein verblüfftes Gesicht. Sein geschwollenes Auge weitete sich, bis es schier platzte, bevor er wie wild zu tanzen begann und vor Schmerz aufschrie in dieser Kugel aus Flammen, in der er gefangen war.

Laura und Ted hatten nicht viel Zeit, um zu reagieren. Eine Feuerwand bewegte sich auf sie zu, und bläuliche Tentakel streckten sich in alle Richtungen. Ted rannte in die eine Richtung, Laura in die andere. Lee schrie immer grauenerregender. Der Geruch nach verbranntem Fleisch erfüllte die Luft.

Inzwischen war der Keller zweigeteilt, und Laura war in dem Teil gefangen, der keine Tür hatte. Während der Wächter seine letzten qualvollen Schreie ausstieß, versuchte sie auf die andere Seite zu gelangen, aber das Feuer hatte einen Wall gebildet, der sich auf sie zubewegte. Der Rauch wurde immer dichter. Nach und nach platzten alle Glühbirnen, und die Szenerie wurde in ein flackerndes Orange getaucht. Die Ratten quiekten wie von Sinnen.

Ted rief ihr zu, sie solle sich weiter zurückziehen, er werde versuchen, mit dem Sofa eine Brücke zu bauen. Es klappte nicht. Stattdessen fing sein Hemd Feuer, und er musste es ausziehen und sich vor den Mund halten, um atmen zu können. Er rief etwas, das Laura nicht verstand.

»Was?« Laura war nur zehn Meter von ihm entfernt, musste aber immer weiter zurückweichen. Auch sie zog sich das Hemd aus und hielt es sich vor den Mund. Schwindel ergriff sie.

Ted nahm das Hemd vom Mund und schrie: »Die Falltür, Laura. Legen Sie sich da rein und machen Sie die Klappe zu!«

Diesmal verstand Laura ihn, begriff aber auch schnell, dass sie es nicht schaffen würde. Zu hoch schlugen die Flammen zwischen ihr und der Luke.

»Ted, ich schaffe es nicht!«

Er schrie noch etwas, aber seine Stimme wurde vom Prasseln des Feuers übertönt. Der Rauch war jetzt so dicht, dass Laura selbst durch das Hemd hindurch kaum Luft bekam. Weil sie es nicht mehr aushielt, nahm sie es vom Mund. Sie musste so stark husten, dass sie auf die Knie sank. Als das Brennen in ihren Augen nachgelassen hatte, stellte sie überrascht fest, dass es sich dort unten leichter atmete. Sie hielt sich den Stoff wieder vor den Mund und kroch zur Seite. Wenn sie sich eng an der Wand hielt, hatte sie die beste Chance, ihr Ziel zu erreichen. Eine Reihe von Tischen bildete eine Art Tunnel und erleichterte ihr das Vorankommen. Immer wieder züngelte das Feuer herein, und sie musste sich eng an die Wand drücken. Einmal musste sie den künstlichen Tunnel sogar verlassen. Je näher sie der Falltür kam, desto dichter wurde auch auf Bodenhöhe der Rauch.

Sie musste etwa acht Meter zurücklegen. Es schien machbar, aber unterwegs kam sie zu dem Schluss, dass sie es nicht schaffen würde. Ein roter Flammenvorhang blockierte ihr den Weg. Wenn sie weiter vorankommen wollte, würde sie unter dem Tisch hervorkommen müssen. Aber dort draußen sah es nicht viel besser aus. Und als sie nach hinten blickte, stellte sie fest, dass es auch kein Zurück mehr gab.

Sie rief nach Ted, erhielt aber keine Antwort. Hatte er den Keller verlassen, oder war er ohnmächtig geworden? Die Polizei war unterwegs und konnte jeden Moment eintreffen. Wenn sie es bis zur Bodenluke schaffte und da drin lange genug durchhielt, könnte sie später um Hilfe schreien, bis jemand sie hörte.

Ihr blieb nicht viel Zeit. Entweder sie kroch aus dem Tunnel heraus und gelangte auf einem Umweg zu der Öffnung, oder sie nahm den direkten Weg durch die Feuerwand. Sie musste es versuchen. Für Walter.

Sie wickelt sich die Bluse um den Kopf, hob den Unterarm wie einen Schild und rannte los.

ZWEI JAHRE SPÄTER

EPILOG

Randall Forster wurde mit tosendem Applaus empfangen. Seit drei Jahren war er das Gesicht der Polizeisendung auf Channel 4 und hatte dadurch eine enorme Popularität gewonnen. Er war jung, charismatisch, und er wusste – darin lag sein Erfolg begründet –, wie man bei einer gruseligen Geschichte die Balance wahrte zwischen dem allgemeinen Interesse, dem morbiden Reiz und den technischen Details.

Auf der Leinwand, die auf einer Seite der Bühne angebracht war, erschien der stiere Blick, den alle kannten. Darunter stand:

Der Schlächter von Hamherstville
Frank Edmund McKay
1951–2011

Das Publikum verstummte. Dann ertönte die tiefe Stimme des Journalisten aus den Lautsprechern.

»Eine Mittelschichtsfamilie in dem kleinen Dorf Hamherstville, der Vater Schichtarbeiter in einem Metall verarbeitenden Betrieb, die Mutter Köchin, Näherin, Verkäuferin und Putzfrau. Bis zu seinem zwölften Lebensjahr, als seine Schwester Audrey geboren wurde, wuchs der kleine Frank praktisch allein auf.«

Randall bewegte sich auf der Bühne mit der Gewandtheit

eines geübten Redners. Er hatte eine Hand in die Hosentasche gesteckt und richtete den Blick mal aufs Publikum, mal knapp über es hinweg, als suchte er dort die ferne, alles enthüllende Vergangenheit.

»Wir wissen wenig über diese ersten Jahre. Was tatsächlich im Schoß dieser Familie geschah, ist ein Geheimnis und wird wohl immer ein Geheimnis bleiben. 1964 ziehen Ralph und Teresa McKay mit ihren Kindern in die Hauptstadt des Bundesstaates. Sie hinterlassen nur wenige Spuren, zu wenige, um diese frühen Jahre rekonstruieren zu können.«

Auf der Leinwand erschien das Schwarz-Weiß-Foto einer Schulklasse. Zwei Gesichter waren eingekreist. Eines davon hatte diese Augen mit dem stieren Blick.

»Frank lernte schon früh, seinen wahren Charakter zu verbergen und sein Umfeld zu manipulieren. Er war ein Musterschüler, überdurchschnittlich intelligent, der nie Probleme machte und wusste, wie man möglichst wenig auffiel. Andrew Dobbins, sein vermutlich einziger Freund in jenen Jahren, lieferte mit seiner Beschreibung von Frank McKay ein Porträt, in der sich die wahre Natur des späteren Serienmörders bereits abzeichnet.«

Randall legte eine Kunstpause ein. Er hatte diesen Vortrag schon mehrmals gehalten – wenn auch unter anderen Umständen – und wusste, wie er die Neugier des Publikums schüren konnte.

»Als die Wahrheit ans Licht kam, waren alle, die Frank McKay persönlich kannten, überrascht und entsetzt: seine Schwester, seine Exfrau, seine Nachbarn, seine Geschäftspartner, alle ... außer Andrew Dobbins. Denn Dobbins, der McKay im Alter von zehn Jahren zum letzten Mal gesehen hatte, weil auch seine Familie damals wegzog, war der Einzige, der das wahre Gesicht dieses Mannes gesehen hatte.«

Das Foto auf der Leinwand hatte gewechselt. Zu sehen war jetzt der etwa zwanzigjährige Frank, der lächelnd neben einem roten Auto stand. Auf den ersten Blick war an seinem Gesicht nichts Auffälliges. Doch je mehr das Foto herangezoomt wurde, desto mehr schienen seine Augen die Barriere von Zeit und Raum zu durchbrechen und den Anwesenden McKays wahre Absichten zu enthüllen.

»Frank McKay war wahrlich kein vorbildlicher Ehemann, kein vorbildlicher Nachbar und schon gar kein vorbildlicher Vater, doch in den Augen jener, die ihn kannten, war er auch kein Mörder. Er *konnte* kein Mörder sein. Er war temperamentvoll, ja, impulsiv, ja. Aber ein Mörder? Nein, unmöglich. Wie oft haben wir solche Kommentare über Leute wie ihn gehört? Denn wenn Menschen wie Frank McKay erst einmal gelernt haben, wie man sich hinter einer Maske der Wohlanständigkeit versteckt, werden sie praktisch unsichtbar und bewegen sich straffrei mitten unter uns. Dass sie immer wieder davonkommen, erzeugt in ihnen ein Gefühl der Überlegenheit, das sie weitermorden lässt. Es geht ihnen nicht allein ums Töten, es geht diesen Menschen um ihr Ego, das sich allmächtig wähnt. Andrew Dobbins wohnte nur einige Häuser von Frank McKay entfernt. Sie gingen zusammen zur Schule, wurden Freunde. Eines Tages lud Frank Andrew zu sich ein. Es war Sommer, seine Eltern waren bei der Arbeit, die beiden waren allein. An diesem Tag wollte Frank nicht wie sonst Fahrrad fahren oder irgendetwas anderes spielen. Stattdessen führte er Andrew in den Garten und zeigte ihm Gläser, in denen er Spinnen, Käfer und andere große Insekten gefangen hielt. Frank hatte ein Klappmesser dabei, das er einem größeren Jungen abgekauft hatte und von dem niemand außer Andrew wusste. Es war ihr gemeinsames Geheimnis. An jenem Tag im Garten forderte Frank seinen Freund auf, sich eines der Insekten auszusuchen. Andrew wählte eine mittelgroße Spinne, die ein wenig benommen wirkte. Er ging davon aus, dass Frank sie mit seinem Messer töten würde, und war nicht sonderlich beunruhigt. Wer hatte nicht schon mal eine Spinne getötet? Andrew war sogar bereit, dabei mitzumachen. Was er nicht wusste, war, dass Frank ihn auf die Probe stellte.«

Der Fall des Schlächters von Hamherstville war ausgiebig analysiert worden, doch alle Welt hatte sich auf die Morde konzentriert, die er im Laufe der Jahre begehen sollte. Die Medien schildern gern das Monster und vergessen darüber den Menschen. Doch manchmal sind es bestimmte Details, die eine größere Wirkung entfalten als die abartigen Morde selbst. Randall hatte ein solches Detail entdeckt und würde es gleich zum Besten geben. Das Publikum war mucksmäuschenstill.

»Frank tötete die Spinne nicht mit dem Klappmesser, zumindest nicht sofort. Zunächst schnitt er ihr vier Beine ab und sah zusammen mit Andrew zu, wie sie zu entkommen versuchte. Beide lachten, weil sich das Insekt nur mühsam im Kreis bewegen konnte. Dann trennte Frank ihr ein weiteres Bein ab, dann noch eins und noch eins. Gegenüber Andrew erklärte er, dass man nicht zu nah am Körper schneiden dürfe, weil die Spinne sonst zu schnell verende. Schließlich hatte das arme Tierchen nur noch ein Bein, mit dem es gerade noch ein bisschen kratzen und sich um die eigene Achse drehen konnte, bevor es starb. Für Frank McKay war es nicht nur ein perverses Spiel, sondern, wie bereits erwähnt, eine Probe. Gegen Ende jenes Sommers lud Frank Andrew noch einmal zu sich nach Hause ein. Er wolle einige *spezielle Experimente* anstellen, so nannte Frank das Verstümmeln von Insekten. Andrew nahm die Einladung gern an, denn er hatte im Laufe der Zeit eine Art bewundernde Faszination für seinen Freund entwickelt. Frank führte ihn in den Garten, doch diesmal nicht zu seinen Insektengläsern, sondern zu einem Korb, in dem ein kleines Kätzchen lag, vielleicht drei oder vier Monate alt, wie Andrew Dobbins später aussagen würde, als er mit einem leicht schlechten Gewissen eingestand, dass er zwar geahnt habe, was Frank vorhatte, aber im Grunde nicht schockiert war. Katzen mochte er sowieso nicht besonders. Frank legte eine dünne Schlinge um jede Pfoten und zog die Beine auseinander. Nachdem er die Katze auf diese Art bewegungsunfähig gemacht hatte, schnitt er ihr die Augen heraus und versengte ihr mit einem Feuerzeug den Bauch, die Ohren, das Maul, bis das Tier elendig verendete. Nach diesem Erlebnis zog Andrew sich von Frank zurück, und vielleicht war dies dem kleinen McKay eine Lehre. Eine Lehre, was passieren konnte, wenn er jemandem seine wahre Natur offenbarte.«

Die Leinwand zeigte gerade kein Bild. Randall wartete einige Sekunden ab, bevor er weiterklickte und das Gesicht einer etwa zwanzig Jahre alten Frau erschien.

»Elizabeth Garth war wohl nicht sein erstes Opfer, aber doch eines der ersten, denn Frank McKay beging seine Morde später nicht mehr in der Umgebung von Boston.«

Randall machte eine nachdenkliche Pause, schüttelte dann langsam den Kopf und fügte hinzu: »Was natürlich so nicht ganz stimmt, aber dazu kommen wir später. Schließlich ist das der Hauptgrund, warum wir uns heute hier versammelt haben. Die Art, wie Frank McKay die alleinerziehende Mutter Elizabeth Garth tötete, deutet darauf hin, dass er sich noch am Anfang eines Lernprozesses befand. Es ist sogar wahrscheinlich, dass er überstürzt handelte. Zum einen tötete er sie relativ nah von seinem Wohnort, zum anderen hätte seine Kontaktaufnahme zu seiner Verhaftung führen können. Außerdem wies die Leiche von Elizabeth Garth zwar einige Stichwunden an Armen und Beinen auf, doch erfolgte der tiefe, sofort tödliche

Schnitt durch die Kehle relativ schnell. Von dem Sadismus und der Quälerei, die seine Morde später kennzeichneten, war noch nicht viel zu spüren. Was ging in McKay vor, nachdem er Elizabeth Garth ermordet hatte? Ich würde auf Folgendes tippen: zum einen, dass er extreme Lustgefühle hatte, als er die wehrlose Frau erst quälte und dann tötete, und dass er wusste, dass er es erneut tun würde. Und zum anderen, dass er nie wieder so fahrlässig vorgehen durfte, wenn er nicht geschnappt werden wollte, und dass er daher ein System ausarbeiten musste, das es ihm erlaubte, endlos weiterzumachen. Zwischen 1983 und 1989 beging er sieben Morde, alle außerhalb des Bundesstaates. Die Opfer waren ausnahmslos junge Frauen, aber damit enden schon die Gemeinsamkeiten. Frank tötete mit dem Messer, mit dem Hammer, sogar mit den bloßen Händen. Er suchte die Frauen willkürlich aus, beschränkte den Kontakt auf ein Minimum. In dieser Zeit nutzte er die Schachturniere seines Sohnes Ted als Tarnung. Er setzte seinen Sohn ab, fuhr eine Stunde mit dem Auto herum und schlug dann zu. Er quälte und verstümmelte die Frauen zwei oder drei Stunden lang mit äußerster Grausamkeit. Gleichzeitig war in seinen Verbrechen kein Muster zu erkennen.«

Auf der Leinwand erschienen nacheinander die Gesichter der Opfer.

»Frank McKay starb, ohne dass seine Taten entdeckt worden wären. Er tötete nachweislich neunzehn Frauen und zwei Männer, aber es besteht der Verdacht, dass er für weitere fünfzehn Morde verantwortlich war. Doch nicht einmal moderne Computer-Analyseprogramme wie Vicap hätten ein Muster erkennen können.«

Auf der Leinwand sah man nun ein kreisförmiges Labyrinth.

»Vorhin sagte ich, dass außer dem Kindheitsfreund Andrew

Dobbins wahrscheinlich niemand den wahren Frank McKay kennengelernt hat, aber vielleicht stimmt das nicht. Es ist gut möglich, dass Kristen McKay, seine erste Frau, die jahrelang seine Misshandlungen ertragen musste, sehr wohl ahnte, wie bösartig ihr Mann war. Doch Kristen litt unter einer psychischen Krankheit, die in den Jahren der Ehe besonders virulent war. Ihr gemeinsamer Sohn Ted hingegen erlebte das unberechenbare Verhalten seines Vaters hautnah. Dieser kleine Junge, ein Schachwunderkind und später erfolgreicher Unternehmer, lieferte den Schlüssel.«

Randall deutete auf das Zentrum des Labyrinths.

»Doch es sollte noch Jahre dauern, bis die Wahrheit ans Licht kam. Freuen Sie sich nun darauf, aus erster Hand zu erfahren, wie der Weg durch dieses faszinierende Labyrinth gefunden wurde.«

Das Bild des Labyrinths wurde langsam ausgeblendet und durch das Cover eines Buchs ersetzt. *Der letzte Ausweg* lautete der Titel. Darunter stand in großen roten Buchstaben der Name der Autorin.

»Meine Damen und Herren, begrüßen Sie jetzt mit mir die Frau, die die Wahrheit schließlich ans Licht brachte: Dr. Laura Hill.«

Begleitet von Applaus ging Laura zu den beiden Sesseln, die neben der Leinwand standen. Es war die dritte Buchpräsentation im Rahmen der Promo-Tour ihres Verlags, doch sie war genauso aufgeregt wie beim ersten Mal. Sie suchte in der ersten Reihe nach Dedee. Dass ihre Schwester dort saß und frenetisch applaudierte, gab ihr Kraft. Dedee war schon immer ein wichtiger Mensch für sie gewesen, doch in letzter Zeit, nach ihrem Abschied vom Lavender und dem Ende ihrer Beziehung mit Marcus, war sie zu ihrer wichtigsten Stütze geworden. Sie und Walter natürlich. Dedee hatte sie ermuntert, das Buch zu Ende zu schreiben, als ihre Situation im Lavender immer schwieriger geworden war. »Das Manuskript ist super. Wenn die von der Klinik dir ein Ultimatum gestellt haben, sollen sie sich zum Teufel scheren. Und was deinen Lover angeht, es überrascht mich nicht, dass der sich nicht für dich einsetzt. Wie du weißt, mochte ich den Typ noch nie.«

Dedee hatte recht behalten.

»Herzlich willkommen!«, sagte jetzt der Moderator.

»Danke, Randall.«

Laura hatte für diesen Abend einen senfgelben Rock und eine weiße Bluse gewählt. *Langärmlig.* Als sie sich setzte und die Hände auf ihrem Schoß verschränkte, achtete sie darauf, dass das rechte Handgelenk nicht zu sehen war. Nur eine kleines Stück verbrannter Haut lugte unter dem Ärmelaufschlag hervor.

»Zunächst einmal möchte ich Ihnen dafür danken, dass ich diesen heutigen Abend moderieren darf«, erklärte Randall. »Es ist mir ein großes Vergnügen.«

Laura nickte. »Ihre Einführung war exzellent.«

»Danke.«

Der Journalist blickte zur Leinwand hoch, auf der immer noch das Buchcover zu sehen war. Als wäre es ihm gerade eingefallen, fragte er: »Wieso ein Labyrinth, Laura?«

»Oh ... Labyrinthe haben mich schon immer fasziniert. Ich bin in Hawkmoon, in North Carolina, aufgewachsen, und dort gab es einen kleinen Vergnügungspark. Der Besitzer, ein Mann namens Adams, konnte ihn entgegen allen Prognosen jahrelang halten. Die Hauptattraktion war ein großes kreisförmiges Labyrinth.«

»Aus Büschen?«

»Nein, aus Holzwänden, aber das war genau das Besondere: Man konnte die Wege ändern, indem man bestimmte Türen öffnete oder verschloss. Laut Adams erlaubte das System über tausend Varianten, was wahrscheinlich ein bisschen übertrieben ist. Außerdem schickte er jemanden hinein, der als Minotaurus verkleidet Angst und Schrecken verbreitete, wodurch es den Kindern noch schwerer fiel, wieder aus dem Labyrinth herauszufinden. Tatsächlich habe ich es ganz selten erlebt, dass jemand es aus eigener Kraft schaffte. Im Sommer gingen ich und meine Schwester, die heute Abend hier ist, fast jeden Tag hin, weil dort ein Junge arbeitete, der uns gut gefiel.«

Dedee, die in der ersten Reihe saß, formte Wörter mit ihren Lippen.

Der dir gut gefiel.

Laura konnte sich ein Lächeln nicht verkneifen.

»Labyrinthe sind für mich ein Symbol«, fuhr sie fort. »Denn in gewisser Hinsicht ähnelt unser Denken dem Versuch, einem Labyrinth zu entkommen.«

»Oder darin gefangen zu sein.«

»Genau! Beim Labyrinth von Hawkmoon zum Beispiel gelangte man über einen Durchgang direkt ins Zentrum. Aus irgendeinem Grund dachte ich immer, ich müsse nur den Weg nehmen, der mich von diesem Durchgang wegführt, um hinauszufinden. Natürlich hat das nie geklappt.«

»Weil man manchmal auch wieder zurückgehen muss, um hinauszugelangen, oder?«

»So ist es. Als Ted McKay ins Lavender Memorial Hospital eingewiesen wurde, war er in einem Labyrinth gefangen, das sich sein eigener Verstand gebaut hatte.«

»Bei einem so hochintelligenten Menschen wie ihm war dieses Labyrinth bestimmt ziemlich komplex.«

»Richtig. Er hatte sich in Zyklen verfangen und drehte sich ständig im Kreis. Wenn ich die Dinge nur ein bisschen forcierte, wenn ich ihn auf einen falschen Weg führte, wie damals in meiner Kindheit im Labyrinth von Hawkmoon, dann verlor er sich darin, dann mussten wir praktisch wieder von vorne anfangen.«

»Ted McKay starb bei dem Brand in einer verlassenen Fabrik«, ergriff Randall das Wort, dessen Stimme nun ernster geworden war. »Einem Brand, dem Sie, Laura, mit großer Not entkommen konnten. In gewisser Weise war diese Geschichte Ihr Labyrinth, könnte man so sagen?«

»Durchaus. Aber was ich erlebt habe, ist nichts im Vergleich zu dem, was Ted McKay durchgemacht hat. Nicht nur, dass er sein Leben verlor, er hatte in all den Jahren auch eine schwere Last zu tragen. Dieses Buch, Randall, erzählt von seinem traumatischen Weg, davon, wie er der Falle entkam, die ihm sein eigener Verstand gestellt hatte. Wäre er nicht so stark gewesen, wäre ich heute nicht hier, und keines dieser perversen Verbrechen wäre jemals aufgeklärt worden.«

Schüchterner Applaus ertönte, der immer stärker anschwoll.

»Bevor Ted starb, hat er mir gestanden, dass er nach dem Tod seines Vaters keinen Sinn mehr in seinem Leben sah. Aber wir beide wissen, wie wichtig es ist, die Wahrheit ans Licht zu bringen.«

»Oh, absolut. Ich habe in meinem Leben schon mit vielen Angehörigen von Opfern gesprochen. Für die meisten bedeutet es eine große Erleichterung, wenn sie wissen, dass der Täter nicht mehr unter uns weilt.«

»Und dies gilt auch für Teds Exfrau und seine Töchter, die den Verlust eines geliebten Menschen verkraften mussten. Was das heißt, kann ich mir natürlich nur schwer vorstellen, aber zumindest konnten sie ihn als das in Erinnerung behalten, was er war: ein Mensch mit einem großen Herzen, der ein Kreuz zu tragen hatte, das nicht seines war.«

Die Präsentation dauerte noch eine weitere halbe Stunde.

Randall war ein souveräner Interviewer, sodass die Unterhaltung zwischen ihnen ganz natürlich floss.

Im Anschluss signierte Laura Bücher und genoss die Sympathie, die ihr entgegengebracht wurde. Einige Besucher spähten verstohlen auf die Narbe, die unter dem Ärmelaufschlag hervorlugte, andere wollten eine Bemerkung loswerden oder stellten ihr Fragen. Die meisten Fragen bezogen sich auf Justin Lynch, von dem man aus den Nachrichten wusste, dass er aus dem Koma erwacht war, viel mehr aber nicht. Laura antwortete höflich, dass sie keinen Kontakt zu ihm habe und auch nicht autorisiert sei, mehr preiszugeben als das, was in ihrem Buch stehe.

Irgendwann fiel Lauras Blick auf einen nicht sehr großen Mann mit dicker Brille. Er war um die vierzig, vielleicht auch etwas jünger, stand einfach nur mit einem Buch unter dem Arm da und lächelte scheu.

Immer wenn Laura ein Buch überreichte, sah sie verstohlen zu dem Unbekannten, der sich nicht von der Stelle rührte. Der Saal leerte sich allmählich, als einer der Organisatoren, ein Zweimetermann namens Matthews, zu Laura an den Tisch kam. Sie fragte, ob er kurz dableiben könne, was er natürlich gern tat. In diesem Moment verließ der Mann mit der Brille seinen Platz und stellte sich in die Schlange. Als Letzter.

Eine Frau mit sehr voluminösem Körper trat an den Tisch und verdeckte Laura den Blick. Sie war eine jener energiegeladenen Dauerlächlerinnen. *Ich bin ja soooo froh, hier zu sein, und ich habe Ihr Buch soooo gern gelesen.* Laura gab sich alle Mühe, ihr zuzuhören, schließlich war diese Frau extra angereist, um sie zu erleben. *Ich bin aus Vermont, ich habe zwar Familie hier, aber eigentlich bin ich nur Ihretwegen hier, Ms Hill. Ich fand Ihr Buch einfach faszinierend.* Laura nickte und schrieb eine Widmung auf die erste Seite. Dann hob sie den Blick, um nach dem Mann mit der Brille Ausschau zu halten, sah aber nur den Bauch der Frau. *Danke, vielen Dank, schreiben Sie bitte weiter. Darf ich Ihnen was sagen?* Laura lächelte, aber sie fürchtete, dass ihr Gesicht längst zu einer Grimasse erstarrt war. Wo war der Mann mit der Brille? Sie stellte sich vor, wie er plötzlich mit einem Messer in der Hand hinter der Matrone hervortrat ... Wieso dachte sie das? Schließlich hatten Serienkiller ja keinen Club gebildet, um es ihr heimzuzahlen. Trotzdem war es nicht das erste Mal, dass ihr solche Gedanken kamen. *Ich habe mich sogar ein bisschen in Ted verliebt.* Die Frau vor ihr errötete regelrecht. *Oh, Sie halten mich bestimmt für furchtbar naiv. Ich meine natürlich nicht verliebt im Sinne von verliebt. Ich meine verliebt im Sinne, wie man in eine Romanfigur verliebt sein kann.* Laura erwiderte, sie wisse schon, wie sie es meine, und dankte ihr für ihr Kommen. Sie überreichte ihr das Buch, und endlich ging die Frau weg. Der Mann mit der Brille stand immer noch am Ende der Schlange.

Zehn Minuten später signierte Laura einem Paar zwei Bücher, dann war der Mann mit der Brille an der Reihe.

»Erkennen Sie mich nicht?«

Seine Stimme war angenehm melodisch. Wenn er ein Serienkiller war, dann ein ziemlich charmanter Serienkiller. Laura entspannte sich.

»Ehrlich gesagt, nein«, antwortete sie. Doch kaum hatte sie es ausgesprochen, stellte ihr Gehirn die Verbindung her.

»Ich bin Arthur Robichaud«, sagte der Mann mit der Brille.

Laura hatte ein Foto des Anwalts im Internet gefunden, war ihm aber nie persönlich begegnet. Ihr Gespräch am Telefon war kurz und wenig erquicklich gewesen.

Robichaud sah nach rechts und nach links. Es waren noch einzelne Grüppchen im Saal, aber sie standen weit genug entfernt. Der Einzige, der sie hören konnte, war Matthews. Laura bat ihn, sie einen Moment allein zu lassen.

»Danke, dass Sie meinen Namen geändert haben«, sagte Robichaud.

»Sie hatten mich ja darum gebeten.«

»Stimmt, aber Sie hätten nicht darauf einzugehen brauchen. Entschuldigen Sie bitte, dass ich damals am Telefon etwas kurz angebunden war, aber Sie werden sicher verstehen, dass so etwas dem Ruf einer Kanzlei schaden könnte.«

»Machen Sie sich keine Gedanken.«

Robichaud wirkte nervös. Das Buch klemmte immer noch unter seinem Arm.

»Ich will Sie nicht aufhalten. Ich habe Ihr Buch gelesen und finde es sehr gut. Meinen Glückwunsch.«

Endlich legte er das Exemplar auf den Tisch.

»Danke. Irgendwie habe ich das Gefühl, dass Sie noch etwas anderes auf dem Herzen haben. Oder täusche ich mich da?«

Robichaud sah zur Decke, als stünden dort die Worte, die er suchte.

»Ich habe mir unzählige Male zurechtgelegt, was ich Ihnen sagen möchte, und doch fällt es mir unendlich schwer.«

Laura begriff nicht. In ihrem Buch hatte sie Robichauds Beteiligung auf ein Minimum reduziert, auf dessen ausdrückliche Bitte hin. Was konnte er jetzt noch Wichtiges zu sagen haben?

»Ich habe es nicht mal meiner Frau gesagt«, erklärte der Anwalt, der ehrlich bekümmert wirkte. »Keinem habe ich es gesagt, was Sie sicher verstehen werden, zumindest hoffe ich das.«

»Ich bin ganz Ohr.«

»Ted hat mich zu Hause aufgesucht, so, wie Sie es in Ihrem Buch schildern. Ich hatte tatsächlich an jenem Tag Geburtstag, was er natürlich nicht wusste. Es waren nicht alle unsere ehemaligen Mitschüler da, aber doch einige. Was Sie geschrieben haben, kommt der Wirklichkeit also ziemlich nahe. Ted und ich zogen uns in mein Arbeitszimmer zurück, um über das Testament zu sprechen.«

»Die Zyklen hatten jeweils eine reale Grundlage«, sagte Laura und musterte ihn. »Sie können gern die Beteiligten fragen, sie werden es Ihnen bestätigen.«

Robichaud nickte.

»Es tut mir leid, dass ich nicht schon früher mit Ihnen gesprochen habe. Ich ... Wenn ich es gewusst hätte ...« Robichaud legte eine Hand auf das Buch, als wollte er einen Schwur leisten.

»Wie gesagt, machen Sie sich keine Gedanken.«

»In dem Buch schreiben Sie von einem Opossum. Was genau bedeutet es?«

Überrascht richtete sich Laura auf. Sie hatte dem Opossum keine besondere Bedeutung beigemessen. Das meiste wusste sie von Mike Dawson, aber der war auch nicht sehr ausführlich darauf eingegangen.

»Aus irgendeinem Grund hatte Ted Angst vor ihm«, sagte Laura und lächelte verständnisvoll. »Wahrscheinlich hat er mal eine traumatische Erfahrung mit einem solchen Tier gemacht. Ich habe ihn nie danach gefragt.«

Robichaud nickte. »Was ich meine: Welche Bedeutung hat das Opossum in den *Zyklen*?«

»Ist das so wichtig für Sie?«

»Ja.«

»Darf ich fragen, warum?«

»An jenem Nachmittag glaubte Ted in meinem Garten ein Opossum zu sehen, laut Ihrem Buch in einem alten Autoreifen. Das stimmt allerdings nicht ganz, denn gesehen hat er es zwischen den Blumentöpfen meiner Frau.«

Laura konnte nicht verhehlen, dass sie verwirrt war. Sie war stets davon ausgegangen, dass das Opossum nur in den Wahnvorstellungen auftauchte, also nicht real war.

»Ich muss gestehen, ich bin etwas überrascht.«

»Das kann ich mir vorstellen. Deshalb noch einmal die Frage: Welche Rolle genau spielte das Opossum?«

»Das kann ich Ihnen nicht mit Sicherheit sagen. Ich glaube, es diente Ted dazu, innerhalb der Zyklen zu verharren. Immer wenn die Dinge außer Kontrolle zu geraten drohten, hat er das Opossum gesehen. Ich könnte mir vorstellen, dass es als eine Art Wächter fungierte.«

Robichaud schwieg nachdenklich. »Wie der Minotaurus in Ihrer Heimatstadt.«

Nicht schlecht für einen Anwalt.

»So in etwa, ja.«

Der Saal war jetzt vollkommen leer.

»Ich habe an jenem Tag das Opossum auch gesehen«, erklärte Robichaud plötzlich.

Laura schwieg.

»Ted schrie, da sei ein Opossum im Garten, und einige meiner Freunde rannten raus, um es zu fangen. Gefunden haben sie nichts. Aber ich stand in meinem Büro am Fenster ... und habe es gesehen.«

»Ich weiß nicht, was ich sagen soll. Opossums sind natürlich weitverbreitete Tiere. Wahrscheinlich ist es schnell weggelaufen.«

»Es waren dreißig Leute da, und keiner hat das Opossum gesehen. Die Blumentöpfe stehen mitten im Garten. Es kann also nicht sein, dass ein Tier wegläuft, ohne dass jemand es sieht. Ted hat es gesehen. Ich habe es gesehen. Sonst keiner.«

Robichaud richtete sich auf. Laura hatte es die Sprache verschlagen, sie konnte ihn nur anstarren.

»Jetzt verstehen Sie sicher, warum ich nicht früher mit Ihnen sprechen konnte, oder?«

Arthur Robichaud wartete die Antwort nicht ab. Er ergriff das Buch, das er auf den Tisch gelegt hatte, lächelte und ging weg wie jemand, dem eine große Last genommen war.

FSC www.fsc.org
MIX
Papier aus verantwortungsvollen Quellen
FSC® C014496

Ungekürzte Taschenbuchausgabe
1. Auflage 2018

Die Originalausgabe erschien 2016 unter dem Titel
La Última Salida bei Destino (Grupo Planeta)

Aus dem Spanischen von Matthias Strobel
Lektorat: Heiko Arntz, Wedel
Umschlaggestaltung: Hauptmann & Kompanie Werbeagentur, Zürich
Satz: Greiner & Reichel, Köln
Druck und Bindung: GGP Media GmbH, Pößneck
Printed in Germany
ISBN 978-3-03882-102-1

www.atrium-verlag.com